元代卷

壹

樂府續集

郭麗 吴相洲 編撰

6

元代卷

郊廟歌辭
燕射歌辭
鼓吹曲辭
橫吹曲辭
相和歌辭
清商曲辭
舞曲歌辭
琴曲歌辭

上海古籍出版社

樂府續集·元代卷

卷一八一　元郊廟歌辭一

《元史·禮樂志》述元樂之始末曰：「若其爲樂，則自太祖徵用舊樂於西夏，太宗徵金太常遺樂於燕京，及憲宗始用登歌樂，祀天於日月山。而世祖命宋周臣典領樂工，又用登歌樂享祖宗於中書省。既又命王鏞作《大成樂》，詔括民間所藏金之樂器。至元三年，初用宫縣、登歌、文武二舞於太廟，烈祖至憲宗八室，皆有樂章。三十年，又撰社稷樂章。成宗大德間，製郊廟曲舞，復撰宣聖廟樂章。仁宗皇慶初，命太常補撥樂工，而樂制日備。大抵其於祭祀，率用雅樂，朝會饗燕，則用燕樂，蓋雅俗兼用者也。」①《元史·禮樂志》載雅樂頗詳，其郊廟之樂可得而知也。

元雅樂多以「成」名。《元史·禮樂志》載郊祀之樂曰：「(成宗大德九年)十一月二十八日，祀圜丘用之。其迎送神曰《天成之曲》，初獻奠玉幣曰《欽成之曲》，酌獻曰《明成之曲》，登降曰《隆成之曲》，亞終酌獻曰《和成之曲》，奉饌徹豆曰《寧成之曲》，望燎如登降惟用

① [明] 宋濂等《元史》卷六七，中華書局，1976 年版，第 1664 頁。

黄鍾宫，文舞曰《崇德之舞》，武舞曰《定功之舞》。」①後雜以金之舊樂，亦有名之「寧」者。《元史·禮樂志》曰：「(至元)三十年夏六月，初立社稷，命大樂許德良運製曲譜，翰林國史院撰樂章。其降送神曰《鎮寧之曲》，初獻、盥洗、升壇、降壇、望瘞位皆《肅寧之曲》，正配位奠玉幣曰《億寧之曲》，司徒奉俎徹豆曰《豐寧之曲》，正配位酌獻曰《保寧之曲》，亞終獻曰《咸寧之曲》。」②按曰：「祭社稷、先農及大德六年祀天地五方帝，樂章皆用金舊名。」③「寧」者，金雅樂名也。

《元史·禮樂志》亦載世祖廟樂曰：「(至元三年)冬十有一月，有事於太廟，宫縣、登歌樂、文武二舞咸備。其迎送神曲曰《來成之曲》，烈祖曰《開成之曲》，太祖曰《武成之曲》，太宗曰《文成之曲》，皇伯考术赤曰《弼成之曲》，皇伯考察合帶曰《協成之曲》，睿宗曰《明成之曲》，定宗曰《熙成之曲》，憲宗曰《威成之曲》。初獻、升降曰《肅成之曲》，司徒奉俎曰《嘉成

---

① 《元史》卷六八，第1697頁。
② 《元史》卷六八，第1697頁。
③ 《元史》卷六八，第1697頁。

之曲》，文舞退、武舞進曰《和成之曲》，亞終獻、酌獻曰《順成之曲》，徹豆曰《豐成之曲》。」①又曰：「至大二年，親享太廟。皇帝入門奏《順成之曲》，盥洗、升殿用至元中初獻升降《肅成之曲》，亦曰《順成之曲》，出入小次奏《昌寧之曲》，迎神用至元中《來成之曲》，改曰《思成》，初獻、攝太尉盥洗、升殿奏《肅寧之曲》，酌獻太祖室仍用舊曲，改名《開成》，睿宗室仍用舊曲，改名《武成》，皇帝飲福、登歌奏《釐成之曲》，文舞退、武舞進仍用舊曲，改名《肅寧》，亞終獻、酌獻仍用舊曲，改名《肅寧》，徹豆曰《豐寧之曲》，送神曰《保成之曲》，皇帝出廟廷亦曰《昌寧之曲》。」②帝祔廟，皆以大樂署編樂舞，翰林製樂章。世祖室曰《混成之曲》，裕宗室曰《昭成之曲》，順宗室曰《慶成之曲》，成宗室曰《守成之曲》，武宗室曰《威成之曲》，仁宗室曰《歆成之曲》，英宗室曰《獻成之曲》，明宗室曰《永成之曲》。

郊祀宗廟，皆有樂舞。《元史·禮樂志》記郊祀之舞曰：「昊天上帝位酌獻文舞，《明成之曲》，黄鐘宫一成。始聽三鼓，一鼓稍前，開手立；二鼓合手，退後；三鼓相顧蹲。三鼓畢，間聲作。一鼓稍前，舞蹈，相向立；二鼓復位，相顧蹲；三鼓復位，開手立；四鼓合手，

①《元史》卷六八，第1695頁。
②《元史》卷六八，第1698頁。

正揖；五鼓舉左手，收，左揖；六鼓舉右手，收，右揖；七鼓兩兩相向，交籥，正蹲；八鼓復位，正揖；九鼓稍前，開手立；十鼓退後，俯伏；十一鼓稍前，開手立；十二鼓推左手，收；十三鼓推右手，收；十四鼓三叩頭，拜舞；十五鼓躬身，受。終聽三鼓。」①另有皇地祇酌獻、太祖位酌獻，其式頗同。亦有武舞，曰：「亞獻、酌獻武舞《定功之舞》，黄鐘宫一成。始聽三鼓。一鼓稍前，開手立；二鼓合手，退後，按腰立；三鼓相顧蹲。三鼓畢，間聲作。一鼓稍前，左右揚干戚；二鼓退後，相顧蹲；三鼓舉左手，收；四鼓舉右手，收；五鼓左右揚干戚，相向立；六鼓復位，相顧蹲；七鼓呈干戚；八鼓復位，按腰立；九鼓刺干戚；十鼓復位，推左手，收；十一鼓推右手，收；十二鼓稍前，開手立；十三鼓左右揚干戚；十四鼓復位，按腰，相顧蹲；十五鼓躬身，受。終聽三鼓。」②「終獻武舞，黄鐘宫一成。始聽三鼓。一鼓稍前，開手立；二鼓合手，退後，按腰立；三鼓相顧蹲。三鼓畢，間聲作。一鼓稍前，左右揚干戚；二鼓退後，高呈手；三鼓復位，相顧蹲；四鼓左右揚干戚，相向立；五鼓復位，舉左手，收；六鼓舉右手，收；七鼓面向西，開手，正蹲；八鼓呈干戚；九鼓復位，按

---

① 《元史》卷七〇，第 1749 頁。
② 《元史》卷七〇，第 1750 頁。

腰立；十鼓刺干戚；十一鼓兩兩相向立；十二鼓復位，左右揚干戚；十三鼓退後，相顧蹲；十四鼓三叩頭，拜舞；十五鼓躬身，受。終聽三鼓。」①其式頗異於文舞。

《元史·禮樂志》亦記至元三年廟祭之舞，曰：「烈祖第一室文舞，《開成之曲》，無射宫一成。始聽三鼓，一鼓稍前，開手立；二鼓稍退，合手；三鼓相顧蹲。三鼓畢，間聲作。一鼓稍進前，舞蹈，合手立；二鼓稍退，俯身，開手立；三鼓垂左手，住，收右足；四鼓垂右手，住，收左足；五鼓左側身相顧，左揖；六鼓右側身相顧，右揖；七鼓正面躬身，興身立；八鼓兩兩相向，合手立；九鼓相顧高呈手，住；十鼓收手，舞蹈；十一鼓舞左而收手立；十二鼓舞右而收手立；十三鼓揚左手，相顧蹲；十四鼓揚右手，相顧蹲；十五鼓稍前，正面躬身，受。終聽三鼓。」②其餘各室之舞，其名稍異，皆無射宫調，其式實同。唯迎送神之舞，曲曰《來成》，往復至於九成。

元郊廟樂之器，初括之於民間，以得金之舊，其後屢爲新製，亦可言備。《元史·禮樂志》載之甚詳。曰「登歌樂器」、「宫縣樂器」、「節樂之器」、「文舞器」、「武舞器」、「舞表」。

①《元史》卷七〇，第1750頁。
②《元史》卷七〇，第1752—1753頁。

「登歌樂器」、「宮縣樂器」又分以八音。其「登歌」之金部曰：「編鐘一簴，鐘十有六，範金爲之。筍簴橫曰筍，植曰簴。皆雕繪樹羽，塗金雙鳳五，中列博山，崇牙十有六，縣以紅絨組。簴趺青龍籍地，以緑油卧梯二，加兩跗焉。筍兩端金螭首，銜鍮石璧翣，五色銷金流蘇，絛以紅絨維之。鐵杙者四，所以備攲側。在太室以礙地甓，因易以石麟。簴額識以金飾篆字。擊鐘者以茱萸木爲之，合竹爲柄。凡鐘，未奏，覆以黄羅；雨，覆以油絹。磬亦然。元初，鐘用宋、金舊器，其識曰『大晟』、『大和』、『景定』者是也。後增製，兼用之。」①餘皆類此。

郊廟歌辭之製，率委翰林學士，帝及重臣罕爲，或不深諳漢語之故也。本卷所録郊廟歌辭，多出《元史》《全元詩》。

日出入行

胡　奎

海東之山曰桃都，上有三足黄金烏。三更烏啼海色動，六龍飛出榑桑隅。浴暘谷，經天衢，羲和攬轡無停車。吾不知東西相去幾萬里，夜入咸池朝復起。紫雲紅霧天蒼蒼，爲天作眼明四

---

①《元史》卷六八，第1700頁。

方。臣願陛下八萬四千歲，日出日没皆封疆。《全元詩》，册48，第134頁

同前

張憲

東邊日出群動作，蠢蠢營營異憂樂。須臾力倦各暫寧，日光亦向西邊落。枕衾未暖夢未成，金鷄一聲扶桑明。孜孜爲善尚不及，何暇欲存身後名。《全元詩》，册57，第41頁

同前

林景英

朝出扶桑來，暮入虞淵去。胡不緩馳驅，百歲一朝暮。《全元詩》，册66，第31頁

天馬

釋梵琦

按，元人又有《天馬歌》《後天馬歌》《天馬行》《天馬辭》，均當出於《天馬》，亦予收録。《全元文》卷九九三有元人陳泰《天馬賦》，亦出《天馬》，兹録其文於下：「若有龍兮，渥洼之

子，滎河之孫，産自月窟，來於大宛。筋權奇而虎脊兮，肉磊磈而峰巑。精神變化不可測兮，上貫乎房星之垣。朝發踪乎河濟兮，晡没影乎崑崙。雖有銜勒不暇顧兮，彼輿隸其焉能援。昔遭時之孔阨兮，伏皁櫪而中頹。隨駑駘而并駕兮，又或驕逞而相欺。啖芻茝而不飽兮，羌豆菽之可期。輒鹽車而登太行兮，路岩嶤其險崎。羲和迫而將晏兮，勢蒼黄而摧萎。翩翩之伯樂兮，道安適而逢之。泫然爲子涕兮，爾何困乎此歘。世貴賤之不分兮，信焉用夫駿爲。解劍佩以爲質兮，吾將持子而西歸。欲掃空夫大漠之野兮，寧轢園圃而騰崦嵫。不然，乘雲躡風，載周穆而遠覽兮，造王母乎瑶池。於是天馬俯首噴沫，振鬣仰吁。物固各有所遇兮，遇固各有時。向微子之超越兮，骨委絶其誰知。縱逸氣之凌厲兮，獨不爲子而徘徊。倘一試而遽舍兮，駕鼓車兮何悲？伯樂復嘆而爲之歌曰：『天馬兮風駿，批作耳兮夾鏡瞳，少不自見兮老愈工。嗟哉蹭蹬兮，吾知爾之爲龍。』」①

天馬新從月窟來，一龍不數萬駑駘。踏翻赤岸澤何有，騎過玉門關自開。絶地至今夸穆滿，附輿誰復騁韓哀。仰瞻骨相非常馭，躡電追風試爾材。《全元詩》，册 38，第 317 頁

---

①《全元文》卷九九三，第 158—159 頁。

同前二首

郭　翼

佛郎獻馬真龍種，六尺之高修倍之。圖畫當今屬周朗，歌詩傳旨敕奚斯。空聞市骨千金直，不羨窮荒八駿馳。有客新來聞此事，與君何惜滯明時。

四年遠涉流沙道，筋骨權奇舊肉騌。曉秣龍堆寒蹙雪，晚經月窟怒追風。漢文千里知曾却，曹霸丹青貌不同。拂拭金鞍被來好，幸陪天厩玉花驄。《全元詩》，册 45，第 453 頁

同前二首

張　憲

蕃方皆貢馬，聖意本求書。縱使行千里，終當駕鼓車。

今代佛郎國，龍媒進上都。徯斯能作頌，周朗善爲圖。《全元詩》，册 57，第 144 頁

天馬歌

姚　璉

昔聞大宛龍，今見佛郎馬。大宛噴玉日千里，佛郎九天千金子。肉騣礧磈駝峰高，日光夾鏡明秋毫。韓盧引步疾如馬，飢餐軟餅和香醪。垂垂兩耳披霜竹，風入高蹄削寒玉。黑蛟有種萬匹强，通國駑駘多腐肉。奚官駕馭人驚恐，顧影翩翩自矜寵。金鞍香覆過紅門，天子臨軒顔色動。風流畫史周冰壺，與馬傳神作畫圖。龍紋虎脊何雄逸，大明殿上曾三呼。何須色外求驪黄，太平英物來萬方。内厩紛紛不足數，天生瑞異尊虞唐。《全元詩》，册42，第278頁

同前

張　昱

題注曰：「天曆間貢。」

天馬來自茀郎國，足下風雲生倏忽。司天上奏失房星，海邊産得蛟龍骨。軒然卓立八尺高，衆馬俛首羞徒勞。色應北方鍾水德，滿身日彩烏翎黑。縱行不受羲和轡，肯使王良馭輗軏。

黄絲絡頭兩馬牽，金韂雙垂玉作鞭。寵榮日賜三品禄，不比衛鶴空乘軒。大國懷柔小國貢，君王一顧輕爲重。學士前陳天馬歌，詞人遠獻河清頌。鑾旗屬車相後先，受之却之俱可傳。普天率土盡臣妾，聖主同符千萬年。《全元詩》，册 44，第 30 頁

同前

陸　仁

元楊維楨《西湖竹枝集》陸仁小傳曰：「明經好古文。其詩學有祖法，清俊奇偉。如《佛郎國進天馬頌》《水仙朝迎諸神辭》《渡黄河望神京》諸篇，縉紳先生莫不稱道之。其翰墨法歐楷章草，皆灑然可觀。」①《佛郎國進天馬頌》即指陸仁《天馬歌》。

於穆世祖肇王迹，受天之慶大命集。神寓鴻圖大無及，功烈皇皇共開闢。四方下上沛流澤，列聖相承纘丕績。哲王嗣位建皇極，大臣弼輔禼與稷。禮樂制度靡有隙，六府孔修萬姓懌。天子聖德於昭赫，念承皇祖心勿宅。日月同明天地廓，絶域窮陲歸版籍。萬國貢獻歲靡息，琛

① 《歷代竹枝詞》，册 1，第 121 頁。

琺瑰異陋金錫。豈須征討費兵革，文懷遠人盡臣服。至正壬午秋之日，天馬西來佛郎國。佛郎之國邈西域，流沙瀰漫七海隔。浪波横天馬横涉，馬其猶龍弗顛踣。東逾月窟遇回紇，陸地不毛千里赤。太行雪積滑如石，雹激雷奔走飆欻。四年去國抵京邑，俯首闕廷拜匍匐。帝見遠臣重怵惕，慰勞以酒賜以帛。遠臣牽馬赤墀立，金羈絡頭朱汗滴。房星下垂光五色，肉駿巍巍横虎脊。崇尺者六脩丈一，墨色如雲蹄用白。天閑騏驎俱駿骨，天馬來時皆辟易。驌驦屈桀未足惜，大宛渥洼斯與敵。穆王八駿思游歷，漢武窮兵不多得。天馬自來徵有德，史臣圖頌永無斁。臣拜歌詩思彷彿，願帝優賢如愛物。更詔山林訪遺逸，昭明治化齊堯日。帝業永固保貞吉，天子萬壽天降福。《全元詩》，册 47，第 120 頁

同前

葉懋

渥洼水碧銀河清，天駟降精龍馬生。騰驤一躍起霄漢，赤汗亹亹珠流赬。漢家天子真龍骨，一見龍駒喜充臆。手携玉麈上瑶池，回首人間烟霧隔。葉公畫龍不知龍，禰衡枉死清波中。庸奴執策如刀匕，自嗟不及駑駘死。《全元詩》，册 47，第 183 頁

同前

歐陽檢

天子仁聖萬國歸，天馬來自西海西。玄雲披身玉兩蹄，高餘六尺修造之。七度海洋身若飛，海左海右雷霆隨。天子曉御慈仁殿，天風忽來天馬見。龍首鳳臆目如電，不用漢兵三十萬，有德自歸四海羡。天馬來，庶政平。天子仁聖萬國清，臣願作歌萬國聽。《全元詩》，册 51，第 65 頁

同前

秦約

佛郎天馬來西域，遠進彤廷立仗側。鳳臆晶熒珠汗流，龍鬐絢爛朱幘色。遂令豢養歸八坊，喂之粱肉當倍常。横門春明宫樹好，朔漠風暄沙草長。吉行惟日京城内，照路寶鞍黄帕蓋。蹄截玉肪浮夜光，身被玄雲溥露彩。圉官牽出自東華，敕賜金刀剪五花。驍騰有神誰貌得，意氣傾人良可夸。翠旌玉斧時巡狩，山回龍虎居庸口。追風駁沓去如雲，駉駉萬騎俱塵後。皇恩曠蕩海寓敷，梯航太平天子都。秦皇何如漢武世，無逸豈輸王會圖。金河雪融浄於洗，滸滸緑漲桃花水。莫教試浴向深淵，定逐蒼龍九天起。《全元詩》，册 57，第 239 頁

卷一八二 元郊廟歌辭二

天馬歌贈炎陵陳所安

劉詵

詩序曰：「所安名泰，甲寅以《天馬賦》領薦下第，頗不遇，故以此嘆之。」

房精夜墮滎波中，驊騮奮出如飛龍。昂頭星官逐枉矢，振鬣雲闕追天風。漢家將軍三十六，分道出塞争奇功。當時一躍萬馬盡，蹴踏少海霓旌紅。韓哀謝輿伯樂去，蹶塊誤落奚官庸。十年皂櫪食不飽，雖有駿步難争雄。春隨錦韉北陵北，秋卧衰草東阡東。時從駑駘飲沙澗，未免泥滓沾風騣。夜寒苜蓿山谷迥，長嘶落月天地空。時平文軌明蕩蕩，萬里窮山無虎帳。交河不用踏層冰，裹足山城學馴象。吾聞天子之厩十二閑，驥騄并收無棄放。金根雲罕出都門，唤取雍容肅仙仗。《全元詩》，册22，第276—277頁

應制天馬歌

許有壬

臣聞聖元水德在朔方，物産雄偉馬最良。川原飲齕幾萬萬，不以數計以谷量。承平雲布十二閑，華山百草春風香。又聞有駿在西極，權奇俶儻鍾乾剛。茂陵千金不能致，直以兵戈勞廣利。當時紀述雖有歌，侈心一啓何由制。吾皇慎德邁前古，不寶遠物物自至。佛郎國在月窟西，八尺真龍入維縶。七逾大海四閱年，灤京今日才朝天。不煩翦拂光奪目，正色呈瑞符吾玄。鳳髻龍臆潟烏首，四蹄玉後謈其前。九重喜見遠人格，一時便敕良工傳。玉鞍錦韉黄金勒，瞬息殊恩備華飾。天成異質難自藏，志在君知不在物。方今天下有道時，絶塵詎敢稱其力。臣才罷駑亦自知，共服安輿無覂軼。《全元詩》，册 34，第 258 頁

佛郎國進天馬歌

楊維楨

詩序曰：「《天馬歌》，本古樂府車馬六曲之一也，漢郊祀樂歌亦有之。然漢之得天馬，或出於漢貳師將軍之伐宛，非德徠之。維我有元至正聖人，德被西裔，而佛郎馬來。宜作

歌章，光贊樂府，故作此歌。」

龍德中，元氣昌，天王一統開八荒，十又一葉治久長。前年白雉來越裳，中國聖明日重光，仁聲騶沓動嘉祥。烏桓部族號佛郎，實生天馬龍文章。玉臺啓，閶闔張，願爲蒼龍載東皇。瑶池八駿若有亡，白雲謡曲成荒唐。有元皇帝不下堂，瑶母萬壽來稱觴。屬車九九和鸞鏘，大駕或駐和林鄉。後車玁侯非陳倉，帝乘白馬撫八方。調風雨，和陰陽。泰階砥平玉燭明，太平有典郊樂敭。尚見滎河出圖像，麒麟鳳鳥紛來翔。《全元詩》，册 39，第 63 頁

拂郎國新貢天馬歌

楊維楨

千金骨，五花毛，虎脊龍鬐尾蒲梢。神如飛龍氣如虤，初來燉煌祁連之遠郊。雙鶻迸落獨鶻起，急勢直欲追飛鷃。天駟精，青海傑。羈黄金，絡明月。未棲天子十二閑，孰得人間貯金埒。嗚呼，渥洼之産寧徒勞，圖形已詔韓與曹。伯樂光寒夜寥闃，青鶴一聲箕尾高。伯樂，星名。

《全元詩》，册 39，第 121 頁

西極天馬歌

釋宗泐

天馬來，自西極，流汗溝朱蹄踏石，眴目逕度流沙磧。天子見之心始降，九州欲省民痍瘡。宛王何人敢私有，貳師城堅亦難守。等閑騎向瑶池前，周家八駿争垂首。天閑飽秣玉山禾，苜蓿春來亦漸多。感君意氣爲君死，一日從君行萬里。《全元詩》，册 58，第 373 頁

天馬行應制作有序

周伯琦

詩序曰：「至正二年歲壬午七月十有八日，西域拂郎國遣使獻馬一匹。高八尺三寸，修如其數而加半。色漆黑，後二蹄白，曲項昂首，神俊超逸。視它西域馬，可稱者皆在髃下。金轡重勒，馭者其國人，黄鬚碧眼，服二色窄衣，言語不可通，以意諭之。凡七度海洋，始達中國。是日，天朗氣清。相臣奏進，上御慈仁殿，臨觀稱嘆。遂命育於天閑，飼以肉粟酒湩。仍敕翰林學士承旨臣巎巎命工畫者圖之，而直學士臣揭傒斯贊之。蓋自有國以來，未嘗見也。殆古所謂天馬者耶。承詔賦詩，題所畫圖。臣伯琦謹獻詩曰……」

飛龍在天今十祀，重譯來庭無遠邇。川珍嶽貢皆貞符，神駒躍出西洼水。拂郎蕞爾不敢留，使行四載數萬里。乘輿清暑灤河宮，宰臣奏進閶闔裏。昂昂八尺阜且偉，首揚渴烏竹批耳。雙蹏縣雪墨漬毛，疏騣擁霧風生尾。朱英翠組金盤陀，方童夾鏡神光紫。聳身直欲凌雲霄，盤辟丹墀却閑頠。黄須圉人服厖詭，彈鞚如縈相諾唯。群臣俯伏呼萬歲，初秋曉霽風日美。九重洞啓臨軒觀，衮衣晃耀天顔喜。畫師寫仿妙奪神，拜進御床深稱旨。牽來相向宛轉同，一入天閑誰敢齒。我朝幅員古無比，朔方鐵騎紛如蟻。山無氛祲海無波，有國百年今見此。崑崙八駿游心侈，茂陵大宛黷兵紀。聖皇不却亦不求，垂拱無爲靖邊鄙。遠人慕化致壤奠，地角已如天尺咫。神州苜蓿西風肥，收斂驕雄聽驅使。屬車歲歲幸兩京，八鑾承御壯瞻視。騶虞麟趾并樂歌，越雉旅獒盡風靡。迺知感召由真龍，房星孕秀非偶爾。黄金不用築高臺，髦俊聞風一時起。願見斯世皞皞如羲皇，按圖畫卦復兹始。《全元詩》，册 40，第 360 頁

天馬辭

胡　奎

萬里宛駒入漢家，春雲團出五文花。武皇空把黄金鑄，不見河圖出渥洼。《全元詩》，册 48，第 348 頁

西極馬

釋宗衍

按，《樂府詩集·郊廟歌辭》《天馬》解題引《漢書·張騫傳》云，漢武帝得烏孫馬，名曰天馬。及得宛馬，汗血，益壯。改烏孫馬曰西極馬，名宛馬曰天馬。元人《西極馬》，當出於此，故予收録。

西極馬，天上來，月駟孕駿龍之媒。精奇骨緊非凡材，四蹄如飛躡奔雷。仰天一長鳴，浮雲爲之開。向來鹽車困塵埃，蒭萁飽殺千駑駘。已馬哉，王良伯樂不可得，天荒地老黄金臺。《全元詩》，册47，第325—326頁

天門行

王　逢

天門高高俯四極，寸田尺地登版籍。澤梁無禁漁者多，瀚海横戈恣充斥。去年官饟私敓攘，今年私醝官價儹。屠燒縣邑誠細事，大將不死鯨鯢鄉。謂孛羅帖木兒左丞。烹羊椎牛醉以酒，

腰纏白帶紅帕首。定盟歃血許自新，禦寇征蠻復何有。國家承平歲月久，念汝紛紛迫餬口。羽林堅鋭莫汝攖，慎勿輕夸好身手。春風柳黄開陣雲，號令始見真將軍。《全元詩》，册59，第27頁

大祀

汪廣洋

維皇建有極，庚戌值時康。二氣迭敷宣，允若協雨暘。季秋成物際，報祀禮有常。掃地事明薦，穹廬列兩行。鼓鐘宿在懸，玉帛燦成筐。陶匏湛醴齊，大登具牛羊。匪侈禮物豐，貴在誠意將。今夕乃佳夕，天高露氣凉。微雲散晻靄，衆星羅縱横。濟濟百執事，念兹靡或忘。金門少焉闢，和鸞鳴聲揚。旂常紛左右，燔燎彌耿光。宸旒儼祗肅，對越位中央。八音倡律吕，佾舞節趨蹌。所舉靡不修，所及靡不臧。川嶽永流峙，風雲儵低昂。神靈符肹蠁，鑒假達羶薌。錫福何簡簡，降福何穰穰。既灌隸雍徹，精誠合一堂。願祈億萬年，禴祀及蒸嘗。載歌周頌篇，庸擬被樂章。《全元詩》，册56，第124頁

圓丘大祀

孫　蕢

松柏蕭森倚半空，天壇高峙帝城東。宸旒肅穆千官合，鹵簿輝煌萬國同。上界清都移碧落，泰階黄道隱晴虹。相如莫獻青鸞賦，不是祈靈太乙宫。《全元詩》，册 63，第 323 頁

文孝王廟迎送神歌

王　旭

天門曉兮玉鎖開，朝萬靈兮君始來。駕雲車兮策風馬，君無爲兮久徘徊。潔精誠兮薦丹素，我民籲兮君所哀。瑶芳兮玉醑，山吟兮水舞。神樂兮民勸，祀益隆兮千古。靈宫峨峨兮山之幽，神方樂兮胡不少留。簫鼓咽兮樽俎徹，松桂悲吟兮山水愁。保康寧兮驅厲疫，終千古兮荷神休。《全元詩》，册 13，第 33 頁

洞庭迎送神歌四首

陳　泰

我歲晏兮比行，黯維舟兮洞庭。詣靈均兮神宇，女巫進兮告情。擊鼓兮坎坎，心馳兮目短。靈惝恍兮有無，思我虔兮毋遠。

脩門兮延佇，靈將動兮私語。群龍兮吹雲，森夭矯兮樹羽。擊鼓兮咽咽，靈飆兮飛旋。垂玉珥兮玄服，映紘綖兮華轂。紛進拜兮主臣，心夷猶兮平陸。

我所悦兮霞觴，儼將進兮翱翔。盼靈光兮怵惕，靈慰我兮清揚。釃酒兮苾椒，荃蕙兮爲殽。靈飲此兮宜壽，配南箕兮參北斗。介下土兮景福，侑皇風兮永久。

蹇既醉兮日莫，緑烟生兮南浦。靈之回兮彤裳，蜼爲文兮螭章。幽欞兮閉夕，窈窕兮望不極。耿誰告兮靈辭，羌勞汝兮余思。湘之濱兮有芷，候南風兮來歸。《全元詩》，冊28，第46—47頁

魏文貞公廟迎送神曲

霍希賢

迎神曲

吹簫兮擊鼓，具牲牢兮列樽俎。風颯颯兮降靈，祀我公兮終千古。

送神曲

有酒兮惟清，有腯兮惟牲。神其醉飽兮既安且寧，風馬靈車兮還古塋。福民田兮消蝗螟，如貞觀兮永太平。《全元詩》，冊 30，第 356 頁

送神歌

于欽

駕兩龍兮倚衡，卷珠簾兮暮雲平。西江兮極浦，數峰兮青青。青青兮未極，君不少留兮起余太息。吹參差兮水湄，送仙姥兮西歸。蛾眉颯兮秋霜，淡白雲兮莫知所之。自今兮世世，俾來者兮願無違。《全元詩》，冊 32，第 140 頁

孝女祠送神曲

胡元瑄

招淑靈兮山之阿，駕雲駢兮兩英娥。携手同行兮肯予過，憩新祠兮樂也婆娑。一解。山肴兮野蔌，清泉爲酒兮明月爲燭。石鐘自鳴兮鶗鴂自曲，石鐘、鶗鴂，兩山名。風景當年兮鬱彼草木。二解。

靈之來兮鼓淵淵，靈之去兮駕翩翩。爐烟息兮斯萬年，我民子子孫孫兮力畋爾田。三解。

《全元詩》，册 8，第 419 頁

北方巫者降神歌

吴　萊

天深洞房月漆黑，巫女擊鼓唱歌發。高粱鐵鐙懸半空，塞向墐户迹不通。酒肉滂沱静几席，筝琶朋揹凄霜風。暗中鏗然那敢觸，塞外祆神唤來速。隴坻水草肥馬群，門巷光輝燿狼纛。舉家側耳聽語言，出無入有凌崑崙。妖狐聲音共叫嘯，健鶻影勢同飛翻。甌脱故王大獵處，燕支廢磧黄沙樹。休屠收像接秦宫，于闐請騆開漢路。古今世事一渺茫，楚禨越女幾災祥。是邪

非邪降靈場，麒麟被髮跨地荒。《全元詩》，册 40，第 17—18 頁

巢湖中廟迎神歌

于　欽

廣開兮龍宫，御仙姥兮下鶏籠。神靈雨兮先以風，雲溶溶兮漸來東。揚朱幢兮建翠旗，驂青虯兮從文螭。鏘鸞音兮以下，若有人兮開羅幃。羅幃淡兮春風，儼仙□兮在其中。集千艘兮鳴鼓，疏節歌兮緩舞。奠桂酒兮藉□□，折芳馨兮遺遠渚。神欣欣兮既安留，澤斯民兮受其嘏。

《全元詩》，册 32，第 139 頁

卷一八三　元郊廟歌辭三

樂神曲十三章

沈　貞

詩序曰：「樂神曲者，擬《楚辭・九歌》而作也。吴人尚鬼好祀，祀必以巫覡作樂、歌舞、迎送、登獻，至有褻嫚者，禳災徼福，不知其分，滋黷至矣。甚者，又不知陰陽人鬼之義，則其燕昵沉溺之心，無所不至。且祭也，有淫樂而無正辭，有野歌而不發其旨。故爲此。每章以明其鬼神之理，祛其荒淫之志，立其禱祠之意。」

保吾之民兮邑此方，巍其城兮浚其隍。民不驚兮神既定，眷靈修兮作民命。堤楊兮結陰，遠團團兮蔽成林。雉堞堅兮女墻森，爲郛郭兮民是心。流洄灣兮漲浮漾，眷河隍兮實深曠。靈之來兮旌纛颺，靈之返兮水花漲。悵不見兮忽有無，杳漫漫兮鎮元都。羅百羞兮湛清酤，城兮隍兮樂無虞。

右城隍祠

嗟靈伯兮凛清泠，洗袢歊兮滌炎蒸。駕雨螭兮驂會，盛土囊兮掀騰。夫開噎兮布四宇，懷靈伯兮憯凝竚。蕭蕭來兮颯颯去，遠悠揚兮不得住。駘蕩兮春初，颮颭兮夏徂。颼飀下兮木葉枯，號空桑兮雪糢糊。來降兹兮憑女巫，嗟靈伯兮忠是圖。女巫進兮急伐鼓，巫女降兮紛屢舞。嗟靈伯兮氣平布，弗捲拔兮弗擊若，惠我民兮久傾慕。

右風伯

掘芳蘭兮擥芬椒，潔新服兮綴珠珨。駕雲螭兮翔重霄，遠邀靈兮下迢迢。珠璣兮雱霈，靄淋淋兮灑天外。下土乾兮沾一溉，嗟靈之德兮溥汪濊。我苗兮未耔，我田兮坼龜。亢陽驕兮烈火旗，熾紅爐兮爍四陲，靈之來兮沐恩私。靈皇皇兮降只，舞儌儌兮醉只。心倀倀兮亮只，獨嗟吁兮萃只。

右雨師

月維仲兮日維剛，肅齋宮兮應成陽。惟庚兑兮神是藏，紹顯罰兮威森張。晃輝輝兮垂珮，儼飛馭兮高蓋。兆青陽兮白藏，遠流澤兮雱沛。芳蓀兮茝蘭，紉予珮兮珊珊。蕙蒸兮茅藉，潔肴蔬兮闌干。悵佳期兮難又，俯陳詞兮永嘆。靈修修兮來下，眷踟蹰兮與同處。耿默默兮不語，獨飄飄兮飛去。

右社神

底定震蕩兮具區，吴爭越戰兮陽侯。驅孔翠蓋兮絳旐旗，湖之神兮來與俱。黿鼉吼兮立文魚，孽龍飛兮水痕枯。前鴟夷兮後伍胥，駕洪濤兮鼓天吴。與靈游兮湖之滸，銜風起兮巫屢舞。靈之來兮望極浦，同遨游兮在洲渚。載歌兮伐鼓，有洌兮清酤。靈欣兮降旦顧，波滔滔兮嚮而慕。返貝闕兮歘去，流洪恩兮予祐。

右湖神

載陰陽兮君蒿，儼祠宇兮崇高。萃一方之靈迹兮，收精神兮此來遨。巫傞傞兮鼓初進，音坎坎兮低扣問。靈之來兮旌旄奮，主坤維兮厚而順。景悠颺兮遠若近，殽羞兮載香，盥手兮紛攘。陳東西兮仰景光，巫屢降兮祈豐穰。穀嘉兮黍稌，迹屏兮豺虎。民無癘疵兮器不窳，苦雨暘時兮風霜序。醴泉出兮秀芝聚，民欣欣兮樂多趣。

右境上神

二氣生兮貫五行，五行用兮各有情。木斯材兮金器成，火斯熟兮水飲烹。土厚載兮乃種耕，嗟五行兮何報誠。里社祠兮保伍迎，行之神兮我所傾。日之用兮仰神精，飲食作息兮皆神興。靈來歆兮肴酒馨，靈之去兮景晦明。民懷靈兮心惇惇，靈陰答兮抑有憑。

右五聖

楓葉丹兮秋氣高，若有人兮儼山椒。語咿嚶兮啼又嘯，媚迎人兮善窈窕。蘭香兮桂芬芳，槲爲衣兮薜爲裳。月皎皎兮來路傍，風飀飀兮夜何長。懷故居兮安在，水遶村兮燐熒埭。屋廬毁兮四鄰改，焚辛芳兮此焉待。魂儵來兮氣忽飄，蕩無所兮何能超。竚君子兮不吾棄，歆陳羞兮遠而逝。

右野鬼

長戟兮銛矛，飛鶻兮槊鈎。夕烽兮原下，夜燧兮山頭。征鼓兮鼕鼕，悲笳兮啾啾。腹當飢兮水穀不求，身正僡兮風霜相鏤。進不避强兵之梗兮，退不守舊窟之幽，嗟傷魂兮不久留。飄揚兮附草，焄蒿兮在道。依無主兮托無宗，恍惚悽悲兮悄何從。天陰陰兮月色蒙，憑妖風兮傷以降。潔羞兮椒桂，來歆兮來蕤。佑我民兮不驚愧，永妥安兮享時祭。

右兵傷

雄何爲兮厲于鄉，祀有時兮享有常。雄何爲兮燄煌煌，用物精多兮氣堅强。芳草萋兮蔽原野，雄思亢兮湛在下。芳葩紛兮瘴烟凝，雄欻變兮來逢迎。白馬兮緑蓋，明而無兮晦而在。雲旗兮霓旌，朝而散兮夕而行。雄之來兮何作苦，嗟上帝兮此爲輔。疾出兮帝郊，無俾鄉兮心煩勞。有酒兮嘉旨，有殽兮肥美。雄陰歆兮遠而逝，不水旱兮不疵癘，胙我民兮安好世。

右鄉厲

兩旗兮開張，舞輕風兮蔽悠揚。驂文螭兮駕華駟，遠幽幽兮來此疆。桂芬兮椒芳，肴蒸兮腯羊。氣洋洋兮降靈場，原田每每兮茂青秧。穀實董董兮禾蕙長，盡除稂莠兮滋秀昌。螿蟹殺兮螟蝨藏，紛同穎兮無秕糠。黍稌充羨兮穲稏良，登有年兮祈豐穰。鼠迎猫兮豕迎虎，遠逋逃兮遁違去。擊壤歌兮腹一鼓，神之佑兮樂無所。

右青苗神

擊鼓坎坎吹笙烏，烏神之來兮降清都。爇辛香兮憑靈巫，紛繽兮雜侶徒，翔輕風兮載嘯呼。雲冥冥兮雨霏霏，乍晦明兮恍有無。瑶席布兮薦清酤，靈雰降兮皆歡娱。妥神棲兮奠高居，羌俯臨兮格是圖。

右迎神

焚辛薌兮樹羽旗，揚靈斿兮整絢儀。五音紛兮雜繁吹，歌杳眇兮和塤篪。羅拜兮堂下，陳牲兮酹卮。靈洋洋將去，巫傾舞兮僛僛。欻而雲兮砉而雨，雲既收兮雨亦除。山蒼蒼兮水茫茫，望極長兮緲烟樹。

右送神　《全元詩》，册 51，第 21—25 頁

青潭山神祠樂歌

王褘

詩序曰：「義烏縣東三十里，有山曰青潭，山之神曰樓府君。發祥應瑞，廟食茲土。然莫詳其始所自，或傳與梁雙林傅大士同時人。府君之爲神，大士有助焉。宋慶元間，江州守王公寅，縣人也。始列神之休績聞於朝，勑賜廟額曰順應。有元至正十五年，江州七世孫褘復作迎享送神樂歌三章，俾鄉人歲時歌之以祀神。其詩曰……」

青潭山，鬱崔嵬。窟龍蛇，蓄雲雷。緊靈君，此焉宅。欻威稜，霈福澤。靈之游，東以西。雨裔裔，風凄凄。靈之徠，霾曀銷。慶陰陰，爛昭昭。靈之旂，翠旄披。燁秀華，紛葳蕤。靈之車，朱兩輈。靷文霓，駟蒼虬。靈之至，形放怫。顔如荼，服如繪。靈殷殷，藹繽紛。恍兮惚，儼若存。澹容與，晻常羊。盍其留，享我將。右迎神青潭山一

靈既臨矣，肸蠁載馨。靈之格思，鑒我純誠。我酒既釃，其旨百末。我牲既齵，厥角繭栗。侑以音聲，函宮吐羽。左祝右巫，秩秩咸序。備茲嘉薦，有肅其承。春祈秋報，熙事迄成。我誠孔昭，豈曰惟儀。假儀薦誠，靈用宴娭。右享神靈臨二

穹穹厚厚莫高卑，高莫可扣卑莫敀。我人中處其儔依，匪靈焉依將孰求。我之依靈豈無期。春秋祀事粤多儀，靈既享矣不我違。嗟我民人苦害災，災有札瘥害旱饑。況有干戈横逆加，惟靈威力善拒排。蕩滌妖沴臻蕃釐，豐年穰穰穀如坻。耄耋稚孩逸以嬉，靈之福我匪我私。好生之德體穹示，靈將逝兮不可稽。首下尻高拜靈旗，千齡萬祀靈之思。右送神穹厚三　《全元詩》，册 62，第 222 頁

后土廟迎送神歌

王惲

詩序曰：「平陽府治之西，有鄉曰晉源，帶汾河，表姑射，林墟櫛比，泉流交貫，無寸壤閑曠，山霏夕景，杳靄如畫，故河東稱膏腴勝槩之地，於斯爲最。風俗率勤儉，盡地利，憂深思遠，有陶唐之遺化焉。用是富庶，而事神報本之禮尤恪，歲時畢出，惟恐居後，豈終歲之勞，一日蠟者之意歟？樊氏里后土祠，其來浸邈，蒼烟喬木，輪囷離披，已百餘年物也，兵燼來，雖正寢巋然，日就蕪圮，里中父老某等憫其若是，乃諗於衆曰：『吾黨仰滋天休，取足厚載，歲比豐穰，人用樂胥，可不知其自邪？今神庭未備，不足妥靈揭虔，其謂我何？』咸儆懼聞命，相與經畫起廢，完故益新。智者作其謀，富者資其用，取材於河，陶甓於野，礱礎於

山，然後工者輸平巧，壯者服其役。營務既興，先後有敘。於是繚重垣，建臺門，作重寢，列兩序，樹庭屏，凡三十八楹，丹刻翬飛，輪焕離立，其配侍法從之屬，旄纛儀衛之數，金碧絢爛，森布左右，莫不畢備。遊人過客，載瞻載儀，溪山草木，亦爲動色。凡費帛幣僅萬疋。既落成，某人等以禮幣求文於予，將以幽贊神明，紀夫廟貌興衰之自。謹按，汾陰后土祠，乃魏鄧丘之制，其典秩華縟，肇於漢武元鼎行幸之初，千載而下，令人歌秋風之辭，詠汾陰之曲，想夫泛樓舡，濟汾河，千乘萬騎，威靈震赫，回旋駐蹕，躬祀睢土，祈穀報功，於是乎在，故歷代因仍以爲聲明盛事，曠古當然之典。是則崇奉者，國家之事，非齊民所得擬也。以理究之，神睢者即有國之大社，而社者，自天子至於鄉遂，皆得置而通祀，第禮文制節，有隆殺之異爾，况土爲神，廣大博厚，無所往而不在。又汾陰在晉爲屬邑，以兹爲離宫異館、神游美報之所，其誰曰不然。嗚呼！三代已降，教化衰而禮樂廢，禮樂廢而祀典亡，林林總總之民，物則既戕，心惑所嚮，有射利徼福而已，故祀非其類，僥幸於萬一者，胡可勝數？今冀方之民，獨能敦本返始，奉所當祀，俾歷世相承之俗，敬恭誠潔，永永是尊，以答高厚無疆之休，較夫淫祀野祭者，可謂知所嚮矣。乃爲作《送迎神辭》，春祈秋報，歌以祀云。其辭曰……」按，詩題爲筆者據詩序所加。

汾流兮容與，林葩兮綉組。被汾兮一曲，坎坎兮擊鼓。薦瓊芳，奠桂醑，俟神來欣樂胥。芳菲菲兮滿堂，偃金枝兮翠羽，報神德兮德何溥！

右《迎神》

淡林扃兮山烟，乘回風兮雲軿。神欲旋兮何邁，奄上征兮朝元。衆紛舞兮羅拜，欲神留兮無言，望極浦兮渺渺！愁予目兮娟娟！神篤我佑兮歲有季。

右《送神》　《全元文》卷一八六，第 428—430 頁

叙南蒲學正制登歌雅樂留吴作詩贈別

唐元

蒲君軒然虎豹姿，傲兀官舫來吴會。路經越嶲萬餘里，自春徂秋暑將退。命銜宣府敢辭勞，廟成作樂當昭代。仲尼日月行中天，聲教旁敷大無外。金鏞石磬在堂下，登歌進盥環衿佩。朱弦疏越鳳凰鳴，虡栒鱗而加粉繪。儒臺史君惠裏言，薇垣好事多才賢。鳩工稽度罄其巧，往往補乏捐金錢。聞韶可但向齊國，名與季子相周旋。黄鐘不待諧賈鐸，語以綿蕝知媸妍。虎皮包裹槖駞載，尚煩愛護令完全。歸來上官念遠役，庖人催唤開華筵。坐令祀典配内郡，遠臣夙夜思承宣。功成紀實上奏牘，星馳願到明堂前。龍顔咫尺有餘喜，率土共樂堯仁天。《全元詩》，册 23，第 250 頁

周公祠飲福歌

錦　哥

瞻彼岐陽兮秀王之鄉，佐武相成兮遷頑剪商。殷士膚敏兮祼將於京，既營東洛兮爲周有光。赤舄几几兮衮衣綉裳，道尊德崇兮垂憲無疆。束帛戔戔兮承筐是將，神其來格兮山色蒼蒼。《全元詩》，册 66，第 357 頁

八月六日丁亥釋奠孔子廟三十韻

周伯琦

詩序曰：「至元六年歲在庚辰，八月丁亥，奉詔致香酒以太牢釋奠宣聖廟。退賦長律三十韻。」

闕里宣尼宅，儒林禮樂區。右文昭代盛，報德聖恩殊。天語頒中禁，星軺發上都。内廷香繞案，光禄酒浮壺。持節慙專對，于原慎載驅。秋陽稀稼穡，官路足槐榆。歷歷由沂汶，行行望泗洙。岱宗標近甸，魯殿没荒蕪。不見三家采，唯餘五父衢。祀嚴柔日逼，林近絶晨趨。廢堞

依脩阜，危臺記舞雩。廟宮參象緯，書閣壓城闉。反宇周阿峻，回廊百步紆。蛟鱗蟠玉柱，螭首嚮金鋪。庭迥檜千尺，壇虚杏數株。省牲新雨霽，釋奠舊章敷。闢户陳籩俎，登歌應瑟竽。尊居玄聖儼，侑食列賢俱。興俯鏘珩珮，周旋謹履絇。祼將宸意達，祝告下誠孚。明燎輝雲陛，祥熏集寶爐。共觀周典禮，寧數漢規摹。似續於今盛，欽崇自古無。繚垣隆象魏，穹石峙龜趺。孤閣青編貯，雙亭翠竹扶。山川光拱揖，泉井澤沾濡。推本尊師道，題名述廟謨。佇看戔束帛，豈復嘆乘桴。制作先東魯，朝廷用大儒。愚生深有幸，歸上孔林圖。《全元詩》，册 40，第 347—348 頁

右丞周伯温出示前爲宣文閣授經郎代祀孔子廟次韻

張昱

萬世斯文有耿光，端然龍衮閟宫墻。春秋不獨尊周室，金石如聞奏廟堂。碑樹丹楹皇帝詔，盒封黄帕内庭香。至今仰賴遺經在，師表前王惠後王。《全元詩》，册 44，第 117 頁

奉旨祀桐柏山

童童

桐柏山高插半天，峰巒平處隱神仙。御香南下三千里，淮水東流幾萬年。玄鶴夜深和月舞，蒼龍春暖抱珠眠。只今天子如堯舜，辟穀先生學種田。《全元詩》，册 36，第 438 頁

卷一八四　元郊廟歌辭四

郊祀樂章

成宗大德六年，合祭天地五方帝樂章

《元史·祭祀志》曰：「大德六年春三月庚戌，合祭昊天上帝、皇地祇、五方帝於南郊，遣左丞相哈剌哈孫攝事，爲攝祀天地之始。」①《元史·輿服志》曰：「成宗大德六年春三月，祭天於麗正門外丙地，命獻官以下諸執事，各具公服行禮。是時，大都未有郊壇，大禮用公服自此始。」②《元史·禮樂志》曰：「大德六年祀天地五方帝，樂章皆用金舊名。」③

---

①《元史》卷七二，第1781頁。
②《元史》卷七八，第1935頁。
③《元史》卷六八，第1697頁。

《元史·禮樂志》又曰：「降神文舞崇德之舞，《乾寧之曲》六成。

「圜鐘宫三成。始聽三鼓。一聲鐘，一聲鼓，凡三作，後仿此。三鼓畢，間聲作。二聲鐘，一聲鼓。一鼓稍前，開手立；二鼓合手，退後；三鼓相顧蹲。三鼓畢，間聲作。一鼓稍前，舞蹈；二鼓舉左手，收，左揖；三鼓舉右手，收，右揖；四鼓高呈手；五鼓兩兩相向蹲；六鼓稍前，開手立；七鼓退後，俯伏；八鼓舉左手，收，左揖；九鼓舉右手，收，右揖；十鼓稍前，開手立；十一鼓合手，退後，躬身；十二鼓伏，興，仰視；十三鼓舞蹈，相向立；十四鼓復位，交籥，正蹲；十五鼓躬身，受。終聽三鼓。止。

「黄鐘角一成。始聽三鼓。一鼓稍前，舞蹈；二鼓合手，退後；三鼓相顧蹲。三鼓畢，間聲作。一鼓稍前，舞蹈；二鼓高呈手；三鼓兩兩相向蹲；四鼓舉左手，收，左揖；五鼓舉右手，收，右揖；六鼓稍前，開手；七鼓復位，正揖；八鼓兩兩相向，交籥，正蹲；九鼓復位立；十鼓稍前，開手立；十一鼓合手，退後，躬身；十二鼓伏，興，仰視；十三鼓舉左手，收，開手，正蹲；十四鼓舉右手，收，開手，正蹲；十五鼓躬身，受。終聽三鼓。止。

「太簇徵一成。始聽三鼓，一鼓稍前，開手立；二鼓合手，退後；三鼓相顧蹲。三鼓畢，間聲作，一鼓稍前，舞蹈；二鼓復位，躬身；三鼓高呈手；四鼓舉左手，收，左揖；五鼓舉右手，收，右揖；六鼓兩兩相向，交籥，正蹲；七鼓復位，躬身；八鼓舞蹈，相向立；九鼓復位，俯伏；十鼓舉左手，收，左揖；十一鼓舉右手，收，右揖；十二鼓伏，興，仰視；十三鼓舞蹈，相向立；十四鼓復位，交籥，正蹲；十五鼓躬身，受。終聽三鼓。止。

「姑洗羽一成。始聽三鼓，一鼓稍前，開手立；二鼓合手，退後；三鼓相顧蹲。三鼓畢，間聲作，一鼓稍前，舞蹈；二鼓復位，正揖；三鼓高呈手；四鼓推左手，收，左揖；五鼓推右手，收，右揖；六鼓兩兩相向，交籥，正蹲；七鼓復位，俯伏；八鼓舞蹈，相向立；九鼓復位，躬身；十鼓伏，興，仰視；十一鼓舉左手，收，左揖；十二鼓舉右手，收，右揖；十三鼓舞蹈，相向立；十四鼓復位，交籥，正蹲；十五鼓躬身，受。終聽三鼓。止。」①

降神，奏《乾寧之曲》，六成

圜鐘宫三成

黄鐘角一成　詞同前

惟皇上帝，監德昭明。祖考承天，治底隆平。孝思維則，禋祀薦誠。神其降格，萬福來并。

① 《元史》卷七〇，第1747—1750頁。

太簇徵一成　詞同前

姑洗羽一成　詞同前

初獻盥洗，奏《肅寧之曲》

黃鐘宫

明水在下，鐘鼓既奏。有孚顒若，陟降左右。辟公處止，多士祼將。吉蠲以祭，上帝其饗。

初獻升降，奏《肅寧之曲》

大吕宫

禋祀孔肅，盥薦初升。攝齊恭敬，以薦惟馨。肅雝多士，來格百靈。降福受釐，萬世其承。

奠玉幣，奏

大吕宫

宗祀配饗，肇舉明禋。嘉玉既設，量幣斯陳。惟德格天，惟誠感神。於萬斯年，休命用申。

迎俎，奏《豐寧之曲》

黄鐘宫

有碩斯俎，有滌斯牲。鑾刀屢奏，血膋載升。禮崇蕭栗，氣達尚腥。上帝臨止，享於克誠。

酌獻，奏《嘉寧之曲》

大吕宫

崇崇泰畤，穆穆昊穹。神之格思，肸蠁斯通。犧尊載列，黄流在中。酒既和止，萬福攸同。

亞獻，奏《咸寧之曲》

黄鐘宫

六成既闋，三獻云終。神其醉止，穆穆雍雍。和風慶雲，賁我郊宫。受兹祉福，億載無窮。

終獻 詞同前

徹籩豆，奏《豐寧之曲》

大吕宫

禋禮既備，神具宴娭。籩豆有楚，廢徹不遲。多士駿奔，樂且有儀。乃錫純嘏，永佐丕基。

送神奏

圜鐘宫

殷祀既畢，靈馭載旋。禮洽和應，降福自天。動植咸若，陰陽不愆。明明天子，億萬斯年。

望燎奏

黄鐘宫

享申百禮，慶洽百靈。奠玉高壇，燔柴廣庭。祥光達曙，粲若景星。神之降福，萬國咸寧。

《元史》卷六九《禮樂志》，第1709—1712頁

大德九年以後，定擬親祀樂章

《元史・祭祀志》曰：「大德九年二月二十四日，右丞相哈剌哈孫等言：『去年地震星變，雨澤愆期，歲比不登。祈天保民之事，有天子親祀者三：曰天，曰祖宗，曰社稷。今宗廟、社稷，歲時攝官行事。祭天，國之大事也，陛下雖未及親祀，宜如宗廟、社稷，遣官攝祭，歲用冬至，儀物有司豫備，日期至則以聞。』制若曰：『卿言是也，其豫備儀物以待事。』於是翰林、集賢、太常禮官皆會中書集議。」①《元史・禮樂志》曰：「成宗大德九年，新建郊壇既成，命大樂署編運曲譜舞節，翰林撰樂章。十一月二十八日，祀圜丘用之。其迎送神曰《天成之曲》，初獻奠玉幣曰《欽成之曲》，酌獻曰《明成之曲》，登降曰《隆成之曲》，亞終酌獻曰《和成之曲》，奉饌徹豆曰《寧成之曲》，望燎如登降，惟用黃鐘宮。文舞曰《崇德之舞》，武舞曰《定功之舞》。」②又曰：「（至大三年）十有一月，敕以二十三日冬至，祀昊天上帝於南郊，配

① 《元史》卷七二，第1782頁。
② 《元史》卷六八，第1697頁。

以太祖，令大樂署運製配位及親祀曲譜舞節，翰林譔樂章。皇帝出入中壝黄鐘宫曲二，盥洗黄鐘宫曲一，升殿登歌大吕宫曲一，酌獻黄鐘宫曲一，飲福登歌大吕宫曲一，出入小次黄鐘宫曲一。皆無曲名。」①

皇帝入中壝

黄鐘宫

赫赫有臨，洋洋在上。克配皇祖，於穆來饗。肇此大禋，乾文弘朗。被衮圜丘，巍巍玄象。

皇帝盥洗

黄鐘宫

翼翼孝思，明德洽禮。功格玄穹，有光帝始。著我精誠，潔兹薦洗。幣玉攸奠，永集嘉祉。

① 《元史》卷六八，第1699頁。

皇帝升壇降同

大吕宫

天行惟健，盛德御天。日月龍章，筍簴宫縣。藁鞂尚明，禮璧蒼圜。神之格思，香升燔烟。

降神，奏《天成之曲》

圜鐘宫三成

烝哉皇元，丕承帝眷。報本貴誠，于郊殷薦。藁鞂載陳，雲門六變。神之格思，來處來燕。

黄鐘角一成

太簇徵一成

姑洗羽一成　詞并同前

初獻盥洗，奏《隆成之曲》

黄鐘宫

肇禋南郊，百神受職。齊潔惟先，匪馨于稷。洒沃洒盥，祠壇是陟。上帝監觀，其儀不忒。

初獻升壇降同，**奏《隆成之曲》**

大呂宮

於穆圜壇，陽郊奠位。孔惠孔時，吉蠲爲饎。降登祇若，百禮既至。顧言居歆，允集熙事。

奠玉幣正配位同，**奏《欽成之曲》**

黄鐘宫

謂天蓋高，至誠則格。克祀克禋，駿奔百辟。制幣斯陳，植以蒼璧。神其降康，俾我來益。

司徒捧俎，奏《寧成之曲》

黄鐘宫

我牲既潔，我俎斯實。笙鏞克諧，籩豆有飶。神來宴娭，歆兹明德。永錫繁禧，如幾如式。

昊天上帝位酌獻，奏《明成之曲》

黄鐘宫

於昭昊天，臨下有赫。陶匏薦誠，馨聞在德。酌言獻之，上靈是格。降福孔偕，時萬時億。

皇地祇位酌獻

大吕宫

至哉坤元，與天同德。函育群生，玄功莫測。合饗圜壇，舊典時式。申錫無疆，聿寧皇國。

太祖位酌獻

黄鐘宫

禮大報本，郊定天位。皇皇神祖，反始克配。至德難名，玄功宏濟。帝典式敷，率育攸墍。

皇帝飲福

大吕宫

特牲享誠，備物循質。上帝居歆，百神受職。皇武昭宣，孝祀芬苾。萬福攸同，下民陰隲。

皇帝出入小次

黄鐘宫

惟天惟大，惟帝饗帝。以配祖考，肅贊靈祉。定極崇功，永我昭事。升中于天，象物畢至。

文舞退，武舞進，奏《和成之曲》

黄鐘宫

羽籥既竣，載揚玉戚。一弛一張，匪舒匪棘。八音克諧，萬舞有奕。永觀厥成，純嘏是錫。

亞終獻，奏《和成之曲》

黄鐘宫

有嚴郊禋，恭陳幣玉。大糦是承，載祇載肅。上帝居歆，馨香既飫。惠我無疆，介以景福。

徹籩豆，奏《寧成之曲》

大吕宫

三獻攸終，六樂斯徧。既右享之，徹其有踐。洋洋在上，默默靈眷。明禋告成，於皇錫羡。

送神，奏《天成之曲》

圜鐘宫

神之來歆，如在左右。神保聿歸，靈斿先後。恢恢上圓，無聲無臭。日監孔昭，思皇多祐。

望燎，奏《隆成之曲》

黄鐘宫

熙事備成，禮文郁郁。紫烟聿升，靈光下燭。神人樂康，永膺戩穀。祚我丕平，景命有僕。

皇帝出中壝

黄鐘宫

泰壇承光，寥廓玄曖。暢我揚明，饗儀惟大。九服敬宣，聲教無外。皇拜天祐，照臨斯届。

《元史》卷六九《禮樂志》，第1712—1717頁

宗廟樂章

世祖中統四年至至元三年，七室樂章

《元史·祭祀志》曰：「其祖宗祭享之禮，割牲、奠馬湩，以蒙古巫祝致辭，蓋國俗也。

世祖中統元年秋七月丁丑，設神位於中書省，用登歌樂，遣必闍赤致祭焉。必闍赤，譯言典書記者。十二月，初命製太廟祭器、法服。二年九月庚申朔，徙中書署，奉遷神主於聖安寺。辛巳，藏於瑞像殿。三年十二月癸亥，即中書省備三獻官，大禮使司徒攝祀事。禮畢，神主復藏瑞像殿。四年三月癸卯，詔建太廟於燕京。十一月丙戌，仍寓祀事中書，以親王合丹、塔察兒、王磐、張文謙攝事。至元元年冬十月，奉安神主於太廟，初定太廟七室之制。皇祖、皇祖妣第一室，皇伯考、伯妣第二室，皇考、皇妣第三室，皇伯考、伯妣第四室，皇伯考、伯妣第五室，皇兄、皇后第六室，皇兄、皇后第七室。凡室以西爲上，以次而東。二年九月，初命滌養犧牲，取大樂工於東平，習禮儀。冬十月己卯，享於太廟，尊皇祖爲太祖。」①

太祖第一室

天垂靈顧，地獻中方。帝力所拓，神武莫當。陽谿昧谷，咸服要荒。昭孝明禋，神祖皇皇。

---

①《元史》卷七四，第1831頁。

太宗第二室

和林勝域，天邑地宫。(闕)〔四方賓貢〕，南北來同。(闕)〔百〕司分置，胄教肇崇。潤色祖業，德仰神宗。

睿宗第三室

珍符默授，疇昔自天。爰生聖武，寶祚開先。霓旌回狩，龍駕遊僊。追遠如生，皇慕顒然。

皇伯考术赤第四室

威(闕)〔武〕鷹揚，冢位(闕)〔克〕當。從龍遠拓，千萬里疆。誕總虎旅，駐壓西方。航海梯山，東西來王。

皇伯考察合帶第五室

雄武軍威，滋多歷年。深謀遠略，協贊惟專。流沙西域，餞日東邊。百國畏服，英聲赫然。

定宗第六室

三朝承休，恭己優游。欽繩祖武，其德聿修。帝憗錫壽，德澤期周。躅饎惟薌，祈饗于幽。

憲宗第七室

龍躍潛居，風雲會通。知民病苦，軫念宸衷。夔門之旅，繼志圖功。俎豆敬祭，華儀孔隆。

《元史》卷六九《禮樂志》，第1718—1719頁

卷一八五　元郊廟歌辭五

至元四年至十七年，八室樂章

《元史·祭祀志》曰：「（至元）三年秋九月，始作八室神主，設祏室。冬十月，太廟成。丞相安童、伯顏言：『祖宗世數、尊謚廟號、配享功臣、增祀四世、各廟神主、七祀神位、法服祭器等事，皆宜以時定』。乃命平章政事趙璧等集議，製尊謚廟號，定爲八室。烈祖神元皇帝、皇曾祖妣宣懿皇后第一室，太祖聖武皇帝、皇祖妣光獻皇后第二室，太宗英文皇帝、皇伯妣昭慈皇后第三室，皇伯考术赤、皇伯妣別土出迷失第四室，皇伯考察合帶、皇伯妣也速倫第五室，皇考睿宗景襄皇帝、皇妣莊聖皇后第六室，定宗簡平皇帝、欽淑皇后第七室，憲宗桓肅皇帝、貞節皇后第八室。十一月戊申，奉安神主於祏室，歲用冬祀，如初禮。」①《元史·禮樂志》曰：「至元三年，初用宫縣、登歌、文武二舞於太廟，烈祖至憲宗八室，

① 《元史》卷七四，第 1832 頁。

皆有樂章。」①又曰：「世祖至元三年，八室時享，文舞武定文綏之舞降神，《來成之曲》九成。

「黄鐘宫三成。始聽三鼓，一鼓稍前，開手立；二鼓退後，合手；三鼓相顧蹲。三鼓畢，間聲作。一鼓稍前，舞蹈，次合手而立；二鼓正面高呈手，住；三鼓退後，收手蹲；四鼓正面躬身，興身立；五鼓推左手，右相顧，左揖；六鼓皆推右手，左相顧，右揖；七鼓稍前，正面開手立；八鼓舉左手，右相顧，左揖；九鼓舉右手，左相顧，右揖；十鼓稍退後，俯身而立；十一鼓稍前，開手立；十二鼓合手，退後，相顧蹲；十三鼓稍進前，舞蹈；十四鼓退後，合手，相顧蹲；十五鼓正面躬身，受。終聽三鼓。止。

「大吕角二成。始聽三鼓，一鼓稍前，開手立；二鼓退後，合手；三鼓相顧蹲。三鼓畢，間聲作。一鼓稍進前，舞蹈，合手立；二鼓舉左手，住，收右足；三鼓舉右手，住，收左足；四鼓兩兩相向而立；五鼓稍前，高呈手，住；六鼓舞蹈，退後立；七鼓稍前，開手立；八鼓合手，退後蹲；九鼓正面歸佾立；十鼓推左手，收右足，推右手，收左足；十一鼓舉左手，收右足，舉右手，收左足；十二鼓稍進前，正面仰視；十三鼓稍退後，相顧蹲；十四鼓合手，俯身立；十五鼓正面躬身，受。終聽三鼓。止。

---

① 《元史》卷六七，第1664頁。

「太簇徵二成。始聽三鼓。一鼓稍前，開手立；二鼓退後，合手；三鼓相顧蹲。三鼓畢，間聲作。一鼓稍進前，舞蹈，次合手立；二鼓俯身而正面揖；三鼓稍進前，高呈手立；四鼓收手，正面蹲；五鼓舉左手，住，收右足；六鼓舉右手，收左足，收手；七鼓兩兩相向而立；八鼓稍前，高仰視；九鼓稍退，收手蹲；十鼓舉左手，住而蹲；十一鼓舉右手，收手而蹲；十二鼓正面歸佾，舞蹈；十三鼓俯身，正揖；十四鼓交籥翟，相顧蹲；十五鼓正面躬身，受。終聽三鼓。止。

「應鐘羽二成。始聽三鼓，一鼓稍前，開手立；二鼓退後，合手；三鼓相顧蹲。三鼓畢，間聲作，一鼓稍進前，舞蹈，次合手立；二鼓兩兩相向立；三鼓舉左手，收右足，左揖；四鼓舉右手，收左足，右揖；五鼓歸佾，正面立；六鼓稍進前，高呈手，住；七鼓收手，稍退，相顧蹲；八鼓兩兩相向立；九鼓稍前，開手蹲；十鼓退後，合手對揖；十一鼓正面歸佾立；十二鼓稍進前，舞蹈，次合手立；十三鼓垂左手而右足應；十四鼓垂右手而左足應；十五鼓正面躬身，受。終聽三鼓。止。

「烈祖第一室文舞，《開成之曲》，無射宫一成。始聽三鼓，一鼓稍前，開手立；二鼓稍退，合手；三鼓相顧蹲。三鼓畢，間聲作。一鼓稍進前，舞蹈，合手立；二鼓稍退，俯身，開手立；三鼓垂左手，住，收右足；四鼓垂右手，住，收左足；五鼓左側身相顧，左揖；六鼓右側身相顧，右揖；七鼓正面躬身，興身立；八鼓兩兩相向，合手立；九鼓相顧高呈手，住；十鼓收手，舞蹈；十一鼓舞左而收手立；十二鼓舞右而收手立；十三鼓揚左手，相顧蹲；十四鼓揚右手，相顧蹲；十五鼓稍前，正面躬身，受。終聽三鼓。止。

「太祖第二室文舞，《武成之曲》，無射宮一成。始聽三鼓，一鼓稍前，開手立；二鼓退後，合手；三鼓相顧蹲。三鼓畢，間聲作，一鼓稍前，舞蹈，次合手立；二鼓正面高呈手，住；三鼓兩兩相向而對揖；四鼓正面歸佾，舞蹈，次合手立；五鼓稍前，開手蹲，收手立；六鼓稍退，合手蹲，收手立；七鼓舉左手而左揖；八鼓舉右手而右揖；九鼓推左手住而正蹲；十鼓推右手正蹲；十一鼓開手執籥翟，正面俯視；十二鼓垂左手，收右足；十三鼓垂右手，收左足；十四鼓稍前，正面仰視而立；十五鼓稍前，正面躬身，受。終聽三鼓。止。

「太宗第三室文舞，《文成之曲》，無射宮一成。始聽三鼓。一鼓稍前，開手立；二鼓退後，合手；三鼓相顧蹲。三鼓畢，間聲作。一鼓稍進前，舞蹈；二鼓兩相向而高呈手立；三鼓稍前，開手立，相顧蹲；四鼓退後，合手立，相顧蹲；五鼓垂左手而右足應；六鼓垂右手而左足應；七鼓推左手，住，左揖；八鼓推右手，住，右揖；九鼓稍前，仰視，正揖；十鼓舉左手，住，收右足；十一鼓舉右手，住，收左足；十二鼓稍前，舞蹈；十三鼓稍前，開手而相顧立；十四鼓退後，合手立；十五鼓稍前，正面躬身，受。終聽三鼓。止。

「皇伯考术赤第四室文舞,《弼成之曲》,無射宫一成。始聽三鼓,一鼓稍前,開手立;二鼓退後,合手;三鼓相顧蹲。三鼓畢,間聲作。一鼓稍進前,舞蹈;二鼓合手,俯身相顧蹲;三鼓正面高呈手,住;四鼓稍前,舞蹈,次合手立;五鼓垂左手,右相顧,收手立;六鼓垂右手,左相顧,收手立;七鼓稍前,高仰視,收手,正面立;八鼓再退,高執籥翟,相顧蹲;九鼓舞蹈,次合手而立;十鼓舉左手,住,收右足;十一鼓舉右手,住,收左足;十二鼓稍前,開手立,收手蹲;十三鼓稍前,退後,合手立;十四鼓俯身,合手而立;十五鼓稍前,正面躬身,受。終聽三鼓。止。

「皇伯考察合帶第五室文舞,《協成之曲》,無射宫一成。始聽三鼓,一鼓稍前,開手立;二鼓退後,合手;三鼓相顧蹲。三鼓畢,間聲作。一鼓稍進前,舞蹈,次合手立;二鼓開手,相顧蹲;三鼓合手,相顧蹲;四鼓稍前,高呈手,住;五鼓舉左手,右相顧,左揖;六鼓舉右手,左相顧,右揖;七鼓推左手,住,收右足;八鼓推右手,住,收左足;九鼓稍前,舞蹈,次合手立;十鼓開手,正蹲,收,合手立;十一鼓稍前,正面仰視立;十二鼓交籥翟,相顧蹲;十三鼓各盡舉左手而住;十四鼓各盡舉右手,收手立;十五鼓稍前,正面躬身,受。終聽三鼓。止。

「睿宗第六室文舞,《明成之曲》,無射宫一成。始聽三鼓,一鼓稍前,開手立;二鼓退後，合手；三鼓相顧蹲。三鼓畢，間聲作。一鼓稍前，舞蹈；二鼓稍前，開手立；三鼓退後，合手立；四鼓垂左手，相顧蹲；五鼓垂右手，相顧蹲；六鼓稍前，正面仰視立；七鼓舞左手，住，收右足，收手；八鼓舞右手，住，收左足，收手；九鼓兩相向，合手而立；十鼓推左手，推右手；十一鼓皆舉左右手；十二鼓正面高呈手，立；十三鼓退後，合手，俯身；十四鼓開手，高呈籥翟，相顧蹲；十五鼓正面稍前，躬身，受。終聽三鼓。止。

「定宗第七室文舞」《熙成之曲》，無射宮一成。始聽三鼓，一鼓稍前，開手立；二鼓退後，合手；三鼓相顧蹲。三鼓畢，間聲作。一鼓稍前，舞蹈；二鼓兩相向，高呈手立；三鼓垂左手而右足應；四鼓垂右手而左足應；五鼓稍前，開手立，相顧蹲；六鼓退後，合手立，相顧蹲；七鼓舉左手，住，收右足；八鼓舉右手，住，收左足；九鼓推左手，左揖；十鼓推右手，右揖；十一鼓稍前，舞蹈；十二鼓退後，正揖；十三鼓稍前，開手相顧立；十四鼓退後，合手立；十五鼓稍前，正面躬身，受。終聽三鼓。止。

「憲宗第八室文舞」《威成之曲》，無射宮一成。始聽三鼓，一鼓稍前，開手；二鼓退後，合手；三鼓相顧蹲。三鼓畢，間聲作。一鼓進前，舞蹈，次合手立；二鼓高呈手，住；三鼓舉左手，右顧；四鼓舉右手，左顧；五鼓推左手，右揖；六鼓推右手，左揖；七鼓兩相向，交籥翟，立；八鼓正面歸佾，合手立；九鼓稍前，舞蹈，收手立；十鼓退後，正揖；十一鼓俯身，正面揖；十二鼓高仰視；十三鼓垂左手；十四鼓垂右手；十五鼓正面躬身，受。終聽三鼓。止。

「亞獻武舞，內平外成之舞。《順成之曲》，無射宫一成。始聽三鼓，一鼓側身開手，二鼓合手，三鼓相顧蹲。三鼓畢，間聲作，一鼓皆稍進前，舞蹈，次按腰立；二鼓按腰，相顧蹲；三鼓左右揚干戚，收手按腰；右以象滅王罕。四鼓稍退，舞蹈，按腰立；五鼓兩兩相向，按腰立；六鼓歸佾，開手，蹲；七鼓面西，收手按腰立；八鼓側身擊干戚，收，立；右以象破西夏。九鼓正面歸佾，躬身，次興身立；十鼓稍進前，舞蹈，次按腰立；十一鼓左右推手，次按腰立；十二鼓跪左膝，疊手，呈干戚，住；右以象克金國。十三鼓收手，按腰，興身立；十四鼓兩相向而相顧，蹲；十五鼓正面躬身，受。終聽三鼓。止。」①

又曰：「凡樂，郊社、宗廟，則用宫縣，工三百六十有一人；社稷，則用登歌，工五十有一人；二樂用工四百一十有二人，代事故者五十人……凡宗廟之樂九成，舞九變。黄鐘之宫，三成，三變。大吕之角，二成，二變。太簇之徵，二成，二變。應鐘之羽，二成，二變。圜丘之樂六成，舞六變。夾鐘之宫，三成，三變。黄鐘之角，一成，一變。太簇之徵，一成，一

① 《元史》卷七〇，第1751頁。

變。姑洗之羽，一成，一變。」①

迎神，奏《來成之曲》，九成

黄鐘宫三成

大吕角二成　詞同黄鐘

太簇徵二成　詞同黄鐘

應鐘羽二成　詞同黄鐘

齊明盛服，翼翼靈眷。禮備多儀，樂成九變。烝烝孝心，若聞且見。肸蠁端臨，來寧來燕。

初獻盥洗，奏《肅成之曲》再詣盥洗同。至大以後，名《順成之曲》，詞律同。

無射宫

天德維何，如水之清。維水内耀，配彼天明。以滌以濯，犧象光晶。孝思維則，式薦忱誠。

① 《元史》卷七一，第1767—1769頁。

是格。

初獻升殿，登歌樂奏《肅成之曲》降同

夾鐘宫

祀事有嚴，太宫有侐。陟降靡違，(孔)〔禮〕容翼翼。籩豆旅陳，鐘磬翕繹。於昭吉蠲，神保

司徒捧俎，奏《嘉成之曲》别本所録親祀樂章詞同

無射宫

色純體全，三犧五牲。鑾刀屢奏，毛炰胾羹。神具厭飫，聽我磬聲。居歆有永，胡考之寧。

烈祖第一室，奏《開成之曲》

無射宫

於皇烈祖，積厚流長。大勛未集，燮伐用張。篤生聖嗣，奄有多方。錫我景福，萬世無疆。

太祖第二室，奏《武成之曲》

無射宫

天扶昌運，混一中華。爰有真人，奮起龍沙。際天開宇，亘海爲家。肇修禋祀，萬世無涯。

太宗第三室，奏《文成之曲》

無射宫

纂成前烈，底定丕圖。禮文簡省，禁綱寬疏。還風太古，躋世華胥。三靈順協，四海無虞。

皇伯考术赤第四室，奏《弼成之曲》

無射宫

神支挺秀，右壤疏封。創業艱難，相我祖宗。叙親伊邇，論功亦崇。春秋祭祀，萬世攸同。

皇伯考察合帶第五室，奏《協成之曲》

無射宫

玉牒期親，神支懿屬。論德疏封，展親分玉。相我祖宗，風櫛雨沐。昔同其勞，今共兹福。

睿宗第六室，奏《明成之曲》

無射宫

神祖創業，爰著戎衣。聖考撫軍，代行天威。河南底定，江北來歸。貽謀翼子，奕葉重輝。

定宗第七室，奏《熙成之曲》

無射宫

嗣承丕祚，累洽重熙。堂構既定，垂拱無爲。邊庭閑暇，田里安綏。歆兹禋祀，萬世攸宜。

憲宗第八室，奏《威成之曲》

無射宫

羲馭未出，螢爝騰光。大明麗天，群陰披攘。百神受職，四海寧康。愔愔靈韶，德音不忘。

文舞退，武舞進，奏《和成之曲》別本所録親祀樂章詞同

無射宫

天生五材，孰能去兵。恢張鴻業，我祖天聲。干戈曲盤，濯濯厥靈。於赫七德，展也大成。

亞獻行禮，奏《順成之曲》終獻詞律同

無射宫

幽通神明，所重精禋。清宫肅肅，百禮具陳。九韶克諧，八佾兟兟。靈光昭答，天休日申。

徹籩豆，登歌樂奏《豐成之曲》

夾鐘宫

豆籩苾芬，金石鏘鏗。禮終三獻，樂奏九成。有嚴執事，進徹無聲。神保聿歸，萬福來寧。

送神，奏《來成之曲》或作《保成》

黄鐘宫

神主在室，神靈在天。禮成樂(闋)〔闋〕，神返幽玄。降福冥冥，百順無愆。於皇孝思，於萬斯年。《元史》卷六九《禮樂志》，第1718—1724頁

至元十八年冬十月，世祖皇后祔廟酌獻樂章

《元史·世祖昭睿順聖皇后傳》曰：「世祖昭睿順聖皇后，名察必，弘吉剌氏，濟寧忠武王按陳之女也。生裕宗。中統初，立爲皇后。至元十年三月，授册寶，上尊號貞懿昭聖順天睿文光應皇后……十八年二月崩。三十一年，成宗即位，五月，追謚昭睿順聖皇后……

升祔世祖廟。」①《元史·禮樂志》曰：「十八年冬十月，昭睿順聖皇后將祔廟，製昭睿順聖皇后室曲舞。」②

〔黄鐘宫〕

徽柔懿哲，温默靖恭。範儀宫閫，任姒同風。敷天寧謐，内助多功。淑德祔廟，萬世昌隆。

《元史》卷六九《禮樂志》，第1724頁

① 《元史》卷一一四，第2871頁。
② 《元史》卷六八，第1696頁。

卷一八六　元郊廟歌辭六

親祀禘祫樂章

《元史·祭祀志》曰："至大二年春正月乙未，以受尊號，恭謝太廟，爲親祀之始。"①則此《親祀禘祫樂章》當作於至大二年春正月乙未之後，至元三年之前。親祀之儀，其目有八。《元史·祭祀志》曰："親祀時享儀，其目有八：一曰齋戒。前祀七日，皇帝散齋四日於别殿，治事如故，不作樂，停奏刑名事，不行刑罰。致齋三日，惟專心祀事，其二日於大明殿，一日於大次。致齋前一日，尚舍監設御幄於大明殿西序，東向。致齋之日質明，諸衛勒所部屯列。晝漏下一刻，通事舍人引侍享執事文武四品以上官，俱公服詣别殿奉迎。二刻，侍中版奏請中嚴，皇帝服通天冠、絳紗袍。三刻，侍中版奏外辦，皇帝結佩出别殿，乘輿，華蓋傘扇侍衛如常儀，奉引至大明殿御幄，東向坐，侍臣夾侍如常。一刻頃，侍中前跪

① 《元史》卷七四，第 1836 頁。

奏言請降就齋，俛伏興。皇帝降座入室，侍享執事官各還所司，宿衛者如常。凡應祀官受誓戒於中書省。散齋四日，致齋三日。光禄卿鑑取明水、火。火以供爨，水以實尊。

「二曰陳設。祀前三日，尚舍監陳大次於西神門外道北，南向。設小次於西階西，東向。設版位於西神門内，横街南，東向。設飲福位於太室尊彝所，稍東，西向。設黄道裀褥於大次前，至西神門，至小次版位西階及殿門之外。設御洗位於御版位東，稍北，北向。設亞終獻位於西神門内御版位稍南，東向，以北爲上，罍洗在其東北。設亞終獻飲福位於御飲福位後，稍南，西向。陳設八寶黄羅案於西階西，隨地之宜。設享官宫縣樂、省牲位、諸執事公卿御史位，并如常儀。殿上下及各室，設簠、簋、籩、豆、尊、罍、彝、斝等器，并如常儀。

「三曰車駕出宫。祀前一日，所司備法駕鹵簿於崇天門外。太僕卿率其屬備玉輅於大明門外。千牛將軍執刀於輅前，北向。其日質明，諸侍享執事官，先詣太廟祀所。諸侍臣直衛及導駕官於致齋殿前，左右分班立。通事舍人引侍中跪奏請中嚴，俛伏興。皇帝服通天冠、絳紗袍。少頃，侍中版奏外辦，皇帝出齋室，即御座。群臣起居訖，尚輦進輿，侍中奏請皇帝升輿。皇帝升輿，華蓋傘扇侍衛如常儀。導駕官前導至大明門外，侍中進當輿前，跪奏請皇帝降輿升輅。皇帝升輅，太僕執御，導駕官分左右步導。門下侍郎進當輅前，跪奏請車駕進發。車駕動，稱警蹕。千牛將軍夾而趨至崇天門外，門下侍郎跪奏請車駕少駐，敕衆官上馬。侍中承旨退，稱曰『制可』。門下侍郎退，傳制稱衆官上馬。贊者承傳敕衆官上馬。上馬訖，門下侍郎奏請敕車右升，侍中前承制，退稱曰『制可』。千牛將軍升訖，門下侍郎奏請車駕進發。車駕動，稱警蹕。符寶郎奉八寶與殿中監部從在黄鉞内，教坊樂前引，鼓吹不振作。將至太廟，禮直官引諸侍享執事官於廟門外，左右立班，奉迎駕至廟門，回輅南向。將軍降立於輅左，侍中於輅前奏稱侍中臣某請皇帝降輅，步入廟門。皇帝降輅，導駕官前導，皇帝步入廟門稍西。侍中奏請皇帝升輿，尚輦奉輿，華蓋傘扇如常儀。皇帝乘輿至大次，侍中奏請皇帝降輿入就大次。皇帝入就次，簾降，宿衛如式。尚食進饍如儀。禮儀使以祝版奏御署訖，奉出，太廟令受之，各奠於坫，置各室祝案上。通事舍人承旨，敕衆官各還齋次。

「四曰省牲器。祀前一日未後三刻，廩犧令丞、太官令丞、太祝以牲就位。禮直官引太常卿、光禄卿丞、監祭禮等官就位。禮直官請太常、監祭、監禮由東神門北偏門入，升自東階。每位視滌祭器，司尊彝舉冪曰『潔』。俱畢，降自東階，由東神門北偏門出，復位，立定。禮直官稍前曰『請省牲』，引太常卿視牲，退復位。次引廩犧令出班，巡牲一匝，西向折身曰『充』。諸太祝巡牲一匝，上一員出班西向折身曰『腯』畢，俱復位。蒙古巫祝致詞訖，禮直官稍前曰『請詣省饌位』，引太常卿、光禄卿、監祭、監禮、光禄丞、太官令丞詣省饌位，東西相向立定，以北爲上。禮直官引太常卿詣饌殿内省饌。視饌訖，禮直官引太常卿還齋所。次引廩犧令丞、諸太祝以次牽牲詣厨，授太官令。次引光禄卿丞、監祭、監禮詣厨省鼎鑊，視滌溉訖，各還齋所。太官令帥宰人以鸞刀割牲，祝史各取毛血，每位共實一豆，以肝洗於鬱鬯及取膟膋，每位共實一豆，置於各位。饌室内，庖人烹牲。

「五曰晨祼。祀日丑前五刻，諸享陪位官各服其服。光禄卿、良醖令、太官令入，實籩、豆、簠、簋、尊、罍，各如常儀。太樂令率工人二舞，以次入。奉禮郎贊者先入就位，禮直官引御史、博士及執事者以次各入，就位，并如常儀。禮直官引司徒以下官升殿，分香設酒，如常儀。禮直官引太常官、御史、博士升殿，視陳設，就位。復與太廟令、太祝、宫闈令升殿。太祝出帝主，宫闈令出后主訖，御史及以上升殿官於當陛近西，北向立。奉禮於殿上贊奉神主訖，奉禮曰『再拜』，贊者承傳，諸官及執事者皆再拜，各就位。禮直官引亞終獻等官，由南神門東偏門入，就位，立定。禮直官贊有司謹具，請行事。協律郎俛伏興，舉麾（興），工鼓柷，宫縣樂作《思成之曲》，以黄鐘爲宫，大吕爲角，太簇爲徵，應鐘爲羽，作文舞九成止。樂奏將終，通事舍人引侍中版奏請中嚴。皇帝服衮冕，坐少頃，禮直官引博士，博士引禮儀使，對立於大次門外，當門北向。侍中奏外辦，禮儀使跪奏請皇帝行禮，俛伏興，簾捲。符寶郎奉寶陳於西陛之西黄羅案上。皇帝出大次，博士、禮儀使前導，華蓋傘扇如儀，大禮使後從。至西神門外，殿中監跪進鎮圭，皇帝執圭，華蓋傘扇停於門外，近侍從入門。協律郎跪俛伏興，舉麾，工鼓柷，宫縣《順成之樂》作。至版位東向，協律郎偃麾，工戛敔，樂止。引禮官分左右侍立，禮儀使前奏請再拜，皇帝再拜。奉禮曰『衆官再拜』，贊者承傳，凡在位者皆再拜。禮儀使奏請皇帝詣盥洗位，宫縣（作樂）〔樂作〕，至洗位，樂止。内侍跪取匜，興，沃水。又内侍跪取盤，興，承水。禮儀使奏請搢鎮圭，皇帝搢圭，盥手訖，内侍跪取巾於篚，興，以進，帨手訖，皇帝詣爵洗位，奉瓚官以瓚跪進，皇帝受瓚，内侍奉匜沃水。又内侍跪，奉盤承水，洗瓚訖，内侍奉巾以進，皇帝拭瓚訖，内侍奠盤匜，又奠巾於篚，奉瓚官跪受瓚。禮儀使奏請執鎮圭，前導皇帝升殿，宫縣樂作，至西階下，樂止。皇帝升自西階，登歌樂作，禮儀使前導皇帝詣太祖室尊彝所，東向立，樂止。奉瓚官以瓚莅鬯，司尊者舉冪，侍中跪酌鬱鬯訖，禮儀使前導，入詣太祖神座前，北向立。禮儀使奏請搢鎮圭跪，奉瓚官西向立，以瓚跪進。禮儀使奏請執瓚、以鬯祼地，皇帝執瓚以鬯祼地，以瓚授奉瓚官。禮儀使奏請執鎮圭、俛伏興。皇帝俛伏興，禮儀使前導出户外褥位。禮儀使奏請再拜。皇帝再拜訖，禮儀使前導詣第二室以下，祼鬯并如上儀。祼訖，禮儀使奏請還版位。登歌樂作，皇帝降自西階，樂止。宫縣樂作，至版位東向立，樂止。禮儀使奏請還小次，前導皇帝行，宫縣樂作。將至小次，禮儀使奏請釋鎮圭，殿中監跪受，皇帝入小次，簾降，樂止。

「六曰進饌。皇帝祼將畢，光禄卿詣饌殿視饌，復位。太官令率齋郎詣饌幕，以牲體設於盤，各對舉以行，自南神門入。司徒出迎饌，宫縣樂作，奏無射宫《嘉成之曲》。禮直官引司徒、齋郎奉饌升自太階，由正門入。諸太祝迎於階上，各跪奠於神座前。齋郎執笏俛伏興，遍奠訖，樂止。禮直官引司徒、太官令率齋郎降自東階，各復位。饌之升殿也，太官丞率七祀齋郎奉饌，以序跪奠於七祀神座前，退從殿上齋郎以次復位。諸太官令率割牲官詣各室，進割牲體置俎上，皆退。

「七曰酌獻。禮直官於殿上贊太祝立茅苴，禮儀使奏請詣盥洗位。簾捲，出次，宫縣樂作。殿中監跪進鎮圭，皇帝執鎮圭至盥洗位，樂止，北向立。禮儀使奏請搢鎮圭，執事者跪取匜，興，沃水，又跪取盤，承水。禮儀使奏請皇帝盥手，執事者跪取巾於篚，興，進。帨手訖，禮儀使奏請執鎮圭，請詣爵洗位，北向立。禮儀使奏請搢鎮圭，奉爵官以爵跪進。皇帝受爵，執事者奉匜沃水，奉盤承水。皇帝洗爵訖，執事者奉巾跪進。皇帝拭爵，執事者奠盤匜，又奠巾於篚，奉爵官受爵。禮儀使奏請執鎮圭，升殿。宫縣樂作，至西階下，樂止。升自西階，登歌樂作，禮儀使前導詣太祖室尊彝所，東向立，樂止。禮儀使奏請搢鎮圭執爵，奉爵官以爵跪進。皇帝受爵，司尊者舉冪，良醖令跪酌犧尊之泛齊，以爵授執事者。禮儀使奏請執鎮圭，皇帝執圭，入詣太祖神位前，北向立。宫縣樂作，奏《開成之曲》。禮儀使跪奏請搢鎮圭跪，又奏請三上香。三上香訖，奉爵官以爵授進酒官，進酒官東向以爵跪進。禮儀使奏請執爵，三祭酒於茅苴，以虚爵授進酒官，進酒官以授奉爵官，奉爵官退立尊彝所。進酒官進取神案上所奠玉爵馬湩，東向跪進，禮儀使奏請執爵祭馬湩。祭訖，以虚爵授進酒官，進酒官進奠神案上，退。禮儀使奏請執圭，俛伏興，司徒搢笏跪於俎前，奉牲西向以進。禮儀使奏請搢鎮圭，皇帝搢圭，俯受牲盤，北向跪奠神案上。蒙古祝史致辭訖，禮儀使奏請執鎮圭興，前導，出户外褥位，北向立，樂止。舉祝官搢笏跪，對舉祝版，讀祝官北向跪，讀祝文訖，俛伏興，舉祝官奠祝版訖，先詣次室。禮儀使奏請再拜。拜訖，禮儀使前導詣各室，各奏本室之樂。其酌獻、進牲、祭馬湩，并如第一室之儀。既畢，禮儀使奏請詣飲福位。登歌樂作，至位，西向立，樂止。登歌《釐成之樂》作，禮直官引司徒立於飲福位側，太祝以爵酌上尊飲福酒，合置一爵，以奉侍中，侍中受爵，奉以立。禮儀使奏請皇帝再拜。拜訖，奏請搢鎮圭跪。侍中東向以爵跪進，禮儀使奏請執爵，三祭酒，又奏請啐酒。啐酒訖，以爵授侍中。禮儀使奏請受胙，太祝以黍稷飯籩授司徒，司徒東向跪進。皇帝受，以授左右。太祝又以胙肉俎跪授司徒，司徒跪進。皇帝受，以授左右。禮直官引司徒退立。侍中再以爵酒跪進，禮儀使奏請皇帝受爵飲福。飲福訖，侍中受虚爵，興，以授太祝。禮儀使奏請執鎮圭，俛伏興，又奏請再拜。拜訖，樂止。禮儀使前導還版位，登歌樂作，降自西階，樂止。宫縣樂作，至位樂止。禮儀使奏請還小次。宫縣樂作。將至小次，禮儀使奏請釋鎮圭，殿中監跪受。入小次，簾降，樂止。文舞退，武舞進。先是皇帝酌獻訖，將至小次，禮直官引亞獻官詣盥洗位。盥洗訖，升自阼階，酌獻并如常儀。酌獻訖，禮直官引亞獻官詣東序，西向立。諸太祝各以（酌罍）〔罍酌〕福酒，合置一爵，一太祝捧爵進亞獻之左，北向立。亞獻再拜受爵，跪祭酒，遂啐飲。太祝進受爵，退，復於坫上。亞獻興再拜，禮直官引亞獻官降復位。終獻如亞獻之儀。初終獻既升，禮直官引七祀獻官各詣盥洗位，搢笏盥帨訖，執笏詣神位，搢笏跪執爵，三祭酒，奠爵執笏，俛伏興，再拜訖，詣次位，如上儀。終獻畢，贊者唱『太祝徹籩豆』。諸太祝進徹籩豆，登歌《豐成之樂》作，卒徹樂止。奉禮曰『賜胙』，贊者唱『衆官再拜』，在位者皆再拜。禮儀使奏請詣版位。簾捲，出次，殿中監跪進鎮圭。皇帝執圭行，宫縣樂作，至位樂止。送神《保成之樂》作，一成止。禮儀使奏請皇帝再拜，贊者承傳，凡在位者皆再拜。禮儀使前奏禮畢，前導皇帝還大次。宫縣《昌寧之樂》作，出門樂止。禮儀使奏請釋鎮圭，殿中監跪受，華蓋傘扇引導如常儀。入大次，簾降。禮直官引太常卿、御史、太廟令、太祝、宫闈令升殿納神主，降就拜位，奉禮贊升納神主訖，再拜，御史以下諸執事者皆再拜，以次出。禮直官各引享官以次出，太樂令率工人二舞以次出，太廟令闔户以降乃退。祝册藏於匱。

「八曰車駕還宫。皇帝既還大次，侍中奏請解嚴。皇帝釋衮冕，停大次。五刻頃，尚食進膳。所司備法駕鹵簿，與侍祠官序立於太廟欞星門外，以北爲上。侍中版奏請中嚴，皇帝改服通天冠、絳紗袍。少頃，侍中版奏皇帝出次升輿，導駕官前導，華蓋傘扇如儀。至廟門外，太僕卿率其屬進金輅如式。侍中前奏請皇帝降輿升輅。升輅訖，太僕御。門下侍郎奏請車駕進發，俛伏興，退。車駕動，稱警蹕。至欞星門外，門下侍郎奏請車駕權停，敕衆官上馬。侍中承旨退稱曰『制可』。門下侍郎退傳制，贊者承傳。衆官上馬畢，門下侍郎奏請敕車右升。侍中承旨退稱『制可』，千牛將軍升訖，導駕官分左右前導，門下侍郎奏請車駕進發。車駕動，稱警蹕。符寶郎奉八寶與殿中監從，教坊樂鼓吹振作。駕至崇天門外垣欞星門外，門下侍郎奏請車駕權停，敕衆官下馬。贊者承傳，衆官下馬。車駕動，衆官前引入内石橋，與儀仗倒捲而北，駐立。駕入崇天門，至大明門外降駕，升輿以入。駕既入，通事舍人承旨敕衆官皆退，宿衛官率衛士宿衛如式。」①

① 《元史》卷七四，第 1847—1855 頁。

皇帝入門，宮縣奏《順成之曲》

無射宫

熙熙雍雍，六合大同。維皇有造，典禮會通。金奏王夏，祇款神宫。感格如響，嘉氣來叢。

皇帝升殿，奏《順成之曲》

夾鐘宫

皇明燭幽，沿時制作。宗廟之威，降登時若。趨以采茨，聲容有恪。曰藝曰文，監兹衎樂。

皇帝詣罍洗，宮縣奏《順成之曲》《太常集禮》云，至元四年用此曲，名曰《肅成》。至大以後用此，詞律同。

無射宫

酌彼行潦，維挹其清。潔齊以祀，祀事昭明。肅肅辟公，沃盥乃升。神之至止，歆于克誠。

皇帝詣酌尊所，宫縣奏《順成之曲》

無射宫

靈庭愔愔，乃神攸依。文爲在禮，載斟匪祈。皇皇穆穆，玉佩聲希。列侯百辟，濟濟（闕）〔宣〕威。

迎神，宫縣奏《思成之曲》至元四年，名《來成之曲》，詞律同。

司徒捧俎，宫縣奏《嘉成之曲》至元四年，詞律同。

酌獻始祖，宫縣奏《慶成之曲》

無射宫

啓運流光，幅員既長。敬恭祀事，鬱鬯芬薌。德以舞象，功以歌揚。式歌且舞，神享是皇。

諸廟奏《熙成》《昌成》《鴻成》《樂成》《康成》《明成》等曲詞闕

文舞退，武舞進，宮縣奏《肅成之曲》至元四年，名《和成之曲》，詞律同。

亞終獻，宮縣奏《肅成之曲》至元四年，名《順成之曲》，詞律同。

皇帝飲福，登歌奏《釐成之曲》

夾鍾宫

誠通恩降，靈慈昭宣。左右明命，六合大全。啐飲椒馨，純嘏如川。皇人壽穀，億萬斯年。

徹豆，登歌奏《豐成之曲》

夾鍾宫

三獻九成，禮畢樂闋。于豆于登，于焉靖徹。多士密勿，樂且有儀。能事脱穎，孔惠孔時。

送神，奏《保成之曲》

黄鐘宫

雲車之來，不疾而速。風馭言還，閴其怳惚。神心之欣，孝孫之禄。燕翼無疆，景命有僕。

《元史》卷六九《禮樂志》，第1724—1727頁

卷一八七　元郊廟歌辭七

武宗至大以後，親祀攝樂章

《元史·禮樂志》曰：「至大二年，親享太廟。皇帝入門奏《順成之曲》，盥洗、升殿用至元中初獻升降《肅成之曲》，亦曰《順成之曲》，出入小次奏《昌寧之曲》，迎神用至元中《來成之曲》，改曰《思成》，初獻、攝太尉盥洗、升殿奏《肅寧之曲》，酌獻太祖室仍用舊曲，改名《開成》，《開成》本至元中烈祖曲名，其詞則太祖舊曲也。睿宗室仍用舊曲，改名《武成》，此亦至元中太祖曲名，其詞則「神祖創業」以下仍舊。皇帝飲福、登歌奏《釐成之曲》新製曲，文舞退、武舞進仍用舊曲，改名《肅寧》，舊名《和成》，其詞「天生五材，孰能去兵」以下是也。亞終獻、酌獻仍用舊曲，改名《肅寧》，舊名《順成》，其詞「幽明精禋」以下是也。徹豆曰《豐寧之曲》，舊名《豐成》，詞語亦異。送神曰《保成之曲》，皇帝出廟廷亦曰《昌寧之曲》。《太常集禮》曰：「樂章據孔思逺本録之。國朝樂章皆用成字，凡用寧字者，金曲也。國初禮樂之事，悉用前代舊工，循習故常，遂有用其舊者。亦有不用其詞，而冒以舊號者，如郊祀先農等樂是也。」」①

---

①《元史》卷六八，第1698頁。

又曰：「泰定十室樂舞。迎神文舞，《思成之曲》。黄鐘宫三成。始聽三鼓，一鼓稍前，開手立；二鼓合手，退後；三鼓相顧蹲。三鼓畢，間聲作。一鼓稍前，舞蹈；二鼓高呈手；三鼓舉左手，收，左揖；四鼓舉右手，收，右揖；五鼓退後，相顧蹲；六鼓兩兩相向立；七鼓復位，俯伏；八鼓舉左手，開手，正蹲；九鼓舉右手，開手，正蹲；十鼓稍前，開手立；十一鼓合手，退後，躬身；十二鼓伏，興，仰視；十三鼓舞蹈，相向立；十四鼓復位，交籥，正蹲；十五鼓躬身，受。終聽三鼓。止。

「大吕角二成。始聽三鼓，一鼓稍前，舞蹈；二鼓合手，退後；三鼓相顧蹲。三鼓畢，間聲作，一鼓稍前，舞蹈；二鼓舉左手，收，左揖；三鼓舉右手，收，右揖；四鼓高呈手；五鼓兩兩相顧蹲；六鼓稍前，開手立；七鼓復位，正揖；八鼓兩兩相向，交籥，正蹲；九鼓復位，正揖；十鼓舉左手，收，左揖；十一鼓舉右手，收，右揖；十二鼓伏，興，仰視；十三鼓舞蹈，相向立；十四鼓復位，立；十五鼓躬身，受。終聽三鼓。止。

「太簇徵二成。始聽三鼓，一鼓稍前，開手立；二鼓合手，退後；三鼓相顧蹲。三鼓畢，間聲作，一鼓稍前，舞蹈；二鼓復位，躬身；三鼓高呈手；四鼓兩兩相向，交籥，正蹲；五鼓復位立；六鼓舞蹈，相向立；七鼓舉左手，收，左揖；八鼓舉右手，收，右揖；九鼓稍前，舞蹈；十鼓退後，俯伏；十一鼓稍前，開手立；十二鼓推左手，收；十三鼓推右手，收；十四鼓三叩頭，拜舞；十五鼓躬身，受。終聽三鼓。止。

「應鐘羽二成。始聽三鼓，一鼓稍前，開手立；二鼓合手，退後；三鼓相顧蹲。三鼓畢，間聲作，一鼓稍前，舞蹈；二鼓復位，正揖；三鼓高呈手；四鼓稍前，開手立；五鼓退後，躬身；六鼓推左手，收；七鼓推右手，收；八鼓舞蹈，相向立；九鼓復位，躬身；十鼓交籥，正蹲；十一鼓兩兩相向，開手，正蹲；十二鼓舉左手，收，左揖；十三鼓舉右手，收，右揖；十四鼓三叩頭，拜舞；十五鼓躬身，受。終聽三鼓。止。

「初獻、酌獻太祖第一室文舞，《開成之曲》，無射宫一成。始聽三鼓，一鼓稍前，開手立；二鼓合手，退；三鼓相顧蹲。三鼓畢，間聲作，一鼓稍前，舞蹈，相向立；二鼓復位，正揖；三鼓推左手，收；四鼓推右手，收；五鼓三叩頭，拜舞；六鼓兩兩相向，交籥，正蹲；七鼓復位立；八鼓稍前，舞蹈；九鼓復位，俯伏；十鼓高呈手，正揖；十一鼓兩兩相向蹲；十二鼓復位，開手立；十三鼓合手，正揖；十四鼓伏，興，仰視；十五鼓躬身，受。終聽三鼓。止。

「睿宗第二室文舞，《武成之曲》，無射宫一成。始聽三鼓。一鼓稍前，開手立；二鼓合手，退後；三鼓相顧蹲。三鼓畢，間聲作，一鼓稍前，舞蹈；二鼓復位，正揖；三鼓高呈手；四鼓稍前，開手立；五鼓退後，躬身；六鼓舉左手，收，左揖；七鼓舉右手，收，右揖；

八鼓舞蹈，相向立；九鼓復位立；十鼓推左手，收；十一鼓推右手，收；十二鼓伏，興，仰視；十三鼓兩兩相向蹲；十四鼓復位，交籥，正蹲；十五鼓躬身，受。終聽三鼓。止。

「世祖第三室文舞，《混成之曲》，無射宫一成。始聽三鼓，一鼓稍前，開手立；二鼓合手，退後；三鼓相顧蹲。三鼓畢，間聲作，一鼓稍前，舞蹈；二鼓高呈手；三鼓交籥，正蹲；四鼓兩兩相向，開手，正蹲；五鼓伏，興，仰視；六鼓舉左手，收，左揖；七鼓舉右手，收，右揖；八鼓退後，躬身；九鼓稍前，開手立；十鼓舉左手，收，左揖；十一鼓舉右手，收，右揖；十二鼓高呈手，正揖；十三鼓舞蹈，相顧蹲；十四鼓三叩頭，拜舞；十五鼓躬身，受。終聽三鼓。止。

「裕宗第四室文舞，《昭成之曲》，無射宫一成。始聽三鼓，一鼓稍前，開手立；二鼓合手，退後；三鼓相顧蹲。三鼓畢，間聲作，一鼓稍前，舞蹈；二鼓退後，高呈手；三鼓舉左手，收，左揖；四鼓舉右手，收，右揖；五鼓稍前，開手立；六鼓退後，躬身；七鼓兩兩相向，交籥，正蹲；八鼓伏，興，仰視；九鼓推左手，收，左揖；十鼓推右手，收，右揖；十一鼓稍前，舞蹈；十二鼓退後，相顧蹲；十三鼓高呈手；十四鼓三叩頭，拜舞；十五鼓躬身，受。終聽三鼓。止。

「顯宗第五室文舞，《德成之曲》，無射宫一成。始聽三鼓，一鼓稍前，開手立；二鼓合手，退後；三鼓相顧蹲。三鼓畢，間聲作，一鼓稍前，舞蹈，相向立；二鼓復位，正揖；三鼓舉左手，收；四鼓舉右手，收；五鼓伏，興，仰視；六鼓兩兩相向立；七鼓復位，交籥，正蹲；八鼓退後，躬身；九鼓稍前，開手立；十鼓舉左手，收，左揖；十一鼓舉右手，收，右揖；十二鼓高呈手；十三鼓復位，正蹲；十四鼓三叩頭，拜舞；十五鼓躬身，受。終聽三鼓。止。

「順宗第六室文舞，《慶成之曲》，無射宮一成。始聽三鼓，一鼓稍前，開手立；二鼓合手，退後；三鼓相顧蹲。三鼓畢，間聲作。一鼓稍前，舞蹈；二鼓復位，相顧蹲；三鼓稍前，開手立；四鼓合手，正揖；五鼓舉左手，收，左揖；六鼓舉右手，收，右揖；七鼓兩兩相向，交籥，正蹲；八鼓復位立；九鼓稍前，開手立；十鼓伏，興，仰視；十一鼓舉左手，收，相顧蹲；十二鼓舉右手，收，相顧蹲；十三鼓高呈手，正揖；十四鼓三叩頭，拜舞；十五鼓躬身，受。終聽三鼓。止。

「成宗第七室文舞，《守成之曲》，無射宮一成。始聽三鼓，一鼓稍前，開手立；二鼓合手，退後；三鼓相顧蹲。三鼓畢，間聲作，一鼓稍前，舞蹈；二鼓退後，躬身；三鼓舉左手，收，左揖；四鼓舉右手，收，右揖；五鼓伏，興，仰視；六鼓兩兩相向，交籥，正蹲；七鼓復位，正揖；八鼓高呈手；九鼓舉左手，收，左揖；十鼓舉右手，收，右揖；十一鼓開手立；

十二鼓合手，正揖；十三鼓稍前，舞蹈；十四鼓三叩頭，拜舞；十五鼓躬身，受。終聽三鼓。止。

「武宗第八室文舞」《威成之曲》，無射宫一成。始聽三鼓，一鼓稍前，開手立；二鼓合手，退後；三鼓相顧蹲。三鼓畢，間聲作，一鼓稍前，舞蹈；二鼓退後，正揖；三鼓高呈手；四鼓稍前，開手立；五鼓退後，躬身；六鼓舉左手，收，左揖；七鼓舉右手，收，右揖；八鼓舞蹈，相向立；九鼓復位立；十鼓舉左手，收，左揖；十一鼓舉右手，收，右揖；十二鼓伏，興，仰視；十三鼓兩兩相向立；十四鼓復位，交籥，正蹲；十五鼓躬身，受。終聽三鼓。止。

「仁宗第九室文舞」《歆成之曲》，無射宫一成。始聽三鼓，一鼓稍前，開手立；二鼓合手，退後；三鼓相顧蹲。三鼓畢，間聲作，一鼓稍前，舞蹈，相向立；二鼓復位，正揖；三鼓高呈手；四鼓推左手，收；五鼓推右手，收；六鼓稍前，開手立；七鼓退後，躬身；八鼓兩兩相向立；九鼓復位，交籥，正蹲；十鼓舉左手，收，左揖；十一鼓舉右手，收，右揖；十二鼓稍前，舞蹈；十三鼓復位，正揖；十四鼓伏，興，仰視；十五鼓躬身，受。終聽三鼓。止。

「英宗第十室文舞」《獻成之曲》，無射宫一成。始聽三鼓，一鼓稍前，開手立；二鼓合手，退後；三鼓相顧蹲。三鼓畢，間聲作，一鼓稍前，舞蹈，相向立；二鼓舉左手，收，左揖；三鼓舉右手，收，右揖；四鼓高呈手；五鼓伏，興，仰視；六鼓兩兩相向蹲；七鼓退後，俯伏；八鼓復位，交籥，正蹲；九鼓稍前，開手立；十鼓復位，躬身；十一鼓稍前，舞蹈；十二鼓復位，正揖；十三鼓舞蹈，兩兩相向立；十四鼓三叩頭，拜舞；十五鼓躬身，受。終聽三鼓。止。

「亞獻武舞，《肅寧之曲》，無射宫一成。始聽三鼓，一鼓稍前，開手立；二鼓合手，退後，按腰立；三鼓相顧蹲。三鼓畢，間聲作，一鼓稍前，左右揚干戚；二鼓退後，相顧蹲；三鼓高呈手；四鼓左右揚干戚；五鼓呈干戚；六鼓復位，按腰立；七鼓刺干戚；八鼓兩兩相向，開手，正蹲；九鼓復位，舉左手，收；十鼓舉右手，收；十一鼓稍前，開手立；十二鼓退後，按腰立；十三鼓左右揚干戚，相向立；十四鼓復位，按腰，相顧蹲；十五鼓躬身，受。終聽三鼓。止。

「終獻武舞，《肅寧之曲》，無射宫一成。始聽三鼓，一鼓稍前，開手立；二鼓合手，退後，按腰立；三鼓相顧蹲。三鼓畢，間聲作，一鼓稍前，左右揚干戚；二鼓退後，高呈手；三鼓舉左手，收；四鼓舉右手，收；五鼓面向西，開手，正蹲；六鼓復位，左右揚干戚；七鼓躬身，受；八鼓呈干戚；九鼓復位，按腰立；十鼓刺干戚；十一鼓兩兩相向立；十二鼓復位，按腰立；十三鼓退後，相顧蹲；十四鼓三叩頭，拜舞；十五鼓躬身，受。終聽三鼓。止。」①

皇帝入門，奏《順成之曲》別本，親祀禘祫樂章，詞律同。

皇帝盥洗，奏《順成之曲》至元四年，名《肅(寧)〔成〕之曲》，詞律同。

皇帝升殿，登歌樂奏《順成之曲》別本，親祀樂章，詞律同。

皇帝出入小次，奏《昌寧之曲》《太常集禮》云，此金曲，思逮取之。詳見《制樂始末》。

無射宮

於皇神宮，象天清明。肅肅來止，相維公卿。威儀孔彰，君子攸寧。神之休之，綏我思成。

① 《元史》卷七〇，第 1757—1762 頁。

迎神，奏《思成之曲》至元四年，名《來成之曲》，詞律同。

黄鐘宫三成

齊明盛服，翼翼靈眷。禮備多儀，樂成九變。烝烝孝心，若聞且見。肸蠁端臨，來寧來燕。

大吕角二成

太簇徵二成

應鐘羽二成　詞并同上

初獻盥洗，奏《肅成之曲》別本，親祀樂章，名《順成之曲》，詞律同。

初獻升殿降同，**登歌樂奏《肅寧之曲》**至元四年，名《肅成之曲》，詞律同。

司徒捧俎，奏《嘉成之曲》至元四年，曲名詞律同。

太祖第一室，奏《開成之曲》至元四年，名《武成之曲》，詞同。

睿宗第二室，奏《武成之曲》至元四年，名《明成之曲》，詞同。

世祖第三室，奏《混成之曲》

無射宫

於昭皇祖，體健乘乾。龍飛應運，盛德光前。神功耆定，澤被垓埏。詒厥孫謀，何千萬年。

裕宗第四室，奏《昭成之曲》

無射宫

天啓深仁，須世而昌。追惟顯考，敢後光揚。徽儀肇舉，禮備音鏘。皇靈監止，降釐無疆。

順宗第六室，奏《慶成之曲》

無射宫

龍潛于淵，德昭于天。承休基命，光被紘埏。洋洋如臨，籩豆牲牷。惟明惟馨，皇祚綿延。

成宗第七室，奏《守成之曲》

無射宫

天開神聖，繼世清寧。澤深仁溥，樂協《韶英》。宗枝嘉會，氣和惟馨。繁禧來格，永被皇靈。

武宗第八室，奏《威成之曲》

無射宫

紹天鴻業，繼世隆平。惠孚中國，威靖邊庭。厥功惟茂，清廟妥靈。歆兹明祀，福禄來成。

仁宗第九室，奏《歆成之曲》

無射宫

紹隆前緒，運啓文明。深仁及物，至孝躬行。惟皇建極，盛德難名。居歆萬祀，福禄崇成。

英宗第十室，奏《獻成之曲》

無射宫

神聖繼作，式是憲章。誕興禮樂，躬事烝嘗。翼翼清廟，煒有耿光。于千萬年，世仰明良。

皇帝飲福，登歌樂奏《釐成之曲》

夾鐘宫

穆穆天子，禋祀太宫。禮成樂備，敬徹誠通。神胥樂止，錫之醇醲。天子萬世，福禄無窮。

文舞退，武舞進，奏《肅成孔本作肅寧**之曲》**至元四年，名《和成之曲》，詞律同。

亞終獻行禮，宫縣奏《肅成之曲》至元四年，名《順成之曲》，詞律同。

徹籩豆，登歌樂奏《豐寧之曲》至元四年，名《豐成之曲》，詞律同。

送神，奏《保成之曲》至元四年，名《來成之曲》，詞律同。

皇帝出廟廷，奏《昌寧之曲》

無射宮

緝熙維清，吉蠲致誠。上儀具舉，明德薦馨。已事而竣，歡通三靈。先祖是皇，來燕來寧。

《元史》卷六九《禮樂志》，第1727—1731頁

文宗天曆三年，明宗祔廟酌獻，奏《永成之曲》

《元史·禮樂志》曰：「天曆三年新製樂舞。明宗酌獻武舞，《永成之曲》，無射宮一成。始聽三鼓，一鼓合手稍前，開手立；二鼓退後立；三鼓相顧蹲。三鼓畢，間聲作，一鼓向前，舞蹈，相向立；二鼓復位，三叩頭，拜舞；三鼓兩兩開手，正蹲；四鼓復位，俯伏；五鼓交籥，正蹲；六鼓伏，興，仰視；七鼓躬身；八鼓稍前，開手立；九鼓復位，正揖，高呈手；十鼓舉左手，收，左揖；十一鼓舉右手，收，右揖；十二鼓正揖；十三鼓兩兩交籥，相揖；

十四鼓復位；十五鼓躬身，受。終聽三鼓。止。」①

無射宮

猗那皇明，世纘神武。敬天弗違，時潛時旅。龍旗在塗，言受率土。不遐有臨，永錫多嘏。

《元史》卷六九《禮樂志》，第1731頁

社稷樂章

《元史·禮樂志》曰：「（至元）三十年，又撰社稷樂章。」②又曰：「三十年夏六月，初立社稷，命大樂許德良運製曲譜，翰林國史院撰樂章，其降送神曰《鎮寧之曲》，初獻、盥洗、升壇、降壇、望瘞位皆《肅寧之曲》，正配位奠玉幣曰《億寧之曲》，司徒奉俎徹豆曰《豐寧之曲》，正配位酌獻曰《保寧之曲》，亞終獻曰《咸寧之曲》。」③又曰：「社稷，則用登歌，工五十

① 《元史》卷七〇，第1762—1763頁。
② 《元史》卷六七，第1664頁。
③ 《元史》卷六八，第1697頁。

有一人……社稷之樂八成：林鐘之宫二成，太簇之角二成，姑洗之徵二成，南吕之羽二成。」①

降神，奏《鎮寧之曲》

林鐘宫二成

以社以方，國有彝典。大哉元德，基祚綿遠。農功萬世，於焉報本。顯相默佑，降監壇壝。

太簇角二成

錫民地利，厥功甚溥。昭代典禮，清聲律吕。穀旦于差，洋洋來下。相此有年，根本日固。

姑洗徵二成

平厥水土，百穀用成。長扶景運，宜歆德馨。五祀爲大，千古舉行。感通肸蠁，登歌鎮寧。

南宫羽二成

幣齊虔修，粢盛告備。倉庾坻京，繄(維)〔誰〕之賜。崇壇致恭，幽光孔邇。享于精誠，休祥畢至。

① 《元史》卷七一，第1767—1769頁。

初獻盥洗，奏《肅寧之曲》

太簇宮

禮備樂陳，辰良日吉。挹彼樽罍，馨哉黍稷。濯溉揭虔，維巾及冪。萬年嚴祀，蹌蹌受職。

初獻升壇，奏《肅寧之曲》降同

應鐘宮

春祈秋報，古今彝章。民天是資，神靈用彰。功崇禮嚴，人阜時康。雍雍爲儀，燔芬苾香。

正配位奠玉幣，奏《億寧之曲》

太簇宮

地祇嚮德，稽古美報。幣帛斯陳，圭璋式繅。載烈載燔，肴羞致告。雨暘時若，丕圖永保。

司徒捧俎，奏《豐寧之曲》

太簇宫

我稼既同，群黎徧德。我祀如何，牲牷孔碩。有翼有嚴，隨方布色。報功求福，其儀不忒。

正位酌獻，奏《保寧之曲》

太簇宫

異世同德，於皇聖造。降茲嘉祥，衛我大寶。生乃烝民，侔德覆燾。厥作祼將，有相之道。

配位酌獻，奏《保寧之曲》

太簇宫

以御田祖，皇家秩祀。有民人焉，盍究本始。惟叙惟修，誰實介止。酒旨且多，盛德宜配。

亞終獻，奏《咸寧之曲》

太簇宫

以引以翼，來處來燕。豆籩牲牢，有楚有踐。庸答神休，神亦錫羡。土穀是依，成此禱獻。

徹豆，奏《豐寧之曲》

應鐘宫

文治修明，相成田功。功爲特殊，儀爲特隆。終如其初，誠則能通。明神毋忘，時和歲豐。

送神，奏《鎮寧之曲》

林鐘宫

不屋受陽，國所崇敬。以興來歲，苞秀堅穎。雲軿莫駐，神其諦聽。景命有僕，與國同永。

望瘞位，奏《肅寧之曲》

太簇宫

雅奏肅寧，緐釐降格。篚厥玄黄，丹誠烜赫。肇祀以歸，瞻言咫尺。萬年攸介，丕承帝德。

《元史》卷六九《禮樂志》，第 1731—1735 頁

卷一八八　元郊廟歌辭八

先農樂章

《元史·祭祀志》曰：「先農之祀，始自至元九年二月，命祭先農如祭社之儀。十四年二月戊辰，祀先農東郊。十五年二月戊午，祀先農，以蒙古胄子代耕籍田。二十一年二月丁亥，又命翰林學士承旨撒里蠻祀先農於籍田。武宗至大三年夏四月，從大司農請，建農、蠶二壇。博士議：二壇之式與社稷同，縱廣一十步，高五尺，四出陛，外壝相去二十五步，每方有欞星門。今先農、先蠶壇位在籍田内，若立外壝，恐妨千畝，其外壝勿築。是歲命祀先農如社稷，禮樂用登歌，日用仲春上丁，後或用上辛或甲日。祝文曰：『維某年月日，皇帝敬遣某官，昭告於帝神農氏。』配神曰『於后稷氏』。

「祀前一日未後，禮直官引三獻、監祭禮以下省牲饌如常儀。祀日丑前五刻，有司陳燈燭，設祝幣，太官令帥其屬入實籩豆尊罍。丑正，禮直官引先班入就位，立定，次引監祭禮按視壇之上下，糾察不如儀者。畢，退復位，東向立。奉禮曰『再拜』。贊者承傳再拜訖，奉禮又贊『諸執事者各就位』。禮直官各引執事官各就位，立定。次引三獻官并與祭等官以次入就位，西向立。禮直官於獻官之右，贊『請行事』，樂作三成止。奉禮贊『再拜』，在位者皆再拜。太祝跪取幣於篚，立於尊所。禮直官引初獻官詣盥洗位，北向立，盥手帨手畢，升自東階，詣神位前北向立，搢笏跪，三上香，受幣奠幣，執笏俯伏興，少退，再拜訖，降復位，立定。太官令率齋郎設饌於神位前畢，俯伏興，退復位。禮直官引初獻再詣盥洗位，北向立，盥手、帨手，詣爵洗位，洗爵拭爵，詣酒尊所酌酒畢，詣正位神位前，北向立。搢笏跪，三上香，三祭酒於沙池，爵授執事者，執笏俯伏興，北向立。俟讀祝畢，再拜興。次詣配位酒尊所，酌酒訖，詣神位前，東向立。搢笏跪，三上香，三祭酒於沙池，爵授執事者，執笏俯伏興，東向立。俟讀祝畢，再拜，退復位。次引亞終獻行禮，并如初獻之儀，惟不讀祝，退復位，立定。禮直官贊徹籩豆，樂作，卒徹，樂止。奉禮贊賜胙，衆官再拜。贊者承傳，在位者皆再拜訖，樂作送神之曲，一成止。禮直官引齋郎升自東階，太祝跪取幣祝，齋郎捧俎載牲體及籩豆簠簋，各由其階至坎位，北向立。俟三獻畢，至立定。各跪奠訖，執笏俯伏興。禮直官贊『可瘞』，乃瘞。焚瘞畢，三獻以次詣耕地所，耕訖而退。此其儀也。先蠶之祀未聞。」①

① 《元史》卷七六，第1891—1892頁。

《元史・禮樂志》曰：「（至大二年）冬十有二月，始製先農樂章，以太常登歌樂祀之。先是，有命祀先農以登歌樂，如祭社稷之制。大樂署言『《禮》祀先農如社』，遂録祭社林鐘宫《鎮寧》等曲以上，蓋金曲也。」①又曰：「其降送神曰《鎮寧之曲》，初獻、盥洗、升壇、降壇、望瘗位皆《肅寧之曲》，正配位奠玉幣曰《億寧之曲》，司徒奉俎徹豆曰《豐寧之曲》，正配位酌獻曰《保寧之曲》，亞終獻曰《咸寧之曲》。」②元人申屠致遠有《釋奠通禮》三卷，見《元史・申屠致遠傳》。③

降神，奏《鎮寧之曲》

林鐘宫二成

民生斯世，食爲之天。恭惟大聖，盡心於田。仲春劭農，明祀吉蠲。馨香感神，用祈豐年。

① 《元史》卷六八，第1698頁。
② 《元史》卷六八，第1697頁。
③ 《元史》卷一七〇，第3990頁。

太簇角二成

耕種務農，振古如兹。爰粒烝庶，功德茂垂。降嘉奏艱，國家攸宜。所依惟神，庯潔明粢。

姑洗徵二成

俶載平疇，農功肇敏。千耦耕耘，同徂隰畛。田祖丕靈，爲仁至盡。豐歲穰穰，延洪有引。

南吕羽二成

群黎力耕，及兹方春。維時東作，篤我農人。我黍既華，我稷宜新。由天降康，永賴明神。

初獻盥洗，奏《肅寧之曲》

太簇宫

泂酌行潦，真足爲薦。奉兹潔清，神在乎前。分作甘霖，沾溉芳甸。慎于其初，誠意攸見。

初獻升壇，奏《肅寧之曲》

應鐘宫

有椒其馨，維多且旨。式慎爾儀，降登庭止。黍稷稻粱，民無渴飢。神嗜飲食，永綏嘉祉。

正配位奠玉幣，奏《億寧之曲》

太簇宫

奉幣維恭，前陳嘉玉。聿昭盛儀，肅雝純如。南畝深耕，麻麥禾菽。用祈三登，膺受多福。

司徒捧俎，奏《豐寧之曲》

太簇宫

奉牲孔嘉，登俎豐備。地官駿奔，趨進光輝。肥碩蕃孳，歆此誠意。有年斯今，均被神賜。

正位酌獻，奏《保寧之曲》

太簇宫

寶壇巍煌，神應如響。備腯咸有，牲體苾芳。洋洋如在，降格來享。秉誠罔怠，群生瞻仰。

配位酌獻，奏《保寧之曲》

太簇宫

酒清斯香，牲碩斯大。具列觴俎，精意先會。民命維食，稗莠毋害。我倉萬億，神明攸介。

亞終獻，奏《咸寧之曲》

太簇宫

至誠攸感，肸蠁潛通。百穀嘉種，爰降時豐。祈年孔夙，稼穡爲重。俯歆醴齊，載揚歌頌。

徹豆，奏《豐寧之曲》

應鐘宫

有來雍雍，存誠敢匱。廢徹不遲，靈神攸嗜。孔惠孔時，三農是宜。眉壽萬歲，穀成丕乂。

送神，奏《鎮寧之曲》

林鐘宫

焄蒿悽愴，萬靈來唉。靈神具醉，聿言旋歸。歲豐時和，風雨應期。皇圖萬年，永膺洪禧。

望瘞位，奏《肅寧之曲》

太簇宫

禮成文備，歆受清祀。加牲兼幣，陳玉如儀。靈馭言旋，面陰昭瘞。集兹嘉祥，常致豐歲。

《元史》卷六九《禮樂志》，第 1735—1738 頁

伊耆氏大蜡樂歌辭

吴萊

詩序曰：「大蜡之禮廢矣，記禮者曰：『伊耆氏始爲蜡。蜡也者，索也。歲十二月，合聚萬物。索，饗之也。』又曰：『天子大蜡八。』八蜡以記四方。四方年不順成，八蜡不通。順成之方，其蜡乃通，以移民也。蓋夫天地之大德曰生，發之而爲庶人、庶物。陽舒而陰

歛，雲行而雨施。功加於歲，則報之以歲事之成。勞著於民，則饗之以國典之正。伊耆氏，果何氏也，將始之教民以田者也。《三禮義宗》曰：伊耆氏，神農之别號。後之蜡者，先嗇祀神農，司嗇祀后稷，則固非伊耆氏之蜡也。烈山氏之子柱本爲稷，而周人更用棄。禮且有若是者。《明堂位》載魯有伊耆氏之樂，而周官籥章掌豳籥者，鄭玄又析《豳風·七月》一詩以配之，或祈田祖，或樂田畯，或息老物，籥豈伊耆氏之葦籥者乎。自秦始置臘。漢魏之間二禮并行。魏高堂隆曰：『古之王者，各用其五行之運，盛者爲蜡，終者爲臘。』及隋開皇，乃停十月之蜡，而但行十二月之臘。唐貞觀初因之。前以寅蜡百神，卯祭社宫，辰然後臘宗廟。近世則蜡臘又特通行於一日矣。夫以夏正十月，周正爲十二月。由周、夏之正，所建不同，卒致蜡臘之禮相襲無别。吕不韋《月令》：『孟冬之月，勞民休息，臘先祖五祀。』鄭玄注曰：『此周之蜡也。』然而蜡之爲蜡，未嘗及先祖五祀，豈秦制已混之乎。於乎！大蜡之禮廢矣，記禮者尚存其祝曰：『土反其宅，水歸其壑，昆蟲毋作，草木歸其澤。』樂則無可考者，欲補是無益也。雖然，載芟良耜，聖人之經已。吾猶後世之復古者補焉，庸不有土鼓葦籥，寂寥之末音者乎。遂從而録其辭。」

於穆泰鴻，俶降嘉穀。神莫帝隗，肖靈之鞠。經營標野，改薦腥熟。沐哉恤兹，億載蒙福。

先啚一

皇監下民，云胡其穡。篤生厥呱，克用封殖。協風鳴條，壚土癉發。嘉承天常，式保爾極。

司啚二

倬彼田畯，人遭阻艱。茅蒲襏襫，銚鎒以完。率育稚耋，告成萬寶。越明乃粒，我王之造。

農三

我田甫田，我行畷郵。翳桑之饁，童菳何秋。逖惟風后，井畫九丘。盍不古處，允兹民逑。

郵表畷四

大哉者川，疏寫中野。稻人瀦波，菑暵以雨。膏潤畢逮，畚鍤具舉。豐年穰穰，永得我所。

坊五

先王授民，兆濬兹洫。宿荄亊與，胼胝是力。從横川巜，經緯國都。自西徂東，慎不可踰。

水庸六

自古在昔，虔共粢盛。有函斯活，田穉乃榮。晝穴何竊，豶牙弗獰。莫贇匪武，用迪厥成。

猫虎七

玄冥盛陰，十月霜雪。草枯木凋，坏户咸閉。祛除妖盩，劃滅蟲蠥。暑生寒死，不瑕有害。

昆蟲八 《全元文》卷一三六四，第17—19頁

宣聖樂章

《元史·祭祀志》曰：「宣聖廟，太祖始置於燕京。至元十年三月，中書省命春秋釋奠，執事官各公服如其品，陪位諸儒襴帶唐巾行禮。成宗始命建宣聖廟於京師。大德十年秋，廟成。至大元年秋七月，詔加號先聖曰大成至聖文宣王。延祐三年秋七月，詔春秋釋奠於先聖，以顔子、曾子、子思、孟子配享。封孟子父爲邾國公，母爲邾國宣獻夫人。皇慶二年六月，以許衡從祀，又以先儒周惇頤、程顥、程頤、張載、邵雍、司馬光、朱熹、張栻、吕祖謙從祀。至順元年，以漢儒董仲舒從祀。齊國公叔梁紇加封啓聖王，魯國太夫人顔氏啓聖王夫人；顔子，兖國復聖公；曾子，郕國宗聖公；子思，沂國述聖公；孟子，鄒國亞聖公；河南伯程顥，豫國公；伊陽伯程頤，洛國公。

「其祝幣之式，祝版三，各一尺二寸，廣八寸，木用楸梓柏，文曰：『維年月日，皇帝敬遣某官等，致祭於大成至聖文宣王。』于先師曰：『維年月日，某官等致祭于某國公。』幣三，用絹，各長一丈八尺。

「其牲齊器皿之數，牲用牛一、羊五、豕五。以犧尊實泛齊，象尊實醴齊，皆三，有上尊，加冪有勺，設堂上。太尊實泛齊，山罍實醴齊，有上尊。著尊實盎齊，犧尊實醴齊，象尊實沈齊，壺尊實三酒，皆有上尊，設堂下。盥洗位，在阼階之東。以象尊實醴齊，有上尊，加冪有勺，設於兩廡近北。盥洗位，在階下近南。籩十，豆十，簠二，簋二，登三，鉶三，俎三，有毛血豆，正配位同。籩豆皆二，簠一，簋一，俎一，從祀皆同。凡銅之器六百八十有一，宣和爵坫一，豆二百四十有八，簠簋各一百一十有五，登六，犧尊、象尊各六，山尊二，壺尊六，著尊、太尊各二，罍二，洗二，龍杓二十有七，坫二十有八，爵一百一十有八。竹木之器三百八十有四，籩二百四十有八，篚三，俎百三十有三。陶器三，瓶二，香爐一。籩巾二百四十有八，簠簋巾二百四十有八，俎巾百三十有三，黃巾蒙單十。

「其樂用登歌。其日用春秋二仲月上丁，有故改用中丁。

「其釋奠之儀，省牲前期一日晡時，三獻官、監祭官各具公服，詣省牲所阼階，東西向立，以北爲上。少頃，引贊者引三獻官、監祭官巡牲一匝，北向立，以西爲上。俟禮牲者折身曰『充』，贊者曰『告充』畢，禮牲者又折身曰『腯』，贊者曰『告腯』畢，贊者復引三獻官、監祭官詣神厨，視滌溉畢，還齋所，釋服。釋奠，是日丑前五刻，初獻官及兩廡分奠官二員，各具公服於幕次，諸執事者具儒服，先於神門外西序東向立，以北爲上。明贊、承傳贊先詣殿庭前再拜畢，明贊升露階東南隅西向立，承傳贊立於神門階東南隅西向立。掌儀先引諸執事者各司其事，引贊者引初獻官、兩廡分奠官點視陳設。引贊者進前曰『請點視陳設』。至階，曰『升階』，至殿檐下，曰『詣大成至聖文宣王神位前』，至位，曰『北向立』。點視畢，曰『詣兗國公神位前』。至位，曰『東向立』。點視畢，曰『詣鄒國公神位前』。至位，曰『西向立』。點視畢，曰『詣東從祀神位前』。至位，曰『東向立』。點視畢，曰『詣西從祀神位前』。至位，曰『西向立』。點視畢，曰『詣酒尊所』，曰『西向立』。點視畢，曰『詣三獻爵洗位』。至階，曰『降階』，至位，曰『北向立』。點視畢，曰『詣三獻官盥洗位』。至位，曰『北向立』。點視畢，曰『請就次』。

「方初獻點視時，引贊二人各引東西廡分奠官曰『請詣東西廡神位前』，至位東曰東，西曰西向立。點視畢，曰『詣先儒神位前』。至位，曰『南向立』。點視畢，曰『退詣酒尊所』。至酒尊所，東西向立。點視畢，曰『退詣分奠官爵洗位』。至位，曰『南向立』。點視畢，曰『請就次』。西廡分奠官點視畢，引贊曰『請詣望瘞位』。至位，曰『北向立』。點視畢，曰『請就次』。初獻官釋公服，司鐘者擊鐘，初獻以下各服其服，齊班於幕次。

「掌儀點視班齊，詣明贊報知，引禮者引監祭官、監禮官就位。進前曰『請就位』。至位，曰『就位，西向立。』明贊唱曰『典樂官以樂工進，就位』，承傳贊曰『典樂官以樂工進，就位』。明贊唱曰『諸執事者就位』，承傳贊曰『諸執事者就位』。明贊唱曰『諸生就位』，承傳贊曰『諸生就位』，引班者引諸生就位。明贊唱曰『陪位官就位』，承傳贊曰『陪位官就位』，引班者引陪位官就位。明贊唱曰『獻官就位』，承傳贊曰『獻官就位』，引贊者進前曰『請就位』，至位，曰『西向立』。明贊唱曰『辟户』，俟户辟，迎神之曲九奏。

「樂止，明贊唱曰『初獻官以下皆再拜』，承傳贊曰『鞠躬，拜，興，拜，興，平身』。明贊唱曰『諸執事者各司其事』。俟執事者立定，明贊唱曰『初獻官奠幣』。引贊者進前曰『請詣盥洗位』。盥洗之樂作，至位，曰『北向立』。搢笏，盥手，帨手，出笏，樂止。及階，曰『升階』。升殿之樂作。樂止，入門，曰『詣大成至聖文宣王神位前』。至位，曰『就位，北向立，稍前』。奠幣之樂作。搢笏跪，三上香，奉幣者以幣授初獻，初獻受幣奠訖，出笏就拜興，平身少退，再拜，鞠躬，拜興，拜興，平身。曰『詣兗國公神位前』。至位，曰『就位，東向立』，奠幣如上儀。曰『詣鄒國公神位前』。至位，曰『就位，西向立』，奠幣如上儀。樂止，曰『退復位』。及階，降殿之樂作。樂止，至位，曰『就位，西向立』。

「俟立定，明贊唱曰『禮饌官進俎』。奉俎之樂作，乃進俎，樂止，進俎畢。明贊唱曰『初獻官行禮』，引贊者進前曰『請詣盥洗位』。盥洗之樂作，至位，曰『北向立』。搢笏，盥手、帨手，出笏。請詣爵洗位，至位，曰『北向立』。搢笏，執爵、滌爵、拭爵，以爵授執事者，如是者三，出笏。樂止，曰『請詣酒尊所』。及階，升殿之樂作，曰『升階』。樂止，至酒尊所，曰『西向立』。搢笏，執爵舉冪，司尊者酌犧尊之泛齊，以爵授執事者，如是者三，出笏。曰『詣大成至聖文宣王神位前』。至位，曰『就位，北向立』。酌獻之樂作，稍前，搢笏跪，三上香，執爵三祭酒，奠爵，出笏，樂止。祝人東向跪讀祝，祝在獻官之左。讀畢興，先詣左配位，南向立。引贊曰『就拜興』，『平身』，『少退』，『再拜』，『鞠躬』，『拜，興』，『拜，興』，『平身』。曰『詣兖國公神位前』。至位，曰『就位，東向立』，酌獻之樂作。樂止，讀祝如上儀。曰『詣鄒國公神位前』。至位，曰『就位，西向立』，酌獻之樂作。樂止，讀祝如上儀。曰『退，復位』。至階，降殿之樂作。樂止，至位，曰『就位，西向立』。

「俟立定，明贊唱曰『亞獻官行禮』，引贊者進前曰『請詣盥洗位』。至位，曰『北向立』。搢笏，盥手，出笏。請詣爵洗位，至位，曰『北向立』。搢笏，執爵，滌爵，拭爵，以爵授執事者，如是者三，出笏。請詣酒尊所，曰『西向立』。搢笏，執爵舉冪，司尊者酌象尊之醴齊，以爵授執事者，如是者三，出笏。曰『詣大成至聖文宣王神位前』。至位，曰『就拜，北向立』。酌獻之樂作。稍前，搢笏跪，三上香，執爵三祭酒，奠爵出笏，就拜興，平身少退，鞠躬，拜興，拜興，平身。曰『詣兖國公神位前』。至位，曰『東向立』，酌獻如上儀。曰『詣鄒國公神位前』。至位，曰『西向立』，酌獻如上儀。樂止，曰『退，復位』。及階，曰『降階』，至位，曰『就位，西向立』。

「明贊唱曰『終獻官行禮』，引贊者進前曰『請詣盥洗位』，至位，曰『北向立』。搢笏，盥手，帨手，出笏。請詣爵洗位，至位，曰『北向立』。搢笏，執爵，滌爵，拭爵，以爵授執事者，如是者三，出笏。請詣酒尊所，至階，曰『升階』，至酒尊所，曰『西向立』。搢笏，執爵舉冪，司尊者酌象尊之醴齊，以爵授執事者，如是者三，出笏。曰『詣大成至聖文宣王神位前』。至位，曰『就位，北向立，稍前』。酌獻之樂作。搢笏跪，三上香，執爵三祭酒，奠爵，出笏，就拜興，平身少退，鞠躬，拜興，拜興，平身。曰『詣兖國公神位前』。至位，曰『東向立』，酌獻如上儀。曰『詣鄒國公神位前』。至位，曰『西向立』，酌獻如上儀。樂止，曰『退復位』。及階，曰『降階』，至位，曰『就位，西向立』。

「俟終獻將升階，明贊唱曰『分獻官行禮』。引贊者分引東西從祀分獻官進前曰『詣盥洗位』。至位，曰『北向立』。搢笏，盥手，帨手，出笏，詣爵洗位，至位，曰「北向立」。搢笏，執爵、滌爵、拭爵，以爵授執事者，出笏，詣酒尊所。至階，曰『升階』，至酒尊所，曰『西向立』。搢笏，執爵舉冪，司尊者酌象尊之醴齊，以爵授執事者，出笏，詣東從祀神位前。至位，曰『就位，東向立，稍前』。搢笏跪，三上香，執爵三祭酒，奠爵，出笏，就拜興，平身少退，鞠躬，拜興，拜興，平身，退復位。及階，曰『降階』，至位，曰『就位，西向立』。

「引西從祀分獻官同上儀，唯至神位前東向立。俟十哲分獻官離位，明贊唱曰『兩廡分奠官行禮』。引贊者進前曰『詣盥洗位』，至位，曰『南向立』。搢笏，盥手、帨手，出笏，詣爵洗位。至位，曰『南向立』。搢笏，執爵、滌爵、拭爵，以爵授執事者，出笏。曰『詣東廡酒尊所』。及階，曰『升階』，至酒尊所，曰『北向立』。搢笏，執爵舉冪，酌象尊之醴齊，以爵授執事者，出笏，詣東廡神位前，至位，曰『東向立，稍前』。搢笏跪，三上香，執爵三祭酒，奠爵，出笏，就拜興，平身稍退，鞠躬，拜興，拜興，平身，退復位。至階，曰『降階』，至位，曰『就位，西向立』。

「引西廡分奠官同上儀，唯至神位前，東向立作西向立。俟終獻十哲，兩廡分奠官同時復位。明贊唱曰『禮饌者徹籩豆』。徹豆之樂作，禮饌者跪，移先聖前籩豆，略離席，樂止。明贊唱曰『諸執事者退復位』。俟諸執事者至版位立定，送神之樂作。明贊唱曰『初獻官以下皆再拜』，『承傳贊曰『鞠躬，拜，興，拜，興，平身』。樂止。明贊唱曰『祝人取祝，幣人取幣，詣瘞坎』。俟徹祝幣者出殿門，北向立。望瘞之樂作。明贊唱曰『三獻官詣望瘞位』，引贊者進前曰『請詣望瘞位』。至位，曰『就位，北向立』，曰『可瘞』。埋畢，曰『退，復位』。至殿庭前，候樂止，明贊唱曰『典樂官以樂工出就位』，明贊唱曰『闔戶』。又唱曰『初獻官以下退詣圓揖位』，引贊者引獻官退詣圓揖位。至位，初獻在西，亞終獻及分獻以下在東，陪位官東班在東，西班在西。俟立定，明贊唱曰『圓揖』。禮畢，退復位，引贊者各引獻官詣幕次更衣。

「其飲福受胙，除國學外，諸處仍依常制。」①趙宋自大觀三年五月始，釋奠用《十二安》雅樂。《元史・禮樂志》曰：「釋奠宣聖，亦因宋不改。詳《樂章篇》。」②則此組「安」曲《宣聖樂章》乃因宋而來。

迎神，奏《凝安之曲》

黃鐘宮三成

大哉宣聖，道尊德崇。維持王化，斯文是宗。典祀有常，精純并隆。神其來格，於昭盛容。

大吕角二成

生而知之，有教無私。成均之祀，威儀孔時。惟兹初丁，潔我盛粢。永言其道，萬世之師。

太簇徵二成

巍巍堂堂，其道如天。清明之象，應物而然。時維上丁，備物薦誠。維新禮典，樂諧中聲。

---

①《元史》卷七六，第1892—1899頁。
②《元史》卷六八，第1697頁。

應鐘羽二成

聖王生知，闡乃儒規。《詩》《書》文教，萬世昭垂。良日惟丁，靈承丕爽。揭此精虔，神其來享。

初獻盥洗，奏《同安之曲》

姑洗宮

右文興化，憲古師經。明祀有典，吉日惟丁。豐犧在俎，雅奏在庭。周回陟降，福祉是膺。

初獻升殿，奏《同安之曲》降同

南呂宮

誕興斯文，經天緯地。功加於民，實千萬世。笙鏞和鳴，粢盛豐備。肅肅降登，歆茲秩祀。

奠幣，奏《明安之曲》

南呂宮

自生民來，誰底其盛。惟王神明，度越前聖。粢幣具成，禮容斯稱。黍稷惟馨，惟神之聽。

捧俎，奏《豐安之曲》

姑洗宮

道同乎天，人倫之至。有享無窮，其興萬世。既潔斯牲，粢明醑旨。不懈以忱，神之來塈。

大成至聖文宣王位酌獻，奏《成安之曲》

南呂宮

大哉聖王，實天生德。作樂以崇，時祀無斁。清酤惟馨，嘉牲孔碩。薦羞神明，庶幾昭格。

兖國復聖公位酌獻，奏《成安之曲》

南呂宮

庶幾屢空，淵源深矣。亞聖宣猷，百世宜祀。吉蠲斯辰，昭陳尊簋。旨酒欣欣，神其來止。

郕國宗聖公酌獻，奏《成安之曲》

南吕宫

心傳忠恕，一以貫之。爰述《大學》，萬世訓彝。惠我光明，尊聞行知。繼聖迪後，是享是宜。

沂國述聖公酌獻，奏《成安之曲》

南吕宫

公傳自曾，孟傳自公。有嫡緒承，允得其宗。提綱開藴，乃作《中庸》。侑於元聖，億載是崇。

鄒國亞聖公酌獻，奏《成安之曲》

南吕宫

道之由興，於皇宣聖。維公之傳，人知趨正。與饗在堂，情文斯稱。萬年承休，假哉天命。

亞獻，奏《文安之曲》終獻同

姑洗宮

百王宗師，生民物軌。瞻之洋洋，神其寧止。酌彼金罍，惟清且旨。登獻惟三，於嘻成禮。

飲福受胙。與盥洗同，惟國學釋奠親祀用之，攝事則不用，外路州縣并皆用之。

徹豆，奏《娛安之曲》

南吕宮

犧象在前，豆籩在列。以享以薦，既芬既潔。禮成樂備，人和神悦。祭則受福，率尊無越。

送神，奏《凝安之曲》

黄鐘宮

有嚴學宮，四方來崇。恪恭祀事，威儀雍雍。歆兹惟馨，飆馭回復。明禋斯畢，咸膺百福。

望瘞與盥洗同

《元史》卷六九《禮樂志》，第1738—1743頁

卷一八九　元郊廟歌辭九

釋奠樂章

《元史·成宗本紀》曰："(大德十年八月)丁巳，京師文宣王廟成，行釋奠禮，牲用太牢，樂用登歌，製法服三襲。命翰林院定樂名、樂章。"①《元史·禮樂志》曰："成宗大德間……復撰宣聖廟樂章。"②又曰："右釋奠樂章，皆舊曲。元朝嘗擬譔易，而未及用，今并附於此。"③按，文淵閣四庫全書本《元文類》亦載此詩，多處與此有異，兹録於下："迎神，奏《文明之曲》"，《元文類》作"降神，黄鍾宮，《凝安之曲》"。"盥洗，奏《昭明之曲》"，《元文類》作"初獻盥洗，姑洗宫，《同安之曲》"。"升殿，奏《景明之曲》降同"，《元文類》作"初獻升

---

① 《元史》卷二一，第471頁。
② 《元史》卷六七，第1664頁。
③ 《元史》卷六九，第1743頁。

階降同，南吕宫，《同安之曲》」，「攝齊委佩」，「佩」作「珮」。「奠幣，奏《德明之曲》」，《元文類》作「奠幣，南吕宫，《明安之曲》」。「文宣王酌獻，奏《誠明之曲》」，《元文類》作「文宣王位酌獻，南吕宫，《成安之曲》」。「兖國公酌獻，奏《誠明之曲》」，《元文類》作「兖國公位酌獻」，「廟食作配」作「朝食作配」。「鄒國公酌獻，奏《誠明之曲》」，《元文類》作「鄒國公位酌獻」，「學窮性命」作「學存性命」。「亞獻，奏《靈明之曲》終獻同」，《元文類》作「亞終獻，姑洗宫，《文安之曲》」。「送神，奏《慶明之曲》」，《元文類》作「送神，黄鍾宫，《凝安之曲》」，「佑我闕」作「佑我皇家，億載萬年」。①

迎神，奏《文明之曲》

天縱之聖，集厥大成。立言垂教，萬世準程。廟庭孔碩，尊俎既盈。神之格思，景福來并。

① [元] 蘇天爵編《元文類》卷二，景印文淵閣四庫全書，册 1367，第 54—55 頁。

盥洗，奏《昭明之曲》

神既寧止，有孚顒若。罍洗在庭，載盥載濯。匪惟潔修，亦新厥德。對越在兹，敬恭惟則。

升殿，奏《景明之曲》降同

大哉聖功，薄海内外。禮隆秩宗，光垂昭代。陟降在庭，攝齊委佩。莫不肅雝，洋洋如在。

奠幣，奏《德明之曲》

圭衮尊崇，佩紳列侑。籩豆有楚，樂具和奏。式陳量幣，駿奔左右。天眷斯文，緊神之祐。

文宣王酌獻，奏《誠明之曲》

惟聖監格，享于克誠。有樂在縣，有碩斯牲。奉醴以告，嘉薦惟馨。綏以多福，永底隆平。

兖國公酌獻，奏《誠明之曲》

潛心好學，不違如愚。用舍行藏，乃與聖俱。千載景行，企厥步趨。廟食作配，祀典弗渝。

郕國公酌獻闕

沂國公酌獻闕

鄒國公酌獻，奏《誠明之曲》

洙泗之傳，學窮性命。力距楊墨，以承三聖。遭時之季，孰識其正。高風仰止，莫不肅敬。

亞獻，奏《靈明之曲》終獻同

廟成奕奕，祭祀孔時。三爵具舉，是饗是宜。於昭聖訓，示我民彝。紀德報功，配于兩儀。

送神，奏《慶明之曲》

禮成樂備，靈馭其旋。濟濟多士，不懈益虔。文教茲首，儒風是宣。佑我闕。《元史》卷六九《禮樂志》，第1743—1744頁

三皇廟祭祀樂章

黄溍

《元史·祭祀志》曰：「至正九年，御史臺以江西湖東道肅政廉訪使文殊訥所言具呈中書。其言曰：『三皇開天立極，功被萬世。京師每歲春秋祀事，命太醫官主祭，揆禮未稱。請如國子學、宣聖廟春秋釋奠，上遣中書省臣代祀，一切儀禮仿其制。』中書付禮部集禮官議之。是年十月二十四日，平章政事太不花、定住等以聞，制曰『可』。於是命太常定儀式，工部範祭器，江浙行省製雅樂器。後命太常博士定樂曲名，翰林國史院撰樂章十有六曲。明年，祭器、樂器俱備，以醫籍百四十有八户充廟户禮樂生。御藥院大使盧亨素習音律，受命教樂工四十有二人，各執其技，乃季秋九月九日蕆事。宣徽供禮饌，光禄勛供内醖，太府供金帛，廣源庫供薌炬，大興府尹供犧牲、制幣、粢盛、殽核。中書奏擬三獻官以次定，諸執事并以清望充。前一日，内降御香，三獻官以下公服備大樂儀仗迎香，至開天殿庋置。退習明日祭儀，習畢就廟齋宿。京朝文武百司與祭官如之，各以禮助祭。翰林詞臣具祝文，曰『皇帝敬遣某官某致祭』。」①按，此詩又見《全元詩》册二八，作黄溍詩，②本卷從之。

降神，奏《咸成之曲》

黄鐘宫三成

於皇三聖，神化無方。繼天立極，垂憲百王。聿崇明祀，率由舊章。靈兮來下，休有烈光。

降神，奏《賓成之曲》

大吕角二成

帝德在人，日用不知。神之在天，矧可度思。辰良日吉，蕆事有儀。感以至誠，尚右享之。

降神，奏《顧成之曲》

太簇徵二成

大道之行，肇自古先。功烈所加，何千萬年。是尊是奉，執事孔虔。神哉沛兮，泠風馭然。

① 《元史》卷七七，第1915頁。
② 《全元詩》册28，第235—237頁。

降神，奏《臨成之曲》

應鐘羽二成

雅奏告成，神斯降格。妥安有位，清廟奕奕。肸蠁潛通，豐融烜赫。我其承之，百世無斁。

初獻盥洗，奏《蠲成之曲》

姑洗宫

靈斿戾止，式燕以寧。吉蠲致享，惟寅惟清。挹彼注兹，沃盥而升。有孚顒若，交於神明。

初獻升殿，奏《恭成之曲》

南吕宫

齊明盛服，恪恭命祀。洋洋在上，匪遠具邇。左右周旋，陟降庭止。式禮莫愆，用介多祉。

奠幣，奏《祇成之曲》

南吕宫

駿奔在列，品物咸備。禮嚴載見，式陳量幣。惟兹篚實，肅將忱意。靈兮安留，成我熙事。

初獻降殿與升殿同

捧俎，奏《闕**成之曲》**

姑洗宫

我祀如何，有牲在滌。既全且潔，爲俎孔碩。以將以享，其儀不忒。神其迪嘗，純嘏是錫。

初獻盥洗與前同

初獻升殿與前同

大皡宓犧氏位酌獻，奏《闕成之曲》

南吕宫

五德之首，巍巍聖神。八卦有作，誕開我人。物無能稱，玄酒在尊。歆監在兹，惟德是親。

炎帝神農氏位酌獻，奏《闕成之曲》

南吕宫

耒耜之利，人賴以生。鼓腹含哺，帝力難名。欲報之德，黍稷非馨。眷言顧之，享于克誠。

黄帝有熊氏位酌獻，奏《闕成之曲》

南吕宫

爲衣爲裳，法乾效坤。三辰順序，萬國來賓。典祀有常，多儀具陳。純精罔達，匪籍彌文。

配位酌獻，奏《闕**成之曲》**

南吕宫

三聖儼臨，孰侑其食。惟爾有神，同功合德。丕擁靈休，留娱嘉席。歷世昭配，永永無極。

初獻降殿與前同

亞獻，奏《闕**成之曲》**終獻同

姑洗宫

緩節安歌，載升貳觴。禮成三終，申薦令芳。凡百有職，罔敢怠遑。神具醉止，欣欣樂康。

徹豆，奏《闕**成之曲》**

南吕宫

籩豆有踐，殷薦亶時。禮文疏洽，廢徹不遲。慎終如始，進退無違。神其祚我，綏以繁釐。

送神，奏《闕成之曲》

黄鐘宫

夜如何其，明星煌煌。靈逝弗留，飈舉雲翔。瞻望靡及，德音不忘。庶回景貺，發爲禎祥。

望瘞，奏《闕成之曲》

姑洗宫

工祝致告，禮備樂終。加牲兼幣，訖薶愈恭。精神斯罄，惠澤無窮。儲休錫美，萬福來崇。

《元史》卷七七《祭祀志》，第1916—1920頁

卷一九〇　元郊廟歌辭一〇

殷烈祖廟樂神詩

郝　經

題注曰：「憲宗八年。」詩序曰：「大河之陽，有廟曰『湯王』，絶去老岸，深入故道，瞰臨中潭。蓋以王伐夏救民，光有天下，旱乾而無水溢，故廟於是，假其神靈以禦河伯懷襄悍猛之患。不知其幾千百年，稽天之浸，漸入地中，弛弛南却，遠廟數里，益出腴田，貽我來辨，歲則大穰。於是邦人益知有相之道，庇神之休，靡來祈賽，禮盛先稷焉。歲戊午，詔以懷、河陽爲今上湯沐邑，於是經在藩府，得賜第懷，賜田河陽。河陽吏以田籍進，疆畛之中有店曰『楊子』，楊子之東廟曰『湯王』，即此廟也。廟前有水曰溴，乃晉溴梁水也，盡在賜田内。郝氏之先系出有殷帝乙之支子，今啓南陽之田，而得烈祖成湯之廟焉，衰門敝族而遇其祖，豈將令繼緒不忘乎？時河陽進士茍宗道從余學，其家故爲大姓，在廟之側，桑梓阡陌與賜田接。乃命其弟宗禮規廟周之地，廓其神宇。令河陽守置户衛護。仍爲崇飾象設，增伊尹、仲虺二相之像，以一神德。按祭法，能禦大菑則祀之，能捍大患則祀之。王拯民於水火之中，可謂禦大菑矣；廟於河而河不溢，可謂能捍大患矣：其世祀也宜哉。夫上世帝王皆以名稱，宓犧、神農皆是也。至堯、舜之世，始有祖宗之號，曰文祖、神宗。至夏后之世，則以禹爲皇祖。殷之世，以湯爲烈祖。其後嗣王亦各有號，曰中宗、高宗。然於簡策則皆以名稱，於廟則特以號舉，尊之也。今既廟矣，而以名稱，非制也。故更曰『殷烈祖廟』，作頌以畀田畯，俾歲時歌舞以燕神云。」《全元文》注曰：「『應天篤祜』，『祜』，原作『祐』，據王校本改。」按，詩題爲筆者據詩序所加。

惟帝降格，先天啓土。湯聖不違，應天篤祜。夏惡盈貫，我伐是舉。枿彼三蘖，震厥皇武。挈民請命，脱之砧斧。濟以寬仁，瀹其瘡痏。建中立極，道繼堯禹。盛德世享，于何方所。伊侐斯廟，在河之滸。民猶戴蘇，萬世一雨。慝厲不作，重爲呵禦。河水洋洋，莫余敢侮。沃壤每每，安流順去。孰敢仇餉，共饁南畝。孰敢不祀，競藝稷黍。民以有年，神不乏主。麰麥如雲，際神之户。菽粟如陵，隱神之宇。民飽而嬉，燕厥父母。奉盛以薦，潔登冪俎。乃麗白牡，乃酌清酤。報本反始，在昔自古。黄髮婆娑，望神屢舞。奏鼓坎坎，衎我烈祖。玄鳥于飛，集于河梁。迎神語語，曰湯是常。小子作頌，于以歌商。載祀百千，神其樂康。於乎！成湯不亡。《全元文》卷一三三，第401—402頁

台州章安土神趙侯廟靈甚迎神送神樂歌三章

程端禮

題注曰：「侯名昞，東漢時人，事見《漢書》。」

侯游兮何許，上賓兮帝所。巫覡兮屢舞，侯不來兮延佇。望寥廓兮何極，水冥冥兮天碧。張高蓋兮渡險隘音益，覽章安維侯宅。

侯弭節兮玆堂，色腥腐兮心不康。鰅東流兮脯桑，聊容與兮周章。侯之生兮龍光，攬日月兮闔闢陰陽，行百谷兮厲鬼遁藏。生我民兮不夭殤。令何爲兮汝傷，民何爲兮不忘。

侯去兮勿亟，覽九土兮焉適。祖高辛兮伯益，大火故墟兮不食。侯無我遺兮，昭事無斁。

《漢書》本傳：侯爲章安令所殺。　　《全元詩》，册 25，第 360—361 頁

岳鄂王精忠廟迎神送神詩

陸　友

詩序曰：「故宋紹興間，岳忠武王父子以忠死。後敕葬錢塘之棲霞嶺。至正二年十二

月癸未，友客西湖上，卧病昏瞶，仿佛見王若有感焉者。故作迎神送神詩歌，以享王。庶幾答王之靈貺也。」

湯陰之山，王生其間。邈不可見，凜然英顔。父兄之讎，胡爲不酬。國有大奸，忠臣是仇。棲霞之巔，高冢巋然。仿佛見之，若從游焉。湓城之陽，江水悠長。喬木蒼蒼，子孫其昌。《全元詩》，册36，第188頁

天妃廟迎送神曲并序

黄　向

題注曰：「泰定四年七月。」詩序曰：「泰定四年春正月，海道都漕運萬户府初建天妃廟吴郡，移屬官殿君寶臣、吴公漢傑俾教護，屬功課章程焉。天妃者，故興化軍莆田縣湄洲林氏女，爲神海上，威福□著。凡駕海之舟，咸恃□爲命，所至奉祠。宋熙寧以來，號封已顯。至於國朝，區夏大同，百神受職。漕河東西，歲輸粟京師數百萬石，經途數千里，海道險艱，時日進止，一唯神之聽，否則危敗立見。於今五十有餘載，任部轄者繇一命以上，下及庶人在官，無有聲色之駭，雖聖元如天之福，而神之功亦不可揜也。祠曹改請，累封護國

庇民廣濟明著天妃。海春夏再起運，皇帝函香降祭，自執政大臣以下盛服將事，合樂曲，列舞隊，牲號祝幣，視□瀆□加焉，其可謂無負於神矣！按禮：『能禦大災則祀之，能捍大患則祀之。』天下至險，莫過於海，而涉之若坦途；天下至計，無重於民食，而運之若指掌，神寔佑之，是在禮所應□祀也。況□輸要衝，治府所在，廟貌之奉，尤□事宜。先是，因前代之舊，寓祠於報國寺廡下，□□□□弗稱展謁。府帥趙公賁莅事，長帥迷的失剌公及諸□□謀用克協，得地九畝，購而營之，舊章氏家廟址也，□弗廢其祀。時參知政事張公毅、張公友諒寔來督輸，爲之落成。於是殿堂廡庭，弘敞靚深，大稱神居矣。府史王彬亦與有勞焉。比竣事，吴君□復爲之論列，以請其額。是年秋七月，廟成。越三日己亥，府帥偕郡官率僚屬，奉安神像，蕆祀報功，作迎送神曲以歌之。詞曰：……』

桂殿兮蘭堂，結綺疏兮邃房。信美兮蓀土，析木之野兮□吴之邦。龍爲輴兮鳳爲馬。篌絲兮犀竹，舞芑兮獻曲。五□兮四會，靈之來兮祜福。縶□人兮爲囚，繳颶母兮青丘。孰陽侯兮敢怒，使海若兮要流。颺游萬舸兮翼如雲，驤儵忽渺瀰兮依神之光。載囷兮載倉，維億兮維□。穀之兮粟之，王官兮帝里。噫天子仁聖兮大波不揚，我臣報事兮維敬恭止。峩峩靈宮兮申命有錫，萬年其承兮邦家之祉。泰定四年七月甲子，句章黄向爲文，沂陽董復書丹，嘉興吴漢傑立石。

《全元文》卷一一

忠靖王廟迎享送神辭并序

倪瓚

詩序曰：「至順元年春，吴楚薦饑，天灾流行，連數郡道殣相望，沴氣薰襲，爲瘥爲扎，錫之民咸被漸染，大小惴惴，無所請命。邦之耆老相與言：『吾邦西山之陽，有嶽祠，祠有明神焉，曰「忠靖王」。胙爵東平，生能奮忠，死有遺烈，赫聲耀靈，福我錫民，自有年矣。在昔宋季大疫，用禱於神，變沴爲祥，德載歌咏。民病亟矣，宜從故事。』乃合群謀，籲衆感，率從祠下，鐃鼓鏜鉉，旗纛晻靄，導駢駕以臨城闉，香雲漲空，耄稚奔走，衆心推誠，祈祀惟謹，惟神顧歆，來格來享，若沐神水，若濯冷風，毆驅妖氛，民疾用瘳，丕燀神化，無遠弗曁。隣邑之民，祈者踵接，環句吴四封，所活幾萬人焉。是神有大造於吾民也。禮，神能禦大菑、捍大患者則祀之，矧威烈若此，是宜尸祝。而社稷之舊祠焜於火，未幾，民更興復其制。瓚嘗以母病至禱，立愈。因作《迎享送神辭》二章，刻諸山阿，俾錫民歌以祀之。辭曰……」

靈皇皇兮岱宗，神之來兮駕蜚龍。赫蒼顔兮朱髮如火，紛羽衛兮岳祇嶫峨。青霓旍兮白容裳，降大荒兮祓不祥。驅野仲兮逐游光，惠我民兮神樂康。羅帳兮雲幄，湛寒泉兮瑟蘭勺。撫偃蹇兮歙參差，薦芳馨兮神享之。靈娭娭兮奈何，樹紫檀兮山之阿。匪斯今兮福斯土，沐神休兮千萬古。

神之去兮驂雲螭，風猋猋兮吹靈旗。怳臨風兮延佇，悵神游兮難駐。神斿兮翩翩，撫一氣兮周八埏。朝騰駕兮西山，夕弭節兮東魯。噫！神往兮莫我顧，民有籲兮載福斯祜。折瓊花兮遲神歸，歲復歲兮神寧我違。石戔戔兮流水，壽我民兮報祀無已。《全元文》卷一四四一，第617—618頁

婺源龍首山世忠廟迎送神辭

汪　曙

詩序曰：「徽之屬縣爲婺源，縣人程氏，代爲著姓。至順癸酉，程氏之尊且賢者曰供祖，一旦聚宗族子姓，議建其三十四世祖陳鎮西將軍、開府儀同三司、謚忠壯公諱靈洗祠於縣北龍首山，以永慕思，嚴祀薦，曰世忠之廟，仍宋歙之黄墩故號也。既成，其子賓走京師，謁記於今翰林揭先生，記次詳實，辭約而義豐矣。後至元丁丑，賓將歸，刻石置廟中，過舒，復徵文汪曙，因爲作迎送神樂二章，使歌以侑祭云。其辭曰……」

於楹桷兮閑梴，伷靈宫兮秩神筵。神之來兮靡期，降于天兮格思。赫神威兮在上，凛遺風

兮惟忠以壯。神之像兮廟存，欽若烈祖兮侯神孝孫。雜芳馨兮薦祼，牲肥幣量兮俎籩匪亂。神之靈兮孔嘉，穆孝孫兮克禋罔譁。神之歆兮醉飽，錫福子孫兮俾臧壽考。咽簫管兮鏗鏞，鼓鼉兮載雄。神忻忻兮委貺，聆肸蠁兮安從。烈祖降兮孔神，肅靈風兮中人。神之駕兮既飭，儼將旋兮日夕。秩秩兮浩歌，神之聿歸兮降福已多。山紆縈兮水匯，竹樹檀欒兮澗湍澎湃。池有月兮井有瀾，神胡不留兮去復盤桓。勾萌兮甲坼，此何時兮春王正月。孝孫祀兮有常，神降福兮豈其渠央？翼我兮佑我，老壽熾昌兮若山暨火。貴則高兮富則强，宜爾族家兮施於一邦。猗孝孫兮敬祀無怠，何千萬年兮顧瞻神斾。《全元文》卷一六八〇，第110—111頁

嘉德廟迎神送神曲

陳麟

青天兮日明，欻飄風兮冥冥。駕飛舟兮龍驤，發靈光兮夜征。戈鋋兮晝鳴，不協兮心驚。匪棄我兮不來，爛昭昭兮厥靈。蘩藻兮潔清，雜餚牲兮充庭。倏爾兮來寧，散鬱兮香馨。民物阜兮穰穰，萃子孫兮歡迎。君欣欣兮無窮，錫我福兮思成。

羅之江兮中流，羅之浦兮中洲。辟草萊兮沃壤，闡詩書兮大猷。民有教兮有養，懷德兮莫酬。羌祀事兮弗怠，儼洋洋兮何求。弦歌兮諧諧，黍稷兮油油。粒烝民兮曷極，欻遠舉兮弗留。弗留兮奈何，愿靈貺兮日遒。《全元文》卷一七六六，第110—111頁

卷一九一　元燕射歌辭

前代雅樂，郊廟燕射，兼而用之。洎於元代，雅樂專用於郊廟。《元史·禮樂志》曰：「（至元）十一年秋八月，製内庭曲舞。中書以上皇帝册寶，下太常太樂署編運無射宫《大寧》等曲，及上壽曲譜。」注曰：「當時議殿庭用雅樂，後不果用。」①是有殿庭用雅樂之議，竟未施行也。《新元史·禮志》載至元六年命劉秉忠等製定朝儀，百日而畢曰：「秉忠復奏曰：『無樂以相須，則禮不備。』詔搜訪舊教坊樂工，得杖鼓色楊皓、笛色曹楫、前行色劉進、教師鄭忠，依律運譜，被諸樂歌。六月而成，陳於萬壽山便殿，帝聽而善之。」②是元有朝儀樂歌也，惜不見其曲目。

史載元燕射禮任以各色樂隊。有樂音王隊，元旦用之；壽星隊，天壽節用之；禮樂隊，朝會用之；説法隊，未言何用。樂音王隊樂曲有《萬年歡》《長春柳》《吉利牙》《新水令》

---

① 《元史》卷六八，第1696頁。
② 柯劭忞《新元史》卷八八，開明書店，1935年版，第204頁。

《沽美酒》《太平令》；壽星隊樂曲有《長春柳》《山荆子》《祆神急》《新水令》《沽美酒》《太平令》；禮樂隊樂曲有《長春柳》《新水令》《水仙子》《青山口》《沽美酒》《太平令》；説法隊樂曲有《長春柳》《金字西番經》《新水令》《沽美酒》《太平令》。知元之燕射樂隊，與唐之部伎、宋之隊舞皆異。

樂隊之服飾器用、舞節，《元史·禮樂志》皆有載。若記「樂音王隊」曰：「引隊大樂禮官二員，冠展角幞頭，紫袍，塗金帶，執笏。次執戲竹二人，同前服。次樂工八人，冠花幞頭，紫窄衫，銅束帶。龍笛三，杖鼓三，金鞚小鼓一，板一，奏《萬年歡》之曲。從東階升，至御前，以次而西，折繞而南，北向立。後隊進，皆仿此。次二隊，婦女十人，冠展角幞頭，紫袍，隨樂聲進至御前，分左右相向立。次婦女一人，冠唐帽，黄袍，進北向立定，樂止，念致語畢，樂作，奏《長春柳》之曲。次三隊，男子三人，戴紅髮青面具，雜彩衣，次一人，冠唐帽，緑襴袍，角帶，舞蹈而進，立於前隊之右。次四隊，男子一人，戴孔雀明王像面具，披金甲，執叉，從者二人，戴毗沙神像面具，紅袍，執斧。次五隊，男子五人，冠五梁冠，戴龍王面具，綉氅，執圭，與前隊同進，北向立。次六隊，男子五人，爲飛天夜叉之像，舞蹈以進。次七隊，樂工八人，冠霸王冠，青面具，錦綉衣，龍笛三，觱栗三，杖鼓二，與前大樂合奏《吉利牙》之曲。次八隊，婦女二十人，冠廣翠冠，銷金緑衣，執牡丹花，舞唱前曲，與樂聲相和，進至御前，北向，列爲九重，重四人，曲終，再起，與後隊相和。次九隊，婦女二十人，冠金梳翠花鈿，綉衣，執花鞚稍子鼓，舞唱前曲，與前隊相和。次十隊，婦女八人，花髻，服銷金桃紅衣，摇日月金鞚稍子鼓，舞唱同前。次男子五人，作五方菩薩梵像，摇日月鼓。次一人，作樂音王菩薩梵像，執花鞚稍子鼓，齊聲舞前曲一闋，樂止。次婦女三人，歌《新水令》《沽美酒》《太平令》之曲終，念口號畢，舞唱相和，以次而出。

又記「壽星隊」曰：「引隊禮官樂工大樂冠服，并同樂音王隊。次二隊，婦女十人，冠唐巾，服銷金紫衣，銅束帶。次婦女一人，冠平天冠，服綉鶴氅，方心曲領，執圭，以次進至御前，立定，樂止，念致語畢，樂作，奏《長春柳》之曲。次三隊，男子三人，冠服舞蹈，并同樂音王隊。次四隊，男子一人，冠金漆弁冠，服緋袍，塗金帶，執笏；從者二人，錦帽，綉衣，執金字福禄牌。次五隊，男子一人，冠捲雲冠，青面具，緑袍，塗金帶，分執梅、竹、松、椿、石，同前隊而進，北向立。次六隊，男子五人，爲烏鴉之像，作飛舞之態，進立於前隊之左，樂止。次七隊，樂工十有二人，冠雲頭冠，銷金緋袍，白裙，龍笛三，觱栗三，劄鼓三，和鼓一，板一，與前大樂合奏《山荆子》帶《袄神急》之曲。次八隊，婦女二十人，冠鳳翹冠，翠花鈿，服寬袖衣，加雲肩、霞

---

① 《元史》卷七一，第1773—1774頁。

綬、玉佩，各執寶蓋，舞唱前曲。次九隊，婦女三十人，冠玉女冠，翠花鈿，服青銷金寬袖衣，加雲肩、霞綬、玉佩，各執櫻毛日月扇，舞唱前曲，與前隊相和。次十隊，婦女八人，服雜綵衣，被槲葉、魚鼓、簡子。次男子八人，冠束髮冠，金掩心甲，銷金緋袍，執戟。次爲龜鶴之像各一。次男子五人，冠黑紗帽，服綉鶴氅，朱履，策龍頭藜杖，齊舞唱前曲一闋，樂止。次婦女三人，歌《新水令》《沽美酒》《太平令》之曲終，念口號畢，舞唱相和，以次而出。」①

又記「禮樂隊」曰：「引隊禮官樂工大樂冠服，并同樂音王隊。次二隊，婦女十人，冠黑漆弁冠，服青素袍，方心曲領，白裙，束帶，執圭；次婦女一人，冠九龍冠，服綉紅袍，玉束帶，進至御前，立定，樂止，念致語畢，樂作，奏《長春柳》之曲。次三隊，男子三人，冠服舞蹈同樂音王隊。次四隊，男子三人，皆冠捲雲冠，服黄袍，塗金帶，執圭。次五隊，男子五人，皆冠三龍冠，服紅袍，各執劈正金斧，同前隊而進，北向立。次六隊，童子五人，三髻，素衣，各執香花，舞蹈而進，樂止。次七隊，樂工八人，皆冠束髮冠，服錦衣白袍，龍笛三，觱栗三，杖鼓二，與前大樂合奏《新水令》《水仙子》之曲。次八隊，婦女二十人，冠籠巾，服紫袍，金帶，執笏，歌《新水令》之曲，與樂聲相和，進至御前，分爲四行，北向立，鞠

①《元史》卷七一，第1774—1775頁。

躬拜，興，舞蹈，叩頭，山呼，就拜，再拜，畢，復趁聲歌《水仙子》之曲一闋，再歌《青山口》之曲，與後隊相和。次九隊，婦女二十人，冠車髻冠，服銷金藍衣，雲肩，佩綬，執孔雀幢，舞唱與前隊相和。次十隊，婦女八人，冠翠花唐巾，服錦繡衣，執寶蓋，舞唱前曲。次男子八人，冠鳳翅兜牟，披金甲，執金戟。次男子一人，冠平天冠，服繡鶴氅，執圭，齊舞唱前曲一闋，樂止。次婦女三人，歌《新水令》《沽美酒》《太平令》之曲終，念口號畢，舞唱相和，以次而出。」①

又記「説法隊」曰：「引隊禮官樂工大樂冠服，并同樂音王隊。次二隊，婦女十人，冠僧伽帽，服紫禪衣，皂絛；次婦女一人，服錦袈裟，餘如前，持數珠，進至御前，北向立定，樂止，念致語畢，樂作，奏《長春柳》之曲。次三隊，男子三人，冠、服、舞蹈，并同樂音王隊。次四隊，男子一人，冠隱士冠，服白紗道袍，皂絛，執麈拂；從者二人，冠黄包巾，服錦繡衣，執令字旗。次五隊，男子五人，冠金冠，披金甲，錦袍，執戟，同前隊而進，北向立。次六隊，男子五人，爲金翅雕之像，舞蹈而進，樂止。次七隊，樂工十有六人，冠五福冠，服錦繡衣，龍笛六，觱栗六，杖鼓四，與前大樂合奏《金字西番經》之曲。次八隊，婦女二十人，冠珠子菩

① 《元史》卷七一，第1775—1776頁。

薩冠，服銷金黄衣，纓絡，佩綬，執金浮屠白傘蓋，舞唱前曲，與樂聲相和，進至御前，分爲五重，重四人，曲終，再起，與後隊相和。次九隊，婦女二十人，冠金翠菩薩冠，服銷金紅衣，執寶蓋，舞唱與前隊相和。次十隊，婦女八人，冠青螺髻冠，服白銷金衣，執金蓮花。次男子八人，披金甲，爲八金剛像。次一人，爲文殊像，執如意；一人爲普賢像，執西番蓮花；一人爲如來像；齊舞唱前曲一闋，樂止。次婦女三人，歌《新水令》《沽美酒》《太平令》之曲終，念口號畢，舞唱相和，以次而出。」①

《新志》又記「天魔舞」隊，以宫女十六人按舞，舞名《十六天魔》，宫中贊佛用之。②《新志》又記《達達樂曲》《回回曲》，曲名多爲番語，③未知燕射用否，歌辭亦未見著録。本卷所録，多出《元史》《全元詩》，亦有出《全元文》及元人别集者。

---

①《元史》卷七一，第1776—1777頁。

②《新元史》卷九四，第218頁。

③《新元史》卷九四，第218頁。

騶虞

平　顯

《舊唐書・樂志》曰：「皇帝大射，姑洗爲宫，奏《騶虞》之曲。皇太子奏《貍首》之曲。」①《舊唐書・許景先傳》曰：「夫古之天子，以射選諸侯，以射飾禮樂，以射觀容志，故有《騶虞》《貍首》之奏，《采蘩》《采蘋》之樂。」②則《騶虞》者，燕射之曲也。此詩爲元人同題擬作，故予收録。

聖皇仁恩浹四方，熙熙赤子回春陽。太和熏蒸贊化育，物以類應昭其祥。騶虞黑章質雪白，區萌不踐生不食。況乘金秋敬若時，至自親王股肱國。河洛世出惟聖謨，神龜負書龍馬圖。參而爲三表靈異，天錫作我皇明符。皇明之符天所授，億萬斯年至尊壽。吁嗟騶虞豈凡獸，濯濯其儀樂君囿。小臣昔誦二南詩，何幸於今真見之。王公大人俾頌述，稽顙再拜陳蕪詞。《全元詩》，册53，第501頁

① 《舊唐書》卷二八，第1042頁。
② 《舊唐書》卷一九〇，第5032頁。

大饗

汪廣洋

諸侯謹述職，方伯敬來同。後世尚斯典，往古有遺風。維茲獻歲始，大鈞妙化工。川泳雲飛間，罔不被薰融。至尊垂衣裳，雋髦蔚景從。土宇日已廣，民物日已豐。匪文莫附遠，匪武孰成功。不有勸賚美，恩意何由通。乃命行大饗，禮數極雍雍。三公相左右，百辟叙西東。祥飆臨宁來，旭日當天紅。佳肴薦修脯，旨酒酌春缸。舞干何孑孑，擊鼓何鼛鼛。麗曲被朱弦，清磬和考鐘。尊卑同一讙，遭遇靡易逢。豈惟浹和樂，厚在肅儀容。自昔周室時，君臣期令終。頌歌詠鳧鷖，錫予賦彤弓。其慶何綿綿，其音何渢渢。所以億萬載，慨念思無窮。小臣奏雅章，稽首對九重。《全元詩》，册 56，第 125 頁

上壽

汪廣洋

節鉞專征握帝符，東南黎獻望來蘇。長驅白日浮雲净，直掃滄江積翳無。紫極高秋逢電繞，彤霞清曉聽嵩呼。諸侯玉帛承筐篚，殊譯河山入版圖。五福載陳昭往昔，百男重頌溥歡娱。

不期赫赫銘彝鼎，况乃乾乾究典謨。虚席每延多士語，解衣終見遠人孚。周家仁厚流芳盛，端與明時作範模。《全元詩》，册56，第174頁

至聖至明之曲黄鍾宫

陳剛中

元陳剛中有《辛卯天壽聖節孚應制草前行樂章曰至聖至明之曲樂令張温以弦管至翰苑調集之壬辰元會亦孚撰進曰金階萬歲聲敬紀以詩》曰：「我本漁樵東海邊，脚踏雲頭歌叩舷。數載偶承金馬詔，朝衣蹈舞丹墀前。三十六簴列兩序，黄鐘大鏞儼在懸。摐宫扣羽韻雜遝，泠泠間以朱絲弦。紫衣樂使總千立，翠衫回電風翩翩。白雪一聲度霄漢，宛如戛玉聲琅然。曲聲未已笙簫急，滿空嘹亮清而圓。又如疏松亂石内，崖冰迸落千丈泉。景星出房慶雲爛，重華盛德三千年。野人忽聞靈韶調，但覺魂夢游鈞天。去年協律携管籥，按賡至聖至明篇。今年又奏金階曲，瑶巵大宴蕊珠仙。恭惟皇元混六合，八音均和八風宣。微臣何幸際昌運，得與麟鳳瞻初筵。惟願聖明億萬壽，瑞光長照太微纏。」①詩題云天壽節

① 《全元詩》，册18，第404頁。

作《至聖至明之曲》，元會作《金階萬歲聲》，且云「樂令張温以弦管至翰苑調集之」，則此二曲爲樂府演奏之燕射歌辭。此二曲歌辭《全元詩》失收，文淵閣四庫全書本《陳剛中集》於此詩末云：「二詞附見。」故本卷據《陳剛中集》收録。

鬱羅瑶，文凝瑞虹。中黄御陽，貝闕珠宫。漢盤寶露濃，香浮太液芙蓉。天九重，萬國衣冠會同，旒光一點海霞紅。太平日月軒轅紀，藐皇風崆峒。［元］陳剛中《陳剛中集》卷三，景印文淵閣四庫全書，册 1202，第 654 頁

金階萬歲聲夾鍾宫

陳剛中

絳幘籌催，觚闕上，暖回虬箭。聽鳴鞘，聲傳鳳輦。宫花鬧蟬，玉戚朱弦。擁紅雲，遶黄金殿。皇國萬年，泰階平，六符煇現。滿神州，和風乍轉，天開雉扇，玉簫聲顫。奉蟠桃，慶瑶池宴。《陳剛中集》卷三，景印文淵閣四庫全書，册 1202，第 654 頁

卷一九二　元鼓吹曲辭一

新舊《元史》皆未見元代鼓吹歌辭，故本卷止録《樂府詩集・鼓吹曲辭》同題曲辭，所録多出《全元詩》，亦有出元人別集者。

漢鐃歌

朱鷺

戴　良

明朱承爵《存餘堂詩話》曰：「鐃歌二十二曲中有《朱鷺曲》，由漢有朱鷺之祥，因而爲詩，作者必因紀祥瑞，始可用《朱鷺》之曲。」①明楊慎《升庵詩話》釋《朱鷺》曰：「古樂府有《朱鷺曲》，解云：『因飾鼓以鷺而名曲焉。』又云：『朱鷺咒鼓，飛於雲末。』徐陵詩有『梟鐘

① 《歷代詩話》下編，第786頁。

鷺鼓』之句，宋之問詩『稍看朱鷺轉，尚識紫騮驕』，皆用此事。蓋鷺色本白，漢初有朱鷺之瑞，故以鷺形飾鼓，又以朱鷺名《鼓吹曲》也。梁元帝《放生池碑》云：『元龜夜夢，終見取於宋王；朱鷺晨飛，尚張羅於漢后。』與朱鷺飛雲末事相叶，可以互證，補《樂府解題》之缺。」①明張萱《張萱詩話》曰：「樂府本以被管弦者，今所傳古樂府詞，多不可讀。沈休文曰：『樂人以聲音相傳，大字是詞，細字是聲。聲詞合寫，愈傳愈訛。至今遂不得其解耳。』故後人作古樂府，止用其題，不襲其意，亦不諧其調。如《朱鷺》，則詠鷺之色；《艾如張》，則詠射雉事。或五言，或七言，或近體，或歌謠，皆如詠物體。蓋自魏而後皆然，不特唐人也。至於可被管弦與否，不復問矣。」②明董説《董説詩話》曰：「擬古樂府者有二：一當也，一擬也。當者，當其位也，非擬也。擬者，擬其名也，擬其聲也，擬其辭也。漢有《朱鷺》《思悲翁》等二十二曲列於鼓吹，謂之鐃歌。魏文帝使繆襲改造十二曲曰《楚之平》《戰滎陽》《獲吕布》《克官渡》《舊邦》《定武功》《屠柳城》《平南荆》《平關中》《應帝期》《邕熙》《太和》，謂改造新音，當漢樂之位也。《楚之平》者，當鐃歌之《朱鷺》也。其辭曰：『楚之平，義

① 《升庵詩話箋證》卷一，第24頁。
② 《明詩話全編》，册10，第10805頁。

兵征，神武奮，金鼓鳴。』此與古《朱鷺》異矣，不可謂之擬《朱鷺》也。《戰滎陽》者，當鐃歌之《思悲翁》也，其辭曰：『戰滎陽，汴水陂，戎士憤怒貫甲馳，陣未成，退徐滎，二萬騎，塹壘平。』非擬《思此翁》也。《獲吕布》者，當鐃歌之《艾如張》也，《克官渡》者，當鐃歌之《上之回》也，《舊邦》者，當鐃歌之《翁離》也，《定武功》者，當鐃歌之《戰城南》也，《屠柳城》者，當鐃歌之《巫山高》也，《平南荆》者，當鐃歌之《上陵》也，《平關中》者，當鐃歌之《將進酒》也，《應帝期》者，當鐃歌之《有所思》也，《邕熙》者，當鐃歌之《芳樹》也，《太和》者，當鐃歌之《上邪》也。如吴曰《炎精缺》，晋曰《靈之祥》，皆當鐃歌之《朱鷺》，而《炎精缺》曰：『炎精缺，漢道微，皇綱弛，政德違。』則擬《楚之平》之聲也。《靈之祥》曰：『靈之祥，石瑞章，旌金德，出西方。』則擬《炎精缺》之聲也。宋何承天《思悲公》篇：『思悲公，懷衮衣，東國何悲公西歸。』此擬《思悲翁》之名也。梁王僧孺《朱鷺》曰：『因風弄玉水，映日上金堤。猶持畏羅繳，未得異鳧鷖。』此擬《朱鷺》之名也。晋傅玄《董逃行》《歷九秋》篇者，此擬《董逃》之聲也。夫樂府緣情結響，不可擬也。然《楚之平》當《朱鷺》則當，而未嘗擬也。」①明徐獻忠《徐獻忠詞話》曰：「予讀鐃歌諸曲，其義不可通者七首，止可以意測其命題而已。如《朱

①《明詩話全編》，册10，第10833頁。

鷺》一首，説者以《隋書·樂志》『建鼓在階而棲翔鸞於其上以飾鼓容』者，非也。孔穎達云：『楚威王時，有朱鷺合遝飛翔而來，因作《朱鷺》曲以表其瑞，因飾之階鼓，以示不忘。』然則本楚曲，而漢人述之也。其云『魚』以『烏』者，言其食也。『路訾邪』，言其所行也。『食茄下』，言食以水中，在草之下也。『不之食，不以吐』，言其魚之外，别無所食。而食者，亦未嘗吐，以比柔不茹，剛不吐，當以是問之諫者，亦當如鷺可也。太抵鐃歌句讀長短不齊，節奏斷續，但以諧其聲調，不必言之可讀，如後世填詞曲者，以聲爲主也。若欲以文章家辭義例之，則其意遠矣。」①明王驥德《王驥德詞話》曰：「曲之調名，今俗曰牌名，始於漢之《朱鷺》《石流》《艾如張》《巫山高》，梁、陳之《折楊柳》《梅花落》《鷄鳴高樹巔》《玉樹後庭花》等篇，於是詞而爲《金荃》《蘭畹》《花間》《草堂》諸調，曲而爲金、元劇戲諸調。」②明熊明遇《熊明遇詞話》曰：「樂府，雅也，古也；詞曲，鄭也，今也。然古已爲今，勢不能作。《朱鷺》《石流》《翁離》《赤雁》《寶鼎》之章而就，今以揆其氣，就氣以揆其意，詩豈可類於詞

①《明詞話全編》，册1，第587頁。
②《明詞話全編》，册5，第3161頁。

曲哉？」①

朱鷺何從止，去啄金堤飲玉水。朝隨赤雁暮碧鷄，蕩漾驚波不得棲。有時挾子上林去，網絲紛紛復難避。不如斂翅江海湄，遠却幽并游俠兒。《全元詩》，册 58，第 87—88 頁

思悲翁

胡 奎

客有思悲翁，老大悲明月。昨日顔如丹，今朝鬢成雪。雪色落明鏡，所思胡不悲。寄言東家子，行樂當及時。《全元詩》，册 48，第 71 頁

艾如張

胡 奎

野田黄雀朝暮飛，碧雲茫茫艾葉肥。少年張羅雀不知，誤觸毛羽鳴聲悲。鳳凰翱翔千仞

---

①《明詞話全編》，册 5，第 3310 頁。

罔，五色文采鳴朝陽。托巢蓬萊白玉樹，此生安識艾如張。

東山有鳳，西山有麟。張羅于野，其心匪仁。天池之鵬，扶摇直上。翼如垂雲，安畏爾網。

《全元詩》，册 48，第 155—156 頁

同前

戴　良

翠爲衿，錦爲衣，朝朝暮暮澤水飛。澤中青草深且茂，莫聽爾媒登壟雊。壟頭西接桃李場，蓬藋艾盡有羅張。羅雖可避機莫測，爾誤觸之恐身傷。請看舊日張羅處，祥鳳冥鴻不肯顧。《全元詩》，册 58，第 87 頁

上之回

梁　寅

海波如白山，三山不可到。凌雲臺觀思仙人，金輿遠出回中道。回中道，何逶迤。朝旭照黄屋，靈飆捲鸞旗。青鳥西來集行殿，王母雲軿初降時。碧藕味逾蜜，冰桃甘若飴。笑飲九霞觴，侍女皆瑶姬。從臣羅拜稱萬歲，終不學穆天子八駿無停轡。還宫静處仙自來，願與軒轅同

久視。《全元詩》，册 44，第 276 頁

同前

周巽

珠宫三十六，避暑之回中。地勢蕭關險，雲氣蓬萊通。回巒蔽赤日，飛瀑含清風。仙桃進王母，金芝獻玉童。巡游樂無極，數幸甘泉宫。《全元詩》，册 48，第 391 頁

同前

釋宗泐

塹崇山，堙鉅谷，發軔甘泉狩維北。屬車連連複道平，離宫況有三十六。蕭關無堠塞無烽，單于稱臣月氏服。上之回，朝萬國。《全元詩》，册 58，第 374 頁

戰城南

耶律鑄

按，耶律鑄《雙溪醉隱集》置此詩於「樂府」類。

自來古戰場，多在長城南，少在長城北。茫茫白骨甸，如何直接黄龍磧。或云是從漢武開西域，耗折十萬衆，博得善馬數十匹。奮軍勢，務鏖擊。往來誰洗兵，赤河水猶赤。終棄輪臺地，其地於中國，失之且何損，得之本無益。歷計其所得，皆不償所失。雖下哀痛詔，追悔將何及。此是萬萬古，華夏覆車轍。底事奣緣其軌迄李唐，競喜邊功好大矜英哲。明皇不慮漁陽厄，萬里孤軍征碎葉。《通鑑》天寶十年，安禄山兼領三鎮。是歲，高仙芝及大食戰於怛羅斯城，敗績。隻輪曾不返，得無五情熱。暴殄生靈塗草莽，忍徇虚名爲盛烈。君不見世間人心固結，是謂帝王真統業。君不聞四海内有美談，至元天子平江南，何曾漂杵與溺驂。聖人有金城，貴謀賤戰不戰屈人兵。

白骨甸在唐燭龍軍地，有西僧智全者，該通漢字，云古老相傳，白骨甸從漢時有此名。　《全元詩》，册 4，第 13—14 頁

同前

宋　褧

題注曰：「天曆元年秋。」

戰城南，戰城北，前軍失利勢日迫。敵兵過谷，彍騎據水相搤。乘間格鬥，日薄西陲。大車傳饔，且噍且戰，彼竈不得晨炊。伯兄刺弱小弟，父子對射泣涕洏。馬踐渠答行仆躓，劍鋒�落

左辮腦骨披。厚陳雲霧斂，烏鳥四面集。高天厚地，哀我身死名不立。奏凱第功賞，持書論首級。皇帝陛下聖壽千萬歲，掩骼埋胔告郡邑。《全元詩》，册37，第220頁

同前

周巽

將軍初出塞，列陣龍城南。霜飛殺氣肅，日落戰聲酣。弩彀毒流矢，鋒交血染函。單于行繫頸，嫖姚且停驂。凱旋何神速，破敵有兵貪。《全元詩》，册48，第395頁

同前

戴良

將軍西出塞，冒頓北臨關。欲戰葱河道，先奪桑乾源。鐵騎已雲集，革車仍電奔。綏邊吾豈敢，聊報一餐恩。《全元詩》，册58，第85—86頁

同前

釋宗泐

進兵龍城南，轉戰天山道。烽烟漲平漠，殺氣霾荒徼。將軍重爵位，天子尚征討。不辭鬥死多，但恨生男少。《全元詩》，册 58，第 371 頁

同前

危德華

天子命將出山東，親王擁兵衛青宫。海南義軍日酣戰，識時豪俊思歸農。渠魁昨夜屠城去，白骨如山盡無主。紛紛天下皆侯王，誰念蒼生日愁苦。朔風吹雪塞草黄，群雄角逐持干將。蛟龍争海雲失色，玄武蔽日天無光。惟聞布衣爲將帥，豈知行兵乃凶器。窮廬悲嘆將奈何，但願四海無干戈。《全元詩》，册 60，第 69—70 頁

古戰城南

耶律鑄

按，耶律鑄《雙溪醉隱集》置此詩於「樂府」類。

結陣背南河，指顧望城北。冠軍申號令，謂彼是勍敵。今朝一戰在，有國與無國。但得社稷存，此命不足惜。風雲爲動色，士卒爲感激。奇正遽雷合，横衝奮霆擊。雌雄勢未決，忽忽日將匿。以劍指羲和，揮戈上聲呼天日。天地有情時，敢乞饒一擲。貔虎張空拳，搏戰到昏黑。忽焉如海泄，聲震裂區域。對面不辨人，何許可追襲。平明按戰所，澗壑盡平積。畢賀雪前耻，有力於王室。拜詔未央宫，哀懇辭封邑。五湖舊烟景，先師有遺迹。《全元詩》，册 4，第 13 頁

擬戰城南

楊維楨

元張雨《鐵崖先生古樂府序》曰：「三百篇而下，不失比興之旨，惟古樂府爲近。今代善用吴才老韻書，以古語駕御之，李季和、楊廉夫遂稱作者。廉夫又縱横其間，上法漢、魏，

而出入於少陵、二李之間，故其所作古樂府詞，隱然有曠世金石聲，人之望而畏者。又時出龍鬼蛇神，以眩蕩一世之耳目，斯亦奇矣。東南士林之語曰：『前有虞、范，後有李、楊。』廉夫奇作，人所不知者，必以寄予，以予爲知言者。抑予聞詠歌音聲之爲物，明則動金石，幽則感鬼神，豈直草上風行之比哉！廉夫遭盛時，揚言於大廷者也，將與時之君子以頌隆平。樂府遺音，豈宜在野？要使大雅扶世變，正聲調元氣，斯爲至也。余不敢不以此望於廉夫，餘子不足語此。至正丙戌冬又十月，方外張天雨謹題。」①元吴復《輯録鐵崖先生古樂府序》曰：「君子論詩，先情性而後體格。老杜以五言爲律體，七言爲古風，而論者謂有三百篇之餘旨，蓋以情性而得之也。劉禹錫賦《三閣》，石介作《宋頌》，後之君子又以《黍離》配《三閣》，《清廟》《猗那》配《宋頌》，亦以其所合者情性耳。然則求詩於删後者，既得其情性，而離去齊、梁、晚梁、李宋之格者，君子謂之得詩人之古可也。鐵崖先生爲古雜詩，凡五百餘首，自謂樂府遺聲。夫樂府出風雅之變，而閔時病俗，陳善閉邪，將與風雅并行而不悖，則先生詩旨也。是編一出，使作者之集遏而不行，始知三百篇之有餘音，而吾元之有詩也。復學詩於先生者有年矣，嘗承教曰：『認詩如認人。人之認聲認貌，易也；認性，難也；認

① 《全元文》卷一〇八七，第350—351頁。

神，又難也。習詩於古，而未認其性與神，罔爲詩也。』吁！知認詩之難如此，則可以知先生之詩矣。先生在會稽時，日課詩一首，出入史傳，積至千餘篇。晚年取而讀之，忽自笑曰：『此豈有詩哉！』亟呼童焚之，不遺一篇。今所存者，皆先生在錢塘、太湖、洞庭間之所得者云。至正六年丙戌春三月初吉，門生富春吴復謹拜手書。」①楊維楨《送何生序》曰：「何生伯翰氏，其先西夏人也，祖息簡禮嘗録僧事於杭，因家焉……年十六歲受經於予，通《春秋五傳》、毛氏《詩》，尤長於《易》。遭時喪亂，士以弓刀之習易鉛槧，翰獨負郭闢圃，奉菽水於母。暇則退處小室，理故書，收緝予平生遺落文草，遂補注吴復所編予《古樂府集》行於時，人稱其學該識廣，復不能過之。」②

昨日戰，羊邏堡；今日戰，牛皮航。王者有征而無戰，胡爲日日戰血屠鋒芒。篁竹之丁婁鴟張，上山跳踉山鹿獐。將軍馬無昆號硯，安能爲之陸相梁。昨夜將軍獲生口，什什伍伍童及叟。問之半是良家兒，賊中驅來帕紅首。五花劊子牛頭神，五十八人同斧斤。烏鳶飛來百成

---

①《全元文》卷一二四七，第649—650頁。

②《全元文》卷一三〇一，第265頁。

群，不得銜啄飛去野水濱。乃知當街割啗人，須臾白骨堆成薪。是日民兵食人，殆如狗彘。於乎君王子民天地人，忍使天地殺毒傷陽春。嗚呼，忍使天地殺毒傷陽春。《全元詩》，册 39，第 120 頁

戰城南餞友人從師西征

王沂

按，《全元詩》册五八亦收王沂此詩，題辭皆同，兹不復録。

心惆悵，望重城。城之南，屯甲兵。背河赴敵星火急，走馬略陣烟雲生。戰城南，列飛將。操戈矛，脱弓韔。生擒賊酋馬上歸，壯士鳴鞭兩相向。中有一人冰雪顔，遥隨主將馳入關。妖星如雨墮地殷，殺氣上逐孤雲閒。息民按節勞險艱，鐫功勒石磐龍山。紫薇花開掖垣裏，黄麻詔出彤墀間，城南班師君早還。《全元詩》，册 33，第 27 頁

卷一九三　元鼓吹曲辭二

巫山高

韓　性

憮然望三峽，淮水何湯湯。徒勞叫魴鱮，水深不成梁。借問荆州客，終朝以徊徨。遠道樂行游，胡爲思故鄉。千秋復萬歲，念此安可忘。《全元詩》，册 21，第 36 頁

同前

張　昱

巫山高，望不極。際天微茫十二峰，彩雲上蒸靈雨集。中有瓊臺承翠館，曼態修容相出入。君王淫荒進神女，直以夢中爲白日。洛汭無聞五子歌，宋玉微辭諷何及。巫山高，望不極，不比堯階土三尺。《全元詩》，册 44，第 90 頁

同前二首

胡　奎

巫山高，青入天。丹崖翠谷相鈎連，中有玉妃凌紫烟。凌紫烟，過楚宫，葯房蕙幄春融融。瓊臺銀闕與天通，朝雲暮雨無終窮。《全元詩》，册 48，第 148 頁

巫山高，高入天，峰頭一一相鈎連。上有朝雲萬仞之飛鳥，下有暮雨三峽之啼猿。有美人兮山之顛，風裳月佩秋娟娟。懸崖歷澗不可見，翠霧參差出宫殿。須臾吹起大王風，朝雲飛散暮雨空，依然十二青芙蓉。《全元詩》，册 48，第 232 頁

同前

周　巽

峨峨十二峰，上有凌雲梯。峰出高唐峻，雲來太白低。山鳥飛不過，峽猿愁亂啼。望極魂欲斷，夢中心自迷。遥憐楚臺語，芳草碧萋萋。《全元詩》，册 48，第 391 頁

同前

胡布

彷彿巫山高，雲雨陽臺曲。妖鬼惑襄王，夸辭躭宋玉。風高碧巒静，林遠浮烟緑。月出秋冥冥，喧聲夜猿續。《全元詩》，册50，第471—472頁

同前

戴良

巫山望欲極，神女出何遲。朝暮自雲雨，君王徒夢思。魂乘林樹合，心着峽猿悲。婉孌陽臺夜，不知今是非。《全元詩》，册58，第85頁

同前

釋宗泐

巫山高，望不極，十二危峰倚天碧。陽臺神女徒盈盈，艷質妖容果誰識。襄王荒怪不足徵，宋玉微辭豈堪惜。至今雲雨自朝昏，山鬼哀猿叫蒼壁。《全元詩》，册58，第374—375頁

同前

王季鴻

巫山高哉入青冥，峭峰十二如連屏。巴江下與峽争險，波濤瀺灂魚龍腥。參差之顛晝晦冥，鳥道超忽難得經。深林大谷度彷彿，月出照見峰青青。高丘陽臺奚所銘，何年館宇開亭亭。扶丹疊翠既窈窕，中有神女長娉婷。珠宮洞房玉作扃，窗間一笑窺明星。爲雲爲雨朝復暮，往來恍惚潛其形。夢中之遇夫誰令，褰帷解后流波停。襄王本自好荒怪，摇佩徒使顔微頩。倏然而逝乘風萍，更煩詞客傳丁寧。二妃在野叫虞舜，至今遺俗祠湘靈。行人猶薦蘋藻馨，茲山終古非明庭。女蘿日落山鬼哭，只是哀猿那可聽。《全元詩》，册 65，第 143 頁

將進酒

吾衍

年少不再得，朱顔易彫零。春濃不作賞春去，春風亦笑人無情。平湖照天浮醁醽，湖邊柳色蛾眉青。遠山空翠盡烟淡，扁舟畫舸何縱横。金壺有酒君且傾，桑田屢變湖邊亭。人生得意且酣暢，羲和六轡無停行。我吹玉簫對楊柳，君當長歌更揮手。意闌酒盡各自歸，榮辱於人復

何有。神仙休鍊九轉丹，焦身苦思良爲難。不如逢春對酒但適意，且與笑樂開心顏。《全元詩》，册22，第210頁

同前

黄玠

君不見玉臺明月鏡，朝朝拂拭生光輝。上有雙飛金鵲影，識我少年紅澤時。山中小草無遠志，流景欻忽如猋馳。向來鬒髪似鵶羽，此日春蠶吐白絲。所以花前月下一壺酒，古人痛飲無復疑。《全元詩》，册35，第199頁

同前二首

楊維楨

將進酒，舞趙婦，歌吴娘。糟床嘈嘈落紅雨，鱠刀聶聶飛瓊霜。金頭鷄，銀尾羊，主人舉按勸客嘗。孟公君卿坐滿堂，高談大辯洪鐘撞。金千重，玉千扛，不得收拾歸黄腸棺木，勸君秉燭飲此觴。君不見東家牙籌未脱手，夜半妻啼不起床，悔不日飲十千瑒。《全元詩》，册39，第14頁

將進酒，雙玉觶，徐家荆樹雙聯枝。酒中有鴆毒，爾汝心相疑。兄一飲兮弟不敢違，兄不飲

兮弟不敢舉卮，五百分壽各相持。申狎兒，雙絲工奏棠棣詩。兩觶不決我分飲，腦血與酒相淋漓。申狎兒，生不恨，死不悲，但願兄弟和樂歌塤篪。君不見唐樂工，以死白東宮，金刀剖出忠義胸。《全元詩》，册39，第217頁

同前

胡奎

彈鵾弦，調鳳琯，玉醅灩灩流霞煖。東方風來吹落花，隨風漂泊天之涯。去年花謝今年發，今朝人醉明朝別。明朝別去可奈何，且盡花前金叵羅。四座且勿喧，聽我歌長謠。百年三萬六千夜，百年三萬六千朝。三萬六千朝與夜，幾度花開與花謝。杯行到手請勿辭，金盡床頭莫論價。不見洛陽城裏人，化爲北邙山下塵。今朝共飲碧玉醑，明日更漉烏紗巾。

將進酒，酒進君莫停，我有長歌君試聽。地有酒泉，天有酒星。不持寸鐵，直破愁城。將進酒，酒進君莫止，我有長歌君側耳。白日西飛，滄波東逝。古來達人，皆止於此。將進酒，請君聽我歌。我欲長繩繫白日，精衛填滄波。滄波不可填，白日不可繫，進酒當君莫辭醉。《全元詩》，册48，第154—155頁

同前

張憲

酒如澠，肉如陵。趙婦鼓寶瑟，秦妻彈銀箏，歌兒舞女列滿庭。珊瑚案，玻璃罌，紫絲步障金雀屏。客人在門主出迎，蓮花玉杯雙手擎。主人勸客客勿停，十圍畫燭夜繼明。但願千日醉，不願一日醒，世間寵辱何足驚。珠萬斛，金千籯。來日大難君須行，胡不飲此長命觥。劉伯倫，王無功，醉鄉深處了平生。英雄萬古瘞黄土，惟有二子全其名。《全元詩》，册 57，第 33—34 頁

同前

劉崧

高堂帟帳圍暖烟，繁弦急管喧兩筵。主人敬客奉觴酒，再拜客前百千壽。玻璃鴨緑鵝乳黄，紫檀夜壓松花香。吴姬窈窕解歌舞，眉黛嬌春凝煖光。古來豪傑重然諾，意氣相傾等山嶽。腰間自有雙吴鈎，换酒醉君君莫愁。《全元詩》，册 61，第 2 頁

同前

孫　蕡

青瑶案上離鸞琴，一徽已直千黄金。開樽花下對明月，欲彈一曲還沉吟。沉吟沉吟幾低首，彈商聲，勸君酒。雍門風樹春蕭蕭，地下田文骨應朽。《全元詩》，册 63，第 246 頁

將進酒送九江方叔高南還

柯九思

君不見瀟湘之浦蒼梧山，虞舜南巡去不還。當時揖讓稱大聖，但餘湘竹秋痕斑。又不見汨羅江水杯碧玉，屈原憔悴江頭哭。皇天何高地何深，忠而被讒空放逐。將進酒，君莫辭。聖賢亦塵土，不飲當何爲。桃花月暖歌聲度，楊柳風輕舞袖垂。况是驪駒促行役，美人惜別低蛾眉。有肉如陵，有酒如海。今朝盡醉極歡娱，莫待重來鬢絲改。黄金裝寶劍，白玉飾琱弓。將軍上馬意氣雄，賦詩横槊蹋江東。《全元詩》，册 36，第 27 頁

和劉俊欽將進酒

鄧 雅

蒲萄酒，鸚鵡杯，舉杯縱賞酴醾開。翠裾紅袖緩歌舞，戲蝶游蜂紛往來。人生及時且爲樂，莫待花殘春寂寞。賓朋滿座酒滿缸，花前袖惹春風香。少年此樂殊未央，祇恐兩鬢成秋霜。願招松喬與對飲，乞取海上長生方。《全元詩》，册 54，第 248—249 頁

君馬黄

韓 性

按，元人又有《反君馬黄》《我馬黄》，當出於此，亦予收録。

君馬作驪黄，臣馬若飛雪。雙鞍逐秋雲，汗溝落青血。玉鞭斷折登崇岡，何須嘆息臣馬良。弓强力倦惜不得，爲君試射雙白狼。自斫狼頭獻郎主，願君歲歲無災苦。《全元詩》，册 21，第 43 頁

同前

程　文

君馬黄，我馬蒼，骨骼硉矹鬃尾長。前年逐寇出鳳翔，去年殺賊過武昌。追風抹電勢莫當，力窮氣乏一日委道傍。君莫嘆將軍戰死白骨枯，春草茫茫滿江岸。《全元詩》，册 35，第 335 頁

同前二首

楊維楨

題注曰：「古樂府有《君馬黄》《驄馬驅》二曲。」

君馬黄，當風嘶路旁。關山不憚遠，君命重有將。大劍帶陸離，千里歌載馳。路幽川谷陋，日宴行者飢。下馬知馬勞，上馬憂馬遲。馬遲竟何罪，君命不可違。《全元詩》，册 39，第 117 頁

君馬黄，我馬蒼。蒼黄色不辨，誤殺馬上郎。阿瞞子，突圍去。君不見追濮陽，渡空騎，將軍赤馬兔。阿瞞子，殺吕布。《全元詩》，册 39，第 172 頁

同前

張昱

君馬黄，臣馬白。十月風高塞草枯，鐵衣夜浸盧龍月。深入單于臣敢辭，邊城土是征人血。《全元詩》，册 44，第 90 頁

同前

胡奎

君馬黄，臣馬白，君馬在德臣馬力。華山之陽春草長，臣今矍鑠馬力强。不願相遇王良與伯樂，但願老歸田子方。《全元詩》，册 48，第 158 頁

同前

李持義

君馬黄，我馬驪。君馬適海南，我馬往遼西。人生踪迹無定期，東西道路隨馬蹄。驅馳名利嗟何益，山長水遠無消息。何時會面一笑同，君馬我馬還相逢。《全元詩》，册 52，第 450 頁

同前

徐天逸

君馬黄，我馬白，青絲聯絡黄金勒。長安紫陌争馳驅，一日秋風各南北。酌君酒，君莫辭，與君更作汗漫期。神龍不可豢，天駿不可羈。乾坤浩蕩信所之，人生行志當及時。兩情繾綣將何爲，丈夫不作兒女悲。《全元詩》，册65，第86—87頁

同前

孫應登

君馬黄，臣馬蒼，君馳臣逐登獵場。草枯霜熟孤兔驕，鳴骹驚起馳山椒，一發麗龜奉君庖。君馬良，君馬不比臣馬蒼。好駕緌旌服上衮，和鸞雝雝朝未央。黄塵漠漠邊烽起，臣馬驅馳爲君死。《全元詩》，册66，第129頁

君馬篇

張憲

君馬獅子花，臣馬照夜白。君著紫襜褕，臣著金蔽膝。天高風勁弓力强，一鞭飛過黄茅岡。豐狐狡兔少顔色，元熊文豹走且僵。君撚箭，臣臂鎗，馬上各垂雙白狼。歸來解鞍坐，對飲一百觴。劍尖啗肉臂作俎，醉卧不知更漏長。《全元詩》，册 57，第 50 頁

反君馬黄

胡布

良馬處内厩，食充體滿盈。肥驕反促氣，緩步駑駘行。六轡間金錯，緑玉曼朱纓。群羈相照耀，障泥錦織成。矯飾有餘輝，奔突力難勝。極知非詭遇，牧養過嗟稱。吴坂險而峻，天閑豈復經。危機所不蹈，馳騁尚無能。伯樂委時棄，九方謬見徵。終然具形儀，才德假虚名。汪洋縻天禄，君恩素匪輕。義當竭賤愚，報效乏忠誠。有知寧負耻，顧影絶嘶聲。造父猥哀憐，備存竟何榮。臠肉奉庖御，庶以謝天刑。《全元詩》，册 50，第 382 頁

我馬黄

陳　高

我馬黄，君馬蒼，君馬不如我馬强。黄馬終日齧枯萁，蒼馬食豆飽不飢。我馬不如君馬肥，莫把兩馬相逐馳。肥馬不如瘦馬速，黄馬不如蒼馬遲。《全元詩》，册56，第265頁

芳樹

袁　凱

明方以智《通雅·詩話》曰：「漢立樂府，《練時日》諸篇，詞皆雕組，鐃歌《芳樹》《石流》，不可讀者。大字屬詞，細字屬聲，聲詞合録耳。『收中吾』、『妃呼豨』、『奴何』、『奴軒』是也。鄭漁仲集解題，郭茂倩、左克明、梅禹金，皆以其名彙之，實不可奏諸管弦也。」①

① [明] 方以智撰，侯外廬主編《方以智全集》，册1，上海古籍出版社，1988年版，第60頁。

芳樹生後園，棘生芳樹傍。蟲來嚙樹根，終也被棘傷。棘傷蟲即死，樹葉自芬芳。忠賢在君側，四夷敢陸梁。不獨君與臣，亦有弟與兄。兄弟宜相近，不宜遠相忘。相忘亦何難，外侮不可當。君看芳樹辭，辭短義則長。《全元詩》，册 46，第 329 頁

同前

胡奎

青青道傍樹，飛花委道傍。不戀道傍土，一夕隨風翔。高飛上青天，低飛入流水。花性自飄揚，孰謂因風起。《全元詩》，册 48，第 150 頁

同前

周巽

前庭植芳樹，雨露浥華滋。下有盤根節，上有連理枝。鬱鬱清陰合，離離佳實垂。榮華信可愛，零落亦可悲。佳期彩雲散，倚樹長相思。《全元詩》，册 48，第 402 頁

卷一九四　元鼓吹曲辭三

有所思

釋行海

又見春風草色肥，鳳樓塵鎖燕飛飛。洛陽近日無花柳，猶恨多年不得歸。《全元詩》，册4，第368頁

同前

趙孟頫

思與君別來，幾見夫容花。盈盈隔秋水，若在天一涯。欲涉不得去，茫茫足烟霧。汀洲多芳草，何心采蘅杜。青鳥翱雲間，錦書何時還。君心雖匪石，祇恐凋朱顏。朱顏不可仗，那能不惆悵。何如雙翡翠，飛去蘭苕上。《全元詩》，册17，第186頁

同前

柯九思

雲帆何處是天涯，遼海茫茫不見家。況是園林春已暮，有誰明月主殘花。《全元詩》，册 36，第 28 頁

同前

趙雍

紛紛落花飄，美人在何許。相思杳如夢，寂寞春已暮。一別久不見，一往久不還。相望雖咫尺，如隔千萬山。《全元詩》，册 36，第 151 頁

同前

余闕

春風起寒色，春衣方重熏。新裝捲羅幕，清唱入行雲。艷色若流月，芳澤謝蘭芬。嬋娟信無度，我思何在君。《全元詩》，册 44，第 245 頁

同前

胡　奎

脉脉有所思，泠泠寄哀弦。弦聲久已絶，思君聆我彈。君情與妾意，憂樂轉指間。幸隨南風調，流響九嶷山。落葉隨風飛，欲歸在何時。人生千里不得會，空向天涯歌所思。黄陵女兒泣湘月，蒼梧鳴鳳千年别。彈折秋風五十弦，妾貌如花命如葉。青猿夜啼三峽長，望美人兮良可傷。回雁峰前有來使，願寄一書還故鄉。所思向何方，所思今有所。食蓼不知辛，食蘗不知苦。惟有所思愁殺人，蓼蘗不能如苦辛。

《全元詩》，册 48，第 103—104 頁

同前

周　巽

長門春寂寂，宫漏夜遲遲。明月流珠户，輕風開綉帷。昔承恩寵處，猶想夢來時。不見金鑾幸，惟應玉筯垂。燈花明又暗，佳期杳難期。《全元詩》，册 48，第 394—395 頁

同前

朱希晦

虚聞將帥擁彤戈，勇鋭誰如馬伏波。幾處烽烟連夜急，四郊風雨向秋多。最憐絶漠歌黄鵠，却怪長安饜紫駝。俛仰乾坤增感慨，悠悠身世定如何。《全元詩》，册50，第19頁

同前

蔣　惠

白日不可掇，胡爲易西沉。美人天一方，與我如商參。江空朔風勁，殊無鴻雁音。娟娟隔林水，夙夕勞我心。《全元詩》，册51，第250—251頁

同前

戴　良

我思美人，乃在瀛海之東隅。去路何迢迢，青碕緑浦相縈紆。常時起向高樓望，美人不見空愁予。空愁予，路難越。夢裏縱窺巫峽雲，覺來詎覩洞房月。記得洞房年少時，綉户文牕羅

綺帷。鸜鵒杯中酌芳酤，鴛鴦褥上聽歌辭。荏苒歲云暮，佳期不得顧。鏡臺朝擀學月眉，花堦夜黯如雲步。美人兮美人，年年此地暗思君。願君莫作秋來草，一回見之一回老。《全元詩》，册58，第87頁

同前

虞　堪

美人不來眇何許，路傍芳草緑萋萋。桃花春浪半篙淺，恨隔三千弱水西。《全元詩》，册60，第328頁

雉子斑曲

張　憲

雉子斑，曲雙起，錦膺綉頸斑斕尾。十步一啄粟，百步一飲水。雌逐雄飛，雄隨雌逝。不願拘攣生，寧求野鬥死。野鷹昨夜下蒿藜，搦雄飛去雌獨歸。雉子斑，忍分離，辟邪伎作鼓吹悲。《全元詩》，册57，第33頁

雉子班

楊維楨

詩序曰：「秀女有姊，妹被苗帥强聘之爲妻，又遺妹媒而致其姊。姊不從，赴水絶之，妹亦尋死。爲賦《雉子班》。」

雉子班，雉子將雛雖兩雌。麥田青青四月時，雉子班班上毛衣。網羅一相失，誤爲囮所危。吁嗟爾爲囮誤，又忍爲我媒叶。我今謝爾死，豈忍須臾遲。兩雉死同歸，琴聲鼓之爲嗟咨。英英鶉雌兒，百鳥不敢欺，只如燕燕傍人飛。《全元詩》，册39，第137—138頁

同前

戴良

天地茫茫遂物情，雉子班兮在林坰，心懷耿介飛且鳴。扇綺翼，振錦膺。文章盡稱麗，意氣自多驚。寧判帶箭死榛莽，不肯爲裘奉聖明。韓信烹漢鼎，仲由醢衛庭。智勇難并立，賢愚每相傾。宜哉避世士，往同雉子逃其形。《全元詩》，册58，第86頁

聖人出

劉秉忠

二五合神靈，兆民一天性。乃有純粹精，衆人獨曰聖。道德備身心，綱常弘教命。規矩則方圓，仁義定中正。《全元詩》，册3，第221頁

同前

周巽

羲軒位皇極，如月行中天。聖聖繼作則，墳典斯流傳。乾坤大一統，圖書垂萬年。高岡來彩鳳，清廟鳴朱弦。尼父振遐躅，人文日丕宣。《全元詩》，册48，第391頁

同前

胡布

黄河清，泰階平，甘露降庭醴泉生。布卿雲，耀景星，粤若稽古兆休禎。天人合，萬化并，五常并脩見玉英。天則瑞，聖何徵，元元延佇久屏營。曰縱暴，以亟盈，休傾之否泰可迎。肅後

塵，播先聲，鳳凰覽德輝來庭。囂歊息，區宇寧。聖人出，仁風興。《全元詩》，册 50，第 427 頁

上邪

胡　布

榮公爵幽，石卿寵厲。氣感類從，上下同體。正以正觸邪，邪以邪矯正。污流引濁源，曲木無端影。中商高位弊國政，李斯濫刑秦祚罄。仁虐俱抱材，道合必授柄。衆楚咻齊，君尚攸宜。善善惡惡，毀譽交譏。冥會從心物，自來根荄符。契理不違，君誠好樂。下委隨善淫，鏡鑒萬世規。《全元詩》，册 50，第 437 頁

臨高臺

曹伯啓

築臺必臨高，風月有雙清。開窗必望遠，心目要俱明。築臺莫臨高，視下無隱情。開窗必望遠，何以應將迎。《全元詩》，册 17，第 398 頁

同前

周巽

崇臺淩空起，登者憑雕闌。上摩黄鵠近，下見清水寒。高振飛霞珮，俯挹承露盤。雲霄雙闕并，基址萬年安。柏梁歡宴夕，乘月驂青鸞。《全元詩》，册 48，第 391 頁

同前

吴會

按，吴會《吴書山先生遺集》置此詩於「古樂府」類。

高臺踰百尋，可望不可臨。雲梯引危石，霧栱標華林。草妒歌童袖，花嬌舞女衿。此中休悵望，非是舊黄金。《全元詩》，册 57，第 209 頁

遠如期

胡奎

去時愁遠別，別久竟忘歸。五見門前樹，秋風落葉飛。落葉縈愁思，紛紛若亂絲。仙家能縮地，莫使阻歸期。去時期一載，不道又三秋。待得郎回日，松花滿隴頭。《全元詩》，册48，第152頁

同前

周巽

軒轅上天去，群臣從者誰。不得攀龍駕，長思來鳳儀。山頭候子晉，海上逢安期。贈以五色棗，酬以九莖芝。仙人去已遠，重來期此時。《全元詩》，册48，第391頁

同前

胡布

排閶闔，遨紫清，長風結佩霞引旌。拉禦寇，携莊周，觀化八紘逍遥游。跨東海，濯洧盤，酌漿斗柄長闌干。澆沆瀣，和陰陽，臂挽六龍駐三光。翻雲笈，閱寶書，潛啓九籥窮天圖。伏絳

闕，祈洪私，請君遐齡民壽期。弭患害，登福嘉，天下普洽國無譁。帝憫誠，聆昌言，卿雲翔空當九門。錫璠醴，勞玉筵，惠慶繁祉益壽年。服宏德，顧子民，答天忠君孝養親。毋自孽，冒毒機，生蹈五常死不違。《全元詩》，册 50，第 436 頁

黄雀行

陳　基

黄雀何飛飛，雄鳴呼雌野草低。暮歸莫向空城棲，空城挾彈多小兒。朝飛莫傍東家屋，東家鷙鳥食爾肉。不信只看梁上燕，昨日養雛今不見。不信更看桑間雉，綺翼離褷爪中死。東家公子非少恩，彼鷙不仁誰敢嗔。吁嗟爾生亦甚微，彼鷙不仁謹避之。《全元詩》，册 55，第 177—178 頁

卷一九五　元鼓吹曲辭四

宋鼓吹鐃歌

艾如張曲

韓性

校羽騎，白石岡。蘭紛紛，艾以防。山上白日獵火黃，方花小網一面張。雉子飛已遠，黃雀獨身僵。上有青天下沮洳。雀乎雀乎一何愚，丁寧勿令傷爾雛。《全元詩》，册21，第61頁

上陵者篇

楊維楨

題注曰：「《宋樂志》鐃歌十五之一也。」

步出城西闕，松柏鬱盤盤。道逢上陵者，手指西陵田。借問葬者誰，大將葬衣冠。大將非

戰死，軍中答刺罕。健兒啗人鮓，無骨賜桐棺。《全元詩》，冊 39，第 115 頁

芳樹篇

胡布

碧樹臨秋風，芳枝蔚華露。寂寂憂思人，冉冉徒行步。青春去不來，白日朝成暮。坐恐雙輪車，行摧九折路。焦螟陰井歇，熠燿疏簾度。語夢暫留驩，懷情恍如遇。新人容自新，故人心尚故。勿以疲馬憂，當計亡羊慮。萬山皆北拱，一水猶東注。愁結楚天雲，泪涕湘江雨。《全元詩》，冊 50，第 458 頁

同前

劉崧

芳樹好容華，深深映狹斜。二月三月時，千枝萬枝花。夜舞留瓊珮，春游礙寶車。折榮貽遠者，含思獨咨嗟。《全元詩》，冊 61，第 2 頁

有所思篇

胡　布

相思不可已，相見邈難期。當君懷鄉夜，是妾夢歸時。寶奩殘匣粉，瑶瑟脆弦絲。文杏酣嬌暈，弱柳展愁眉。綵屏香霧掩，綺帳曉寒低。照骨環金析，見膽鏡塵飛。苦爲芳年去，坐恐故心衰。裂帛待秋雁，掩泪聽朝鷄。亭亭將影弔，脉脉寄心知。香裹愁還熾，想中人似來。裁詩織錦去，憶箭帶書歸。望極將情遠，途遥念馬遲。素懷鍾契愛，良願豈乖違。一札緣風至，萬里幸星馳。《全元詩》，册 50，第 457—458 頁

臨高臺篇

胡　布

臨高臺，翼翼何軒軒。所思乃各天一方，終日騁望不能還。天長水且闊，兩臂無翅翎，安得鶱飛霄漢間。臺高高百尺，臺下有水清而寒。游魚躍其中，仰首見飛鳶。上下亦可察，山海亦可移。愚夫一寸心，萬智不逆知。對面尚難同，望想何由期。臺高水深望不極，望極徒令長太息。《全元詩》，册 50，第 458 頁

元會曲

周　巽

宋郭茂倩《樂府詩集·鼓吹曲辭》《齊隨王鼓吹曲》解題曰：「齊永明八年，謝朓奉鎮西隨王教於荆州道中作：一曰《元會曲》，二曰《郊祀曲》，三曰《鈞天曲》，四曰《入朝曲》，五曰《出藩曲》，六曰《校獵曲》，七曰《從戎曲》，八曰《送遠曲》，九曰《登山曲》，十曰《泛水曲》。《鈞天》已上三曲頌帝功，《校獵》已上三曲頌藩德。」①前八曲周巽均有擬作，其《性情集》卷一、卷二爲「擬古樂府」類，卷一有總序，《全元詩》亦録。其文曰：「余讀太原郭茂倩所輯樂府詩，上自唐虞三代歌謡，下逮漢魏晉宋齊梁陳隋唐，君臣所擬諸體樂曲歌辭凡百卷，淵乎博哉。服膺歲久，粗會其意。因以漢鼓吹、横吹、相和、清商舞曲、琴曲、雜曲并近代新樂府辭，仿其體制，雜以平昔見聞，積成百有五十四篇。第學識淺陋，音節舞調未能合乎古作之萬分。然於芻蕘之言，或有可采。暇日令丘彬編次爲二卷，以俟知音者相與正焉。歲在丙

①《樂府詩集》卷二〇，第247頁。

辰九月望日，龍唐耄艾周巽謹識。」①

青陽正開動，彤庭慶昌辰。霞光隱鸞馭，日色動龍鱗。蓂生一葉始，芝滿九莖新。覽輝下儀鳳，化泰集祥麟。千官齊舞抃，天子萬年春。《全元詩》，册 48，第 392 頁

郊祀曲

周巽

圜丘報本始，黍稷薦芳馨。上帝鑒下土，兹壇朝百靈。瑶階降甘露，璇霄羅景星。猗那協音律，於穆想儀刑。錫福思無疆，四海歌咸寧。《全元詩》，册 48，第 392—393 頁

① 《全元詩》，册 48，第 390 頁。

鼓吹入朝曲

王沂

按，《全元詩》册五八亦收王沂此詩，題辭皆同，兹不復録。①

笳鼓覲皇州，銀鞍鞴紫騮。九衢白石静，雙闕彩雲浮。介胄揖上將，珮珂趨列侯。清光邇廷陛，喜色動宸旒。備陳塞下事，起進幄中籌。披甲復上馬，望京將起樓。赤丸躍劍室，精彩拂星流。萬歲奉明主，節旄歸海頭。《全元詩》，册 33，第 4—5 頁

用謝玄暉入朝曲分韻送馬中丞赴南臺得收字就用其體

傅若金

金陵鬱迢迢，行旆曖悠悠。蘭臺清露集，松庭晴靄收。白鷺回修渚，朱鳳矯崇丘。離離曳青綬，曄曄振彤騶。遠甸芳風散，神都旭景浮。臨軒結冲想，還車寧久留。《全元詩》，册 45，第 16 頁

① 《全元詩》，册 58，第 172 頁。

入朝曲

周　巽

聖作萬物覩，如日天之中。玉帛來群后，車書慶大同。翔轂臨馳道，鳴珮集上宫。天香滿臣袖，封事達帝聰。衮職慚無補，賡歌頌成功。《全元詩》，册48，第395頁

出藩曲

周　巽

承恩辭帝所，分封出藩陲。綬綰黄金印，旌麾翠羽旗。香凝燕寢晝，花暖鳳臺時。閫外恩光被，庭中淑景遲。功成如作樂，請奏南風辭。《全元詩》，册48，第393頁

校獵曲

周　巽

豪鷹厲風翮，駿馬騰霜蹄。長楊出旌麾，上林喧鼓鼙。飛羽雲中落，駭獸草間啼。翻身射天狼，隨手墜金鷄。詞臣賦羽獵，侍宴明光西。《全元詩》，册48，第392頁

送遠曲

陳秀民

誰令車有輪，去年載客西入秦。誰令馬有蹄，今年載客過遼西。車輪雙，馬蹄四，念君獨行無近侍。婦人由來不下堂，側身西望涕沾裳。恨不化爲雙玉璫，終日和鳴在君旁。《全元詩》，册44，第195頁

同前二首

郭翼

神京佳麗地，萬户復千門。看花三月裏，慎莫過倡園。

七月發揚子，八月渡《雅集》作過黄河。到京書便寄，北來鴻雁多。《全元詩》，册45，第456頁

同前

周巽

行邁何靡靡，惜别意留連。花底注瑶斝，柳陰停玉鞭。大旗懸落日，高蓋凌飛烟。笳吹兹

辰發，凱歌何時還。邊風鴻雁來，應有捷書傳。《全元詩》，册 48，第 392 頁

同前

郭鈺

爲君治行近一月，今晨竟作匆匆别。枕邊紈扇鏡中花，一時盡變傷心色。妾雖不見邊城秋，君亦不識空閨愁。憶君便如君憶妾，雙泪豈爲它人流。才貌如君長刺促，少年心事何時足。歸期未定須寄書，誤人莫誤燈花卜。《全元詩》，册 57，第 520 頁

擬唐凱樂歌

王禕

詩序曰：「按《唐書・樂志》，凡命將出征，有大功獻俘馘，其凱樂用鐃吹二部，樂器有笛、篳篥、簫、笳、鐃、吹歌七種，迭奏《破陣樂》等四曲：一《破陣樂》，二《應聖期》，三《賀聖歡》，四《君臣同慶樂》。初，太宗平東都，破宋金剛，其後蘇定方執賀魯，李勣平高麗，皆備軍容凱歌以入。貞觀、顯慶、開元禮乃并無儀注，而太常舊有《破陣樂》《應聖期》兩曲歌辭。至太和三年，始具儀注，又補撰二曲，爲四曲。今觀其辭，語意凡近，無足取者，乃因用其曲

名，別撰歌辭，以備采擇云。」

破陣樂

惟皇膺寶曆，受天命以興。赫赫揚神武，隆隆震天聲。秉黄鉞白旄，四征討不庭。蠢彼梟獍徒，屯蜂蟻營營。蕭斧伐朝菌，一揮不留行。大憝既已夷，乾坤永清寧。

應聖期

千載開昌運，三靈協睿謨。金輪神化衍，玉牒慶源儲。礪帶河山誓，幅員夷夏圖。大明真普遍，萬物盡昭蘇。制作興王夏，歌謳屬帝虞。從此承平後，禎祥紀瑞符。

賀聖歡

軒轅垂衣裳，虞庭舞干羽。至治一以臻，聖作物斯覩。闔闢侔乾坤，經緯用文武。濊澤均漏泉，仁風動率土。大君德猶龍，群臣拜如虎。萬歲復千齡，大平亘來古。

君臣同慶樂

天地既開泰，君臣咸應期。明良元一體，慶樂得同時。魚水情真契，龍雲勢每隨。周王資望奭，虞后賴皋夔。鼓舞千年運，經營百世基。賡歌一堂上，共咏角招詩。《全元詩》，册 62，第 225 頁

凱歌凱樂詞九首并序

耶律鑄

詩序曰：「列聖尤宋食言棄好。皇帝命將出師問罪，奏捷獻凱，乃作《南征捷》等曲云。昔我太祖皇帝出師問罪西域。辛巳歲夏，駐蹕鐵門關。宋主寧宗，遣國信使苟夢玉通好乞和。太祖皇帝許之。敕宣差噶哈，護送苟夢玉還其國。辛卯冬，我太祖皇帝南征女真。詔睿宗皇帝，遣信使綽布干等使宋，宋人殺之。睿宗皇帝謂諸王大臣曰：『彼自食言棄好，輒害我使。今日之事，曲直有歸，可下令諸軍分攻城堡關隘。』由是，長驅入漢中。此其伐宋之端也。《寧宗實録》第四百六十一，都幹苟夢玉銜命使彼。《宋四朝國史列傳》第七十七《賈陟傳》：苟夢玉使北還宋。閬州譙慶茂所編《蜀邊事略》：紹定元年戊子，制置使鄭損

與所代官四川制置使桂如淵，會于順慶，使以時相所喻和議密指告之，且畀以朝廷所授《苟夢玉使北録》二册。《理宗實録》第八十三：紹定四年辛卯，北使蘇巴爾罕來，以假道合兵爲辭。青野原沔州統制張宣誘蘇巴爾罕殺之。《理宗日曆》第三百九十五：十月二十一日，沔州統制張宣誘蘇巴爾罕，使曹萬户剿殺。《理宗日曆》第百五十一：寶慶三年，丁亥正月十一日辛酉，姚翀朝辭進對，次奏通好北朝事。上曰：「以我朝與北朝本无纖隙，不必言和，只去通好足矣。尋食其言，敢殺信使，孰曲孰直明矣。故詳而疏之。」按，耶律鑄《雙溪醉隱集》置此詩於「樂府」類。

南征捷

食言自是是誣天，游鼎魚疑戲洞淵。争信有從天北極，目無江表已多年。《拾遺録》：瀛洲有洞淵，廣千里。有魚，身長千丈，鼓舞戲其中。

拔武昌

設奇包敵縱蒙衝，絶似飄風捲斷蓬。填得大江流不得，先聲已不見江東。

戰蕪湖 一曰「戰丁洲」

舳艫千里蔽江湖，擿挑樓船爲騷音掃除。先直前鋒三十萬，一通嚴鼓盡爲魚。

下江東

舉國全兵失要衝，可無一策抗元戎。細推餘百年來事，合册江神拜上公。

定三吴

奮威驍騎下三吴，神將飛馳一丈烏。視彼衆雖百千萬，黍民游動跨玄駒。

克臨安

擬歌陌上行人去，猶自傳歌陌上花。花解語時應也問，即今春色媚誰家。坡仙有《陌上花》，其序云：游九仙山，聞里中兒歌《陌上花》。父老云：吴越王妃，每歲春必歸臨安。王以書遺妃曰：陌上花開，可緩緩歸矣。吴人用其語爲歌，含思宛轉，聽之凄然，而詞鄙野，爲易之云：陌上花開蝴蝶飛，江山猶是昔人非。遺民幾度垂垂老，游女還歌緩緩歸。陌上山花無數開，路人争看翠軿來。若爲留得堂堂去，且更從教緩緩回。

江南平

横野萬艘金翅艦，總戎一册玉鈐篇。長江豈限天南北，萬劫坤靈戴一天。横野大將軍位次與諸將絶席。

制勝樂辭

燀音闡燿威靈結陣鋒，信争敵愾獻殊功。全師保勝清時策，元在天聲震蕩中。

聖統樂辭

幸值聖明臨御日，更逢文軌混同時。聲熏天地神功頌，潤色光天統業辭。《全元詩》，册4，第2—4頁

卷一九六　元鼓吹曲辭五

後凱歌詞九首

耶律鑄

題注曰：「至元丙子冬，西北藩王弄邊。明年春，詔大將征之。」按，耶律鑄《雙溪醉隱集》置此詩於「樂府」類。

奇兵

一旅奇兵出禁宸，略時彈壓定驚塵。蕭條萬里無遺寇，信道天家又得人。

沙幕

金節煌煌下玉京，魚麗三十六屯兵。一軍電激穿沙幕，萬燧雲繁戰野營。時大將北討，偏師雲繁，敵於大漠。

梟將

《張良傳》：「諸將皆與上定天下梟將也。」《漢高紀》：「燕人來致梟騎助漢。」應劭曰：「梟，健也。」張勇曰：「梟，勇也，若六博之梟也。」愚意六博得梟者勝，故以梟將命篇。

梟騎雲騰自北征，領軍梟將最馳聲。橫穿外壁風前陣，直搗中堅月下營。

翁科

蜂屯蠶簇亂山嵎，蟻動鶉居亂草坡。露體露形千萬指，懇祈天語許降和。

崲峹

畔敵休矜戰騎多，紛羅區落遍山坡。那知未鼓投戈地，待閱前徒競倒戈。我軍與敵陣於崲峹，未鼓敵潰，投降者什五六。《馮奉世傳》將軍有叛敵之名。注曰：不敢當敵攻戰，爲畔敵也。崲峹，地名，在和林西南。

降王

控黄龍戍争雄地，登白龍堆搏戰場。奇正相生神算在，糞除勍敵獻降王。

科爾結

初若疾雷威似虎，復如脱兔速於神。想當持節爲飛將，衹是如今着翅人。我軍輕騎取敵輜重於科爾結，蓋河南地也。後周韓果北征，敵人憚其勁勇趫捷，號爲著翅人。

露布

露布突馳争逐日，電鞭攙遞鬥追風。只自向時龍尾道，競來雲集萬寧宫。

燭龍

封略誰容限燭龍，終將天地入牢籠。雲興飆起威名將，也好先收第一功。遺敵出奔西北大荒，唐燭龍軍之邊地也。

《全元詩》，册4，第4—6頁

凱樂歌詞曲并序

耶律鑄

詩序曰：「《周禮·大司樂》曰：『王師大獻，則令奏凱樂。』《大司馬》曰：『師有功，則凱樂獻於社。』《司馬法》曰：『得意則凱樂、凱歌以示喜也。』崔豹《古今注》引《周禮》：『王大捷，則令凱樂。軍大捷，則令凱歌。』與其所引不同。《周禮》無凱樂、凱歌之别。然則豹之辯君臣尊卑之説，於理爲得，不无所據。郭茂倩編次《樂府詩集》，有晉《凱歌》二首，隋《凱樂歌辭》三首，唐《凱樂歌辭》四首、《凱歌》六首，詠其君臣殊勛異績。聖上恭行天討，北服不庭，命將問罪，南舉江表。國家盛事不可不述，擬唐《凱歌》體，敢作凱樂、凱歌云。」按，耶律鑄《雙溪醉隱集》置此詩於「樂府」類。

征不庭大駕北征也。

天下英雄入彀中，得無威震折遐衝。會須六幕氛霾了，化日長明照九重。

取和林恢復皇居也。

龍飛天府玉鑾春，德水清流復舊痕。金大安元年，河清上下數百里。次年庚午，我太祖皇帝經略中原。《易乾鑿度》曰：聖人受命瑞應，先見於河，河水清。《坤靈圖》曰：聖人受命瑞，必先於河。河清之徵，太祖皇帝受命之符也。「德水」見《史記》。唐《凱樂歌辭》：「千年德水清。」自非電斷光前烈，誰得重沾雨露恩。和林城，苾伽可汗之故地也。歲乙未，聖朝太宗皇帝城此，起萬安宮。城西北七十里，有苾伽可汗宮城遺址。城東北七十里，有唐明皇開元壬申御製御書闕特勤碑。按《唐史・突厥傳》：闕特勤，骨咄禄可汗之子，苾伽可汗之弟也，名闕。可汗之子弟謂之特勤。開元十九年，闕特勤卒。詔金吾將軍張去逸、都官郎中吕向，齎璽書使北弔祭，并爲立碑。上自爲文，別立祠廟，刻石爲像。其像迄今存焉。其碑額及碑文，特勤皆是殷勤之勤字。唐新舊史，凡書特勤皆作銜勒之勒字，誤也。諸突厥部之遺俗，猶呼其可汗之子弟爲特勤，勤謹字也，則與碑文符矣。碑云：特勤苾伽可汗之令弟也，可汗猶朕之子也。唐新舊史并作毗伽可汗，勤、苾二字當以碑文爲正。

下龍庭戡定北方也。

翠華一動下龍庭，生意還從一氣生。樂國得非爲壽域，聖人須自有金城。《東漢書》燕然銘：凌高闕，下鷄鹿，經磧鹵，絶大漠。踰涿邪，跨安侯，乘燕然，至龍庭。以前後諸傳事迹考之，又以出塞三千餘里校之，龍庭，和林西北地也。

金蓮川駕還幸所也。

金蓮川上水雲間，營衛清沈探騎閑。鎮西虎旅臨青海，追北龍驤過黑山。子史所載黑山不一。北中黑山，又多皆非子史中所見者。

析木臺弄兵取敗之戰所也。

辟易天威與勝風，一埸摧折盡奇鋒。西北龍荒三萬里，并隨驅策入提封。上親擊敗西北弄兵藩王於上都之北地，析木臺之西。

駐蹕山駐蹕所也。

轅門鼓角揚邊雪，營幕旌旗掣朔風。相與河山雄帝宅，威稜尤壯受降宫。

益屯戍詔諸王益戍兵也。

睿算籌邊勢萬全，益屯貔虎在雄邊。東連王塞西通海，南接金山北到天。

恤降附優詔存恤降附也。

一新汙俗浴恩波，天地間人感慨多。我澤如春民似草，聖元天子布陽和。

著國華西北諸王稱藩，繼有平南之捷也。

四海承風著國華，更无龍虎龍、虎，二陣名也漫紛拏。際天所覆人間地，今日都須是一家。《全元詩》，册4，第6—9頁

後凱歌詞九首

耶律鑄

題注曰：「詔發諸軍，有事於朔方也。」按，耶律鑄《雙溪醉隱集》置此詩於「樂府」類。

戰盧朐

神策霆聲振九區，縱兵雷合戰盧朐。競將蔽野衝雲陣，只片時間掃地無。

區脱

雲屯區脱會天兵，雷動龍趍從北平。馳驅日逐飛龍陣，夜薄花門偃月營。國朝以出征游獵，帳幕之無輕重者，皆謂之區脱。凡軍一甲一竈，亦皆謂之區脱。史傳所載區脱即此。《史記》：中間棄地，各居其邊爲甌脱。韋昭曰：界上屯守處。《索隱》曰：《纂文》云，甌脱，土穴也。又云：是地名。《前漢書》：漢得甌脱。王發人民屯甌脱以備漢。晉灼曰：甌脱，王因邊境以爲官。《蘇武傳》：區脱捕得生口。服虔曰：區脱，土室，北人所作，以候漢者也。李奇曰：北人邊境羅落守衛官也。師古曰：區，與甌同，區脱本非官號。北人邊境爲候望之室，若今之伏宿舍也。因其所解不同，故備録之。以各居其邊及備漢、捕生口之説明之，是邏邉者之營幕也，審矣。

克夷門

蟻擾蜂喧笈騎過，鼓鼙争自落長河。人人門説空鞍馬，不似今番數最多。

高闕

騈馳追鋭翼摧鋒，梟獍窠巢一夜空。光射鐵衣寒透徹，冷風如箭月如弓。我軍掩遺敵於高闕塞境。《史記》：趙武靈王築長城，自代傍陰山下，至高闕。青將六將軍軍出朔方高闕。《漢書》：衛青、李息出雲中，至高闕。《後漢》：祭肜出高闕塞，吴棠出朔方。高闕則其地也。《通典》：高闕，唐屬九原郡，九原縣西北到受降城八十里。《唐書》：今之西城，即漢之高闕塞也。北去磧石三百里。追鋭、摧鋒，皆軍名也。

戰焉支

羽檄交馳召虎賁，期門受戰已黄昏。信剪鯨鯢知有處，山川争震蕩乾坤。焉支山在張掖，右軍殄敵二大憝於此。霍去病涉狐奴，轉戰過燕支山，即此也。

涿邪山

鼓譟讙山撼涿邪，飛龍㢊音侈翼掩螣蛇。露營罷繚神鋒弩，雲陣猶轟霹靂車。我軍敗敵於涿邪。余嘗有《處月説》，稡載其略於此云云。南鄰處月之郊，和林城唐碑文也。未曉處月之爲言，有問及余者，因爲之説云云。處月之言磧鹵地也。《史記》：漢復使因杅將軍公孫敖出西河，與强弩都尉路博德會涿涂山。注：音邪。《前書》：因杅將軍出西河，與强弩都尉會涿邪山。《後書・祭肜傳》：出高闕塞九百餘里，得小山，妄言以爲涿邪山。《竇憲傳》：鄧鴻與後諸軍會涿邪山。皋林温禺犢王於涿邪山，聞漢兵來，悉度漢去。班固《燕然山銘》：經磧鹵，絶大漠，踰涿邪。涿邪山者，其山在涿邪中也。涿邪，後聲轉爲朱邪，又聲轉爲處月。按《唐史》：沙陀，處月種也。《莊宗紀》：其先本號朱邪，後自號沙陀，而以朱邪爲姓者是也。《南部新書》：北人三十輩，於大山中見一小兒，遂收而遞養之。長求姓，衆云：人共育得大，遂以諸耶爲姓。朱邪者，訛也。此説可笑。朱邪，即涿邪也。諸耶二字，俱是華言。遐荒殊俗，隔絶中華，焉如華言以爲族望。處月部，居金娑山之陽，蒲類海之東，皆沙漠磧鹵地也。《西漢書》注：薛瓚曰：沙土曰漠。其説得之，即今華夏猶呼沙漠爲沙陀。突厥諸部遺俗，至今亦呼其磧鹵爲朱邪。豈可謂以諸人爲父耶！朱邪，初曰涿邪，後聲轉爲朱邪，又聲轉爲處月，今又語訛，聲轉爲川如。天竺，初曰身毒，後轉爲捐毒，又轉爲天篤，篤省文作竺，竺又轉爲竹音。蠕蠕，初曰柔然，後曰蠕蠕，又曰芮芮。狄歷，訛爲敕勒，又訛鐵革。步摇，訛爲慕容。秃髪，訛爲吐蕃。若此之類，不可勝記，是皆從其鞮譯及所書之人，鄉音輕重緩急而致然爾。且諸夏方言尚不能同，況中國事記外國語，元無本字，但取其音聲之近似，不可取其訓詁。訓者，釋所言之理。詁者，通其指義。所記之語，既無本字，豈有所言之理，所通指義者哉云云。曹孟德攻袁紹，爲發石車，紹衆號曰霹靂車。騰蛇陣，名見《後魏書》。飛龍，亦陣名。

金滿城

元取北庭都護府，府境都鄙，有城曰金滿城。《後漢書》云：金滿城，此其西域之門户也。

寄重旌分閫外憂，順時驅率萬貔貅。回臨金滿城邊日，奄奪蒲昌海氣秋。

金水道

旁張虎翼攙風陣，直突龍城襲雪山。逴夜可偵金水道，防秋豈在玉門關。

京華

横車組練似春花，來自天涯與海涯。說道掃除祲氛了，凱還歌奏到京華。《全元詩》，冊 4，第 8—10 頁

凱歌賀平章龍川討賊江西獲捷

劉壎

秋城平蔡仗□勞，談笑麾軍盪賊壕。兩兩台星光忽□，張閭平章自江浙會師，夾攻蔡寇。重重勝氣□□□。直期卧内尋元濟，豈信圍中失智高。老愛從軍惜流落，望青油幕羨英髦。親督征師奏凱歸，秋風陌上是紅旗。重臣臨陣動居首，壽母迎門喜入眉。捷獻紫宸天亦笑，事傳青簡日俱垂。江西又受平安福，消得人刊第二碑。至元平寇，衆爲之立碑，故云。《全元詩》，冊 9，第 397—398 頁

廬山尋真觀題法曲導引

虞　集

按，《全元詩》未見收録，然虞集《道園學古録》置之於「樂府」類，故予收録。

闌干曲正，面碧崔嵬，嵐氣著衣成紫霧。墨香横壁長蒼苔爲白玉蟾詩，柏影掃空臺。江海客欲去，更徘徊。霧鬢雲鬟何處在，風泉雪磴幾時來，鶴翅九秋開。［元］虞集《道園學古録》卷四，景印文淵閣四庫全書，册1207，第60頁

君臣同慶樂送脱因萬户

顧　瑛

詩序曰：「《唐樂志》：《君臣同慶樂》一曲，貞觀中，蘇定方執賀魯，李勣平高麗，獻馘奏凱四曲之一也。其詞曰：『主聖開昌歷，臣忠奉大猷。君看偃草後，便是太平秋。』瑛三復是章，不勝撫膺。方今四野多壘，海波横流，黎甿苦於誅求，國賦艱於饟運，而聖天子端居九重，累下寬詔，以慰元元之望，又選樞密院斷事官脱因公爲漕侯，理海運。公盡勞王事

三年，吴米畢達京邑。至正乙未春，賊起新豐，踰楓橋，抵閶關，將入城肆殺掠。公不以有司之事爲彼任，首决大議，率衆殺賊，以全吴城。豈非奉大猷，爲聖天子佐昌歷者也。以公之才、之忠，設聖天子命之誅群惡，則太平之秋可待。瑛謹葺長短句引其意，使吴民歌以報公。公之恩德，固不在下士鄙語美之。然欲希公之聽，庶知婁東野人，亦知公之萬一云。」

盛哉世祖，馬上開皇封，鐵馬蹴踏萬國空。奉琛獻璧被聖化，黑海之水直與銀河通。百年禮樂武備弛，生民有眼不識戈與弓。邇來花山豎兒起微釁，延蔓長淮千里帕首多如蠭。巨鯨吞舟波浪白，落日壓山旗幟紅。城非不高官不守，所至赤子戢戢爲沙蟲。江南供需民力竭，家家喬木生秋風。兵興之際，天子之憂在海運，所以遴官理漕御筆大書除我公。公才磊落固是匡贊具，况復讀書有志文武充。推心置人人亦樂，爲用不以細故芥蔕於其胸。三年東吴稻米抵都邑，丹扆一一標全功。今之人，食君之禄不能爲君盡大節，臨難畏避憂冲冲。國之重事天下繫，豈可責分彼己不得竭效臣子忠。且如今年春，盗賊起新豐。四更急撞關，聚譟舉火攻。議者狐疑計莫出，公曰此賊已墮吾掌中。瞠目拔劍斫長案，有違令者當與此案同。議兵一千人，袒臂如雲從。軍聲如雷震關出，横鋋自主天前衝。日炙龍花上金甲，猩紅纓拂胡青驄。手挽强弓發猛矢，射殺西山雙白熊。野天秋高蒼翠健，凌兢狐兔無潛踪。縛俘載馘振旅入城去，短簫奏凱擊鼓聲鼕鼕。城中居民比屋四十萬，長街廣巷羅拜父老婦女兒與童。咸言受活無以報，兩手加額願公五福全而崇。汲黯發粟漢廷實元老，毛遂歃血戰國推談宗。如公者總二子之才斷，豈非聖元國孕之所鍾。誰能排雲叫九重，有臣如此天子何不召入明光宫。大啓元戎十百乘，授以斧鉞出以誅群凶。坐見功成舞干報天子，邦基式固河山雄。婁東野人拜手重稽首，期公致君堯舜勛業齊夔龍。謹歌君臣同慶樂，千秋萬歲永永傳無窮。《全元詩》，册 49，第 37 頁

江西鐃歌二首

楊維楨

陳友諒起兵殺倪蠻子，據龍興。辨章阿里温沙公、憲僉察伋公合兵破之，龍興始平，江右諸郡無不款附。至此而武功成。作《龍興平》。

緊龍興，藩西江，二畈章，國駿厖。江有砥柱，胡爲鴻流浲。勍蠻效尤，蝨蟞内訌，三台映太微，國士俱無雙。王旅嘽嘽，鉦鼓摐摐，天威震赫群凶攢，八郡望風咸來降。武功既成毋從從，聖人南面殿萬邦。

龍興陷日，憲使劉夔懷印埋土中，土生瑞木一本。察伋被命爲僉憲丞，購印，於瑞木下掘得印來歸。伋得印，施諸移文，遂成恢復功。爲《銀章復》。

維白金有章，維國之光。九鼎既峙，翕元化以張。大冶範金，吐景耀鋩。蟠螭紐龜，鸞翥鳳翔。官臣實司之，植我皇綱。孰函且藏，啓發禎祥。操挈係政柄，緊德是將。符節允合人文昌，蕩攘凶頑時乃康。與國咸休，萬年膺天慶。《全元詩》，册39，第127頁

卷一九七　元鼓吹曲辭六

鐃歌十章并小序送董參政

顧　瑛

詩序曰：「至正十有二年，狂賊梗化，紅帕首者動數十萬。所在蠭起。廣平董公，參政江浙行省，由淮西率兵復杭城，平諸屬邑，戰昱嶺，殲群醜。十四年春，詔開水軍都府於婁上，公領帥事，平海寇也。是年夏，復詔判樞密院，將大用矣。海隅鯫生，敢擬鼓吹鐃歌十曲，謹書隆茂宗描曹弗興所畫黄帝兵符圖後，以寓頌美之萬一云。」

克淮西

言光蔡賊犯淮西。公率兵轉戰，所向克捷。繼詔班師，復杭城并屬邑也。第一。

克淮西，法嬴越。陣堂堂，火烈烈。介士奮，逋賊滅。杭城屹，長江撇。將用良，兵用捷。趙用牧，東胡孑。漢用廣，匈奴懾，有永斯世垂勛業。

入昌化

言既定杭州城，復入昌化，殄群寇，遂參中書也。第二。

入昌化，群蠻降。旗整整，鼓逢逢。凱歌還，民樂康，走馬報入中書堂。

克復於潛

賊衆懼罪，我師尚未集，公徠，許自新，賊猶豫持兩端，公乘怠，卷甲疾趨梟賊，降衆也。第三。

克服於潛推爾鈴，爾發爾機協爾占。短兵既接奇兵連，擊其怠兮渠魁殲。武功烈烈民物恬，繄立爾祠正議僉。樂兹土，永永年。

定安吉

賊據千秋關，襲我軍。公令憑險，投石發矢，賊莫能支。追數十里，俘馘而還。遂定安吉也。第四。

定安吉，揚威靈。市肆不易，民不驚。戢艱難，致太平。致太平，屹嶷未數燕然銘。

攻昱嶺

賊敗，遁徽饒，復集衆攻昱嶺。公法八陣圖，爲長陣，亘百里，遂殲群賊也。第五。

攻昱嶺，鏖三關，何物小子肆凶奸。公赫斯怒八陣頒，天衝地軸居兩間。白刃霜積，火旗朱殷，十有八戰殲群蠻。龍章來，虎旅班，憑闌號呼毋以我公還。我公其還，四海永無患。

水軍開

殄海寇也。海寇公肆，暴焚城邑，絶糧道。帝命開水軍府，公領帥事，三踰月而功成，海宇乂寧也。第六。

帝命開大府，軍興若雲雷。鵜鶘激中流，蛟蜃潛海隈。萬弩洪濤平，金戈白日回。國儲數萬艘，飛越龍之堆。洋洋大東海，下視不盈柸。成功兩期月，内詔從天來。行人毋遮留，要見皇業恢。君王壽萬歲，我公位三台。

巡大洋

言公開府率水軍，耀武海洋，濤風迅發，千艘并舉，鯨鯢遁逃。不十日，抵京師也。

第七。

巡大洋，略榑桑。雷矢發，火旗張。列缺駛翼海若藏，萬夫虎虓千艘驤。不十日，達帝京。聖皇悦，惟汝功，爾德爾輔靖四方。

驅海僚

海寇既平，遺黨襲暴，民罷市。公發令，驅諸海外。民情迺悦，祠以祀公也。第八。

驅海僚，奠吴民。群獠肆暴，吏不敢嗔。公怒赫，心令申。僚惴惴，民忻忻，請罪乞自新。公威以武撫之仁。吴民尸祝，報德無有垠。

海之平

賊匿海島，肆劫掠，麾水軍擒之，沈其舟，尸諸市門，海以寧也。第九。

海之平，海以寧。挾長戈，批奔鯨。鱗角摧，毒霧腥。膏舄鹵，波不驚。我公開府，公告成。挽海水，洗甲兵。

趣入朝

貳樞府將大用也。第十。

趣入朝，四牡騑騑，赤舄几几。帝曰俞安，汝止錫，汝斧鉞。用輔我皇子，公拜稽首，受帝之祉。我土我民，爾安爾敉。粤千萬年載諸史。《全元詩》，册49，第8—11頁

騎吹曲辭九首

耶律鑄

按，耶律鑄《雙溪醉隱集》置此詩於「樂府」類。

金奏

大夏王庭前納款，大秦歸義繼來降。舞鸞歌鳳音相和，未許天山數帝江。大夏國、大秦國，皆見《漢書》；王庭、歸義州，見《唐書》羈縻州府。

玉音

燕巢飛幕負恩私，遠近囂然共一辭。列聖玉音明在耳，敢忘龍道請降時。

白霞

前騎傳聲掩白霞，後軍猶未過烏沙。勢須貴合爲猿臂，相制尤當似犬牙。白霞，在和林西。

昡靁

毳幕雲羅寒露野，羽旄星屬昡靁鄉。悔將峴望風塵眼，不爲長觀日月光。

塞門

邏騎紛紛與冠軍，遞相窺隙伺攙昏。倚曾延敵臨高闞，示斂疑兵突塞門。

受降山

望風降附祈爲地，披露精城示所天。若非上將龍旗下，會是中軍虎帳前。自高闞之捷，敵稍稍來附。我軍遂屯古受降城山下，其土俗曰拂雲堆者，此也。由是，知其非漢公孫敖所築。受降城是唐張仁愿所築三受降城之中受降城也，因以受降名其山，即述其事云。

鳳林關

祇須盡敵巡烏水，未可移屯過鳳林。切索更虞蜂蠆毒，恐還争縱虎狼心。

司約

留犂可要教撓酒，徑路何爲更契金。事豈出人明算外，慕容虛美漫熏心。北中諸國風俗，凡大盟約，必以金屑和飲，其所從來遠矣。漢車騎都尉韓昌、光禄大夫張猛，與呼韓邪單于爲盟約，呼韓邪單于徑路契金，留犂撓酒。應劭曰：「徑路，北人寶刀也。留犂，飯匕也。撓，和也。契金著酒中，撓攪飲之。」顔師古曰：「契，刻；撓，攪也。撓，呼高反。」

軍容

雖許侯王復正封，養威尤可耀軍容。漁陽馬厭銀山草，鶏鹿屯營鐵堠峰。銀山，在北都護府境，土人今尚有此稱。銀山外有大磧，曰銀山磧。世俗所謂鐵堠者，在金山下。

《全元詩》，册 4，第 11—12 頁

後騎吹曲詞九首

耶律鑄

按，耶律鑄《雙溪醉隱集》置此詩於「樂府」類。

吉語

交鋒接矢無虚月，按甲休兵定幾時。計日必須聞吉語，敢先期獻凱歌辭。

金山

黄花堆上冷雲閒，彍騎雷奔去又還。説敵自相争粉潰，回戈霆鬥過金山。

天山

曜我皇威下帝臺，靈旗真㥽北庭開。定應六出奇寒雪，瀚海陰風結陣來。

處月

陳兵闊里黄蘆淀，轉戰斜車尺遮切白草嵎。飛騎星馳穿處月，追亡逐北入沙陀。我軍敗敵右部於處月。闊里，嶺名，臨處月黄蘆淀。斜車，山名，在闊里南。大漠，又去斜車西南數百里。

獨樂河

貝冑星離爭射日，蜂旗雲合迴生風。雷馳霆擊相紛薄，獨樂河邊水草中。《唐史》：獨樂河，又曰獨邏河。

不周

熊羆此去從無定，梟獍當來自不周。清一八紘天意在，已教剋復了神州。

還綈絲

長驅席卷盡連營，震攝黔雷撼北溟。虎豹騎從雲騎隊，幾臨西極到殊庭。

邏迯

磨崖金字崑崙頌，勒石銀書邏迯銘。且述要知方略在，聖人不戰屈人兵。

柔服

柔服禺强總四溟，神開寶歷見時情。夜陪萬國升平望，蹈詠清風播頌聲。《後書·崔駰傳》：「詠太平之清風。」　《全元詩》，册 4，第 12—13 頁

鐃歌鼓吹曲二章

陶宗儀

詩序曰：「至正丙午，夏秋之交，彌月不雨，民以菑告。錢塘張野賓者，得法於静樂君，禱輒有應。時留松江郡，父老請建壇城北門，翼日乃雨。士大夫作爲文章，歌咏以美之，因製漢《鐃歌鼓吹曲》二首云。」按，元人馬仲珍亦曾作《鐃歌鼓吹曲》，柳貫《馬仲珍墓志銘并序》曰：「仲珍嘗仿漢魏樂府辭、唐柳柳州新體，製《皇元鐃歌鼓吹曲》十有二章，將橐之走

京師，冀塵乙夜之覽，而未及脱稾。」①惜辭已不存。

屢豐年上帝閔農也帝德好生易菑爲祥焉

屢豐年，群生熙。瘨我旱，寧怨咨。星火烈，螟螽滋。苗而不秀，歲且薦饑。精誠格天聽，允惟念之。命幽靈，擊妖魑，龍膺捷疾先後馳。金精流光淫虹縻，四溟靉靆甘雨時。積水彌九野，稔而可期。不殄禋祀，上帝是祈。

旱既甚張君闡化也君積功累行有禱而天應之

旱既甚，金石流。苗恙槁，民煩憂。疇能祈天致天雨，曰惟張君驗之屢。雩壇長跪恭進詞，黑札玄文啓雷祖。問陽縱陰理則然，叱雷鞭霆一何武。暘烏鬱光祝融奔，淵龍起蟄商羊舞。甘澤及我私，田里長驩娱。擊壤歌至正，厥功匪君誰。［元］陶宗儀撰，徐永明、楊光輝整理《陶宗儀集·陶宗儀詩文集·南村詩集》卷一，浙江古籍出版社，2014年版，第19—20頁

①《全元文》卷八〇一，第414—415頁。

鐃歌鼓吹曲序送顔經略還朝

蔣易

序曰：「世祖皇帝肇造區宇，德澤惠孚，黎民咸遂，生長太平，不識兵革。聖主端拱穆清，將相垂紳廊廟，不動聲色，而天下自治。方是時，遠人咸賓，方物畢至，四海九州之民，熙熙皞皞，相忘於道德之域，而罔知帝力。一旦烽車四馳，戎馬徧野，斯民流離顛沛，竄身無所，寇亂甫定，庾竭帑空，以驚怖凍餒僅存之事，經營苫茅，苟庇風雨，喘息未定，租吏以至，民間稱貸錢（未）〔米〕，鬻賣產業，以給公上使軍旅百役之需求，吞聲殞涕，不敢號訴，然後知思疇昔耕田鑿井、抱子弄孫、太平無虞之可樂，何可復得也。至正十八年，聖天子慨念祖宗付畀金甌之土宇，今大江以南，民罹毒蠚，名都壯邑，莽爲□區，制詔，以臺省重臣兼經略使，經略江西四省，討僇渠魁，寬原詿誤，復我境土，奠我黎民。使者欽奉明詔，航海萬里，逾浙入閩，以十九年冬弭節建上。是時□□失守，八閩震動，使檄徵兵，雷動雲合，賊棄關而去。明年二月，江西賊鄧克陷延平。閏月，康泰陷邵武。六月，延、邵賊合衆數萬，并至建城下，圍其九門。諸將大臣，相繼遯去，民情恟懼。天子使者召僚屬而告之曰：『吾受命經略江南四省，非一州一郡之守也。今賊始及民屋，若移節而失建寧，是失八閩也。由我移節而失建寧，不如死。死朱真之邦，又何求！上不負天子，下不負所學，是吾志也。』僚屬皆俯伏頓首曰：『敢不同竭忠貞，以無辱君命！』乃復屬其耆老將士而告之曰：『爾建城雖小，民力尚完。陳、賈二將，驍勇無敵。參政智謀，足以制勝。吾懸兼金利鉞，以待將士，賊不足慮也。爾衆士其尚迪果毅，共奮忠力，吾當登城樓，觀爾戰，録爾功，而罰其不用命者。』耆老將士皆稽首再拜，誓以死守。賊晝夜來攻城，或隧地爲道，或梯雲作車，虓喊震天，矢石如雨。吾之守備，亦無所不至。晝則登陴分巡，以瞰其虛寔；夜則環城張燈，以燭其動靜。俟其不戒，則啓關而出，焚其營柵。賊又編竹爲蟆，刳木爲龜，群伏其下，各執钁鋤，負之以進，以攻吾地。乃自上轉巨石以磕之，卒不能近。相持凡六十四日，賊計窮力盡，乃宵遯。於是縱兵追擊，逐北五十里，横尸載路，人馬自相蹂躪，墜坑赴谷者不可勝計，得出關者，死傷過半矣。天使論功行賞，安輯人民，乃經略江西，閲士卒則兵不足，會倉廩則食不足。使者端居深念，勞心焦思，以爲舞干不足以格渠魁，單騎不可以馳賊壘。矧陳友諒據有江淮，綿亘蜀漢，驅民爲盜，於今八年，臨以殘酷之刑，誘以剽掠之利，根盤勢廣，未可一鼓而下也。方將練士卒，繕甲兵，備餱糧，峙芻茭，益募義勇，蓄鋒養鋭，爲克復萬全計，事未及竟，而有旨徵還矣。長驅之功，隳於垂成；投機之會，失於中輟。所以志士爲之扼捥，吾黨爲之興嘆也。淛東元帥吕天澤、建寧郡文學李復禮將詩集以著其功，以爲四詩而下，皆辭氣萎薾，莫能追古，惟魏晉樂府爲近之。至柳宗元《鐃歌鼓吹曲》，鋪張唐家功業，奇古雄偉，激昂動盪，流播人口，傳之無窮。今天使之功，宜伐石磨崖，淮西之碑、浯溪之頌，豈無韓、元之手筆，顧爾寂寂。乃相與采其完城之功，仿宗元鐃歌，凡若干首。或者謂：『漢、唐鐃歌，皆紀一代之功業。保建城，小事爾，鐃歌得無夸乎？』余以爲不然。建城保則福建全，福建全則江西可恢復，江東可克取。知保建城之可歌，則知不卒事江西之可嘆。有志於經綸者定者，將必慨然有感於斯矣。既爲之序，因賦《保建城》一闋，凡九章。」

西賊破關入閩，天使至建上，與守臣將士誓以死守，卒却賊。作《保建城》第一。

西賊熾，侵兩關。鐔津破，樵城殘。肆睢盱，窺建安。
天使來，皇綱正。士氣作，民志定。將帥和，師正勝。
白馬將，寇之雄。窺吾城，矢貫胸。妖氣沮懾，莫敢膺吾鋒。
嚴警夜，漏箭明。燈火輝燦芙蓉城，魑魅魍魎無潛形。
鑿二門，摧賊鋒。復官山，塞壞墉。殪黿蟆，奪呂公。即墨、睢陽，功無與同。
戰城東，戰城西。戰城南，戰城北。使臨戎，罔不克。
寇之來，蟻附從。寇之去，鬼無蹤。保建城，使之功。

烽燧已息，營壘已平。工歸于肆，農歸于田。商賈歸於市，百貨皆盈。建之山，川蒼屏。建之水，瀏其清。盛德大業，可鎸可銘。雖無瓊瑰辭，聽此鐃歌聲。《全元文》卷一四六五，第38—41頁

神舟曲

呂　誠

詩序曰：「時運艘以小舟製成龍形，橈歌鼓吹，往來江潮中，以答神貺云。」

扶桑日出碧海底，聖化東漸千萬里。林林樓櫓日邊來，雲帆影壓三江雨。年年五月陵大洋，圖南九萬斯褰舉。相風之烏畢逋尾，餉道飛供太倉米。太倉城下水連空，水仙祠前神戾止。靈旗婀娜送祥飆，五色蜿蜒浪中起。摐金伐鼓萬夫謳，潮落潮生海門裏。歌唱龍頭掉龍尾，三日南風過黑水。《全元詩》冊60，第460頁

漁陽

許有壬

按，《新唐書・儀衛志》有唐鼓吹部小鼓九曲，其一曰《漁陽》，①故元人同題擬作，均予收録。

天寶君王日醉眠，孽臣遣此握兵權。金蟆皤腹思吞月，鐵騎驕雲怒射天。靈武功成凶已盡，曲江人老事空傳。慘撾聲斷千年憾，荒戍蕭蕭起暮烟。《全元詩》，册 34，第 339—340 頁

同前二首

宋褧

萬馬紛紛動鼓鼙，三郎束手翠華西。向來别有銷兵策，莫恨青閨燕子泥。

小醜從渠怨忌多，不知和解欲如何。萬幾儘有關心處，却辦城東熱洛河。《全元詩》，册 37，第 285 頁

① 《新唐書》卷二三，第 509 頁。

太平樂

胡奎

按，《新唐書·儀衛志》載唐鐃吹部七曲，其七曰《太平》，①元人《太平樂》《太平鼓板》，或出於此，故予收録。

玉帛來王會，山河拱帝京。日行王道正，星列泰階平。人醉笙歌地，山圍錦綉城。宫花留舞燕，御柳著啼鶯。蠻僚全歸化，羌胡已罷兵。願言封禪稿，虎拜頌河清。《全元詩》，册48，第173頁

太平鼓板

胡祗遹

三弄桓伊聲正和，猛風白雨戰新荷。歲豐民樂君恩重，不讓梨園法曲歌。

樂音先自得佳名，萬壽筵前樂太平。更倩東風扶醉袖，一時繁劇弄新聲。《全元詩》，册7，第176頁

---

① 《新唐書》卷二三，第509頁。

卷一九八　元横吹曲辭一

本卷以《樂府詩集·横吹曲辭》同題爲收録之據，所録多出《全元詩》。

古隴頭吟

李宗冽

元虞集《飛霞樓記》曰：「今居飛霞樓之羽士胡志寧，因其友豫章吴白雲來告曰：『前至元乙亥，吾師之師裴君克敬，始創觀立院。而吾之師徐君養浩作斯樓焉，郡之人以爲勝……求文以記之，吾徒責也。』……則我裴君，實爲之客者也。觀其所從，可以知其爲人矣。所著有《隴頭吟》行於世。」①裴克敏《隴頭吟》今不存，然可知時人有作此題者。

① 《全元文》卷八五七，第20頁。

天寒壠水嗚嗚咽，夜領鋭兵從此發。海風吹人眼欲枯，上壠猶看磧西月。悲笳蕭蕭霜滿天，十里一堠烽火連。去年初度彈箏鋏，今年復引月支泉。從軍辛苦事征討，將軍功大殘兵老。

《全元詩》，册 65，第 92 頁

隴頭曲

張　憲

策馬上隴坻，七日行不了。回首咸陽在井中，萬户蒼蒼烟樹曉。隴月照黄沙，隴雲低芳草。朱顔緑鬢不建功，坐待星霜頭白早。持漢節，拂吴鈎，爲君生斫隗囂頭。誰能知李廣，百戰不封侯。

《全元詩》，册 57，第 38 頁

隴頭水

楊維楨

題注曰：「一曰『隴頭曲』，漢横吹曲之一也。」

隴頭水，交河津。車行九回坂，西通月氏東達秦。貳師將，漢家傑，手摩龍泉七星滅。此身

未報主君仇，釁妻再鑄千金鈎，精誠豈識征夫侯。《全元詩》，册39，第115頁

同前

錢惟善

嗚咽隴頭水，東西流至今。胡馬不敢飲，野狐時見侵。月明古磧在，冰合交河陰。隴底有白骨，銜冤啼夜深。《全元詩》，册41，第17頁

同前

危素

隴頭之水西向流，莽莽寒雲草樹秋。水中尚有秦時血，今古征人到此愁。《全元詩》，册44，第217頁

同前

胡布

山隆隆，路疊重。哀笳沈落月，空吹裂悲風。驚沙起隴雲，陰陰覆隴水。不是隴水聲辛酸，

千古萬古英雄流泪血，至今幽咽不曾乾。《全元詩》，册50，第434頁

同前

吴會

按，吴會《吴書山先生遺集》置此詩於「古樂府」類。

隴水何心嗚咽鳴，征人聽作斷腸聲。征人歸日聽應別，如何只作嗚咽説。水流西一作四下何已時，征人有去無還期。請君爲絶夭驕子，過者喜心來聽此。《全元詩》，册57，第209—210頁

同前

釋宗泐

隴樹蒼蒼隴阪長，征人隴上回望鄉。停車立馬不能去，况復隴水驚斷腸。誰言此水源無極，儘是征人流泪積。拔劍斫斷令不流，莫教惹動征人愁。水聲不斷愁還起，泪下還滴東流水。封書和泪付東流，爲我殷勤達鄉里。《全元詩》，册58，第373—374頁

同前

周到坡

《全元詩》於李孝光《白翎雀》後有按語曰：「此後原有《隴頭水》，該詩《元詩體要》卷四署作者周到坡，未編在李孝光卷中。」①然據文淵閣四庫全書本李孝光《五峰集》，其卷二「古樂府」類又録此詩，題辭皆同，兹不復録。

隴頭水，嗚咽嗚，行人聽，斷腸聲。隴頭水，嗚嗚咽，行人泪，眼中血。山月薄，塞雲低，行人到此心傷悲。世間萬水東流去，隴水分流獨向西。《全元詩》，册65，第261頁

隴水吟

胡奎

按，《樂府詩集·横吹曲辭》有《隴頭水》，元人《隴水吟》當出於此。又，胡奎《斗南老人

① 《全元詩》，册32，第264頁。

集》置此詩於「古樂府」類，故予收録。

隴頭水，嗚嗚咽。朝洗秦人骨，暮流漢人血。秦骨化黄土，漢血歸黄泉。水流如人聲，夜哭長城邊。《全元詩》，册 48，第 139 頁

出關

劉將孫

旗鼓喧重騎，郊關駐别杯。仍煩厚相送，猶記悔初來。無德誰將戀，多情亦甚推。不惟載家去，更喜抱孫回。《全元詩》，册 18，第 232—233 頁

同前

孫蕡

忘却看花上帝都，出關猶記佩兵符。龍歸古寺雲初定，鳥落寒灘水半枯。萬古文章關氣運，十年風雪老頭顱。憑將翠管三千牘，换取黄柑二百株。《全元詩》，册 63，第 339—340 頁

入關

殷　奎

秦關已入重行行，道遠塵深兩恨并。足倦每因佳境健，眼昏偏傍古碑明。拾遺徒步歸何日，莊舄孤吟嘆此生。何母故園頭雪白，倚門朝暮若爲情。《全元詩》，册64，第81頁

送别徐誠中入關

釋來復

十載移家住越州，聲名早已動諸侯。千金不受淮南聘，一騎還爲塞北游。潮落魚龍滄海暝，風高鷹隼太行秋。防邊有策應須獻，好慰蒼生社稷憂。《全元詩》，册60，第128頁

出塞

釋行海

紅羅抹額坐紅鞍，陣逐黄旗撥發官。秋戍盧龍番鼓啞，夜屯白馬虜星寒。鐵毬步帳三軍合，火箭燒營萬骨乾。兵器徒知是凶器，止戈爲武帝心寬。《全元詩》，册4，第361頁

同前

胡奎

出塞復入塞，馬鳴何蕭蕭。穹廬坐名將，云是霍嫖姚。冰河馳萬騎，雪磧射雙鵰。《全元詩》，冊48，第69頁

出塞七首效少陵

鄭元祐

已踰烏盩山，未涉狐奴水。飢羸形骸黑，枕戈待明起。將軍方蹋鞠，天地入馬箠。吾儕亦何人，一死等螻蟻。

秦時閭左戍，漢家弛刑徒。髑髏棄瀚海，天陰哭嗚嗚。我非望生還，魂魄迷歸途。但願戈矢利，委身斷狂胡。吁嗟載筆書，不紀萬骨枯。

受詔武臺宮，西遮鈎營道。扼虎射命中，相從願深討。躡血焚龍庭，以功當橫草。平沙列部伍，鮮整旄與葆。奚慮蛇豕繁，一鼓欃槍掃。歸取萬户侯，歲月未云老。

糒登天山雪，衣裂青海風。前行幾千里，不見單于宫。走馬脱轡頭，所恃五石弓。鄉井豈

不懷，簡書戒命洪。黃塵觸壘起，勇奮奔貔熊。鋊刀異莫邪，所覬一割功。

騎羊五歲兒，出没區脱中。翻身異鳥鼠，快捷如飛鴻。生理不土著，水草無豐凶。一戰那足平，燕然方勒功。

烽烟邊上發，塞雁群南翔。仰睇冥冥天，風緊雨雪霜。驅馬上厓谷，悲笳咽雲黃。棄絶骨肉親，詎弗懷故鄉。軍聲動劍戟，砲火燒衣裳。鞠育非寡恩，道遠不得將。吞咽復何憤，思虜其名王。

邊塵暮猶黑，鬼燐出霜草。展戰圖報國，寧慮骨枯槁。人生無百年，一斃不待老。但願土境富，微軀奚足道。勛業銘旂常，秋天氣同杳。《全元詩》，册 36，第 268—269 頁

效老杜出塞

曹文晦

我本農家子，生來事犂鋤。手不習騎射，何曾識兵書。一旦應官徭，徒侶同馳驅。茫茫塞路長，去去當何如。

賣牛買刀劍，不顧家業殫。密密縫衣襖，迢迢越河關。妻孥問所之，幾時寄書還。富貴未可必，殺身須臾間。

粲粲金鎖甲，駪駪雪毛騧。將軍出師去，士卒如雨多。蚩尤互天紅，刀戟光相磨。非無六奇計，奈爾勁敵何。

北風吹沙塵，四野寒日昏。忽聞落梅曲，欲斷征人魂。三箭無日發，萬竈空雲屯。我欲斫虜營，未聞主將言。

人言從軍樂，豈識從軍苦。婦女連車歸，玉帛不可數。我行橐屨空，令不違部伍。枕戈夜無眠，悠悠聽更鼓。

將軍不負腹，所至牛酒豐。民間苦箕斂，兵食常不充。曾聞古良將，士卒甘苦同。投醪飲河水，千載懷高風。

昔聞横行將，今無深入師。募我備行伍，易若呼小兒。桓桓貔虎裝，介胄光陸離。豈知行路人，深爲世道悲。

月落悲笳動，群馬蕭蕭鳴。驚沙寒掠面，擊柝催晨征。中天怒招摇，白光射霓旌。腸斷隴頭水，烏烏聞哭聲。

連年苦東寇，今年困西征。身甘馬革裹，命若鴻毛輕。安得休王師，一言下齊城。歸去對鄰里，耕田歌太平。《全元詩》，册 37，第 407—408 頁

前出塞

耶律鑄

擬取安西襲玉關，短兵鏖戰下皋蘭。陰風勢挾天山雪，凍徹河源徹底乾。十年老將浮苴井，萬里疲兵碎葉川。傳督諸君傳詔令，問何時到海西邊。《全元詩》，册4，第91—92頁

後出塞

耶律鑄

并吞處月下樓蘭，光復金微静鐵關。準擬鑿空通四海，會須鞭石到三山。誓洗兵氛雪國讐，氣横遼碣紫山秋。豈容日下西王母，只屬東西海盡頭。《全元詩》，册4，第92頁

出塞曲

陳　樵

題注曰：「爲戍潼關李總管賦。」按，元人又有《出塞吟》，當出於此，故予收録。

屬鏤夜啼光屬地，將軍一出欃槍死。行塵不動人歸市，帶甲如雲自天至。取君甲兵爲君洗，分明袖裹有銀河水。手中遺下泥一丸，不封函谷封太山。《全元詩》，册 28，第 374 頁

同前

胡 奎

將軍烏角弓，壯士遠從戎。劍倚燕雲白，旗翻漢日紅。雪窖數行泪，天山三箭弓。鐃歌應有曲，報捷未央宫。《全元詩》，册 48，第 112 頁

同前

胡 布

被甲二十年，全軀萬矢中。腥風凌白刃，人死我成功。受降論百萬，俘馘過西東。賓顔石復刻，烏丸壘亦空。振武揚兵氣，宣德暢皇風。金鞭行擊節，八面凱歌同。天子臨軒陛，剖符登美封。簪花上林苑，醉酒明光宫。再拜奉萬年，太平歌治隆。所願全民命，不敢計勛庸。《全元詩》，册 50，第 446 頁

出塞吟壽達丞相

葉蘭

白雪滿天山，將軍出漢關。鐃歌遼水上，轉戰敵塵間。夜月嚴營静，秋風牧馬閒。歸當銘碣石，功業復誰攀。《全元詩》，册 63，第 138 頁

入塞

釋行海

血戰胡兒盡墮鞍，一番奏凱一封官。兵梟鐵鷂威方猛，酒賜金蕉膽不寒。雁塞月陰清燐淡，漁陽雪苦紫茸乾。胡亡未必胡無種，韜略縈心不放寬。《全元詩》，册 4，第 361—362 頁

入塞曲

胡布

按，元人又有《入塞吟》，當出於此，亦予收録。

入塞常在先，出戰常在前。骨不委沙場，貌不上凌烟。死逐百戰塵，生全萬死身。不封李飛將，餓殺真將軍。鬼雄與人傑，生死答君恩。《全元詩》，册50，第446頁

入塞吟

葉蘭

破敵已擒王，全功獻未央。黄金秋馬轡，白玉夜車箱。風亂雕旗影，星開寶劍光。還歌漢家曲，鼓吹發漁陽。《全元詩》，册63，第138頁

捉搦辭

胡奎

按，《樂府詩集·横吹曲辭》有《捉搦歌》，元人《捉搦辭》或出於此。胡奎《斗南老人集》置此詩於「古樂府」類，故予收録。

華陰山頭井水深，女兒照影不照心。影可照，心莫宣，欲知妾心井底天。《全元詩》，册48，第142頁

卷一九九　元横吹曲辭二

折楊柳

楊維楨

題注曰：「鼓角横吹曲也。」按，元人又有《折柳枝》《楊柳詞》，當出於此，亦予收録。

折楊柳，楊柳不可折。楊柳條，十丈長，與君繫馬青絲繮。闕支婦，剖黄鼠，勸君飲馬乳。楊柳聲，作人語。楊柳枝，作人舞。《全元詩》，册 39，第 115 頁

同前

錢惟善

何處好楊柳，攀條贈遠行。花飛度江水，客醉蹋歌聲。秋色彫榆塞，春陰接鳳城。一枝不敢折，爲近亞夫營。《全元詩》，册 41，第 18 頁

同前

胡奎

一折一斷腸，再折再回首。平生故人淚，并落尊中酒。《全元詩》，册 48，第 150 頁

同前

文質

折楊柳，煩纖手。金黄細縷牽春愁，送客年年汴河口。汴水明，楊柳青。此時傷心無限情，同心結就孤舟行。折楊柳，君知否。有書莫寄雙魚鯉，一度春風一回首。《全元詩》，册 50，第 48 頁

同前

陳高

折楊柳，送别離。朝朝送人遠别離，門前楊柳折還稀。今年折楊柳，來歲復生枝。奈何别離子，一去無回時。《全元詩》，册 56，第 265 頁

折楊柳送方叔高

趙期頤

楊柳青青春水生，借問行人行未行？雕弓在弢馬騰櫪，家住溢江江上城。柔條好拂江頭路，千縷萬縷牽情緒。馬上郎君新得官，阿誰解使留春住。留春住，春欲歸，江南江北柳花飛。柳花飛，渡江水，遮莫東風吹不起。《全元詩》，册 40，第 427 頁

折楊柳送陳良還山

張天英

折楊柳，送君歸。君心似流水，柳色空依依。昔時九烈君，爲人染裳衣。黄金千萬縷，難補天孫機。張緒風流今白首，別有新人似楊柳。富貴何如早還家，葛巾自漉山中酒。折楊柳，爲君歌，兩雉朝飛春日和。栗里春風門巷多，人生莫惜朱顔酡。《全元詩》，册 47，第 143—144 頁

折楊柳送人之京

胡奎

江頭折楊柳，一枝贈一人。去年枝欲盡，今年枝又新。折柳莫折短，短條容易斷。如何離別情，苦被春風管。折柳當折長，長條爲馬鞭。上林春色好，相約鳳池邊。《全元詩》，册 48，第 150 頁

折柳枝

張昱

愁向尊前唱渭城，柳枝折盡贈行人。蚤知世路多離别，移在郵亭遠處生。《全元詩》，册 44，第 45 頁

楊柳詞七首

宋褧

後六首題注曰：「通州道中作，至元四年春。」

齊化門東馳道上，鵝黄閃色弄新陽。憑誰移向龍池畔，揺曳宮花撲面香。

第一鵝黄映曉烟，梢長嫋娜弄暄妍。待得濃陰滿夏日，不如春月取人憐。
夾道青青到鳳城，一般飛絮兩般情。離筵見處泣相送，歸鞍撲著喜相迎。
玉泉山下緑絲垂，曾見先皇駐蹕時。翠輦金輿何處去，烟條露葉不勝悲。
金鞍曉拂枝頭露，珠帽晴沾苑内塵。古來每見人悲樹，如今却見樹悲人。
齊化門東醉别時，玉人折贈最高枝。船開酒醒潞河遠，回頭烟樹漫參差。
北客還鄉二十年，來時楊柳故堪憐。而今張緒生華髮，手弄柔條一惘然。《全元詩》，册 37，第 223 頁

同前二首

楊維楨

楊柳董家橋，鵝黄萬萬條。行人莫到此，春色易相撩。
長條一丈長，長似紫絲繮。長條輓易斷，五馬過横塘。《全元詩》，册 39，第 73—74 頁

同前

胡奎

揚子江邊楊柳條，風前學舞鬥纖腰。來往游人攀折少，也勝種在灞陵橋。裊裊翠腰柔，春來舞到秋。郎行莫回顧，中有斷腸愁。一縷一縷愁，千絲千絲苦。寧見章臺春，莫逢灞陵雨。《全元詩》，册 48，第 123 頁

同前

張庸

東風楊柳灞橋西，縷縷長條水面齊。送君曾來楊柳下，折得長條君上馬。馬上橐鞬萬里行，長亭短亭分幾程。斜陽忽起誰家笛，都是邊頭腸斷聲。春鴻秋燕去復來，門前行迹生緑苔。長恨年時别離苦，不教楊柳當門栽。《全元詩》，册 54，第 100 頁

同前

呂　誠

一樹千千萬萬枝，枝枝到地弱於絲。繰風織雨難成匹，緯恨經愁無斷時。《全元詩》，冊60，第453頁

同前

張　丁

柳色青青柳葉齊，送君江上朔雲低。妾似柳條全繫恨，君如柳絮逐東西。

搓得鵝兒嫩欲黃，輕寒初試怯羅裳。柔條不禁隨風舞，薄恨猶能繫妾腸。《全元詩》，冊62，第447—448頁

同前二首

方　行

韶華無限暗中消，摇蕩春光幾萬條。却怪晚來風定後，雪花飛滿赤欄橋。

曲江南陌亂垂烟，勾引春風入管弦。惆悵幾枝憔悴盡，與人長繫别離船。《全元詩》，册 62，第 479 頁

望行人

孫 蕡

高樓臨廣路，朝日麗綺疏。美人盛容飭，凝睇倚踟躕。踟躕長太息，愁思鬱煩紆。愁思知何爲，自言惜離居。將期歲暮返，忽歷三載餘。昔如春園花，今若秋水蕖。盛年詎可再，獨宿誰與娱。思逐北風翔，相從千里餘。中途儻相失，浩嘆何所如。《全元詩》，册 63，第 247 頁

關山月

楊維楨

月出關山頂，將軍鼓角悲。漢皇今夜宴，影落素娥池。《全元詩》，册 39，第 69 頁

同前

錢惟善

落落漢時月，蕭蕭古戰場。揚輝子卿節，逐影細君裝。高映玉關外，低沉青海旁。不似閨中夜，祇照綉鴛央。《全元詩》，册 41，第 17 頁

同前三首

胡奎

關山月，昨夜團圓今夜缺。他鄉月與故鄉同，何苦征夫久離别。有客南來報捷音，爲説良人戍桂林。若使仙家能縮地，便須一刻比千金。

明明天上月，照妾綺窗間。夢隨明月去，不省在關山。關山月若知人意，送妾良人及早還。《全元詩》，册 48，第 149 頁

萬里關山月，東西共一天。遥憐馬上見，不是在家圓。《全元詩》，册 48，第 373 頁

同前

周巽

題注曰：「蓋傷離别也。」

披青雲，見丹闕。玉鏡懸青天，幾回圓又缺。居庸古北接陰山，照見長城多白骨。胡笳夜奏聲嗚咽，羌笛曲吹楊柳折。姮娥流彩到中闈，邊雁不來音訊絶。音訊絶，夜夜馳。情瞻兔窟，天闊清秋。河漢遥思君，夢斷關山月。《全元詩》，册48，第402頁

同前

胡布

未久辭沙漠，奉命討祁連。後逐李飛將，追躡至燕然。疾風飄沙礫，彫弓不控弦。黄旗開虎翼，緑玉匣龍淵。地迴聞笳咽，山空見月圓。持比君心照，白骨滿三邊。《全元詩》，册50，第457頁

同前

釋仁淑

白楊風蕭蕭，胡笳樓上發。壯士不知還，羞對關山月。去年天山歸，皎皎照白骨。今年交河戍，明明凋華髮。交河水東流，征戰無時歇。斗酒皆蹙歌，歌罷泪成血。《全元詩》，册 51，第 334 頁

同前

許恕

迢迢關山道，皎皎秋月華。一輪升海嶠，萬里照胡沙。營前多白骨，帳外更悲笳。香霧沈兵氣，清霜拂劍花。老卒頭如雪，夜夜夢還家。《全元詩》，册 62，第 111 頁

關山月送殷文學還浙西

貢師泰

白波洶湧風初起，緑烟漸墮冰壺裏。林鳥沙鷗寒不棲，萬頃玻璃凈如水。攬衣推户仰視天，一寸鄉心幾千里。僕夫在門嚴戒程，霄人呼籌催罷更。街頭蕭蕭馬初過，城中角角鷄亂鳴。

嗟哉我亦天涯客，握手欲别難爲情。遥憐後夜相思處，楓葉滄江一舡輕。《全元詩》，册40，第263—264頁

賦得關山月送速博安卿

張　憲

少室青連雲，虎牢峻削鐵。茫茫雒陽道，寒月正淒切。游子悲故鄉，西望泪鳴咽。豈不念早歸，兵火久隔絶。山高月輪小，關險車輪鍥。虎豹起食人，狐狸坐憑穴。枯草白零露，陰風青燐血。跰足晝十程，鶉衣冬百結。弱子面削瓜，老妻頭覆雪。紀綱無力人，十進五復輟。似聞鄉里雄，百萬總旄鉞。王師雖戰勝，妖孽未盡滅。攘臂起作勢，欲歸備行列。徒存壯士心，奈此筋力别。人固有老少，月亦有圓缺。月魄死復生，精神老衰竭。關塞遠且長，歸心中道折。六親不易見，萬古憑誰説。誦爾北征詩，知爾中腸熱。念爾行路難，贈爾關山月。《全元詩》，册57，第59頁

洛陽道

周巽

行行重行行，東出洛陽道。離離禾黍場，蹶蹶爲茂草。緊昔營洛時，地不愛其寶。貢賦道里均，明良朝會早。九衢霏紫烟，雙闕麗蒼昊。槐柳蔭御階，香塵浄如掃。歲久競繁華，物盛還枯槁。一從周鼎遷，漢興基再造。佳氣復葱葱，邦畿古來好。瞻彼泱泱流，往事聞父老。賈誼才可憐，石崇富難保。京洛風蕭蕭，天津日杲杲。周道少人行，憂心惄如擣。《全元詩》，册 48，第 396 頁

洛陽陌

錢惟善

驅車洛陽陌，周道何逶遲。玉帛走侯甸，金湯固城池。潘令好桃李，阮生多路岐。銅駝卧荆棘，索靖獨先知。《全元詩》，册 41，第 17 頁

送方叔高賦得長安道

甘立

灞陵橋上秋風早，行人曉出長安道。長安城頭烏正啼，長安陌上聞朝鷄。征車遥遥行復止，征馬蕭蕭鳴不已。將軍年少美且都，黄金箭簇雕玉弧。未央前殿進書罷，諸生拜官辭石渠。將軍歸去亦草草，長安道邊人羨好。莫憐賈誼謫長沙，不見馮唐禁中老。《全元詩》，册36，第251—252頁

長安道

錢惟善

車馬如流水，樓臺結彩虹。王孫來戚里，豪士遇扶風。不覩衣冠盛，空聞意氣雄。鳶肩亦何事，日莫醉新豐。《全元詩》，册41，第17—18頁

同前三首

胡奎

長安道，長安道上多芳草。一株楊柳驛門前，朝迎官馬暮迎船。來船去馬無閒日，人笑人

歌年復年。

長安道，南北東西塵浩浩。車輪朝碾長安花，馬蹄暮蹋長安草。黄金白璧如丘山，買官未得不肯還。不及終軍年最少，棄繻生出玉門關。《全元詩》，册 48，第 148 頁

長安道上花紛紛，紅霧漲天飛作塵。東里雕甍燿白日，西街駿馬嘶青雲。長安少年不知老，鳳管龍笙春亦好。昨日牡丹何處花，今朝鸜鵒誰家鳥。韶華過眼易消磨，楊柳纖腰愁思多。不見古來歌舞地，夜深風雨泣銅駝。《全元詩》，册 48，第 285 頁

同前

周　巽

長安甲第連雲起，馳道迢迢直如矢。香霧滿城飛轂來，千門萬户東風裏。路入甘泉御氣通，樓開丹鳳霞光紫。玉階朝覲響瑶珂，仙仗傳呼鳳輦過。柳拂龍旂露猶濕，交衢雙舞鳴鸞和。上林春早啼鶯亂，渭水秋深落葉多。豈知一旦繁華歇，禾黍離離將奈何。有客有客長安道，衣裘塵滿愁難掃。旅懷欲寄雁不來，富貴翻憐故鄉好。君不見長安道上多虎狼，常恐行人度關早。《全元詩》，册 48，第 404 頁

同前

胡布

秣馬晨登道，長安樹如薺。非必松與柏，蓁深荆棘裏。霧露襲衣裾，嵐光惚雙眦。泥深馬没足，頑石嚙屐齒。夜永慘林猿，月黑亂山鬼。男兒負長劍，慷慨事萬里。莫邪雖慓烈，出匣刃傷指。跋馬東南望，泰山高可擬。思我同心人，銜杯泪如水。君自亘長途，企迹遠游子。中行多曲折，污險豈自止。虎嘯獨驚風，鳩鳴尚愁雨。盈盈踸踔步，歲月不吾與。願得凌穹壤，披豁我心故。鉛刀況可割，鷦鵬終一翥。壯心劇良圖，奮迅欲飛鶩。《全元詩》，册 50，第 381—382 頁

同前

釋宗泐

長安大道八達分，道旁甲第連青雲。夜月長明七貴宅，春風偏在五侯門。貴侯勢焰不可炙，烈火射天天爲赤。家僮盡衛明光宫，侍史皆除二千石。一朝盛衰忽顛倒，夜月春風亦相笑。鳳笙龍管坐不來，又向東家作新調。東家車馬日已多，向來賓從無經過。貴賤交情總如此，翟公何事嘆雀羅。《全元詩》，册 58，第 371 頁

同前

郭奎

秦川八百里，直與隴西連。四達平如掌，五陵多少年。御柳春深緑，宮花日暮鮮。阿環新拜寵，走馬渭橋邊。《全元詩》，册 64，第 437—438 頁

卷二〇〇 元横吹曲辭三

梅花落

錢惟善

按，元人又有《落梅花》《落梅詞》《落梅歌》《落梅曲》，均當出於此，故予收録。

笛裏梅花落，何處最多愁。紛飛江月夕，吹破隴雲秋。腸斷白榆塞，夢回黄鶴樓。行人不堪聽，雙泪滴孤舟。《全元詩》，册41，第18頁

同前

周巽

中庭一樹梅，飛雪委荒苔。我行驚歲暮，幾回花落又花開。玉筯啼妝面思君，契闊何由見城頭。霜角入雲悲，吹斷芳魂泪如綫。《全元詩》，册48，第402頁

落梅花

張昱

按，元人葉顒有《讀宋徽宗北狩龍沙賦忍聽羌笛吹落梅花樂府》，詩云：「一聲羌笛咽龍沙，萬里燕雲獨夢家。吹入中原都是恨，如何只怕落梅花。」①則《落梅花》爲樂府詩無疑。

含章人正卧，幾片下空墻。春雪調鉛粉，相和一處香。《全元詩》，册44，第86頁

落梅歌

舒頔

一枝兩枝横水濱，千片萬片飛早晋。殘香滿地鋪白茵，貪結青子枝頭新。含章檐下肌理匀，春夢未醒香醪醇。君王寵愛恩情真，何况點綴額與唇。托根巖谷遭時屯，莓苔剥落湮紅塵。

---

①《全元詩》，册42，第126頁。

碧玉柯幹供樵薪，更復擾擾來棘矜。疇昔聞伴粉署賓，東風輕點泓池銀。歸來天上迹已陳，心腸鐵石見無因。愔華長嘆華下巡，見仁頓覺添酸辛。角聲吹月雙眉顰，不知誰是調羹人。《全元詩》，册 43，第 262 頁

落梅曲

陳　高

梅花開滿枝，無奈曉風吹。風吹花落盡，争似未開時。花開終有落，非關曉風惡。愁殺愛花人，城頭復吹角。《全元詩》，册 56，第 245 頁

横笛引有序

耶律鑄

詩序曰：「許雲封《説笛》有《落梅》《折柳》二曲，今逸其辭，因次韻《野梅》《官柳》以代其二曲，爲《横笛引》云。」

雪梅清瘦怕春知，待結同心與阿誰。誰許雲封將怨笛，引吟龍去隴頭吹。一作「更教横去隴頭

吹」。崔道融《詠梅》「香中別有韻，清極不知寒」，良可人意。《西京雜記》有同心梅。

爲誰折柳雪長絲，橫笛知誰引所思。春水緑波芳草路，枉教愁殺路傍兒。杜工部「佳人雪藕絲」。晃曰：雪袖葩也。

落梅流韻游金谷，折柳傳情寄玉關。蘊結長思無計解，只應心曲是連環。落梅流韻，感金谷之游人；折柳傳情，悲玉關之戍客。雲封《笛説》中語也。

野梅官柳得長生，寫入龍吟與鳳鳴。已許雲封封怨笛，不教人世有愁聲。一作「人間休更有愁聲」。《全元詩》，册 4，第 133 頁

紫騮馬

袁　凱

按，元人又有《紫騮行》，當出於此，亦予收録。

君騎紫騮馬，遠上燕山去。老母倚門啼，泪灑門前路。泪亦何時乾，馬去無回步。前月附書還，致身在郎署。月賜既已多，取得尚書女。身榮自可樂，母死無人顧。多謝鄰里人，將錢治墳墓。《全元詩》，册 46，第 328 頁

同前

劉崧

郎騎紫騮馬，來向門前下。馬尾捎赤雲，銀鞍色相射。願郎騎馬去復來，珊瑚作鞭絲結轉。縱令遠去玉關外，千里應須一日回。《全元詩》，册 61，第 5 頁

同前

孫蕡

紫騮馬，黄金羈，妾家夫壻金陵兒。金陵正值繁華時，日與游俠相追隨。追隨游俠金陵下，長跨金羈紫騮馬。賭勝初登蹴踘場，縱酒還來鬥鷄社。越羅楚練照晴空，飛鞚揚鞭去似龍。却轉端門回輦路，斜穿夾道過行宫。行宫夾道通三市，長使傍人夸意氣。紫陌春融錦綉連，青樓日暮簫笙起。青樓娼女砑羅裙，清歌宛轉駐流雲。歌闌陌上春風度，舞罷樓前璧月新。陌上樓前相識多，相陪相引屢經過。房櫳寂寞交疏裏，雲鬟妝成奈爾何。《全元詩》，册 63，第 246 頁

都下同翰林諸公送御史尚游題紫騮馬

薩都刺

御史紫騮馬，今朝行且嘶。遠烟芳草露，細雨落花泥。蹋月飲淮水，隨雲過汴堤。遥思鄉旆日，曉立聽朝鷄。《全元詩》，册30，第122頁

紫騮馬效楊伯謙

梁　寅

紫騮馬，黄金鞭。春風十里杏花發，髯奴鞲馬瓊樓前。樓中美人坐嘆息，飛塵一帶出南陌。南陌行人如水流，怕郎騎馬好遠游。《全元詩》，册44，第303頁

紫騮行

葉　蘭

紫騮行且嘶，送别緑楊堤。解儂金絡索，繫子錦障泥。鞭聲稍稍起塵霧，相勸相留暫時住。短歌唱徹杜韋娘，高筵醉倒丁都護。馬騑騑，路悠悠。青衫從事懸吴鈎，少年努力當封侯。《全

元詩》，册 63，第 166 頁

驄馬曲

胡 奎

御史驄，青連錢，嘶風刷電朝九天。昨日街頭人避馬，今朝喋血車輪下。後夜鷄鳴聞曙鐘，綉衣又復騎青驄。《全元詩》，册 48，第 115 頁

驄馬驅

胡 布

十五學劍器，偏騎生馬駒。二十斬樓蘭，輕身西射胡。虵弓彎月影，鳥陳布星圖。響碧鳴珂玉，生紅滴汗珠。自矜毫髮義，寧憚萬金軀。身當國難死，名耻衆人俱。必使清區宇，垂勛竹帛書。《全元詩》，册 50，第 448 頁

同前

袁　華

公子驅驄馬，趨朝非治盤。金裝鹿盧劍，玉刻鏤衢鞍。曉刷滄溟上，暮秣燕雲端。萬里起跬步，那知行路難。《全元詩》，册 57，第 270—271 頁

驄馬行送李德隆赴行臺監察御史

劉敏中

李御史，百鳥鶚，千人英。用如快劍新發硎，亦若古鏡無逃形。三賓外臺幕，河北山東俱有聲。一辟烏府掾，何公崔公相嘆驚。朝廷重邊重選賢，才力亦著甘涼城。今騎驄馬趍金陵，慷慨爲歌驄馬行。丈夫出處貴節義，義與死生誰重輕。君不見張綱埋輪肝膽傾，孟博攬轡思澄清。朝陽亦有孤鳳鳴，一鳴足成千載名。不然從事故紙成，正可解印還農耕。李御史，鐵石腸，冰雪顔。平生志願今始得，勛業入手知無難。過江驄馬人莫測，北風霜早狐狸泣。《全元詩》，册 11，第 344 頁

鬱孤驄馬行

周霆震

詩序曰：「粤自壬辰寇興，不覩風憲之巡歷五年矣。御史監察阿思蘭南來，列城想望風采，既而貪侈日甚。廉馬二監察按臨廣東，留鬱孤以待。參政全子仁佐之發其奸，籍舟載黄金千，凡贖貨之物，具載日録，委官押赴洪都以俟命下。忠憤之士相與賦詩，以戒來者云。」

鬱孤臺前江水深，綉衣馳傳千黄金。翻然按劍起同列，如見咫尺天威臨。郡中新參全太守子仁由郡守升參政，捕取龍蛇恒赤手。從容杯酒示先機，談笑拾之如拉朽。五年群盜糜東南，百城黷貨春夢酣。堂堂憲府卿相列，詎意僚屬藏奸貪。送官檣連鎖晝寂，夾道傳呼記來日。君恩可負天可欺，投畀北方豺不食。濁河一滴玷濟流，共器那得同薰蕕。當官而行義所激，此舉庶減臺端羞。小儒初心思許國，萬事無成頭已白。箋天願賜秋風高，吹送天威遍南北。《全元詩》，册37，第23頁

雨雪

袁凱

按，袁凱《海叟集》題注曰：「一作『苦寒行』。」①元人又有《天雨雪》，或出於此，亦予收録。

雨雪雨雪，凄風如刀。我行中野，而無緼袍。我寒我飢，誰復我知。四無人聲，但聞熊羆。羆欲攫我，熊復奪我。我身煢煢，進退不可。進固難矣，退亦何止。還望舊鄉，遠隔江海。江波湯湯，海波洋洋。我思我鄉，死也可忘。《全元詩》，册46，第329頁

雨雪曲

楊維楨

詩序曰：「祖穆天子《黄竹》詩。陳後主與江總皆有是作，今又以刺武氏。」

---

① [元] 袁凱《海叟集》卷一，景印文淵閣四庫全書，册1233，第168頁。

天蒼蒼，地茫茫，二月三月雪滂滂，雨我黄竹濕衣裳，天子不在黄竹鄉。天蒼蒼，地茫茫，武曌兒，高冠大履據堂皇，唐家臣子三月以爲祥。《全元詩》，册 39，第 114—115 頁

同前

王　中

塞漠風沙外，邊城雨雪間。天兵臨瀚海，虜使款蕭關。遼水三千里，盧龍數萬山。白頭蘇屬國，握節幾時還。《全元詩》，册 65，第 347 頁

天雨雪

釋宗泐

按，釋宗泐《全室外集》置此詩於「樂府」類。

天雨雪，出門何所之。渡河正遇風浪惡，回船少住溪水湄。舉頭見飛鳥，斂翮欲下無樹枝。《全元詩》，册 58，第 377 頁

雀勞利

楊維楨

雨雪霏霏，積埜與圻。百鳥取食，不見穀與糜。雀勞利，嘴長一尺錐，斵冰破雪下及泥。嗟爾短嘴空受饑。《全元詩》，册39，第234頁

梁武帝

吕　浦

太極東堂五百兵，净居幽殿冷如冰。早知不得金仙力，肯作浮屠十二層。《全元詩》，册49，第288頁

白鼻騧

吴　萊

明田汝成《西湖遊覽志餘》曰：「杭人沈積中，家藏《進馬圖》一幅，徐一夔爲之跋云：『右《進馬圖》：一人戴皮冠，冠上懸赤丸一，大如菽。冠檐則緣文貝爲飾，穿窄袖袍，袍用

文綺爲之，縷金緣欄。著烏皮靴，靴樣尖而直，製若一字。北向拱手立，容甚恭肅，蓋主進馬者。一人拱手立於其後，容亦恭肅，袍靴同而冠不懸丸，不緣貝，必其從者也。一人童顱辮髮而不加冠，牽一馬而前，其馬毛色皆黑，自頸至膊，墨沈深潤，如玄雲蒸雨，獨鼻樑隆起而白，狀若玉瓏，蓋白鼻騧也。一人亦不冠，童顱椎結而鼻加高，牽一馬隨之，其馬昂首長鳴，欲追前馬，馬滿身皆旋文，如用綖繯錢勻敷，可以枚數而貫，蓋連錢驄也。一人大略如前，牽一馬出其後，耳若批竹，尾若擁篲，兩蹄拿空而出，欲追前馬，牽者死挽之，而力不能制，面有努力容。而馬之背則微赤，自腹以下皆淺白色，蓋赭白馬也。《相馬法》曰：彤白雜毛曰駁，即赭白也。此三馬者，神駿之氣，有一空凡馬之意。余締玩久之，目眩神悸，如見所謂天厩真龍者。余聞古之賢君，有獻千里馬者，却之不受，不知此圖模何代所進馬，意其流傳人間，亦不過好大喜功之具。獨羨畫師運思之精，寫人物如生，亦一奇也。』此篇大率摹仿畫記，序事精婉，而所名三馬，形稱有據，可爲作文之法。」①

白鼻騧，白鼻騧，當軒迥立噴風沙。名驥留良定北土，蹇驤索價猶東家。青松縛柳曉安皂，

① 《西湖遊覽志餘》卷一七，第 334 頁。

紅錦裁韉春映草。支遁心機愛神駿，伏波骨力輕衰老。去年禁馬無馬騎，天下括馬數馬皮。浮湛鄉閭萬里足，笑傲品秩千金羈。幸哉漢武重脩政，往矣劉聰真覆鏡。立防戰備要馬稀，藏富民寰須馬盛。向來河隴色爲群，目極川原亂若雲。庶人徒行未足恤，世間醇駟何由得。《全元詩》，册40，第34頁

卷二〇一　元横吹曲辭四

木蘭辭

楊維楨

詩序曰：「《木蘭古辭》二首，世疑『金柝』、『鐵衣』句非漢魏語。余觀二辭，前辭爲古，後辭蓋又擬者之作也。吾爲此辭，又將發蘭之所未發也。」

金韹韹，鼓韸韸。行人且勿行，木蘭換衣裹戎裝。木蘭戴金鍑鉾，著鐵裲襠。右手雁翎刀，左手月輪弓叶。跨上八尺馬，輕若飛鴻翔。木蘭父老，下無丁弟，上無壯王兄叶。木蘭代父前我行。我羌健兒八尺長，不知木蘭弱與强。木蘭闕跳踉，跳踉誰雌誰復雄叶。健兒何草草，木蘭何堂堂。東市斫，西市斫，相斫似阿若郎楊若阿事。擒賊報信，歸報我國王。國王賞功爵名字，始知木蘭是女娘。女娘安用尚書郎，請移木蘭爺娘當。國王進忠良，制戎羌。垂衣裳，不下堂。木蘭去兵，亦爲婦采桑。《全元詩》，册39，第101頁

同前

胡　奎

纂纂墻下棗，人生不如在家好。木蘭夜織流黄機，窗間絡緯啼復啼。平明軍帖疾如羽，阿爺無男止生女。木蘭下機换戎裝，燈前不灑泪千行。髻捐金雀釵，耳脱明珠璫。左持白羽箭，右輓青絲繮。一朝姓字上軍籍，軍中不知是女郎。祁連山前秋草白，馬上單于吹篳篥。霜花如錢風格格，萬里黄雲度沙磧。木蘭在邊十二年，論功還謁九重天。九重敕賜尚書誥，木蘭感恩不敢言。乞身朝出金門去，還家猶記庭前樹。入門先解戰時衣，明朝復上流黄機。木蘭忠孝有如此，世上男兒安得知。雄雉聲角角，雌雉嘴啄啄。兩雉上天飛，誰能辨我是雄雌。《全元詩》，册48，第141頁

悲風

劉崧

按，《新唐書·儀衛志》載唐大横吹部節鼓二十四曲，其一曰《悲風》，①或爲元人《悲風》所本，故予收録。

悲風野燒斷平原，竟日南天毒霧繁。十口羈窮徒自苦，百年生事欲誰論。荒村日落虎争道，敗屋天寒烏啄門。不待他時慨陳迹，眼前興廢已消魂。《全元詩》，册61，第159頁

對月

劉秉忠

按，《新唐書·儀衛志》載唐大横吹部節鼓二十四曲，其二十一曰《對月》，②或爲元人

① 《新唐書》卷二三，第509頁。
② 《新唐書》卷二三，第509頁。

《對月》所本，故予收録。元人又有《對月吟》《對月歌》，或出於此，亦予收録。

鶴髪貂裘映月波，兔疑蟾戀竟如何。絶知詩老丹心苦，未信書生白眼多。半夜香風飄桂子，九秋寒色帶姮娥。無人共竭樽中醁，獨酌清光送浩歌。《全元詩》，册3，第175—176頁

同前

釋行海

海兔上天星斗稀，滿身清影立多時。望中欲倩姮娥手，擲下秋香一兩枝。《全元詩》，册4，第376頁

同前

王　旭

素月飛來雲亦生，浮雲過去月還明。舉頭一笑呼兒問，知是雲行是月行。《全元詩》，册13，第112頁

同前

曹伯啓

東山素月何嬋娟，詩人愛此相留連。南北東西桂影直，三五二八清光圓。生魄死魄不二理，古人今人同一天。安得騎鯨李謫仙，吾欲對影沽十千。《全元詩》，册 17，第 350 頁

同前

釋道惠

一片爛銀盤，騰騰海外升。寒生金掌露，清湛玉壺冰。萬里秋空闊，扶摇快海鵬。《全元詩》，册 20，第 408 頁

同前

劉詵

月明坊馬秣，夜永樓樂悲。葉光如垂露，宿鳥屢翻枝。柴門步復立，萬憾集此時。飢驅明當别，木末疏星移。《全元詩》，册 22，第 256—257 頁

同前

劉　致

凉霄在前墀，佳月墮我側。此月如此心，曠朗一片白。開尊起相娱，佳月即佳客。月如感知己，爲我好顔色。此時還獨醒，奈此明月夕。《全元詩》，册29，第276頁

同前

朱德潤

雲間一片月，照我被素襟。爲持一樽酒，聊成對月吟。月雖不解飲，我來意自深。喬松引長風，吹作絲篁音。瑶光映几席，六合清沉沉。情舒物理暢，萬古同兹心。《全元詩》，册37，第122頁

同前

王　冕

己卯八月十五夜，天地萬里無雲烟。明月忽自海底出，皎如玉鑑當空懸。清輝瀲灩破幽冥，山河倒浸無餘景。丹桂香消白兔愁，玉宇瓊樓不禁冷。南箕北斗潛光華，江漢無聲流素波。

老夫於此興不淺，有月無酒將奈何。天上誰觀羽衣舞，人間那得清虛府。世情乖異每變更，月色何嘗有今古。秋風飄飄度箜篌，東家西家登大樓。相期翫賞醉終夕，豈知別有窮途愁。回首天涯故人少，白露凄凄下庭草。欲持此意問嫦娥，孤雁一聲關塞曉。《全元詩》，册49，第348頁

同前

張　達

月光爾何榮，覆地寫我形。我形無污雜，我心自清明。願得生翅翎，九萬隨鵬程。大風浩泠泠，扶摇游太清。《全元詩》，册50，第532頁

同前三首

劉　崧

落盡東門柳，辭家又一年。浮雲千里外，明月九秋前。席近花香潤，樓當桂影偏。思鄉意未已，鴻雁已翩翩。《全元詩》，册61，第98頁

海月三更白，江風七月寒。久知行客慣，强作故園看。菜疃依壖闢，茆亭傍水安。蕭條南戍裏，獨自戴儒冠。《全元詩》，册61，第427頁

今年十五夜，看月在流江。誰遣遺鄉邑，猶疑接湞瀧。水光浮戰艦，山翠隱蓬窗。傾影那能寂，含悽對酒缸。《全元詩》，册 61，第 438 頁

奉和劉侯對月一首

劉崧

深沉鼓角動重關，迢遞星河隱暮山。卧匣寶刀鸊尾白，懸門弓韔虎文班。石林寒落韝鷹急，原草秋肥厩馬閑。忽憶海天南討日，月中飛箭下黎蠻。《全元詩》，册 61，第 128 頁

對月吟擬諸公體

耶律鑄

獵人設網羅，不挂月中兔。豈無烹兔意，難求登月路。月殿兔長生，人間幾今古。抱杵影徘徊，天狼空自苦。樵者勞斧斤，不斫月中桂。豈無薪桂思，難籌攀月計。月殿桂長榮，人間幾興廢。倚鏡影婆娑，天風摇不碎。傾影聽人歌，揚輝伴人舞。何事在華筵，分明作賓主。踪踪各無聊，乾坤兩棲旅。舉酒壽姮娥，向人終不語。《全元詩》，册 4，第 23 頁

對月吟

耶律鑄

誰遣姮娥到畫筵，徘徊清影不勝憐。廣寒宮殿應蕭索，想見人歸難自眠。《全元詩》，册 4，第 109—110 頁

同前

韓信同

霜風捲地霜氣乾，碧空照水生晴寒。天公合就七寶團，何年轉向玻璃盤。婆娑桂樹籠仙窟，夜夜飛從海上出。遂使時光挽不留，盡向婆娑影中没。幾人緑髮紅顔好，照見顔衰髮應槁。年去年來無盡時，政恐月中人亦老。客窗見月空沉吟，碧紗如霧愁人心。燭光撲散香滿襟，下堦踏碎梧桐陰。《全元詩》，册 16，第 165—166 頁

中秋對月歌

偰遜

題注曰：「丙子歲作。」

凝雲如龍鱗，近月成五色。風來忽吹斷，化作虬千尺。斯須風定雲亦收，冰輪輾空光欲流。是誰持此萬古不死之老魄，挂在玉露瑶昊之素秋。我當樽前不肯酌，拔劍停歌罷讙謔。丈夫動即合蒼天，且問姮娥爲酬酢。大化運玄機，以爾燭妍媸。古今萬窮達，豈謂都若是。聖人因之以爲則，洞照宇宙禰雍熙。我家諸父六伯仲，各向天門諧令儀。亦欲追踪躡雲級，有約寧知忽相失。廣寒深鎖桂香空，却着妖蟆恣虧蝕。翩然落魄江海間，獨抱隱憂心孔艱。浮雲富貴真腐芥，汗簡功名須壯顔。百事無成知幾春，一客毗陵逾四旬。憂來掩卷遇良夕，喜甚清輝仍近人。所願從茲闢瓊户，永回神光臨下土。明年還得似今宵，定托靈槎問津法。《全元詩》，册59，第10頁

江上對月歌

劉崧

明月初出雲間時，炯如金盆光陸離。駐影疑遮青桂樹，飛光直射碧桃枝。枝間爛爛花如雪，風力高寒吹欲折。便持玉案紫瓊杯，還酹青天白銀闕。白銀闕，幾千丈，九州四海遥相望。一年十二度圓缺，惟有春時最和朗。我從抱病滯故園，十夕九雨增憂煩。此時朋游少懽聚，誰與共倒林中尊。只今翫月流江滸，却憶兄行弟游處。湘水天清路口雲，雩山雪照羅岩樹。獨不見兮心慘傷，舉頭看月憐異鄉。華山老鶴欻起舞，龍門流水横秋霜。人生富貴復何有，笑折花枝勸行酒。未須秉燭向西園，更與回樽唱楊柳。《全元詩》，册 61，第 67 頁

卷二〇二　元相和歌辭一

本卷以《樂府詩集·相和歌辭》同題爲收録之據，所録多出《全元詩》。

公無渡河

釋　英

元劉玉汝《劉玉汝詩話》曰：「《詩》有《揚之水》凡三篇，其辭雖有同異，而皆以此起詞。竊意《詩》爲樂篇章，『國風』用其詩之篇名，亦必用其樂之音調，而乃一其篇名者，所以標其篇名音調之同，使歌是篇者即知其爲此音調也。後來歷代樂府，其詞事不同，而猶有用舊篇名或亦用其首句者。雖或悉改，而亦必曰即某代之某曲也。其所以然者，欲原篇章之目以明音調之一也。如《上之回》《公無渡河》《遠别離》之類，多以此而推。」①明陳懋仁《陳懋仁詩話》曰：「《文録》曰：『古樂府命題，皆有主意。後之用者，直當代其人而措詞，如《公

① 吴文治《遼金元詩話全編》，册 4，鳳凰出版社，2006 年版，第 2589 頁。

無渡河》，須作妻止夫之詞。』」①元人又有《塗山渡河女》，或出於此，亦予收録。

同前

劉詵

東流水，無回波。公輕生，欲渡河。勸公不從如之何，江水雖深泪更多。《全元詩》，册18，第2頁

同前

曹文晦

公渡河，驚風無舟水揚波，公欲渡兮將奈何。公提壺，黄流萬里人爲魚，一壺不濟將焉如？彭咸申屠死不朽，殘生取名亦何有。南山射鹿春草肥，隴西刈稻爲美酒。公無渡兮爲公壽，公欲渡兮可奈何？河流不及此恨多。《全元詩》，册22，第279頁

同前

薫風蕭蕭，黄流渾渾。上無舟與梁，下有鼉與黿。勸公無渡河，駭浪□吐吞。惜君只欲留，

① 《明詩話全編》，册7，第7750頁。

何不聽妾言。東趨滄海湄，西極崑崙源。浩浩無際流，何處招郎魂。公無渡河，爲郎載歌。往者已矣來者多，歌兮歌兮奈若何。《全元詩》，册37，第403頁

同前

楊維楨

公無渡河，河水深兮不見泥。公身非水犀，烏風黑浪欲何濟。平聲。公不能濟，横帆在河西。青頭少婦泣血啼，有年不死將誰齊。公死河靈伯，妾死河靈妻。《全元詩》，册39，第5頁

同前

危素

提壺公，向何方，止公勿渡公欲行。婦人之言公不信，蛟螭縱横河水黄。從公死，入河水，千載同作河中鬼。《全元詩》，册44，第229頁

同前

胡奎

公無渡河，河流如雪山，出門滔天行路難。公不聽妾語，被髮徉狂向何許。公今渡河妾無主，妾彈箜篌泪如雨。公無渡河，水有黿鼉。公今欲渡，妾當奈何。公無渡河，水有蛟龍。公今欲渡，妾安所從。陸則有車，水則有舟。公今溺流，妾彈箜篌。《全元詩》，册 48，第 146 頁

同前

文質

公無渡河，河水瀰瀰。腥風怪雨捲空來，濁浪掀舟雪山起。妾力挽公不我止，公既渡之竟如是。泪可竭，情可滅，河水東流何日歇。《全元詩》，册 50，第 49 頁

同前

吴會

按，吴會《吴書山先生遺集》置此詩於「古樂府」類。

公無渡河河無舟，濁浪直底無清流。挽追無及公渡死，賤妾雖生空自留。便欲從公與俱絶，波濤不定難同穴。公其有靈待妾沉，骨化連環尸永結。精衛雙填河易竭，公其如此箜篌月。

《全元詩》，册 57，第 210 頁

同前

烏斯道

公無渡河，公無渡河。公若渡河，吾將奈何。河水有懸流，魚鱉不能居。公力不如水，乃爲鱉與魚。河水勝鴆毒，河水勝矛戟。河伯不相邀，胡云避不得。吾聞狎於虎，死於虎。狎於水，死於水。公性揚揚急如駛，河水一去不復回，公今一去寧復起。公不起，自取之，公兮公兮將怨誰？

《全元詩》，册 60，第 259 頁

同前

鄭大惠

公無渡河，誰令公渡。公若不渡，河伯不怒。被髮提壺，公將何去。妾百其手，挽公不住。方公欲渡，公獨信河，而不信婦。及公既渡，河不誤公，而公自誤。公將溺矣，妾悲孔多。有言

不言，傷如之何。妾非不知，有蛟有鼉。願從公死，問公于河。《全元詩》，册66，第229頁

塗山渡河女

張憲

按，張憲《玉笥集》置此詩於「古樂府」類。

公無渡河公渡河，公自取死死奈何。女無渡河女渡河，後有白刃前白波。上無橋與梁，下無舟與槎。渡河女，寧死河水，不死賊戈。死戈比節婦，死水齊孝娥。所以塗山女，受死不受辱。勿使賊刃斫妾頸，寧死河水爛妾肉，箜篌有聲如麗玉。《全元詩》，册57，第60頁

江南

袁凱

《全元詩》注曰：「詩題，《文淵閣四庫全書》本作『江南曲』。」①

① 《全元詩》，册46，第327頁。

江南好流水，中有鯉魚與雁鳧。汝出取魚與雁鳧，養我堂上姑。姑今年老，嗚聲嗚嗚。聲嗚嗚，良可哀。生而不能養，死當何時回。死而不回，嗚嗚良可哀。《全元詩》，册 46，第 327 頁

次韻江南

丁　復

斗酒十千即可賖，斜窗短籬誰爲遮。大婦相迎問買酒，十五小姑方主家。東山斷雨拂青龍，江飲倒垂千丈虹。忽地北風狂作惡，小波高涌白銀宫。長干城南越王臺，長干橋下客船來。橋邊有人問書信，羅裙小步踏青苔。《全元詩》，册 27，第 418 頁

蓮葉何田田

李孝光

按，《樂府詩集・相和歌辭》有《江南》，此詩取《江南》次句「蓮葉何田田」爲題。李孝光《五峰集》置此詩於「古樂府」類，故予收録。

蓮葉何田田，宛在水中央。别離不足念，亦復可憐生。

蓮葉何田田，見葉不見水。貧賤貧賤交，富貴富貴友。花生滿洲渚，不復葉田田。持身許人易，將心許人難。《全元詩》，册 32，第 263—264 頁

同前

吴克恭

蓮葉何田田，田田生綠波。明朝大如蓋，風吹將奈何。《全元詩》，册 43，第 237 頁

江南詞

方行

暖氣晴嬌杜若洲，沙頭狂客繫蘭舟。采蘋多少江南女，摇蕩春光不自由。《全元詩》，册 62，第 479—480 頁

行近臨清客懷眇然有江南之思三首

釋梵琦

蘭苕翡翠簇臨清，頗似江南岸下行。拂水蒹葭霜未降，含烟楊柳雨初晴。前村閃閃群鴉

去，落日蕭蕭匹馬鳴。從此開帆八百里，泝流直上是瑶京。

北來風物未蕭疏，佳處王維畫不如。青草岸邊三寸雨，白蘋花下一雙魚。茅亭水隔無人到，酒館當門大字書。抛却雲山未歸去，但吟吾亦愛吾廬。

吾廬正在白雲邊，古木脩篁相接連。橋下白魚長比劍，石間青蟹大如錢。秋風着意吹香稻，野水無情管釣船。凉夜月明洲渚静，藕花深處不妨禪。《全元詩》，册38，第288—289頁

江南曲

史弼

按，元人又有《江南樂》《江南怨》《江南春》《江南行》，當出於此，亦予收録。

風凄露冷江南岸，瑟瑟寒波秋練練。采蓮歌斷紅雲空，蘋葉蘆花結新怨。鴛鴦鸂鶒俱可憐，相呼相倚沙觜眠。白頭漁子摇蒼烟，一雙飛上枯樹巔。《全元詩》，册9，第131頁

同前

成廷珪

吴姬當壚新酒香，翠綃短袂紅羅裳。二盆十千買一斗，三杯五杯來勸郎。落花不解留春住，似欲隨郎渡江去。酒醒一夜怨鵑啼，明日蘭舟泊何處。《全元詩》，册 35，第 366 頁

同前

張以寧

中原萬里莽空闊，山過長江翠如潑。樓臺高下垂柳陰，絲管啁啾亂花發。北人却愛江南春，穹碑城外如魚鱗。青山江上何曾老，曾見南人是北人。《全元詩》，册 42，第 185 頁

同前

舒頔

庭院深沉日正長，緑窗紅几綉鴛鴦。落花風起停針看，胡蝶雙雙過粉墻。悶倚西窗月上時，月移花影弄花枝。欲將心事托明月，花有殘時月有虧。《全元詩》，册 43，第 269 頁

同前　張昱

阿姊却從何處來，芙蓉有露濕香腮。相呼相應棹船去，知是鄰家鬥鴨回。一束蓮莖學細腰，塗金艇子木蘭橈。東家姊妹西家去，更約明朝去看潮。《全元詩》，册44，第41頁

同前　梁寅

千里江南春，漠漠汀洲緑。盤回雲中隼，參差沙上鵞。遠樹紛芊綿，浮雲互馳逐。楚客滯歸程，愁腸日九曲。《全元詩》，册44，第277—278頁

同前　郭翼

江南暄新花月天，美人盤游緩愁年，翠環嬌《雅集》作姣春扶上船。扶上船，月如水。霞蓋車，度花裏。《全元詩》，册45，第444頁

同前二首

華幼武

郎上渡江船，妾倚江邊樹。空挽柳絲長，繫郎船不住。

殷勤折春花，送别江南道。問郎何時歸，春花弗長好。《全元詩》，册 46，第 39 頁

同前

胡奎

江上水生蒲葉短，白沙晴卧鳧鷖暖。木蘭舟上紫雲娘，笑入荷花羞見郎。

水痕漸緑蒲芽短，雪消沙浦雙鳧暖。一夜鵝黄著柳枝，春愁暗逐春潮滿。江上蒲帆鳥翼張，船頭槌鼓出回塘。吴中女兒不解飲，呼酒隔簾催勸郎。并州剪刀金兩股，不剪人間别離苦。

湘雲剪舞衣，楚月裁歌扇。蕩舟蓮葉深，羞與郎相見。《全元詩》，册 48，第 106 頁

同前

釋宗泐

泛舟出晴溪，溪回抱山轉。欲采芙蓉花，亭亭秋水遠。心非檣上帆，隨風豈舒卷。但得紅芳遲，何辭歲年晚。《全元詩》，册58，第373頁

同前

林　鎮

高高碧雲樓，粲粲珊瑚鉤。娟娟一美人，炯炯明雙眸。妾居湘江尾，君居湘江頭。好風吹桃花，同向湘江流。《全元詩》，册65，第246頁

同前

徐廷玉

江南女兒好梳洗，新妝照見秋江水。風裾浪袂木蘭舟，争采芙蓉緑霞裏。東船兩兩青黛蛾，西船兩兩藍靿靴。含情不唱采蓮曲，齊唱吴王陌上花。船頭日落紅生霧，相喚相呼出江去。

驚起鴛鴦不見人，波上風來聞細語。《全元詩》，册 65，第 265 頁

江南曲寄周公甫

吴萊

東風吹人千萬里，青蘋花發前湖水。江南女子木蘭舟，却采蘋花泛流水。水流花發春光好，失時不采花應老。年少吴儂歌懊惱，白皙容顔半枯槁。倏然來矣雙彩鳧，化作汝舄穿雲衢。汝珮復解江妃珠，龍宫蛟室本不隔，相期更有瀟湘客。《全元詩》，册 40，第 72—73 頁

擬古

胡奎

按，《樂府詩集·相和歌辭》有陸龜蒙《江南曲五解》，每解首句依次爲「魚戲蓮葉間」、「魚戲蓮葉東」、「魚戲蓮葉西」、「魚戲蓮葉南」、「魚戲蓮葉北」。① 此詩雖題非《江南曲》，然首句與陸龜蒙《江南曲五解》同，當出於此，故予收録，置《江南曲》後。

① 《樂府詩集》卷二六，第 319 頁。

魚戲蓮葉東，葉短初出水。不學水中萍，托根無定止。
魚戲蓮葉西，蓮生不染泥。阿婆不嫁女，夜夜守空閨。
魚戲蓮葉南，花紅水偏緑。采花當及時，佳人美如玉。
魚戲蓮葉北，花落蓮子生。早知蓮菂苦，不有別離情。《全元詩》，册48，第372頁

江南樂

薩都剌

《全元詩》按語曰：「本詩又見《圭峰先生集》卷上，詩題相同。」①按，《圭峰先生集》爲元人盧琦詩集，《全元詩》册五五於盧琦名下亦收此詩，題辭皆同，兹不復録。《全元詩》於盧琦此詩後又有按語曰：「本詩又見明弘治刊本《薩天錫詩集》後集，詩題相同。」②

江南樂，春水虹橋滿城郭。出門不用金馬絡，門前花船如畫閣。緑紗窗虛鎖春霧，隔窗蛾眉秋水活。翡翠冠高羅袖闊，楚舞吴歌勸郎酌。紫竹瑶絲相間作，船頭柳花如雪落。船尾彩旗風綽綽，秉燭夜游隨意足，人生無如江南樂。《全元詩》，册 30，第 215 頁

---

① 《全元詩》，册 30，第 215 頁。
② 《全元詩》，册 55，第 116—117 頁。

江南怨

薩都剌

《全元詩》按語曰：「本詩又見《圭峰先生集》卷上，詩題相同。」①按，《全元詩》册五五亦收此詩，題辭皆同，作盧琦詩，兹不復録。《全元詩》於盧琦詩下又有按語曰：「本詩又見明弘治刊本《薩天錫詩集》後集，詩題相同。」②

江南怨，生男遠游生女賤。十三畫得蛾眉成，十五新妝識郎面。識郎一面思猶淺，千金買官游不轉。郎家水田跨州縣，大船小船過淮甸。買官未得不肯歸，不惜韶華去如箭。楊花簾幕飛乳燕，疏雨梧桐閉深院，人生無如江南怨。《全元詩》，册 30，第 215—216 頁

---

① 《全元詩》，册 30，第 216 頁。
② 《全元詩》，册 55，第 117 頁。

江南春次前韻

薩都剌

江南四月春已無，黄酒白酪紅櫻珠。吴姬小醉弄弦索，十指春雪如凝酥。池塘過雨春波漲，風捲楊花落蛛網。翠眉新婦歌春愁，白馬少年歸日晚。游魚水淺出短蒲，誰家銀箭飛金壺。日長睡起翠陰午，簾外忽過流鶯孤。《全元詩》，册30，第238—239頁

江南春

倪瓚

汀州夜雨生蘆筍，日出曈曨簾幕静。驚禽蹴破杏花烟，陌上東風吹鬢影。遠江遥曙劍光寒，轆轤水咽青苔井。落紅飛燕觸衣巾，沈香火微縈紛塵。

春風顛，春雨急，清淚泓泓江水濕。落花辭枝悔何及，絲桐哀鳴亂朱碧。嗟胡爲客去鄉邑，相如家徒四壁立。柳花入水化緑萍，江波摇蕩心怔營。《全元詩》，册43，第72頁

江南行

胡　布

明董逢元《董逢元詞話》曰：「《南歌子》，亦曰《南柯子》《風蝶令》《望秦川》，相和歌有《江南行》，《南歌》《南鄉》，亦其遺意。」①

吴姬白苧衫，撥櫂唱江南。江花鬥繁錦，江水漾新藍。吴兒雙雙歌竹枝，弄篙濺水不成泥。風過楊花吹不起，鴛鴦相間白鷗飛。别有紅樓花的的，鮫結綵囊信抛擲。十二方釵隔畫簾，鵾黄螺翠春無力。小儂新挽北人頭，壓鬢雲鸞吐月鈎。别按中州去聲韻，繁弦度曲和輕謳。北客過從經北里，南船買賣來南市。回頭不顧買笑金，過眼何曾羡公子。爲君醉，爲若歌，不爲兔絲依女蘿。但願一顰還一笑，見骨金鐶無用照。《全元詩》，册50，第440頁

① 《明詞話全編》，册7，第4631頁。

江南可采蓮

胡奎

江南可采蓮，中有木蘭船。妾愁蓮菂苦，郎愛露珠圓。珠圓不長好，菂苦向誰道。願爲泥中藕，潔身恒自保。《全元詩》，册48，第149—150頁

關山曲

唐肅

上關如上天，下關如下井。井深猿吟哀，天高鳥飛迴。下關復上關，人去復人還。如何千百年，不見一人閑。《全元詩》，册64，第41頁

東光

胡布

北風何泠泠，鷄鳴聞鼓聲。摳衣仰河漢，不見月與星。斂袂以危坐，坐待東方明。東方雲濛濛，五鼓未及終。雄鷄一再唱，寥天暝色同。鴉飛門前樹，黄葉隨風舞。荆扉次第開，山遠少

人來。山前看虎迹，山後長莓苔。行人霧裏出，牛寒挽不回。昏昏似夢覺，隱隱見浮埃。又無雨雪霰，甘藏何處隈。夜長不可度，夜長不肯曙。天明人共喜，天明如夜裏。《全元詩》，册50，第386—387頁

登高丘望遠海

胡　奎

登高丘，望遠海。崑崙桃花千歲紅，阿母蛾眉青不改。金鰲戴出三蓬萊，徐家樓船安在哉。鯨濤無梁不可渡，坐見淺淺浮黄埃。《全元詩》，册48，第148—149頁

登高丘而望遠海

釋宗泐

《全元詩》按語曰：「《列朝詩集》閏集卷一有注：『此詩爲方谷真作亂、前元失計招撫而作。』」①

---

①《全元詩》，册58，第378頁。

登高丘，望東溟。溟水方蕩激，中有怒吼鯨。聳脊類峰嶽，鼓浪如雷霆。噓涎噴沫雲霧冥，揚鬐掉尾三山傾。腹吞巨舟者，百十蝦蟹不足飢腸撐。奈何驕悍當海橫，官漕賈舶不敢行。鮫人織綃機杼停，神仙跼蹐居蓬瀛。天吳既辟易，龍伯亦震驚。徒爲蟲族長，空有水神名。制御一顛倒，含羞請尋盟。吁嗟彼鯨何爾獰，恃其險惡雄勢成。若失此海水，何以藏其形？使居陸阜間，轉眼遭剥烹。海濱壯士瞋目瞪，拔劍欲往心懸旌。曷不訴之於上帝，天威下殛無遺生。立見海水清且平，海光不動青瑶瓊。《全元詩》，册 58，第 378 頁

薤露歌

胡奎

按，元人又有《薤上露》，當出於此，亦予收録。

薤上露，何離離。人生不滿百，歡樂當及時。東方三足烏，啼老榑桑枝。古來聖與賢，一去無還期。薤上露，令人悲。薤上露，何瀼瀼。蓬萊變清淺，海水漂枯桑。有生會俱盡，寧論弱與强。空餘三尺土，千年閟幽光。薤上露，令人傷。薤上露，何漙漙。朝日上隴頭，葉上露易乾。烏啼松樹間，相送入空山。白骨委黄壤，親朋各自還。薤上露，令人嘆。《全元詩》，册 48，第 126 頁

薤上露

胡奎

按，胡奎《斗南老人集》置此詩於「古樂府」類。

薤上露，朝日晞，昨日相見今日違。力拔山，氣如虎。朝日晞，薤上露。《全元詩》，册48，第149頁

蒿里

徐世隆

按，元人又有《蒿里曲》，當出於此，亦予收録。

世傳蒿里躡靈魂，廟宇燒殘敞復新。七十五司陰□□，□千餘里遠祠人。天神志似張華博，地獄圖如道子真。積少成多能事畢，泰山元不厭微塵。《全元詩》，册3，第37頁

蒿里行

馬　臻

春風花開春日静，看花少年色相映。一朝花謝顔色衰，怕見白髮不照鏡。苦口勸君君莫哀，請看陌上飛塵埃。青松白楊過丹旐，挽者齊歌蒿里來。人生在世無愚智，不惜黄金争意氣。黄金用盡意氣消，大力不開玄室閉。君知生死徒離憂，我知生死真浮休。春風自來還自去，野花空笑山頭路。《全元詩》，册 17，第 37 頁

蒿里曲

胡　奎

蒿里曲，春草緑，人生百年如轉燭。石家美人雙翠蛾，尊前妙舞揚清歌。一朝艷骨化黄土，富貴浮雲可奈何。《全元詩》，册 48，第 112 頁

挽歌

釋宗泐

《挽歌》者，郭氏《樂府詩集》頗有準的，本書宋代卷亦詳討之。今比照前例，且核於元樂府之實，訂其收録準繩於下：一曰古挽歌一系，題不注名，作《挽歌》《代挽歌》《挽歌詩》《挽歌詞（辭）》《挽詞（辭）》《古挽歌》者；二曰《樂府詩集・挽歌》之擬作者；三曰雖題標名氏，然確施用於朝廷喪葬者。

陰風起枯楊，寒日照衰草。丹旐辭中堂，輤車即周道。親戚及鄰里，送者皆素縞。一歸長夜臺，萬古不得曉。憶昔盛容儀，被服懷美佼。今來朽腐餘，復爲螻蟻擾。富貴與榮華，滅迹空中鳥。彭殤久已淪，不知誰壽夭。《全元詩》，册58，第375頁

送葬挽歌

王惲

高墳嶕嶢没荒草，白楊風悲和鬼歗。人生到此是徹頭，一例灰塵無醜好。祖筵纔徹哀號

起，翣柳多儀殯蒿里。向來送者各還家，冥冥獨卧黄泉底。人世何短白髮多，駒隙光陰不奈何。才見春風吹草緑，又看庭樹葉辭柯。人命輕微如薤露，百年歡樂能幾度。森森鬼伯若來催，相將共入黄壚去。哭聲交慘簫笳咽，樹架增嚴縞素餘。昨夜高堂猶暖熱，今宵荒野恨何如。相將執紼送華輀，母子恩深哭不休。報德不銷埋石痛，低空還有斷雲愁。方相擊凶魂攬馬，閭里親知滿中野。只知哀挽送行人，相看誰是長年者。《全元詩》，册 5，第 499 頁

自擬招挽歌

趙孟熺

詩序曰：「余既仿太史公、五柳先生自述，存悔老人序傳。因更觀陶淵明、陸士衡、秦少游，皆有自擬挽歌。輒復效顰，爲詩二章，會邀時賢，相與作巫陽招些，弔此未死游魂，他日九泉目其瞑矣。戊戌季秋。」

生死猶旦夜，萬古無不然。縱有百年壽，終亦埋荒阡。況兹三彭仇，幾人得百年。在世苦役役，百念常憂煎。一朝同物化，閉口不解言。閉口不解言，骨肉漫哀憐。噫嘻重噫嘻，誰能了塵緣。宋玉作招魂，哀傷爲其師。淵明擬挽歌，賢達惟自悲。後有陸與秦，亦復爲此辭。今我

慕先哲，豫歌露朝晞。幽幽石山室，有日入居之。親舊倘有情，及在挽以詩。不必待長夜，假鐸樂吾尸。《全元詩》，册 58，第 471—472 頁

輓歌辭

虞　集

中天太白貫晴虹，頃刻龍飛返上宮。萬國共賓暘谷日，群臣忍把鼎湖弓。潛蕃回首金山遠，顧命傷心玉几空。聖主已頒哀痛詔，蒼生有泪灑西風。《全元詩》，册 26，第 269 頁

自擬輓歌辭

鄭允端

有生必有死，晝夜理之常。考終與命促，奚用較短長。我生政年少，抱病在膏肓。經年着枕席，性命僅毫芒。一朝與世辭，魂氣隨飄揚。枯形同槁木，委蜕向空堂。良人撫我哭，嬌兒啼我傍。束以木皮棺，裹以布絮裳。相送出遠郊，歸葬南山岡。玄堂閟幽壤，白日無耿光。親朋盡一哭，設奠羅酒漿。空酹墳上土，紙錢罥白楊。巫陽不可招，雍門徒感傷。千秋萬祀後，消化同渺茫。但恨在世時，立善名弗彰。名苟可垂後，愈久愈芬芳。自擬輓歌辭，歌辭極慨慷。而

無挽歌者，徒有此辭章。《全元詩》，册 63，第 126 頁

自輓

謝應芳

按，文淵閣四庫全書本謝應芳《龜巢稿》題注曰：「洪武六年九月作。」①

齷齪龜巢翁，飄蕭烏角巾。干戈二十載，幸爾全其身。平生得三樂，此去棄六親。青山爲我宅，白雲爲我鄰。寄聲謝相知，毋勞爲酸辛。

生爲無用人，死作無名鬼。生死天地間，區區等螻蟻。商人自忍飢，楚人從赴水。長鑱付兒曹，持以字妻子。將來事無涯，且免鬨吾耳。《全元詩》，册 38，第 156 頁

① [元] 謝應芳《龜巢稿》卷一六，景印文淵閣四庫全書，册 1218，第 395 頁。

同前

張以寧

題注曰：「按：先生生於元辛丑，終於安南，洪武三年五月四日也。臨終自作此詩，是日而逝，蓋享年七十矣。」

一世窮愁老翰林，南歸旅櫬越山岑。覆身粗有黔婁被，垂橐都無陸賈金。稚子啼飢憂未艾，慈親藁葬痛尤深。經過相識如相問，莫忘徐君挂劍心。《全元詩》，册 42，第 251 頁

初度蔑以爲樂杜撰古樂府三章而令諸孫誦之老夫聽之比之輓歌者歌蒿薤于柩前豈不樂哉

謝應芳

龜巢老人忘食貧，歲時强欲娱賓親。賣琴沽酒作生日，蹲鴟爛蒸鮭菜新，承歡幸有斑衣人。君不見，古人云，酒杯不到劉伶墳，杯行莫厭頻。

龜巢老人貌不揚，觸邪之性如神羊。生憎巫覡煽妖妄，疾視聃竺隳綱常，耄無能爲龜六藏。

滄浪曲，窈窕章，有時擊節呼兩郎，男兒當自强。

黿巢老人年紀多，鷄皮鶴髮背橐駞。金丹自古無足信，鐵硯如今亦不磨，坐待蓋棺歸薜蘿。

春有相，巷有歌，此時不樂成蹉跎，殘生有幾何。《全元詩》，册38，第217頁

卷二〇四　元相和歌辭三

對酒

何失

按，元詩題作《對酒》者衆多，本卷止録題旨近《樂府》《對酒》者。元人又有《對酒行》，當出於此，亦予收録。

古人不我俟，不共此酒醇。此酒復易盡，不能俟後人。并世有不察，異代若爲親。茫茫宇宙間，此抱難具陳。惟應空中月，分留大江濱。《全元詩》，册14，第52頁

春日對酒

周砥

暄風蕩四極，萬物皆涵春。造化苟無私，吾復憂賤貧。衰榮各有運，生死仍相鄰。百歲但勞苦，胡不會其因。對此一壺酒，情性亦所忻。同飲乏故舊，鄰曲二三人。既醉即就睡，頹然忘

我身。淳源散已久，舉世失其真。所以靖節翁，自惟無懷民。素抱委窮達，邈哉難具陳。《全元詩》，册54，第191頁

對酒行

胡布

我有一片心，寥落萬古愁。今晨對美酒，浩蕩付東流。我昔探穴求虎子，西登芒碭候雲氣。鼓刀之人理釣竿，南山牛歌長夜起。少年激烈負壯圖，自當天下奇丈夫。直欲乘風破巨浪，入海攫取驪龍珠。英英湛盧劍，玉琫青珊瑚。久不得剸犀象，斬猰貐，星文綉澀霜花枯。幽陰污土豈足掩，神王寶氣貫斗干天樞。時來天地賭一擲，握柄身先萬夫敵。大人虎變非擬量，肯爲豎子回容色。肆中虬髯生，撫刃强調笑。流目視河山，餘子等末照。一目飛龍人，君先我同調。豈無昂藏凌九霄，以爾席卷歸包茅。雙龍偃蹇不并駕，鳳凰鶤鷄各有巢。舉觴酣歌酹萬古，悲風蕭條爲我起。九日不可回青天，古人心事長已矣。長已矣，不復來。千秋一知己，餘子將相才。棄瓢老翁好襟懷，寥寥乃見富春臺。風雲圖畫出東海，百代碌碌徒喧豗。我御泠風振高節，上追數子相超越。鼓翼九萬登鴻蒙，浩與大塊同噫咽。括囊元氣於卷舒，橐籥六合天爲徒。《全元詩》，册50，第444頁

雪中對酒短歌爲蕭翀賦

劉崧

南溪三日霰雪飛，千巖萬壑含清暉。蕭郎掃雪闢虛館，置酒張筵當翠微。筵前翕翕香風起，金盤雪獅坐橫尾。嶷然顧盼色不動，眼光寒注清尊裏。清尊行酒如流虹，鑿冰出魚魚尾紅。主人好客客盡樂，自撾大鼓聲逢逢。鼓聲逢逢間鳴鐲，亂來學得軍中樂。雙吹龍管引吴歌，座上紛紛雪花落。我不能擁雄劍，鳴鐵衣，馳入邊城搴取五丈之長旗。又不能挾大弓，乘青驪，暮獵陰山赤手搏取虎與羆。扁舟乘興無所適，高卧閒門徒爾爲。何如爛醉千鍾酒，更與迎春唱楊柳。少年懽會能幾時，莫遣朱顔成皓首。願携九節青玉筇，徑上絶頂登雲峰。手招陶皮拾瑶草，却望三山銀闕重。《全元詩》，册61，第386頁

鷄鳴

梁寅

鷄鳴九街曙，喧喧多市聲。馬似陰雲度，塵隨紅日生。自非守貧者，何以免營營。《全元詩》，册44，第285頁

同前

袁凱

鷄鳴雙户間，行人出門闌。出門一何易，入門一何難。君今行遠地，妾欲置微意。燕趙尚豪俠，殺人爲意氣。齊魯多儒生，彬彬守經義。臨岐不感慨，自古稱爲明。送子涉遠游，聽我鷄鳴行。《全元詩》，册46，第328頁

鷄鳴篇

袁華

明費經虞《雅倫》曰：「長廣如文曰篇，本於樂府，如《鷄鳴篇》《宴酒篇》《劍俞短兵篇》《獨漉篇》之類。」①

素魄欲墜地，啓明初上天。攬衣出門望，鷄鳴高樹顛。一聲海色動，載啼朱斗旋。三唱車

①《雅倫》卷八，續修四庫全書，册1697，第152頁。

既牽，征途何渺綿。喈喈復膠膠，去騎何聯翩。車中者誰子，東吳美少年。讀書碧窗夜，起舞淡幽玄。豈效五陵俠，金距鬥東阡。行行向何許，言往鍾山壖。金馬雲中聳，蒼龍闕角懸。鷄人起呼旦，待漏禁門前。矯首思君子，長哦風雨篇。《全元詩》，册 57，第 273 頁

鷄鳴高樹巔

周　巽

明徐獻忠《樂府原》曰：「鷄鳴樹巔而不驚飛，狗吠深宫而不外警，太平之時方有此象。故遊蕩之子志慕高遠，不居村落而皆入君門，侍殿陛爲侍中郎矣。然盛時同榮，衰時亦當相恤，一旦遇變衰而遞至相忘，亦蕩子之恒情也，故又以桃李相依戒之。此篇當以蕩子爲主。」①按，《樂府詩集・相和歌辭》有《鷄鳴》，首句爲「鷄鳴高樹巔」，②蓋爲此題所本。

東方曙色動，喔喔金鷄聲。初唱疏星落，再啼斜漢傾。朱冠摇摇奮錦翼，飛出扶桑枝上鳴。

---

① 《樂府原》，四庫全書存目叢書，集部册 303，第 754 頁。
② 《樂府詩集》卷二八，第 331 頁。

生秉五德合陽精，司晨長是臨五更。氣雄將門躍金距，餘勇未衰猶力争。有客能鳴度關早，何人促起舞劍輕。朝來喧呼驅上樹，木末聲殘風露清。思婦因之驚遠夢，歸人不至感中情。感中情，向誰訴。人在邊頭音信無，幾回夢遶關山路。《全元詩》，册 48，第 401 頁

鷄鳴度關曲

葉　懋

按，此詩爲葉懋《古樂府十四首》其一三。

武王拓國稱多士，弘散數公而已矣。田文食客三千人，玉珮翩翩靸珠履。一朝脱死逃秦來，鷄鳴喔喔函關開。歸來意氣真自負，鷄鳴狗盜俱賢材。當時好俠諸公子，四國争雄競奢侈。君不見關内侯、騎都尉，販繒屠狗英雄起，羊胃羊腸總如此。鷄鳴狗盜出君門，巖壑布衣甘老死。《全元詩》，册 47，第 185 頁

烏生八九子

胡奎

按，《樂府詩集・相和歌辭》有《烏生》，一曰《烏生八九子》。① 元人《烏生謡仿烏生子》當出於此，亦予收録。

烏生八九子，朝棲城上樹，暮飲城下水。母昔翩翩引子飛，子今啄啄哺母飢。子多不愁哺母食，夜夜來巢城樹枝。《全元詩》，册 48，第 156—157 頁

同前

胡布

城上烏，夜棲城頭樹。城頭樹弱枝本輕，棲飛不定啞啞聲。强承彭澤飯，示靈方朔經。火流王屋瑞，幕集楚師傾。一年乳雛將八九，毿毛纔生剥黄口。棲冠昔在曾氏先，墮翼長鶩羿弓

① 《樂府詩集》卷二八，第 332 頁。

後。雛多巢轉狹，風高葉早凋。時啼御史府，直填織女橋。不學奔波覆車粟，却歸空城身局促。月明無枝猶有樹，鷹隼飛來驚不去。《全元詩》，册 50，第 433 頁

同前

烏斯道

烏生八九子，飛鳴高樹巔。少年從何來，中我泥彈丸。我不能支，叫呼蒼天。蒼天不聞，摧我肺肝。東林有梟，西林有獍。彈不加彼，乃戕我命。我命曾不如綫之微，我肉不足登鼎俎。爾將奚爲，蒼天蒼天。我不能高飛，但願浮雲載我東歸。《全元詩》，册 60，第 258—259 頁

慈烏謡仿烏生子爲劉氏子作晉寧劉氏母王蚤寡育其子成人仕爲藝文監筦庫吏得禄以養其親士大夫皆歌詠之

傅若金

慈烏慈烏，阿母養汝時，乃在劉氏庭樹閒。啃爾烏子尚乳時，安知阿母宛頸獨宿，日夜畏汝生憂患。啃爾烏母自勞苦，今汝逸雖有風雨。巢壞阿母身蔽覆，不使烏子寒。啃爾烏子身已大，高飛入上林苑。使阿母端坐身受哺，啃我天子至仁，羅網不令及爾身。爾一身更得食太倉粟，阿母

與爾朝食粟，夕止舍。喈彼烏生子，何必八九雛。阿母長飢，不知彼烏子處。喈爾慈烏爾母子慈且孝，願爾生子如爾孝，爾身何須復憂其後。凡今之人，各各有父母。《全元詩》，册 45，第 33 頁

城上烏　文質

按，元人又有《城頭烏》《城烏曲》，當出於此，亦予收録。

城上烏，啼攫攫。朝啼城南頭，暮啼城北角。昨日妻别夫，今日母憶兒。烏啼烏啼心愈悲，征人去兮歸不歸，烏啼烏啼知爲誰。《全元詩》，册 50，第 49 頁

同前　戴良

城上烏，翛翛尾，畢畢逋。體寒誰識得，聲短强相呼。爲憶結巢巖穴日，一歲還生八九雛。羽成翮備各飛去，乃留阿母向城隅。向城隅，何所止居？烏將北游，雛莫與俱。我欲遠銜汝，力弱而口瘏。方欲舍之行，又恐秦家桂樹枯。雛兮雛兮慎所如，毋毁汝巢，毋鬬汝軀。《全元詩》，册

58，第 87 頁

送客賦得城上烏

甘 立

《全元詩》注曰：「詩題，《西湖竹枝集》甘立小傳作《烏夜啼曲》，《乾坤清氣》卷八作『分得城上烏送張兵曹』。」①元楊維楨《西湖竹枝集》甘立小傳曰：「平日學文，自負爲臺閣體，然理不勝才。惟詩善鍊飭，脱去凡近。其《烏夜啼曲》云：『月落城上樓，烏啼城上頭。一啼海色迷，再啼朝景浮。馬鳴黄金勒，霜滿翠羽裘。烏啼在何處，人生多去留。』誠可配古樂府云。」②

月落城上樓，烏啼樓上頭。一啼海色動，再啼朝景浮。馬鳴黄金勒，霜滿翠羽裘。烏啼在故處，人生多去留。《全元詩》，册 36，第 251 頁

---

① 《全元詩》，册 36，第 251 頁。

② [元] 楊維楨《西湖竹枝集》，《歷代竹枝詞》，册 1，第 90 頁。

城上烏者取晉叔向城上有烏齊師其遁之謂而作也漢桓帝時則有其謠迨梁劉孝威吴均輩比有作焉然各有托而不及此意予方感悼其事因補其義而賦云

陸　仁

城上烏，群相呼。群相呼，護其雛。公侯干城民父母，官軍見賊莫遁逃。叶。城中之民勢亦孤，安得千金覓壯夫。城上烏，烏有翮，東西引雛飛格格。胡爲群來盡紅帕，驅民登城要相殺，烏啼城頭頭亦白。《全元詩》，册 47，第 115 頁

城上烏爲李僉憲賦

鄭　洪

城上烏，飛畢逋，雄飛啞啞雌者呼。下飲九曲之清池，上集百尺之高梧。烏烏一巢生九雛，去年築城興萬夫。家家力役到妻孥，使君勗我我力痡。蒸豚滿筐酒滿壺，作勞耳熱歌嗚嗚。今年城堅如鐵石，弩臺侵弓土花碧。白雲爲藩樹爲戟，朱旗星流落日赤。馬嗚蕭蕭人寂寂，六門虎賁晨晏食。城頭高高如屋極，烏朝出飛暮來息，雌雄哺雛乳而翼。城上烏，畢逋尾。九雛羽

翼成，飛去青雲裏。江南無好樹，處處烽烟起。危枝繞遍不堪棲，昨日歸來舊巢底。使君青驄馬，繫在垂楊下。手中金僕姑，不驚城上烏。恩情雙飛烏，遺愛在中吳。使君去，幾時回？新城高百雉，仰德并崔嵬。《全元詩》，册 53，第 11 頁

城頭烏

韓　性

城頭烏，尾畢逋，彊彊俛啄哺爾雛。秦氏有好樹，緑葉何敷敷。鷹揚遠去，可以奠居。郎君勿見怨，胡爲引虚弦。眼傍一綫血，烏魂直上凌蒼烟。作書與鴻雁，慎勿近稻粱。艾花結素網，野田若空張。素網張來久，不聞黄鵠罹。黄鵠非有神，但當遠舉而高飛。高飛竟年歲，誰當療苦飢。或能曳皇圖，自天瑞明時。微生亦有命，所處何得無崇卑。烏兮烏兮速飛去，秦氏之樹不可以久棲。《全元詩》，册 21，第 42 頁

城頭烏録似良夫契友

董　遠

城頭擊柝邊月低，啼烏繞樹寒不棲。天邊明星白如日，空堦落葉風凄凄。房帷静悄夜何

永，青燈無眠照孤影。蠨蛸在户人未還，關河十月衣裳單。《全元詩》，册 50，第 101 頁

城烏曲

胡奎

按，胡奎《斗南老人集》置此詩於「古樂府」類。

烏啼城上樹，飛來復飛去。烏去有時來，郎今在何處。月出女墻頭，烏啼碧樹秋。啞啞聲不斷，啼月過西樓。《全元詩》，册 48，第 114 頁

平陵東

釋宗泐

赤制中微光不競，奸雄竊比周公聖。滿朝儘是蒙漢恩，忍爲新家頌符命。當時憤激惟義公，挺身一呼生雄風。時哉不偶命也窮，至今人怨平陵東。《全元詩》，册 58，第 374 頁

卷二〇五　元相和歌辭四

陌上桑

釋　英

按，元人又有《羅敷辭》《羅敷曲》《秦羅敷》，均當出於此，亦予收録。

陌上桑葉緑，采桑人如玉。使君何處來，一見動心目。君心良亦厚，妾意不可移。鴛鴦各有偶，寧得參差飛。家中待葉蠶正飢，采桑采桑我亟歸。《全元詩》，册 18，第 2 頁

同前

劉　詵

燕雀不隨鳳，麀鹿不附麟。豈不出儔類，各有平生親。妾家東城陌，柔桑繞畦春。春風時物變，無衣念良人。高臺王侯家，鐘鼓鳴層雲。回頭偶一盼，通意何殷勤。朝爲采桑婦，暮作深宮嬪。富貴非不佳，誓不易賤貧。此桑可變海，不變賤妾心。《全元詩》，册 22，第 223 頁

同前

周頌

陌上桑，心憂傷，國卿不來桑葉黄。秦家女兒鎖洞房，何不顧盼生輝光。《全元詩》，册 24，第 391 頁

同前

王冕

陌上桑，無人采，入夏緑陰深似海。行人來往得清涼，借問蠶姑無個在。蠶姑不在在何處，聞説官司要官布。大家小家都捉去，豈許蠶姑能獨住。日間績麻夜織機，養蠶種田俱失時。田夫奔走受鞭笞，飢苦無以供支持。蠶姑且將官布辦，桑老田荒空自嘆。明朝相對泪滂沱，米糧絲税將奈何。《全元詩》，册 49，第 333 頁

同前

周　權

日出城東隅，城烏奮朝光。盈盈城南婦，采采陌上桑。柔條拂緑鬢，零露沾衣裳。所憂蠶已飢，葉不盈我筐。誰家游俠子，白馬青絲繮。笑言巧相媚，踟躕蹊路旁。妾家自有夫，貧賤不相忘。但願繭絲好，機杼鳴我堂。絹成備官賦，餘以奉姑嫜。餘事非妾聞，君言當自量。妾心詎能奪，皦皦如秋霜。《全元詩》，册 30，第 33 頁

同前

胡　布

清箏且徐徐，聽我歌羅敷。羅敷入，艷里閭，提籠采桑當路隅。使君停五馬，顧問何溫如。黄鶯自啼蝶自舞，羅敷有夫君有婦。此身肯學野鴛鴦，豈得提籠自采桑。妾家夫婿侍中郎，黄金爲門玉作堂。腰間碧雪鵜肪佩，耳畔翠雲魚鬣璫。人人矜妾佳夫婿，雄才英英照天地。生來一諾重千金，人夸金張竊獨鄙。夫才婦色兩恢諧，各有節義臨身乖。使妾家貧成獨處，夢魂亦繞青陵臺。君早去，莫延佇。君妻肯采桑，亦有道邊樹。道邊車騎眼中花，何不回顧向君家。

《全元詩》，册 50，第 436—437 頁

羅敷辭

楊維楨

題注曰：「一作陌上桑。」

盈盈秦氏女，采桑南陌頭。一顧雲不飛，再顧水不流。使君立五馬，招傲重回頭。艷歌爲君發，繁絲爲君掫。使君有婦如有婺，羅敷有夫非秋胡。使君喜，使君愁，羅敷不得須臾留。《全元詩》，册 39，第 101 頁

同前

周巽

青青陌上桑，盈盈桑下女。行行逢使君，駐馬前致語。答云秦羅敷，采桑事勤苦。夫爲侍中郎，久宦在公府。君意一何癡，妾身自有主。彩鳳在高岡，雎鳩在中渚。物微知所托，去去莫延佇。緑葉已盈筐，蠶飢日將午。《全元詩》，册 48，第 394 頁

羅敷曲

鄭允端

邯鄲秦氏女，辛苦爲蠶忙。凌晨行采桑，采采不盈筐。使君從南來，五馬多輝光。相逢在桑下，遺我雙明璫。聽婦前致辭，卑賤那可當。使君自有婦，羅敷自有郎。請君上馬去，長歌陌上桑。《全元詩》，册63，第104頁

秦羅敷

胡奎

昔有邯鄲女，艷色世無如。手提青絲籠，采桑城南隅。頭上金雀釵，耳傍明月珠。素手挽柔條，風吹綉羅襦。使君馳五馬，冠蓋麗且都。桑間問彼姝，云是秦羅敷。裴回日將夕，命妾載後車。長跪謝使君，妾有堂上姑。剖竹節乃直，裂松心不枯。使君善自愛，妾志終弗渝。《全元詩》，册48，第153頁

采桑詞

楊維楨

按，《樂府詩集》相和歌辭有《采桑》，清商曲辭有《采桑度》，後者解題曰：「《采桑度》，一曰《采桑》。」①元人《采桑詞》《采桑曲》《采桑歌》《采桑誰氏子》《采桑行》《采桑女》《采桑婦》，蓋出於此，均收入本卷，清商曲辭不復録。

吳蠶孕金蛾，吳娘中夜起。明朝南陌頭，采桑鬢不理。使君從何來，調妾桑中憙。不識秋胡妻，誤認金樓子。《全元詩》，册39，第31頁

① 《樂府詩集》卷四八，第548頁。

采桑曲

趙孟頫

野雉朝雊雊且飛，誰家女兒采桑歸。欲折花枝插丫髻，還愁草露濕裳衣。《全元詩》，册 17，第 267 頁

采桑歌

王子東

翻雲烏鴉影鬖髿，颭風白燕雙傞傞。横波凝流斂蛴蛾，吴蠶飼餧飢則那。十纖挽柔剪緑柯，六幅暗露侵襦緉。饔飧驀誤晷隙過，蠶飢葉稀寧不瘥。千頭萬緒豈敢吪，終以暖事期絲紇，錦帷綉幌相婆娑。人情好新不厭多，倚門刺紋來聽歌。載青載黄胡側頗，樹間耳語慎勿哦。萬一出口他人訶，纂纂桑葚如鳩何。《全元詩》，册 24，第 172 頁

采桑誰氏子

譚景星

嬌春如酒日如餳，嫩鬟二八多無力。玉纖采采不盈筐，紅裙細踏香霧濕。隔桑弄姿初見人，脉脉含情倚風立。倉茫斂手難爲容，臉暈微霞亂晴日。餘痕半醒瑩清寒，細草輕花忽無色。紛紛世俗尚抹塗，抹塗未必真爲姝。自然素質不受涴，悟悦可使忘膏腴。欲行爲爾重回首，人間何所無羅敷。於乎，人間何所無羅敷。《全元詩》，册 22，第 148 頁

采桑行

胡奎

結髮五日與郎别，妾顔如花命如葉。桑間五見戴勝飛，高堂姑老郎不歸。郎歸有黄金，妾心終不移。若欲知妾心，沂水清瀰瀰。《全元詩》，册 48，第 136 頁

采桑女

錢　宰

吴桑葉盡吴蠶老，吴姬采桑顔色好。玉釵半脱雲鬟偏，一雙蛾眉不曾掃。桑間桑扈鳴交交，少年莫把金丸抛，小姑摘繭歸當掃。《全元詩》，册 41，第 199 頁

同前

胡　布

妾苦蠶無食，郎自袖懷金。向非照膽鏡，對面不窺心。妾若愛黄金，詎肯事籠筐。黄金多人有，君妻不采桑。《全元詩》，册 50，第 468 頁

同前

陳　基

采桑葉盈筐，蠶飢歸恐晚。鴛機羅錦襦，生世不經眼。《全元詩》，册 55，第 278 頁

采桑婦

劉仁本

朝采桑，向東陌，露花盈盈桑葉白。暮采桑，向西阡，鷄棲已在桑樹顛。菀彼柔桑，采不盈筐。高枝仰攀難入手，低枝屈曲勾衣裳。阿婆家中望葉歸，蠶飢葉少歸來遲。蠶成織絹作征衣，征衣寄與塞上兒。昨夜大兒寄書至，書中點滴闗山淚。去年山東置老營，今年又離山東去。河北河南盡戰塵，此身生死知何處。采桑采得桑已枯，蠶繭未成來索逋。當門下馬意氣麤，滿橐黄金呼阿奴。使君得非是秋胡，使君自有家中婦。妾身豈必秦羅敷，妾身自有塞上夫。使君莫狂呼，男兒當遠圖。我願四海罷兵民力甦，年年采桑養蠶供税租。《全元詩》，册 49，第 196 頁

艷歌行

胡奎

堂前燕，尾差差，遠行兄弟不如歸。一朝流宕在他縣，故衣未補新衣綻。主婦敬愛客，爲補故衣裳。夫壻入門來，斜盼情内傷。請卿勿斜盼，門有池水清泱泱。水中白石郎自見，妾心如石不可轉。《全元詩》，册 48，第 137 頁

同前

胡布

杳梁初月上，桂障晚香團。并照花羞面，聯芳氣拂蘭。流鶯慚曲度，舞燕比腰寬。買笑千金易，知音一顧難。瑤琴聲乍轉，嬌歌興已闌。含笑俱傾意，托語尚羞顏。藕絲裙帶合，竹葉酒杯殘。的的帷中燭，灼灼腕上環。情如斷金石，恩有重丘山。誠願垂燭光，多幸保環圓。《全元詩》，册 50，第 445 頁

日出行

虞集

日出上城府，日晏當蚤歸。城門已擊柝，出郭何焉依。下馬投館人，空垣月當扉。涼風振庭樹，巢烏屢驚飛。起坐搔白髮，忽如霜草稀。周公不復夢，仲尼故沾衣。老來有孺色，傳聞唯食薇。求之事已晚，徘徊行道微。《全元詩》，册 26，第 17—18 頁

吟嘆曲

胡奎

王子喬，好神仙。吹玉笙，上青天。七月七日緱山顛，青鸞白鶴相後先。安得金丹蜕凡骨，我亦從之淩紫烟。《全元詩》，册48，第113頁

王昭君

葉留

元俞琰《席上腐談》曰：「琵琶又名鼙婆，唐詩琶字皆作入聲，音弼。王昭君琵琶懷肆，胡人重造，而其形小，昭君笑曰『渾不似』，今訛爲胡撥四。」①按，《樂府詩集·相和歌辭》有《王明君》《王昭君》《明君詞》《昭君詞》《昭君嘆》，元人《昭君》《王昭君歌》《昭君曲》《王嬙》《昭君出塞》《明妃曲》《明妃》，當出於此，亦予收録。

① ［元］俞琰《席上腐談》卷上，景印文淵閣四庫全書，册1061，第602頁。

漢策誠如重玉顔，要將信義動呼韓。當時故殺毛延壽，莫作真情悔恨看。《全元詩》，册 24，第 232 頁

同前

張昱

漢地非無雪，胡中不見花。琵琶一萬里，馬上盡風沙。巾幗猶知辱，裙釵可即戎。單于如有問，教妾若爲容。《全元詩》，册 44，第 78 頁

昭君二首

尹廷高

身落天涯恨未平，昏昏漠月度龍城。琵琶馬上千年意，只有詩人畫得成。

草色猶能白變青，怪渠妍醜一毫爭。自緣謀國無長策，枉使毛生受惡名。《全元詩》，册 14，第 6 頁

同前　袁桷

鬢影愁添塞雪，花枝羞殺宮春。誰道佳人傾國，解從絶域和親。《全元詩》，册 21，第 288 頁

同前　馬祖常

旃車百輛入單于，不恨千金買畫圖。争似山中插花女，傍家只嫁一田夫。《全元詩》，册 29，第 375 頁

同前　胡奎

萬里靖邊塵，休言誤妾身。青青原上草，猶是漢時春。《全元詩》，册 48，第 383 頁

同前

孫蕢

莫怨嬋娟墮虜塵，漢宫胡地一般春。皇家若起凌烟閣，功是安邊第一人。曉來氈帳理鉛華，對鏡偷憐復自夸。如此玉容君不顧，更從何處選良家。閶闔龍鱗開玉陛，嫖姚馬影度旌旗。誰憐漢道升平日，是妾漂流薄命時。回使殷勤莫寄辭，君王此去苦相思。容華自昔能傾國，只爲風沙遠別離。玉顔啼泪濕胡沙，東望長安不見家。月滿穹廬愁似海，强將心事付琵琶。《全元詩》，册 63，第 355 頁

同前

謝子通

驚心漢月苦難堪，墮指邊霜冷未諳。萬里哀彈千古恨，誰知流韻滿江南。《全元詩》，册 66，第 17 頁

王昭君歌

李　曄

明妃漢家人，自小生金屋。金屋花連春晝長，東風養得顔如玉。一身願作陽臺雲，琥珀枕邊常夢君。誰知閒門跬步地，年年草色生羅帬。邊城昨夜胡沙起，單于求親漢天子。黄金不買毛延壽，翻作無鹽畫圖裏。畫圖妾貌兩不同，玉鞭催上浮雲驄。番官喜舞天子惜，臂上猶存紅守宫。胡雲茫茫天萬里，白草離離塞烟紫。回首長安何處家，琵琶聲中泪如水。單于髮黄雙眼青，嗢咿遣譯通丁寧。氈廬寒月射秋夢，安得風吹歸漢庭。妾身不惜和戎計，婦人豈足揚兵氣。狼子那知甥舅恩，貙貅百萬能無媿。明妃冢前青草肥，宫衣化作彩雲飛。生無羽翼度關塞，死後魂隨秋雁歸。《全元詩》，册 56，第 19—20 頁

昭君曲二首

楊維楨

胡月生西彎，明妃西嫁幾時還。不見單于謁金陛，但見邊烽馳玉關。漢家將軍築高壇，身騎烏龍虎豹顔。何時去奪胭脂山，嗚呼何時去奪胭脂山。

胡雁向南飛，明妃西嫁幾時歸。胡酥入饌損漢食，胡風中人裂漢衣。胡音不通言語譯，分死薄命穹廬域。君不見越中美人嫁姑蘇，敵國既破還陶朱。嗟嗟孤冢黄草碧，祇博呼韓雙白璧。《全元詩》，册 39，第 12 頁

卷二〇六　元相和歌辭五

昭君詞

劉崧

承詔辭金闕，銜悲入塞城。可憐沙上月，渾似漢宮明。《全元詩》，册61，第208頁

續王昭君詞并序

王彝

詩序曰：「王嬙，漢元帝時人，昭君其字也。按《漢書》，嬙本良家子，方待詔掖庭，會呼韓邪單于願壻漢，乃賜嬙爲之妻，號寧胡閼氏，生一子。及呼韓邪死，子雕陶莫皋立，復妻嬙，生二女。録《琴操》音乃言：嬙謂單于子曰：『將爲漢？爲胡？』曰：『爲胡。』於是服毒而死。單于舉國葬之。胡中多白草，而此冢獨青。世之詞人類皆悲嬙遠嫁，而時以《琴操》爲據，惟石季倫頗據漢史而譏其苟生。然於嬙始終之義未能明也。始嬙待詔時，初未之幸。即出爲單于妻，是單于者嬙所天也。單于死，苟能以漢俗自異，則其節有足爲漢重者，

而計不出此。吾故悲世之悲嫱者，不知嫱之不足悲也。作《續王昭君詞》。」

待詔在掖庭，始習漢宫儀。一身未承恩，詔遣作閼氏。賜以寧胡號，代彼鷹揚師。長跪辭帝京，遠嫁命如遺。北風塞外至，吹裂羅裳衣。漢馬不識路，愁同胡馬馳。茫茫玉關道，霜凄斷哀絲。漢氏戴胡天，異域即相知。相知同死生，旃墻化金閨。金閨閟良姿，旃墻麀聚之。閼氏一已寡，取捨在於兹。殺身善胡俗，漢道有餘輝。云何昧兹義，慊慊常土思。土思身所生，貞死乃其宜。踟蹰望關南，豈不慚其歸。胡天不可移，胡雁有單棲。名姬苟再偶，微命安可懷。生爲糞上榮，死爲糞下萎。誰言青冢上，獨有草離離。《全元詩》，册62，第459頁

昭君嘆

孫　蕡

憶初少小入宫時，風鬟霧鬢緑萎蕤。自言佳色已無匹，不謂天家猶未知。十二瓊樓動光彩，三千彩女妬蛾眉。鴛幃不作春宵夢，紅葉常題秋日詩。畫工不識嫣妍趣，却遣丹青故相誤。買工不是吝黄金，黄金已盡相如賦。早知容貌世稀有，臨别夫君猶可顧。翻將寂寞倚門悲，啼向迢迢去鄉路。穹廬雪落似梨花，五月天山草未芽。鏡玉塵昏孤鳳影，臂紅香褪守宫砂。長門無復沾恩

澤，絶域誰知有歲華。不恨胡沙埋絶色，還聞漢國選良家。人言北狩封姑衍，盡日凝妝候金輦。憔悴雖緣别恨添，娉婷尚勝良家選。五雲迢迢山宛宛，日近長安一何遠。新愛雖濃獨自憐，舊恩未斷誰能遣。琵琶一曲苦從軍，調苦單于醉不聞。霜壓氍毹秋欲半，月低弦索夜將分。溶溶泪濕龍香撥，冉冉愁看雁塞雲。病裏常思霍去病，夢中猶詛奉春君。《全元詩》，册 63，第 249 頁

王嬙

楊維楨

王家女，自倚顔如花。黄金不肯買圖畫，玉顔一夜生玭瑕。宫中未識天子面，一識五馬行龍沙。天子重信不得奪，畫工之死空如麻。蛾眉既出塞，無鹽在宫中。畫工意則繆，畫工事則忠。《全元詩》，册 39，第 168 頁

昭君出塞

胡奎

玉顔一别漢宫花，雁背霜寒萬里沙。説與當時邊上將，鐃歌只合奏琵琶。《全元詩》，册 48，第 308 頁

明妃曲

劉因

初聞丹青寫明眸，明妃私喜六宮羞。再聞北使選絶色，六宮無慮明妃愁。妾身只有愁可必，萬里今從漢宫出。悔不别君未識時，免使君心憐玉質。君心有憂在遠方，但恨妾身是女郎。飛鴻不解琵琶語，衹帶離愁歸故鄉。故鄉休嗟妾薄命，此身雖死君恩重。來時無數後宫花，明日飄零成底用。宫花無用妾如何，傳去哀弦幽思多。君王要聽新聲譜，爲譜高皇猛士歌。《全元詩》，册 15，第 43 頁

同前

劉詵

漢宫美人人不識，初出宫門天下惜。漢宫歌舞人不傳，琵琶馬上行人憐。君王含情重悽惻，只在殿前留不得。人生豈是無知音，知音已晚徒傷心。天寒衰草沙似雪，舉頭惟見漢宫月。十年漢使去無踪，夢中長在明光宫。國家和親四海樂，不怨君王悲命薄。君不見秋風茂陵英雄才，萬里江都嫁昆莫。

漢宫佳麗三千人，妾身萬里當和親。當時未必恃顔色，正坐命薄無黄金。黄河朝渡風蕭瑟，邊馬群嘶笳鼓咽。路逢漢使不道愁，復恐君王尚凄絶。妾身夕死何足憐，獨以君命難爲捐。單于調弦親起舞，却獨上馬看青天。年年作書寄征雁，腸斷雁飛難到漢。君恩許贖比賤姬，不效少卿招不歸。《全元詩》，册 22，第 271 頁

同前

王　結

巫山處子入漢宫，漢宫桃李無纖穠。豐容靚飾照宫闕，秋波迴立玉芙蓉。天子深宫初未知，更堪宫女妬娥眉。黄金争賂毛延壽，丹青竟誤真妍媸。一朝遠嫁難復留，空使君王誅畫史。天心惻惻難食言，重感君恩爲君死。塞雲漫漫塞草黄，羌笛一曲助悲凉。回頭遥望漢宫月，照影依依還自傷。妾生不及雁隨陽，煢煢終老天一方。琵琶聊寫思歸意，傳與中州能斷腸。南北寢兵心自足，托身異域寧辭辱。君不見烏孫公主漢懿親，西風萬里歌黄鵠。《全元詩》，册 28，第 75 頁

同前

周權

逝水無回波，去箭無返筈。十載昭陽春，萬里龍荒月。風沙滿宮衣，慘淡餘香歇。哀弦濕絲淚，淚盡弦亦絶。寄語漢飛將，此計誠太拙。蛾眉豈長好，不久爲枯骨。《全元詩》，册 30，第 40 頁

同前

郭畀

君不見，王昭君，家住秭規啼處村。生來住近離騷國，悲歌慷慨惡離群。紉蘭結茝佩蘅芷，芝澤頮面薇骨熏。瑶琴慣識九歌譜，懷感遠道偏消魂。《全元詩》，册 30，第 312 頁

同前

張澤

斜抱琵琶出漢關，黄沙漠漠路漫漫。長安縱近愁回首，一聽笳聲淚暗彈。《全元詩》，册 33，第 242 頁

同前四首

劉仁本

和親誠上計，安用漢將軍。粉黛無顔色，丹青有策勛。
辭別君王去，邊中要結親。只愁渠眼大，不見漢宫人。
一曲琵琶泪，金鞍細馬馱。休言妾命薄，不及漢恩多。
未坐邊塵帳，猶懷漢守宫。君恩儻可續，妾貌自無同。《全元詩》，册 49，第 257 頁

同前

譚　復

夔江水，千古萬古流。漢宫三千畫圖裏，夔江有女何曾愁。邏沙檀槽雙鳳侣，彈得孤鴻漢言語。妾身薄命蛾眉誤，萬里將軍夜城苦。氈車似雪雪似沙，泪洒胭脂成塞花。君王見妾辭玉殿，不曾見妾訴琵琶。弦聲欲斷心相續，自古有愁無此曲。世人傳曲不傳心，秋草年年漢墳緑。

《全元詩》，册 65，第 240 頁

同前

徐履方

漢家威德弦八區，藁街數致窮單于。材官騶發一當百，郅支桀黠千先誅。呼韓生全恩已殊，翻令畫史圖名姝。佳人飲恨心語口，事有倒置令人吁。糞溷飛花尚可惜，久矣胡人輕漢室。肯援骨肉餧餓狼，長主幸存徼姥力。當時隆準豈孱主，忍許婁郎開下策。賂遺犬馬古有之，責貢何嘗及顔色。殷勤爲托舅甥恩，不見頭曼斃鳴鏑。《全元詩》，册 65，第 327 頁

明妃曲與宜春龍旂餘杭吴植真定魏巖分題并賦

郭鈺

女無妍醜，入宫見妬。縱使色傾城，不如嫁鄉土。承恩初駕七香車，豈知今日馬上彈琵琶。氈車飛白雪，茸帽吹黄沙。不恨君王棄我天之涯，却恨父母嫁我于王家。自入宫門一回首，薔薇香銷縷金袖。泪痕長伴守宫紅，誤人何待毛延壽。將心寄語後代人，貧賤關天不繫身。隴頭萬一無青草，埋没風沙空苦辛。《全元詩》，册 57，第 547 頁

明妃二首

耶律鑄

漢使却回憑寄語，漢家三十六將軍。勸君莫話封侯事，觸撥傷心不願聞。右百家衣。

散花天上散花人，唯説香名更未聞。薄命换遺仙壽在，不須青冢有愁雲。《全元詩》，册4，第143頁

楚妃嘆

釋宗泐

宫城禁兵夜簇簇，君王不返宫中宿。戎車彭彭雲夢林，獵火煌煌漢睾曲。章華臺前江水流，君心如水無日休。虎狼勍敵却不憂，草間狐兔爲深讎。《全元詩》，册58，第378頁

楚妃曲

楊維楨

詩序曰：「《琴論》有楚妃嘆七拍。楚妃，樊姬也。余嘗論楚妃之德，不妬而善諫。不妬者，進後宫九人；善諫者，止王之獵，笑虞丘子也。古辭未及諫事，惟張籍及之，故吾辭

亦取輿於獵云。」

朝游田，雲夢藪。莫游田，雲夢藪。樊姬諫不售，矢不食田中獸。妾願王，王壽考。叶口。獵賢才，開伯道。楚國夔龍孫叔兒，非麟非虎非熊羆。虞丘子，真狐狸。《全元詩》，册 39，第 100 頁

王子喬

胡　奎

宋皇都風月主人《緑窗新話》「王喬遇浮丘吹笙」條曰：「劉向《列仙傳》云：王子喬，周靈王太子晉也。好吹笙作鳳鳴。遇浮丘公得仙。後語柏良曰：『告我家，七夕待我於緱氏山。』果乘白鶴而至。李太白《鳳笙歌》曰：『仙人十五愛吹笙，學得兄丘彩鳳鳴。始聞煉氣凔金液，復道朝天赴玉京。玉京迢迢幾千里，鳳笙去去無窮已。欲嘆離聲發絳唇，更嗟别調流纖指。此時惜别詎堪聞，此地相看未忍分。重吟真曲和清吹，却奏仙歌響緑雲。緑雲紫氣向函關，訪道因尋緱氏山。莫學吹笙王子晉，一遇浮丘斷不還。』」①

---

① [宋] 皇都風月主人撰，周楞伽箋注《緑窗新話》卷下，上海古籍出版社，1991 年版，第 232 頁。

天上迢迢白玉京，仙人吹笙學鳳鳴。七月七日緱氏山，身騎白鶴來人間，遨游青天去不還。王子喬，好神仙，呼吸日月凌雲烟。吹笙學鳴鳳，遨游太清天。翩然跨鶴來緱山，七月七日游其間。空歌一曲綵雲外，長謝時人去不還。《全元詩》，册 48，第 233—234 頁

同前

胡布

王子喬，緱山笙鶴望亦勤，分明舉手謝時人。蔑彼天子貴，獨善愛一身。嵩高山，三十春，道成飛馭玉臺津。拉浮丘，覲紫皇。排閶闔，凌昊蒼，黍珠游樂殊未央。王子喬，棄仁而不爲身謀已多。仙道誠樂矣，嗟爾遺民顒望何。《全元詩》，册 50，第 431 頁

同前

釋宗泐

王子喬，好神仙。吹笙駕白鶴，遨游上青天。青天一去三千年，七月七日緱山顛。下士慕之空爾憐，寧知有氣凝丹田。《全元詩》，册 58，第 378—379 頁

長歌行

韓　性

按，元人又有《長歌引》，當出於此，亦予收録。

皇天不高地不厚，羲氏和氏今安有。我聞天門貫鴻濛，白日皎皎懸其中。一重倒影乃不及，此上窮之當安窮。又聞后土蟠重陰，十丈百丈泥沉沉。乃知泉源負后土，土下之泉復何住。人言欲推造化難，我見造化鬚眉端。不如花前飲美酒，囊括元氣於脾肝。山石裂，海水平，蓬萊之波乃淺清。如此瑣瑣何足評，踏破醉舞昭回星。後天不老飡雲英，何須辛苦除三彭。《全元詩》，册21，第60頁

同前

程端禮

大族簇，《漢書》作族。之琯初飛灰，春氣早已回蘭梅。主人召客延鄒枚，夜永燭光熹炎炱。瑶觴屢舉傾金罍，主人盛年絶外猜，幸與公鄰熟往來。我性迕俗衆所咍，公獨顧我青眼開。我不

祝公壽考鮐，我不祝公家絫萬金位三台。願公祖德厚自培，君不見王氏庭前符三槐。《全元詩》，册25，第322頁

同前

胡奎

長歌如繭絲，繅之不能斷。絲斷尚可續，歌長安可短。短歌續長歌，歌長可奈何。願學青松樹，千年附女蘿。《全元詩》，册48，第137頁

同前

汪廣洋

貧不干升斗粟，富不欲方丈飱。古來窮達等細事，何用屑屑摧心肝。萬金鑄寶劍，千金買雕鞍。出門得意青雲端，五花照耀春雪乾。石家金谷果何在，落花衰草秋漫漫。君不見長安市上李謫仙，十千取酒醉即眠。有時長歌動八極，往往鼓吹三百篇。一朝掉臂滄江前，眼底富貴浮雲然，眼底富貴浮雲然。《全元詩》，册56，第145頁

同前

陳高

守節豈爲名，秉義不顧身。於心苟無愧，毁譽從他人。我生髮垂白，干戈遘邅迍。衡門久棲遯，故土俄湮淪。鳥逝辭舊巢，魚游避釣緡。但知君臣義，寧論骨肉親。行道靡朝夕，知我惟蒼旻。王師在河上，四野猶戰塵。南征一何緩，忠憤奚由信。仰看雙飛翼，涕泗沾衣巾。《全元詩》，册 56，第 247 頁

同前

孫蕡

彈鳴弦，發清商。悲吹激林木，歌聲一何長。歌聲長，弦聲緩，百年鼎鼎不易滿。《全元詩》，册 63，第 257 頁

卷二〇七　元相和歌辭六

長歌行爲正甫書狀壽

郝經

髯公子，聽我歌，歌聲苦長奈若何。窮天亘地怨不盡，顧視萬古都蹉跎。借問怨何事？怨我與子久在江之沱。嗟子之才世豈多，琮璜縝潤琢且磨。圭珽特達正不頗，宜在巖廊奉璋莪。紫霄絳雲白玉珂，翠蕤孔蓋金錯摩。論建唐虞開太和，突兀磊落不婀娿。高風颯颯吹明河，秋天水鑑冷不波。六合表裏盡清澈，世塵不到更把佳句哦。誰知一旦雜黽蛙，翻風豫章蔦女蘿。所以歌聲長，與子矻沉痾。子居河陽縣，我住陵川頂。子方丁年我知命，龍文虎氣心炯炯。大才自古多抑塞，會當拔起快馳騁。金樽滿浸太行影，黄河倒捲入天井。門前大江流，幾度秋風吹。我歌聲正長，莫嘆猶未歸。壯節巉天虹貫日，志士豈作兒女悲。《全元詩》册4，第287頁

長歌行送王仲儀學正歸新安

高德游

題注曰：「時仲儀下第。」

酌君以萬斛玻璃船，君言不如名山大川窮鎪鐫。贈君以九節珊瑚鞭，君言不如清風明月不用錢。新安山水天下壯，形勢突兀隔雲烟。上有摩空之層巔，下有瀑布之飛泉。儲精毓秀自太古，真元會合生大賢。六經啓秘四書出，孔道日月行中天。聞風百世尚興起，况居桑梓親磨研。皇元太平四十年，車書混一同中邊。興賢有詔表朱學，文體一變無頗偏。往年鶴書上天府，二十八宿如珠連。我時材疏偶見黜，坐看公等如升仙。禮闈擢秀惜不與，念子健筆空如椽。天將有意降大任，故使窮困志益堅。大鵬南翔息六月，長鯨東去吸百川。新生桂枝盡堪折，舊傳楊葉亦可穿。要須明經拾青紫，且共苦學攻丹鉛。天門射策誰第一，大明殿上聽臚傳。《全元詩》，册32，第254—255頁

長歌引

胡奎

短歌歌不足，長歌斷復續。六龍之車海上來，千秋萬古無停轂。碾雪推霜入鏡中，坐見緑髮如飛蓬。滿堂窈窕春花紅，長歌一曲歌未終，西陵隴樹生秋風。《全元詩》，册48，第105頁

鰕鱓篇

胡布

戢戢鰕鱓，如塵如毛。自江達海，逐浪乘濤。終然假水力，江海任逢遭。揚鬚播鬣，不盈分毫。列隊排波，得志滔滔。乃復笑潛龍，養志事天遨。屈身濁水湄，風雷走江皋。魚目皆見哂，鰕鱓軒軒勢相高。欲見葉公葉公懼，豫且制我於兒曹。鉛刀一割利，誰復識昆刀。猛虎落坑陷，反愧當路獒。時來無貴賤，天地可能逃。《全元詩》，册50，第435頁

短歌行

王　惲

題注曰：「□□□政彦村作。」

君自分攜今一紀，疇昔四更來夢裏。金鞍相值瘦陶南，君亦遠回還故里。酡顔喜意見眉間，欲叙寒暄先稱椅。君諱也。相隨行過縣廨西，指説民居昔何美。邀臨甲第予力辭，亦爲前征趣行李。夢中不悟死生分，别後寄聲無棄鄙。探囊傾下粔籹香，送余不到河之梁。囑余南去路亦遠，持此贈君爲裹糧。怳然形開無所見，落月照屋空微茫。瀟瀟春草宫墻緑，暮雨梨花寒食曲。樽前浩唱意何長，轉首先輪光景促。我思夢境再目開，君侯施施胡爲來。賦詩非欲徵後事，今世死别真堪哀，因見故人雖遠猶在當時懷。《全元詩》，册 5，第 126 頁

同前

任士林

道路癡兒長夢飯，我亦時蒙客推挽。五年浪爲安石出，伐樹歸來布衫短。博士春風洒墨

花，吹我長鬣登前阪。風高阪峻眼神寒，帖耳依然舐空棧。作書已報草堂人，日辨新茶三百盞。《全元詩》，册 16，第 203 頁

同前

汪　濟

忽忽驚歲换，歲换不容惜。我是可憐人，對此空唶唶。一杯爲歲壽，好語無相貴。子是遠行客，役役無休息。我是擔頭物，寄身同束帛。擔我向何方，路遠不可測。將子勤弩力，中路毋棄擲。天涯及海角，在處爲莫逆。《全元詩》，册 20，第 157 頁

同前二首

黄真仲

死灰宿火秋螢小，千里桑麻一時燎。盡驅紅女撼孤城，夜夜張筵到清曉。烏啼月落腥風來，虎帳烟塵掃不開。可憐驍將骨如玉，曠野無人酹一杯。

良人陣上捫飛箭，賤妾閨中猶搗練。今朝敗卒裹創回，消息未聞腸已斷。妾夫驍勇天下無，所恨單絲不成線。妾身安得化飛虵，盤死夫仇報夫怨。《全元詩》，册 24，第 281 頁

同前

王　沂

南山采樵，林木未凋。北厓多薪，巒何岧嶢。白雲在巔，驚風日飄。豺虎相逐，猿猴可招。長嘯倏往，睨彼柯條。匪材不經，中則乃遥。荆棘鈎衣，瀑流喧囂。還顧舊鄉，心旌摇摇。商山采芝，巢由避堯。絶唱千載，清風寥寥。五十負薪，行歌車塵。彼獨何心，我思古人。《全元詩》，册 33，第 2 頁

同前

岑安卿

水濁不見石，雲深欲無山。利欲酷似之，翳彼方寸間。年來名利嗟已矣，如雲過山石沈水。我不似莊生，形槁木，心死灰。又不如瞿曇氏，面壁九年身不起。物來自解鑒妍醜，事至常思見非是。始知至静可觀動，是非妍醜皆從彼。静中有樂我素諳，字我静能斯不愧。春花燦爛秋葉零，歲月奔馳老將至。静能静能可若何，歸全須究曾參旨。《全元詩》，册 33，第 219 頁

同前

趙雍

君不見潁川水，首陽薇，民到於今慕夷齊，巢由之民誰不知。又不見千門萬户宫，神明通天臺。及今千五百餘載，空遺荒土飛黄埃。西風蕭蕭秋草萋，野花灼灼啼鳥悲。落日欲留不可得，夜深明月依然來。玉樓朱閣盡如夢，自古興亡何足哀。《全元詩》，册36，第149頁

同前

謝應芳

東謝莊，西謝莊，奔牛東北十里强。先人痛惜家譜亡，能言其略忘其詳。高曾本住開封府，紹興之先亂離苦。從龍渡江寓兹土，以謝名莊似韋杜。後來一派分烈塘，華屋高丘乃吾祖。季父咸淳中甲科，封胡羯末皆簪組。宋曆已矣元曆興，竟作遺珠沉合浦。吾祖佳城宰木拱，家庭玉樹遭斤斧。吾伯吾祖吾父兄，青冢纍纍續遷祔。轉頭滄海又揚塵，十年逃難歸洪武。昏鴉滿樹雀無枝，結巢乃在横山塢。三子六孫中子殂，長孫又隕黔陽簿。黄茅嶺畔作哀丘，昭穆按圖無牴牾。年年寒食春草長，横山烈塘連謝莊。一盂麥飯一壺酒，老泪觸處俱淋浪。於乎豺獺猶

能效烝嘗，何況人爲物靈知義方。我今諄諄語兩郎，爾子爾孫宜勿忘。《全元詩》，册 38，第 188 頁

同前

梁　寅

今日燕胥，樂如之何。我酯惟旨，我殽孔嘉。皦皦熙陽，灼灼芳華。爰有鳴禽，集於脩柯。我觴我友，載行載和。懽日苦少，戚日苦多。伊其相樂，毋耋之嗟。木可重蘖，川無回波。人匪金石，其生有涯。鼓瑟鼓琴，或詠或歌。樂以無躭，永矢弗過。《全元詩》，册 44，第 274 頁

同前

袁　凱

昨日舊穀没，今晨新穀升。壯年不閒住，衰年日凴陵。日月行于天，江河行于海。海水不復回，日月肯相待。日月不相待，自古皆死亡。死亡不能免，安有却老方。仙人鄭伯僑，於今在何旁。爾骨苟未朽，螻蟻生肝腸。獨有令名士，可慰情何傷。《全元詩》，册 46，第 328 頁

同前

黄肅

來日苦少，去日苦多。人生不滿百，痛當奈何。不如沽美酒，與君長笑歌。峻坂無停車，急川無停波。人生不滿百，當復奈何。來日苦少，去日苦多。《全元詩》，册52，第180頁

同前

戴良

青天上有無根日，馳光暫明還復黑。晝夜相催老却人，忽忽吾言四十七。偶看舊鏡鏡爲羞，昔鬓未生今白頭。朱顔丹藥已難覓，青史功名行且休。歲歲年年待富貴，富貴不來老還至。老既至兮百事非，病妻對之怨且詈。妻年比我雖稍卑，近亦摧頽如我衰。一生仳離殆居半，此世歡娱能幾時。縱多子女知何益，北邙冢墓無人識。古往今來共如此，我亦胡爲空嘆息。人生滿百世豈多，尊中有酒且高歌，有酒不歌奈老何。《全元詩》，册58，第52頁

同前五解

戴良

悠悠逝波，歲月幾何？君子有酒，式宴且歌。一解
人無百年，五十已過。來途漸少，去途苦多。二解
日不重旦，春不兩和。今我不樂，顏能再酡。三解
寒蟬在柳，蟋蟀鳴莎。情以秋悲，髮以憂皤。四解
旨酒既傾，短歌是哦。聊樂一時，孰知其佗。五解

《全元詩》，冊58，第84—85頁

同前

釋宗泐

白日去茫茫，清川流浩浩。有生能幾何，少壯忽復老。王母蟠桃花，萎紅不成好。扶桑半摧枯，枝葉墮瀛島。仙人王子喬，兩鬢如秋草。況聞安期生，形容亦枯槁。漢武與秦皇，一生空自擾。短歌詠至言，庶以安懷抱。《全元詩》，冊58，第375頁

同前

孫蕡

擊長劍，和短歌。短歌聲無歡，調促情苦多。盼流光，疾逝波，青銅霜飛奈老何。《全元詩》，册63，第257頁

短歌行送秦人薛微之赴中書

麻革

河流宿層冰，山有太古雪。翩翩有客來，老面黑於鐵。盤盤胸臆間，猶挂太華月。不肯下貴勢，便欲叫雙闕。朔寒衣裳單，路遠馬蹩躠。昔人丈夫事，肝膽不可越。我歌送君行，歌聲何激烈。悲風爲我起，酒行歌半闋。望君青雲端，何恤遠離别。《全元詩》，册2，第383頁

短歌行山中寒食作

王惲

題注曰：「是日游李馬二墳。」

花枝入簾晴晝長，游絲翻空網春光。一聲金縷酒滿觴，聽子短歌踏春陽。雲淡風清日將午，信馬東城歷烟隖。人家野祭須墓頭，白白紅紅滿原圃。飢鳶欲下影婆娑，不待播閒徹盤俎。陂陵高下麥青青，貴賤賢愚同一土。况兹百歲忽如寄，過眼浮榮誰比數。古人感此由重論，力取功名照千古。東崗畸人説隴西，攀附雲龍總風虎。鉅株枝散勢莫依，瀟索荒丘穴鼯鼠。豈期健婦持户門，一片豐碑論世譜。林宗不作蔡邕死，旌紀紛紜争媚嫵。銀罍酒熳藉草坐，滿引一杯私自語。吾家先壠在衛南，老柏如林百年許。起身耒耜世有澤，嗣及先君擬掀舉。生平抱負奈數奇，賫志下泉良獨苦。悲纏風樹逾一紀，業在青箱恨難抒。伐柯有斧睨不遠，負荷至予尤莫取。一官羈靮晉州城，竚望南雲泪如雨。《全元詩》，册 5，第 85 頁

短歌行一首留别郭巡檢走簡方巡檢

趙孟頫

柴官送别滄洲曲，吾愛郭君携酒來。諸公各藉芳草坐，隔浦已見桃花開。人生知己不易得，客行未行已相憶。春風吹雁楚天晴，一夜鄉心遶江國。《全元詩》，册 17，第 290 頁

宴芝雲堂古樂府分題得短歌行

于　立

白日苦易短，百歲良非長。今日花間露，明朝葉上霜。黄河無停波，浩浩東入海。弱水隔神山，靈藥何由采。羲和總六轡，蒼龍挾其輈。回車謁王母，蛾眉生素秋。虞淵沉暮景，忽在扶桑顛。孰知青天上，年年葬神仙。樽中有美酒，瀲灩浮春香。調笑青霞侶，嬋娟紫雲娘。今日不飲酒，奈此白日何。來者日益少，去者日已多。太極那能窮，渾沌不可補。不知醉鄉人，一息同千古。誰云刀圭藥，可以養人骨。天運未可期，且盡杯中物。《全元詩》，册45，第410—411頁

短歌行爲師子林賦

胡　震

天目之山師子巖，中峰今代人師子。一聲震吼春雷奔，百怪千妖驚魄褫。德山臨濟落機鋒，肯向諸方間竪指。衣鉢之傳付屬誰，楚士天如得其髓。中吴長者争布金，爲結草菴脩竹裏。巉巖怪石主群峰，雄若金毛奮威起。從人唤作師子林，不忘吾師舊宗旨。鴻濛天開獻奇狀，山靈有待師棲止。閒支拄杖訪遺踪，梁駕飛虹月如水。棲鳳亭前長笑時，夢脱人間槐國蟻。老梅

古柏盤蛟龍，總是禪機無彼此。我慚兩袖多游塵，願向冰壺弄清泚。明朝騎鶴扣松關，一片白雲千萬里。《全元詩》，册 50，第 286 頁

自閩省還至建寧作短歌行贈别胡彦功

宋 禧

三山半月鎖秋院，與子相聞始相見。綉衣使者重斯文，白面書生作良掾。深堂四更官燭紅，簾前白露零青空。何人三夜見題目，繩纆先歸青眼中。知子胸中富經史，安定先生好孫子。十載浮沉江海間，憲府揚才遇知己。野客辭閩歸會稽，重陽已過風凄凄。建寧城下復爲别，落日吟詩溪水西。《全元詩》，册 53，第 389 頁

短歌行贈别一首

汪廣洋

歌停雲，酌春酒，送君發，爲君壽。彈青萍，鼓素瑟，何以贈，雙白璧。車兒膏，馬兒秣，時載陽，鳴鶬鶊。戒僕夫，肅徂征，陟遠道，揚飛旌。慰爾民，崇爾德，君子心，我無忒。《全元詩》，册 56，第 195 頁

晨盥衣間墮一髭白甚戲爲短歌

唐　元

愚生四十髭始變，把鏡嗔人爲吾摘。蹉跎偃蹇二十秋，霜雪滿頭何啻百。衰顔想似葉禁寒，粗喜眼明對方册。書成豈救妻子飢，奈此秋風鏖四壁。舊游澤國畏波濤，歲晚歸來風雪厄。林棲勉作遂初賦，燕坐可觀虚室白。有時懷土夢魂驚，起据藜床猶作客。昨夜燈花綴玉虫，艶艶語人光照席。淮南猶有未歸兒，安得行人報消息。終焉我髮不再玄，勿羡天涯春草色。《全元詩》，册23，第254頁

銅雀臺

耶律鑄

元納新《河朔訪古記》曰：「銅爵、金鳳、冰井三臺，皆在臨漳縣東南二里，古鄴都北城西北隅，因城爲基。三臺相距各六十步，中爲銅爵臺，南爲金鳳臺，北爲冰井臺。此蓋曹操於漢獻帝時，爲冀州牧所築也。《鄴中記》曰『建安十五年，銅爵臺成，操將諸子登樓，使各爲賦。陳思王植，援筆立就。金鳳臺，曹公初名金虎，至石氏改今名。冰井臺，則凌室也。金虎、冰井，皆建安十八年建也。魏銅爵臺，高一十丈，有屋一百二十間，周圍彌覆其上。金虎臺，有屋百三十間。冰井臺，有冰室三，與法殿皆以閣道相通。三臺崇舉，其高若山』云。至後趙石虎，三臺更加崇飾，甚於魏初。於銅爵臺上，起五層樓閣，去地三百七十丈，周圍殿屋一百二十房，房中有女監、女伎。三臺相面，各有正殿，上安御床，施蜀錦流蘇斗帳，四角置金龍頭，銜五色流蘇。又安金鈕屈戌屏風床，床上細直女三十人，床下立三十人，凡此衆妓，皆宴日所設。又於銅爵臺穿二井，作鐵梁地道以通井，號曰『命子窟』。於井中多置財寶、飲食，以悦蕃客，曰『聖井』。又作銅爵樓，巓高一丈五尺，舒翼若飛。南則金鳳臺，有屋一百九間，置金鳳於臺顛，故名。北則冰井臺，有屋一百四十間，上有冰室，室有數井，井深十五丈，藏冰及石墨。石墨可書，又爇之難盡，又謂之石炭。又有窖粟及鹽，以備不虞。今窖上，石銘尚存焉。三臺皆磚甃，相去各六十步，上作閣道如浮橋，連以金屈戌，畫以雲氣龍虎之勢。施則三臺相通，廢則中央懸絶也。又按《北史》『齊文宣天保二年，發丁匠三十萬人，營三臺於鄴，因其舊基而高博之。構木高二十七丈，兩棟相距二百餘尺，工匠危怯，皆繫繩自防。文宣登棟脊疾走，了無怖畏。時復雅舞折旋中節，觀者莫不寒心。又召死囚，以席爲翅，從上飛下，不死免其罪戮。臺成，改銅爵曰金鳳，金虎曰聖井，冰井曰崇光』云。至後建德七年，三臺遂廢。及隋大象三年，韋孝寬討尉遲迥，遂焚毁蕩徹，孑然空虛矣。十二月，余過鄴鎮，登三臺，眺望見其殘丘斷隴，而問諸山僧野老，猶能於荒烟野草中，指故都西陵之遺迹，相與悲慨。且言：『銅爵臺，今周圍止一百六十餘步，高五丈，上建永寧寺。金鳳臺，周圍一百三十餘步，高三丈，上建洞霄道宫。冰井臺，則北臨漳水，周圍止一百餘步，高三丈，爲漳水衝嚙，一角已崩缺矣。』予聞世傳鄴城古瓦研，皆曰『銅爵臺瓦』，磚研皆曰『冰井臺磚』。蓋得其名而未審其實。夫魏之宫闕，焚蕩於汲桑之亂，及趙、燕、魏、齊代興代毁，室屋尚且改易無常，況易壞之瓦礫，其存於今者亦幾希矣。按《鄴中記》曰：『北齊起鄴南城，其瓦皆以胡桃油油之，油即祖珽所作也。蓋欲其光明映日，歷風雨久而不生蘚耳。有筒瓦者，其用在覆，故油其背。有版瓦者，其用在仰，故油其面。筒瓦之長可二尺，闊可一尺。版瓦長亦如之，但闊倍耳。』今其真者皆當其油處必有細紋，俗謂之琴紋，有白花謂之錫花。相傳當時以黄丹鉛錫和泥，積歲久，故錫花乃見，然亦未言其信否也？古磚大方可四尺，其上有盤花鳥獸之紋，又有『千秋』及『萬歲』之字。其紀年非天保即興和，蓋東魏、北齊之年號也。又有筒磚者，其花紋年號與磚無異，蓋當時或用以承檐溜，故其内圓外方，有若筒然，亦可製而爲研。然則世所傳有古鄴研，多北齊之物耳。鄴人有言曰：『曹魏銅爵臺瓦，其體質細潤，而其堅如石，用以爲研，不費筆而發墨，此乃古所重者，而今絶無。』蓋魏之去今千有餘年，若其瓦礫皆磨滅爲塵矣。且齊之磚瓦，至今亦五六百年，村民掊土求之，往往聚衆數百人，而逾年不得一二全者，則鄴人所謂銅爵冰井者，蓋特取其名以炫。遠方其不知者，從而信之。今鄴人僞造彌衆，惟嘗識者，知其不如古耳。故荆國王文公有詩曰：『吹盡西陵歌舞塵，當年屋瓦始稱珍。甄陶往往成今手，尚記虚名動世人。』蓋當時亦有此嘆也。夫古之真瓦，不期於爲研，今之僞瓦，止期於爲研。其甄陶固精於古，然其質終燥，其用不久者，火力勝故也。雖和以黄丹鉛錫，烏能作潤哉？惟古之磚瓦，散没土中千餘年，感霜露風雨之潤，火力既盡，復受水氣，此其所以含蓄潤性，而滋水發墨也。」①按，《樂府詩集·相和歌辭》有《銅雀臺》，一曰《銅雀妓》。② 元人又有《銅雀曲》，當出於此，亦予收録。

銅雀臺荒野草花，阿瞞無復示雄夸。愁烟忍鎖西陵地，向日須曾屬漢家。《全元詩》，册4，第98頁

同前

陳孚

古臺百尺生野蒿，昔誰築此當塗高。上有三千金步摇，滿陵寒柏圍鳳綃。西飛燕子東伯勞，塵間泉下路迢迢。龍帳銀筆紫檀槽，怨入漳河翻夜濤。人生過眼草上露，白骨何由見歌舞。獨不念漢家長陵一抔土，玉柙珠襦鎖秋雨。《全元詩》，册18，第369頁

---

① [元] 納新《河朔訪古記》卷中，景印文淵閣四庫全書，册593，第39—41頁。

② 《樂府詩集》卷三一，第365頁。

同前

林彦華

黄星麗天日西匿，坐見巍臺高百尺。當時勝概孰品題，尚想諸郎有曹植。藏嬌貯麗娱奸雄，二喬不鎖羞春風。千年累土化榛棘，片瓦尚奪陶泓功。分香泪盡繁華去，歌聲不到西陵樹。

《全元詩》，册 24，第 287 頁

同前

岑安卿

漢室分崩成鼎峙，銅雀翬飛鄴宫起。碧瓴一作甃漾日覆紋鴛，蕙帳凝香集餘妓。我觀創始既驕逸，後裔焉知惕奢侈。洛陽宫闕凌青霄，公卿負土何焦勞。玉音親責役夫緩，瞬息身首横霜刀。荒游日恣典午肆，西陵空掩欺孤智。至今硯墨抱遺羞，千古奸雄穢青史。《全元詩》，册 33，第 216 頁

同前

張昱

自古誰無死，英雄豈不知？望陵歌舞歇，還有夢來時。《全元詩》，册44，第78頁

同前

葉懋

炎丘無光冰井冷，老臣側足窺漢鼎。金仙夜泣玉盤空，銅雀秋飛銀漢永。喬公二女俱絶色，可憐不是臺中物。赤壁樓船烈火焚，青泥閣道英雄出。西陵草樹秋陰陰，分香賣屐愁人心。晴窗潑墨弄書史，斷磚殘甓猶銷沉。《全元詩》，册47，第181頁

同前

周巽

西陵樹，曾是美人歌舞處。腸斷君王死別時，蛾眉憔悴分香去。奸雄心事有誰憐，殘瓦空題漢代年。銅雀春深懸落日，石麟秋冷卧荒烟。鄴下興亡今又古，烏號野樹猿啼雨。泉扃長夜

鎖幽魂，有酒誰澆臺下土。《全元詩》，册 48，第 417 頁

同前

釋宗泐

西陵樹色暮蒼蒼，明月相將入御床。寂寂帳前歌舞歇，幾多含涕憶君王。《全元詩》，册 58，第 376 頁

同前

孫　蕡

阿瞞在時起臺殿，宰割山河幾征戰。賦詩横槊氣何雄，賣履分香泪如霰。良辰上日人自悲，安有繁華非昔時。華容熳舞對松柏，歌笑喧喧知爲誰。有歌有舞還尚好，莫怨西風翠蛾老。君不見柏梁廢榭無人登，烟草萋萋茂陵道。《全元詩》，册 63，第 254 頁

銅爵臺

釋大圭

高臺一曲歌，西陵木將落。蕭瑟繐帷寒，秋風凄女樂。魂魄不復來，觴豆但如昨。奈此白日何，朝朝照銅爵。《全元詩》，册41，第346頁

銅雀妓

周霆震

鄴城臺高餘夕照，陵草萋萋心尚少。生前破賊嗔爲奴，却視闉門已傳笑。虞淵那得日更東，賤妾飲恨何時窮。月朝望罷又十五，不堪回首臨新宫。宫中日日選歌舞，先帝舊恩金屋貯。凄凉銅雀閲年華，羞見西陵陵下土。《全元詩》，册37，第60頁

同前

楊維楨

火龍戕，銅雀翔。漳河水，鼎中央。魏武王，安得萬萬壽，長生銅雀宫。叶。百歲葬西岡，銅

雀妓不得與金銀珠寶同埋藏。臺上六尺床，床下繐帳奠酒粻。月十五，作伎以爲常，更令登高臺而望西陵。良。漳河水啾啾，東下不回頭。銅雀妓，漳河流。試問臺上妓，何不殉死如秦丘。《全元詩》，册 39，第 103 頁

同前

袁　凱

流塵拂還集，粻糒儼然陳。歌吹自朝暮，君王寧復聞。松柏有時摧，妾非百年人。願爲陵上土，歲久得相親。《全元詩》，册 46，第 329—330 頁

同前三首

胡　奎

高高銅雀臺，望望西陵墓。翠輦不歸來，空幃愁日暮。花落不返柯，水流無回波。月初與十五，歌舞奈君何。

高臺悲風生，望望西陵道。昨日宫中花，今朝墓前草。《全元詩》，册 48，第 147 頁

月朝十五時，望陵作歌舞。歌舞綵雲空，佳人化爲土。《全元詩》，册 48，第 383 頁

同前

張憲

陵樹日沈西，秋風石馬嘶。芳樽傾繐帳，詎肯濕黃泥。慘慘笙歌合，遥遥望眼迷。玉人脆如草，能得幾回啼。《全元詩》，册 57，第 34—35 頁

同前

吴會

按，吴會《吴書山先生遺集》置此詩於「古樂府」類。

歌筵春夢覺，陵樹秋聲起。銀海雁不飛，長天淡如水。忍裁舊賜錦，密縫合歡被。風開繐幃香，疑奉皇靈醉。《全元詩》，册 57，第 209 頁

同前

林熺

妾本住嗚珂，千金買笑歌。一朝人事改，虛負寵恩多。高閣空雲樹，深宫閟綺羅。悠悠臺下水，東逝赴漳河。《全元詩》，册 66，第 411 頁

追和何謝銅雀臺妓

宋褧

寒露泫丘草，悲風漳水聲。黄腸定何許，歌吹徒營營。繐帳守明月，佳人情不勝。眠中不得近，癡絶望西陵。《全元詩》，册 37，第 219 頁

銅雀曲

楊維楨

帳中歌吹作，玉座翠簾皫。西陵迷望眼，日暮起浮雲。《全元詩》，册 39，第 78 頁

猛虎行

郭昂

按，元人又有《猛虎篇》《猛虎詩》《猛虎吟》《南山有猛虎》，均當出於此，亦予收録。

眈眈顧何其雄，雷鳴涎口生悲風。山間群獸食已盡，不飽横行入市中。市中見者走如電，蹙頞吞聲泪如霰。肥者不存瘦者傷，凋瘵更勝經百戰。妖狐倀鬼豈肯逆，六合冤魂消不得。五陵多少善射兒，杜門不出爲無益。茅茨有客氣如虹，一片壯心天未從。短衣匹馬記他日，醉眸且看南山碧。《全元詩》，册 8，第 28 頁

同前

傅若金

長林瑟瑟多悲風，猛獸引子戲林中。白晝横行動山谷，周遭十里無麋鹿。路暗樵夫畏獨歸，行人愁向山家宿。近山日日取牛羊，更囓居民横路傍。民要耕田給倉庾，官家得知射殺汝。《全元詩》，册 45，第 31 頁

同前

周巽

疾風撼林木，空谷來嘯聲。秋氣何肅殺，於菟晚縱横。眈眈掉尾相逐行，一獸咆哮百獸驚。玉爪拳鈎蹴冰裂，金精夾鏡流電明。磨牙吮血食人肉，威勢慘酷傷群生。荒野雲深山月黑，猿啼老樹寒蕭瑟。馮婦回頭不下車，李廣彎弓空裂石。郊原千里絶人行，近郭時時見其迹。嗚呼安得政化如劉琨，虎北渡河風俗淳。外户夜開無吠犬，耕桑共樂江南村。《全元詩》，册 48，第 397 頁

同前

王冕

去年江北多飛蝨，今年江南多猛虎。白日咆哮作隊行，人家不敢開門户。長林大谷風颼颼，四郊食盡耕田牛。殘膏賸骨委邱壑，髑髏嘯雨無人收。老烏銜腸上枯樹，仰天烏烏爲誰訴。逋逃茫茫不見歸，歸來又苦無家住。老翁老婦相對哭，布被多年不成幅。天明起火無粒粟，那更打門苛政酷。折脛敗肘無全民，我欲具陳難具陳。縱使移家向廛市，破獍猰貐喧成群。《全元詩》，册 49，第 338 頁

同前

胡布

蒲稗傷禾黍，潢潦污道路。渴吸潢潦水，蒲稗行且茹。食而充中復煦煦，子既云可孰不豫。謂我南山有蒻蒲，昔爲展席潔可敷。底春土腴石乃滋，推枝布葉何離離。願同子坐鬱棲裂，葉鑱根啖而嬉實。我飢潔子綏，謂如不可潔，孰云美且都。謂如不可潔，孰云棄禮謨。蒻蒲可食，子奚不懌。誰不自憐，謂我子識。《全元詩》，册 50，第 441—442 頁

同前

郭鈺

猛虎長嘯風滿谷，十載山中往來熟。朝噉牛羊暮殺人，眈眈不畏弓刀逐。山翁死後空茅屋，山下行人早投宿。妖狐憑威作人語，跳梁白日欺樵牧。南來壯士怒相觸，彎弓射虎穿虎腹。閃爍雙睛甘就戮，髑髏作枕皮爲褥。人生何必書多讀，能事自足驚殊俗。何當更斬長橋蛟，老夫雖死關心目。《全元詩》，册 57，第 525 頁

同前

釋宗泐

雷霆爲威電爲目，行處腥風動林木。利牙如劍生食人，婦女獨在家中哭。城東少年名射獵，聞此揚鞭去還捷。却將羅網四散張，擬欲當前氣先慴。周郎膽氣何獨豪，等閒射殺仍斬蛟。

《全元詩》，册 58，第 374 頁

同前

劉永之

詩序曰：「山居近多虎害，食民耕牛畜豕，民甚苦之。古人有以文感異類者，此非涼德所及。聊爲歌詩以訟之。」

猛虎何咆哮，的顙黑文章。兩目夾明鏡，牙齒若秋霜。朝噉一青兕，莫飡雙豕狼。飢舌舔哺如血鮮，領子時蹲古冢顛。樵采不敢過，草木上參天。夜深月黑風號苦，還向近村噬黄犢。十室九室牛圈空，野翁嗷嗷老婦哭。田荒無牛不得耕，官中增賦有嚴刑。鞭箠恣狼籍，羸老豈足勝。去年甲士頻經過，白晝劫人家復破。軍中貨牛動千頭，貧家無錢那可求。里胥曉至門，怒目氣如山。圂中一豕大如犬，明朝貿米去輸官。未足了官數，少寬里胥怒。猛虎夜復來，銜之上山去。猛虎爾何愚，天遺烏兔肥爾軀。今胡使人飢不得食寒不得衣，憔悴如枯株。騶虞有足，不踐萌芽。獬豸有角，唯觸奸邪。爾獨恃力不恃德，使我爲爾長咨嗟。人爲萬物靈，力莫爾敵。心獨忿懥不能平，思剪爾類綏我生。黄間毒矢係長絲，莫中谮張當路蹊。爾行不虞繼其機，爪牙雖利將安施，食爾之肉寢爾皮。《全元詩》，册 60，第 42 頁

卷二〇九　元相和歌辭八

猛虎篇

王　旭

有足莫踏猛虎尾，有手莫捋猛虎鬚。南山崔嵬壯士死，至今人弔黄公愚。平時閉門不敢出，日暮况乃君樵蘇。猛虎飽肉牙可捫，飛龍厭豢角可馴。古來使鬼須銅腥，無金妄動天公嗔。窮愁鬱結天地死，不教白屋生青春。匣中長劍漫悲吼，非時汝亦安能神。撐腸拄腹五千卷，贏得兒童唾人面。談天説劍三萬言，蒼蠅謗語何喧喧。謗亦不足云，唾亦不足道，人生窮達誰能料。君不見白頭棘津叟，一旦風雲起屠釣。人生神物合有時，未可書癡論年少。《全元詩》，册 13，第 28 頁

猛虎詩

汪　珍

猛虎猛虎，前日食一豚，今日食一羖。豚以備賓客之乾豆，羖以充宗廟之鼎鬴。汝虎食之

奈何許，山間亦有采樵夫。朝來暮去不汝虞，乃知汝虎是仁獸，豚豭縱傷何足吁。《全元詩》，册20，第315頁

五月十八日挈家避兵由里良入西坑作猛虎吟

劉崧

按，《樂府詩集・相和歌辭》有李白《猛虎行》，首二句曰：「朝作《猛虎行》，暮作《猛虎吟》。」①則《猛虎吟》早已有之。

猛虎前嘯，毒蛇後驅。烈火被原，荆榛塞途。悲風摵摵日欲晡，山石摧裂魑魅呼。令我有足不得趨，蹶竭頻踣猶在罦。嗟嗟我人曾不如青天之飛禽，局促木石底而多畏心。傷哉唐虞遠，干戈苦侵尋。云胡有生，適丁斯今。口不能言，泣下沾襟。《全元詩》，册61，第65頁

① 《樂府詩集》卷三一，第372頁。

南山有猛虎

王　漸

南山有猛虎，欲以赤手屠。山下一老人，見謂爾甚愚。衝冠與裂眦，所詫乃匹夫。古來功名士，遐攬王伯圖。幾先非快意，道遠慎前謨。奈此謬其逢，試之誠已疏。奇中或偶然，再往類難虞。丈夫雖賭命，慷慨易長途。苟無金石堅，何以當變渝。苟無忠誠心，何以涉崎嶇。斯言願三復，歛衽愧弗如。吾行庸可驚，聊取一笑娱。且盡飲斗酒，長揖歸衡廬。《全元詩》，册 53，第 318 頁

雙桐生空井

胡　布

按，元人又有《雙桐生》，當出於此，亦予收録。

翠葉承華露，銀床拂勁枝。泉將季月竭，根分沃土滋。具實留丹鳳，汲古絙朱絲。時春還照影，鸞交湛碧漪。《全元詩》，册 50，第 470 頁

雙桐生

胡　奎

按，胡奎《斗南老人集》置此詩於「古樂府」類。

雙桐生古井，井上桐花落。妾心如轆轤，繫在青絲索。《全元詩》，册48，第150頁

君子行

胡　布

題注曰：「奉寄玄璋張先生。」

飢從猛虎食，渴酌天池泉。天池清且遠，猛虎食恒鮮。莫以松柏貞，不樹桃與李。莫以蒭蕘賤，鄙言不入耳。慷慨求衣食，直道偏荆杞。有異春華榮，不同秋霜死。古之英雄人，豈得處疑似。《全元詩》，册50，第439頁

燕歌行

劉　因

薊門來悲風，易水生寒波。雲物何改色，游子唱燕歌。燕歌在何處，盤鬱西山阿。武陽燕下都，歲晚獨經過。青丘遥相連，風雨墮嵯峨。七十齊郡邑，百二秦山河。學術有管樂，道義無丘軻。蚩蚩魚肉民，誰與休干戈。往事已如此，後來復如何。割地更石郎，曲中哀思多。《全元詩》，册15，第18頁

從軍行

黄鎮成

按，元人又有《從軍曲》《從軍怨》《從軍樂》《從軍别》《從軍謡》《從軍婦》《從軍詩》《從軍》《莫從軍》，均當出於此，亦予收録。

秋風漠漠寒雲低，隴頭野雁隨雲飛。北方健兒長南土，學得南語相嘔咿。羽書昨夜到行府，下令急點如星馳。明日横刀出門去，回頭不得顧妻兒。山城止舍休十日，百姓餽給無飢疲。

路上逢人寄書歸，道好將息無相思。重關夜度月落早，五嶺冬戍天寒遲。買羊擊豕且爲樂，破賊歸去知何時。《全元詩》，册 35，第 116 頁

同前

舒頔

吾儂生長軍旅中，十三從軍征遼東。左縣烏號右羽箭，匹馬直入賊黨攻。殺戮歸來甫期歲，淮湘盜起紛如蝟。不聞諸葛八陣圖，那見陳平六奇計。江淮郡邑今空虚，爲問足食足兵意何如。莫嘆出無車食無魚，風雨蕭蕭吹蔽廬。杼柚織絍廢，燈火市井孤。東郵西落聲相呼，南關北寨守壯夫。五年鞍馬疲筋力，去家萬里無消息。無消息，空相憶。腰白刃，血猶赤。我勸君有兒，莫從軍。願將鋒鏑化忠義，報答清朝聖主恩。《全元詩》，册 43，第 363 頁

同前

張昱

一身既從軍，寧復顧家室。日食官倉糧，唯知事行役。昨朝號令下，負弩趍大磧。驅車出城去，旌麾耀白日。男兒重横行，萬乘假羽翼。意氣從中來，性命何所惜。鵰鳴沙塞雨，四面無

馬迹。不有封侯貴，班超肯投筆。《全元詩》，册 44，第 9 頁

同前

傅若金

征夫遠從軍，徒旅無時還。炎暉薄五嶺，修蛇横道間。朝食未遑飽，夕寢焉能安。駕舟涉廣川，驅馬登崇山。生别已不惜，矧畏道路艱。豈不懷室家，王事有急難。生當同富貴，没當同憂患。《全元詩》，册 45，第 5—6 頁

同前

袁　凱

烽火塞上來，發卒備戎虜。翩翩長安兒，力未勝弓弩。幸蒙車騎念，出入在幕府。風烟一朝息，歸來受茅土。翻笑李將軍，血戰自辛苦。《全元詩》，册 46，第 328 頁

同前二首

瞿榮智

年少去從軍，妻兒生死分。弓開孤月影，劍射七星文。解識風雲氣，能穿虎豹群。不將身許國，何以樹功勛。

破敵三營外，城頭日欲低。舉烽連磧遠，戰氣接雲齊。旗幟驚烏起，鐃鞞雜馬嘶。祇愁千里月，少婦正悲啼。《全元詩》，册 47，第 173—174 頁

同前二首

胡 奎

萬里燕山道，花開不見春。閨中兒在腹，何日替爺身。《全元詩》，册 48，第 135 頁

千金買紫燕，百金買龍泉。燕紫嘶白日，龍泉倚青天。凌晨出門去，莫忘庭前樹。樹上烏生三四雛，年年結巢來哺烏。《全元詩》，册 48，第 261 頁

同前

陳　基

關河鼎沸慘民生，志士麄豪氣不平。誓掃攙搶安郡邑，長驅鐵騎事專征。《全元詩》，册 55，第 266 頁

同前

張　憲

從軍天目山，走馬臨安道。雖不著戰士鐵鎖袍，亦載趙公渾脱帽。金鼓震四野，秋風吹三關。將軍不尚殺，士卒何時還。白露下青草，高樓多怨思。杵聲空入夢，誰解送征衣。三軍糧食盡，將士衣裘暖。女且拾橡栗，我欲醉弦管。楚王挾纊，越子投醪。同功共事，均苦分勞。入參謀議，出事弓馬。黄石之言，聽者蓋寡。《全元詩》，册 57，第 32 頁

同前

王沂

白馬豹文韉，長驅凌趙燕。控弦引繁弱，彈鋏佩龍泉。身編士卒伍，名得將軍憐。肅肅整行陣，悠悠歷山川。道邊雙飛鴻，羽翮何翩翩。即戎有嚴命，私憤無由宣。引手向天射，天狼雙箭穿。威懾南海際，敢希頗牧賢。《全元詩》，册58，第171頁

同前

釋宗泐

明月照孤營，蕭條數聲角。開門天宇高，仰見妖星落。撫髀一慨慷，龍泉立鳴躍。
少壯方矜武，凶渠遠避威。力全金鏑迅，氣勇鐵鎗飛。疋馬搜山去，生擒探卒歸。
拾骨當炊薪，淘尸作泉窟。平野不見人，寒雲雁飛没。悄悄横吹悲，梅花爲誰發？
草枯馬不肥，風烈衣盡破。建牙帳外立，枕鞍雪中卧。倉皇火伴驚，校尉點兵過。
微霜下高城，哀笳破新弄。孰使耳邊來，驚我還鄉夢。家貧子尚孩，寒衣復誰送？《全元詩》，册58，第377頁

同前

郭奎

大風西北起，江漢雲飛揚。相知拓南土，展此萬里疆。飄飄赤羽旗，矯如飛龍翔。前軍屯細柳，六師後張皇。被服華衮裘，雜以明月璫。金相玉其體，文彩自成章。桓桓虎賁士，左右羅干將。良馬亦既閑，翩翩驪與黄。彤弓盧矢倍，受言宜允臧。一舉清吴越，再欣漢道昌。恩澤沛若霖，閩海俱懷康。謳歌頌明德，樂矣華山陽。《全元詩》，册 64，第 420 頁

同前

王中

十年從召募，萬里逐樓蘭。月黑巡城早，風高度磧難。枕戈天外宿，握雪海頭飡。戰苦誰爲奏，朝臣頌治安。《全元詩》，册 65，第 346 頁

從軍行送猶子宗侃之西安

黄　樞

而翁昔主商山學，堂構新成費經度。日共三農手拮据，禮殿崇崇焕丹艧。咸夸鄒魯在東南，衿佩雲臻講三樂。初，釋奠之日，風林先生引諸生升堂，講孟子曰君子三樂篇。主帥來觀喜可知，不但酬勞倒私橐。虚將名姓附軍籍，移檄官司免工作。何曾端的入行伍，及請官糧執刀槊。禍胎已得塞翁馬，快心誤羡揚州鶴。里胥一旦分軍民，衆始相看駭而愕。不將情弊訴上司，他日端成自纏縛。當時幸遇王右軍，判筆高題爲湔濯。日月忽忽十九年，出役公家返耕鑿。寧知號令從天降，追呼例赴青油幕。汝叔龍鍾折右肱，汝伯蹣跚跛雙脚。汝今結束出門去，明夜城頭聽金柝。哀鳴難徹九重高，空對愁雲滿寥廓。薄送遲遲轉近郊，千樹秋聲晚風惡。汝當前邁我當回，哽咽無言泪雙落。《全元詩》，册58，第226頁

宋生代兄從軍行

烏斯道

昨日點兵兄起别，弟代兄行氣吞鐵。寶方颯颯生陰風，直到淮河蹴冰雪。木蘭女兒代父

行，弟爲丈夫不代兄。丈夫能盡骨肉情，萬里之外如户庭。兄但晏眠莫憂弟，淮流近接蛟門水。明年五月見茶船，先寄官倉月支米。官倉月米拜天恩，未必長爲識字軍。年年射雁得兄信，勝似參商同一門。《全元詩》，册60，第252—253頁

古從軍行七首

王逢

少年快恩讐，辭家建邊勛。手中弄銑鋧，目空萬馬群。轉壁入不毛，水咽山留雲。梏還親撫哭，悔識李將軍。

義結豪俠場，日趨燕趙風。攻城數掠地，帝賚主將功。玉帶十毬馬，金鏑雙鮮弓。弓馬分賜誰，赤脉千緑瞳。

大旗蕭蕭寒，長槊列萬夫。令下簸邏鳴，鐵騎分四驅。塵黄日黑慘，相視人色無。鋒交血濺野，首將方援枹。

白月流銀河，三五星芒寒。牛馬卧草上，帳幕羅雲端。錞鼓春容鳴，衆饗獨鮮驩。群虜在吾目，九地攢吾肝。

彼虜或有人，我師豈無名。上計貴伐謀，掩襲非示征。草塞狼反顧，一水西流聲。寇恂斬

皇甫，餘子烏足程。

郤縠敦詩書，祭遵事雅歌。非才銜空名，覆敗誠不多。小范真我師，匹馬雙導戈。笑擁兵十萬，夜下白鹿坡。

大鈞播萬物，無言自功成。酈生掉寸舌，不智遭鼎烹。非熊爲王師，飯牛慙客卿。轅門鼓角動，整駕河漢橫。《全元詩》，册 59，第 99—100 頁

從軍曲

成廷珪

征馬蕭蕭車漉漉，年少兒郎新結束。廟前無酒發行裝，山路崎嶇行未熟。生來不識征戰塵，驕馬轉鞍車折軸。徘徊相顧奈爾何，丞相令嚴風火速。妻子歸來哭倚門，今夜□君月中宿。

《全元詩》，册 35，第 372 頁

從軍怨

徐　孜

題注曰：「僕黄狗兒，因亂從軍，歸里身故。時勾緝軍户甚嚴，鄉里指名追以從戍，幼

子士實頂替。故作是詩。」

天星動盪東方白，人語喧喧沸鄰壁。男子從軍妾亦行，急急官期遲不得。妾身本是田家妻，何曾道路行東西。一朝不忍棄鄉井，足未出户先悽悽。小郎牽衣大郎泣，鄰舍送行相聚立。翻思骨肉團欒時，情好那知有今日。蒼天爲慘雲爲愁，公姑大哭不可留。生兒納婦望身後，百年骨朽知誰收。庭前花發年年枝，此身此去無歸時。苦最苦兮悲最悲，從軍千里遠别離。《全元詩》，册 33，第 185 頁

從軍樂

汪廣洋

從軍樂，右插忘歸左繁弱。天子有詔征不庭，重選前鋒掃幽朔。出門萬里不足平，宛駒照耀黄金絡。去年鏖戰葱嶺東，今年分戍蓬婆中。蓬婆城外一丈雪，半夜紫騮號北風。少年忽憶慷慨事，便起酌酒澆心胸。酒酣耳熱聲摩空，手舞三尺青芙蓉。前將軍，右都護，壯士在榮不在富。一朝手格樓蘭歸，人擁都門看馳鶩。朝承恩，暮承顧，出入三軍稱獨步。都門富兒空萬數，人生豈被從軍誤。《全元詩》，册 56，第 144 頁

從軍别

郭　鈺

將軍披甲控紫騮，美人挽轡雙泪流。六月炎埃人命脆，軍期稍緩君須留。彼爲兄弟此爲仇，朝爲公卿夕爲囚。歲歲年年苦征戰，黄金誰足誰封侯。烟塵暗天南北阻，英雄盡合回田畝。當時兒戲應門户，不謂虚名絆官府。馬鳴蕭蕭渡江浦，重唤奚奴再三語。將軍臨陣子爲御，莫把長鞭鞭馬去。《全元詩》，册57，第524頁

從軍謡送王儀之

貢性之

王卿有志當俊髦，壯氣直與秋争高。讀書一目十行下，落筆神鬼先驚號。才如群府韞尺璧，思若獨璽抽長繅。長身骯髒瘦如鶴，方瞳點漆明如膏。始豐先生典杭校，羅致館下皆英豪。卿年弱冠即相許，老大喜與賢良遭。執經問難無少倦，下視餘子空呶呶。三年賓興時大比，文戰笑與千人鏖。朱衣暗點夸敏捷，大字揭榜魁時曹。天庭策對聆聖語，辭若江漢流滔滔。魚龍變化在頃刻，稽首拜舞趨神堯。璚林錫燕集諸彦，宫花壓帽紅玉嬌。理司評事暫寄迹，秋官小

宰争見招。牘書累積似山嶽，詞理曲直分牛毛。片言剖析不留滯，解使昧昧從昭昭。合言萬口同一喙，奉法平允無貪饕。只今仗劍戍雲内，向我醉索從軍謡。軍中之威既赫赫，軍中之樂仍陶陶。雕鞍玉轡夸騕褭，黄金鎧甲明綉袍。燕塵萬里沙漠漠，邊風八月凉蕭蕭。上馬斫賊下馬檄，臂鷹走犬田爲遨。大旌小旆錦作隊，戈矛在手弓在腰。睢盱詩云與子曰，諳習虎略兼龍韜。雅歌投壺且容與，輕裘緩帶還飄飄。引弦射虎昔李廣，擲筆墮地今班超。功成他日獻天子，印懸肘後當還朝。姓名炳炳注青史，肯使漢將專嫖姚。《全元詩》，册 58，第 253 頁

卷二一〇　元相和歌辭九

從軍詩

郭奎

朝濟彭蠡湖，暮上匡廬山。軍行飢且疲，露宿聊解鞍。方秋黍稷華，徂征西南端。奄忽歲云晏，雨雪凄以漫。擊柝豈能寐，哀哀想苦寒。戰場久勞役，裘褐俱不完。鶤鳴在丘垤，思婦應長嘆。誰無内顧懷，受命誠獨難。三苗阻聲教，師出猶未還。願公折天威，戢舞羽與干。上瞻泰階平，下覩斯民安。勞旋詠杕杜，貽爾室家歡。《全元詩》，册 64，第 423 頁

和郯九成從軍詩

顧瑛

題注曰：「時二月，予以守關妻上。」

洗甲東海水，飲馬西江潮。大風吹旗脚，軍容愈飄姚。戈船踏櫓回，月中横短簫。青袍富

家兒，髀裏肌肉消。囚俘獻六府，以用報明朝。《全元詩》，册49，第24頁

從軍婦

郭奎

從軍婦，良家女，新梳北髻學邊語。狐皮裁帽紵絲衫，馬上徉羞見親故。黄巾盜賊亂中華，去年燒我父母家。天朝命將專征伐，强兵争奪顔如花。顔如花，命如葉，此身一失無名節。憶昔姑家納采時，燈前豫綰同心結。嫁夫誓擬齊蛾眉，誰知萬里爲軍妻。木綿帳低風日惡，五紋刺綉思深閨。思深閨，難再得，人生莫願多顔色。東鄰女伴醜且貧，鄉里不出成家室。《全元詩》，册64，第428頁

從軍

杜仁傑

野闊牛羊小，天低草樹平。吴疆連晉境，漢卒雜番兵。月合圍城暈，風酣戰陣聲。中原良苦地，上古錯經營。《全元詩》，册2，第309頁

同前

郭　昂

祅氛慘白晝，天狼窺紫微。世故人心迫，秋高戰馬肥。乾坤增肅氣，鼓角壯神威。刁斗凄風急，貔貅白羽揮。陣雲愁不散，邊月淡無輝。烽火千山起，炊烟萬竈稀。獸踪驚遠伏，鳥影避營飛。雷電奔長檄，旌旗擁戟闈。八風觀世應，六甲秘天機。社稷悲雄劍，肝腸快鐵衣。樓船功可繼，銅柱願常違。談笑一時了，軒昂滿意歸。太平方有象，聖德自徽徽。《全元詩》，册8，第42頁

同前

馬玉麟

北風吹游子，十年在邊城。雖懷忠義志，能無父母情。望望傷遠道，關河正交兵。家書久斷絶，默默泪縱横。

落日下轅門，西風暮蕭蕭。擊柝月在地，循天斗回杓。將軍有嚴令，壯士不敢驕。功成當封侯，歲久寧憚勞。《全元詩》，册44，第451—452頁

同前

郭鈺

減袖作戎衣，爲儒事却非。心肝同感激，名位却卑微。浼浼黄塵合，悠悠白旆飛。將軍先陷陣，奮得紫騮歸。《全元詩》，册 57，第 412 頁

男從軍三首

胡天游

十五束髮去從軍，背劍腰刀别弟昆。男兒不洒臨岐泪，觱篥數聲吹出門。

雨沐風飡夜枕戈，東征未了北防河。當時只道從軍樂，誰道從軍苦更多。

自古男兒要自强，腰間金印有時黄。時來不用龍泉劍，手搏樓蘭獻廟堂。《全元詩》，册 54，第 328 頁

女從軍

胡天游

二八女兒紅綉靴，朝朝馬上畫雙蛾。采蓮曲調都忘却，學得軍中唱洞歌。從軍裝束效男兒，短製衣衫淡掃眉。衆裏倩人扶上馬，嬌羞不似在家時。柳營清曉促征期，女伴相呼看祭旗。壯士指僵霜氣重，將軍莫訝鼓聲催。《全元詩》，册 54，第 328—329 頁

莫從軍

舒頔

有兒莫從軍，軍中受辛苦。天寒劫營砦，風雨伏途路。兜鍪鐵甲長在身，楚漢交鋒動兼旬。不幸失機力困乏，性命倏忽泉下人。主將論功儞第一，功成元出小軍力。東征西伐無休期，咫尺家山歸不得。莫從軍，從軍難對敵。被擄須臾間，勝若狼虎猛，敗若犬豕殘。英雄有時亦如此，世事往往相循環。天涯淪落命如綫，父母妻子不相見。縛飢囚氣淚暗零，衣不蔽體卧見星。遭逢亂世或僥幸，贏得面上雙旗青。《全元詩》，册 43，第 363—364 頁

鞠歌行

胡布

魚目哂明珠，鰕鱓笑龍蟄。三獻何貽刖足羞，荆山萬玉爲之泣。仲尼大聖人，削迹於魯衛。蔡澤狀嵌枯，詭譎致相位。賈生不必耻絳灌，漢廷羽翼藉園綺。時命有同然，逸民猶任使。盜跖之惡已横天，令終康裕登遐年。顔回竟夭折，亞聖何能冀自全。化工無私循至理，善善惡惡如流水。達道貴自然，梟獍非倫擬。《全元詩》，册 50，第 445 頁

同前

孫蕡

熒熒圃中花，濯濯堤上柳。春日齊敷榮，秋至就衰朽。萬物隨化變，浮生詎永久。自非彭與聃，誰能得壽考。君看少壯顔，倏忽成老醜。及時當黽勉，遲暮復何有。《全元詩》，册 63，第 255 頁

苦寒行

胡助

至元四年冬仲月，朝朝水冰夜飛雪。山川縞素積堅凝，羲御杳冥厚地裂。僵卧馬牛縮如蝟，士居寒向人處穴。江南文士官吏寒，竈突無烟薪炭絶。髮梳脱落鬚撚折，口吻悲鳴心鬱結。賴有元戎時慰勞，新酒巨觥話吴越。安得凍解回春陽，萬物熙熙生煖熱。《全元詩》，册 29，第 37 頁

同前

釋宗泐

祝融峰南三尺雪，黄河到底頑冰結。洛陽賈客船柂膠，長安公卿馬蹄裂。人言富貴即可避，貧賤從來不相棄。昨夜樹頭風簌簌，東家孤子號天哭。《全元詩》，册 58，第 375 頁

同前

孫蕡

隆冬十二月，四野雲氣浮。寒日霾夕光，層陰肅幽幽。苦哉離家人，歲晏尚遠游。遠游况

北上，太行高離樓。西轅指張掖，東轍望幽州。嚴風裂短袂，密雪凋弊裘。熊羆啼路隅，鬼火照林陬。車轂陷泥滓，馬毛凍颼飀。涉險終日行，薄暮不得休。苦顏帶冰屑，涕泪沿眶流。空山絶人烟，野飯依古丘。行囊已罄盡，何以慰旅愁。苦哉離家人，坐念生百憂。《全元詩》，册63，第255頁

次韻苦寒行

吴師道

江雲凍黄青日墮，苦寒欲禦誰能那。蛟髯冰脱僵起立，鷁脊風高退飛過。陽春却在五侯家，綉被不愁妨睡課。捧觴艷眼送一曲，閉閣下簾熏百和。君莫笑，窮詩翁，蕭蕭破屋簞瓢空。隨陽耻學南征鴻，漢時袁安卧雪中，至今千載垂清風。《全元詩》，册32，第35頁

北上行

胡奎

按，郭茂倩《樂府詩集·相和歌辭》《苦寒行》解題引《樂府解題》曰：「晉樂奏魏武帝

《北上篇》，備言冰雪溪谷之苦。其後，或謂之《北上行》，蓋因武帝辭而擬之也。」①《樂府詩集・相和歌辭》《北上行》題下僅録李白一首。② 宋范晞文《對床夜語》曰：「李太白《北上行》，即古之《苦寒行》也。《苦寒行》首句云『北上太行山，艱哉何巍巍』，因以名之也。太白詞有云：『磴道盤且峻，巉巖凌穹蒼。馬足蹶側石，車輪摧高岡。』又：『殺氣毒劍戟，嚴風裂衣裳。』此正古詞『羊腸坂詰屈，車輪爲之摧。樹木何蕭瑟，北風聲正悲』。太白又有『奔鯨夾黃河，鑿齒屯洛陽。猛虎又掉尾，磨牙皓秋霜』，亦古詞『熊羆對我蹲，虎豹夾路啼』。又：『汲水澗谷阻，采薪隴坂長。草木不可餐，飢飲零露漿。』是亦古詞『行行日已遠，人馬同時飢。擔囊行取薪，斧冰持作糜』，特詞語小異耳。陸士衡、謝靈運諸作，亦不出此轍。若老杜則不然，曰：『漢時長安一丈雪，牛馬毛寒縮如蝟。』又：『凍埋蛟龍南浦縮，寒刮肌膚北風利。』一空故習矣。」③宋遼金未見作《北上行》者，元人《北上行》與太白之作題旨同。

① 《樂府詩集》卷三三，第 393 頁。
② 《樂府詩集》卷三三，第 396 頁。
③ ［宋］范晞文《對床夜語》卷三，《歷代詩話續編》，第 423 頁。

食蜜不知苦，衣葛不知寒。今晨出門去，始知行路難。驚飆吹斷蓬，沙磧何漫漫。羸馬縮如蝟，霜花大於錢。夜涉黄河凍，舟行不得前。君賜轆轤轉，我賜車輪盤。王事有嚴程，去去勿憚煩。彎弧落旄頭，飛箭定天山。會賦鐃歌曲，論功萬里還。《全元詩》，册48，第88頁

北上行送周士約

李曄

停君鐵如意，飲我金叵羅。我有北上行，起舞爲君歌。念此北上樂，君行莫蹉跎。披雪登太行，敲冰渡黄河。黄河連天與天碧，織女大笑投銀梭。紅雲暖光開玉闕，流星煌煌夾明月。簫韶之音下紫清，太液恩波流不竭。去年前席召賈生，今年上書薦禰衡。鵬摶虎變不可測，布衣談笑爲公卿。爲公卿，吾道昌，丈夫壯游須帝鄉。紅顔才子青雲郎，文光照耀宫錦裳。紫騮馬肥金鞍光，蓮花匣出三尺霜。黄金臺高天中央，紫琳作佩聲鏘鏘。聖主恩深跨陶唐，好賢不數燕昭王。北上行，君莫忘。《全元詩》，册56，第20頁

相逢行

張昱

京師衆大區，鞍馬俱俊游。相逢念輕薄，解贈雙吴鈎。性命付然諾，妻子托綢繆。朝過狹斜道，暮宿娼家樓。五侯與之談，七貴爲之謀。心膂誓百年，羽翼期九州。當其勢合時，喝倒黄河流。一朝貲用盡，門户無鳴騶。鄉關耻獨歸，京邑難久留。慨念平生懷，徘徊顧河丘。浮雲詎終朝，失意將焉尤。《全元詩》，册44，第4頁

同前

胡奎

使君馳五馬，賤妾在桑陰。縱有黄金餅，何曾换妾心。《全元詩》，册48，第137頁

同前

周巽

渭北一相逢，停鞭駐玉驄。問君家何處，云在洛城東。離家今幾載，歲月如轉蓬。話舊各

傾倒，相看如夢中。解貂秦樓裏，盡醉酬知己。秦女揚清歌，霏霏啓玉齒。兩臉桃花紅，翠袖舞東風。斜暉轉楊柳，新月上梧桐。此會良可樂，傾壺思再酌。昨日見花開，今晨惜花落。流景不再來，别離恨難裁。人生會面少，且覆手中杯。明朝又分首，上馬東西去。遥望秦關雲，高連渭城樹。《全元詩》，册 48，第 394 頁

同前

陳　肅

吴王城上啼春鴉，吴王宫前多落花。粉翠三千掩佳麗，珠貂十萬歇豪奢。昔余好游錢塘里，亦復結客來吴市。炙魚插匕嗟盜雄，下馬投金想公子。浩歌長嘯出閶門，逢君意氣在一言。解余芙蓉之寶劍，勸君葡萄之玉尊。余從山東入燕趙，身歷河陽抵豐鎬。當時然諾激肺肝，今日還過盡懷抱。風塵澒洞生干戈，世上英雄本不多。男兒慎勿憂富貴，富貴逼人將奈何。《全元詩》，册 49，第 278 頁

同前

胡布

世路多岐曲，岐曲達長安。妍醜紛相逐，輪蹄交其間。去者不憚遠，來人或悲酸。榮辱理有常，孰能籌萬端。維昔尚聲勢，捷逕所攀援。事君本無誠，功烈侈宏觀。利禄及妻子，奴隸肆餘驩。孜孜狥一己，僥幸涉國難。尺長有丈展，寸否千憂煩。陽揜陰爲惡，暴白詎可殫。奸私深自恤，汗簡乃欺謾。矯首東都門，歷歷銜怨訕。脩天以要人，未必淪異患。物誠事不忤，清源無濁瀾。相逢岐曲人，欲竟此長嘆。《全元詩》，册 50，第 444—445 頁

同前

高德壽

與君相逢江之干，朱亭翠柳扶金鞍。風塵今日是何日，對面千里生悲歡。江聲瀟瀟江水緑，江上晴山削青玉。珠絡銀壺傾美酒，爲君緩緩歌一曲。歌一曲，君且聽，人生何止如浮萍。萍飄東西有定所，人生不得須臾停。勸君飲，爲君歌，當歌不飲君奈何，百年憂患常居多。君看長江水，日夜相催亦如此，前波未收後波起。世路無如醉鄉好，富貴令人頭白早。《全元詩》，册 65，第 181 頁

相逢行贈別舊友治將軍并序

薩都剌

詩序曰：「予遷官出閩，舟行抵興田驛二十里許。俄聞擊鳴金鼓，應響山谷間。隨見旌旗導前，兵卒衛後，中有乘馬者，氈袍帕首，徐行按轡，屢目吾舟。吾病久氣餒，不能無懼心也。頃之，興田驛吏以行輿見迓，遂舍舟乘輿。嚮之旌旗兵卒移導輿前，馬從輿後，輿行馬鳴，途中未敢交一語。迫暮，至邸舍，燭光之下，氈袍者進曰：『某乃建之五夫巡檢官，聞使君至，候此將一月矣。某嘗三識使君面，自都門一別，今已五載，使君豈遺忘之耶？』僕驚謝曰：『將軍何人也？』答曰：『某即使君舊交雲中也。』熟視久之，恍如夢寐。雲中復能紀余闕下丰采時否耶？歷歷關河，舊游如隔世。乃對燭光，夜道故舊。明日，復同游武夷九曲，煮茶酌酒，臨流賦詩，出入丹崖碧嶂間。心與境會，天趣妙發，長歌劇飲，相與爲樂。酒闌興盡，秋風凄凄，落水雨下，閩關在望，復作遠行。予始見君而懼，次得君而喜，終會君而樂，又得名山水以發揮久別抑鬱之懷。樂甚而復別，別而復悲，悲復繼之以思也。嗟夫！人生聚散，信如浮雲，地北天南，會有相見。因賦詩，復爲《相逢行》以送之。」

一年相逢在京口，笑解吴鈎换新酒。城南桃杏花正開，白面青衫鞭馬走。一年相逢白下門，短衣窄袖呼郎君。朝馳燕趙暮吴楚，逸氣不覺凌青雲。一年相逢在闕下，東家蹇驢日相假。有如臣甫去朝天，泥滑沙堤不敢打。都門一别今五年，今年相逢滄海邊。千山木葉下如雨，雁聲墮地秋連天。將軍毿袍腰羽箭，擁馬旌旗照溪面。小官不識將軍誰，卧病孤舟强相見。豈知此地逢故人，摩挲病眼開層雲。舊游歷歷如隔世，夜雨豈知思同群。郎君别後瘦如許，無迺從前作詩苦。溪頭月落山館深，剪燭猶疑夢中語。人生聚散亦有時，且與將軍游武夷。弓刀挂在洞前樹，洞裏仙童來覓詩。稽首武夷君，借我幔峰頂，分我紫霞杯，與子連夜飲。左手招子喬，右手招飛璚，舉觴星月下，聽吹雙鳳笙。我酌一杯酒，持勸天上月，勸爾長照人相逢，莫向關山照離别。鳳笙换曲曲未終，天風木杪飄晨鍾。拂衣罷宴下峰去，又隔雲山千萬重。《全元詩》，册30，第221—223頁

相逢行送方叔高之九江

陳　植

相逢吴門市，知自漁陽來。朔風號歲暮，落日心悠哉。《全元詩》，册 37，第 95 頁

相逢行寄仲莊王□□二十二韻兼柬崇恩徹希二聞士時仲莊教書麋川

吕　誠

南山有石白齒齒，短衣高歌中夜起。衰年無復夢周公，訪舊凄凉半爲鬼。平生憂患勿復道，三年兀坐竹洲裏。竹洲隱者更愛客，一笑相逢感知己。烏几朝朝貝葉書，銅瓶夜夜花根水。清狂幸不廢吟哦，自覺宫商含羽徵。潦倒甘爲人所嗤，肉食者謀那及此。緑瑶故人别我久，一見胡爲不欣喜。我居洲北子港南，烟樹相望纔一里。書堂區匝數十弓，絳帳蕭條二三子。棄瓢無緑酒再沽，朝盤有罾魚可煮。醉來掩卷自吾伊，詩筒日夕相填委。遐日過我此筠室，逢迎聊

復具鷄黍。春枯白白漲密雲，夜韭青青翦新雨。五月未稼石田秧，掉臂軒軒若霞舉。人生會合苦不常，興盡歸來那復止。季鷹豈是爲鱸魚，宣聖猶然嘆雌雉。婁西近番忽相見，停午茶瓶細覶縷。舊席久荒北海尊，新寺花開爛如綺。忘情況有八十翁，談玄一洗箕山耳。爲渠痛飲爲渠醉，自古濁醪有妙理。《全元詩》，册 60，第 468 頁

相逢狹斜行

胡　奎

按，《樂府詩集・相和歌辭》《相逢行》解題曰：「一曰《相逢狹路間行》，亦曰《長安有狹斜行》。」①胡奎《斗南老人集》置此詩於「古樂府」類，故予收録，置《相逢行》後。

相逢狹斜路，借問游何處。男兒不戀家，西上長安去。大車轔轔朝出關，小車已没雲中山。安得兩輪生四角，遠游不及還家樂。《全元詩》，册 48，第 234 頁

① 《樂府詩集》卷三四，第 402 頁。

長安有狹斜行

陳　樵

長安出狹斜，方駕秦中客。云是牛丞相，來自薄家宅。薄家萬户侯，朱門映椒壁。長秋車馬來，賓客御瑶席。金屋貯尹邢，阿嬌泪沾臆。燕燕慵未妝，繁華照春色。轉蕙光風翻趙帶，徘徊月到班姬床。班姬輟芳翰，紈扇從風揚。明妃鬥百草，玉環御雲裝。向來温柔地，盡入白雲鄉。何以慰王孫，琵琶隨驌驦。何以奉燕燕，罷舞歌慨慷。何以奉明妃，緑珠奏清商。嫫母挾無鹽，搔頭愛宫妝。《全元詩》，册 28，第 374 頁

三婦艷辭二首

戴　良

按，《樂府詩集·相和歌辭》有《三婦艷詩》，元人又有《三婦艷辭》《三婦詞》，當出於此，亦予收録。

大婦蕩湖船，中婦歌采蓮。小婦獨嬌態，含羞辭未宣。牽篷掩花面，何處不堪憐。

大婦翦羅衣，中婦綴珠帷。小婦獨無事，月下理娥眉。花落滿庭曲，何從覓履綦。《全元詩》，册58，第86頁

三婦詞

楊維楨

大婦善主饋，甘旨出中厨。中婦善調筝，清歌似羅敷。小婦似小喬，中夜讀兵書。丈人不復樂，起起去防胡。《全元詩》，册39，第115—116頁

塘上行擬甄后

張　憲

白露下塘蒲，芙蓉秋露濕。不忍生别離，時抱蒹葭泣。《全元詩》，册57，第51頁

蒲生行

周　頌

青蒲散野沼，非由擇地生。淺水身可依，托根良有情。水涸霜復降，蒲質何其輕。小草感

造化，年年發春榮。蒲根能自植，沼水常盈盈。《全元詩》，册 24，第 391 頁

浮萍詞

胡奎

按，《樂府詩集·相和歌辭》有《蒲生行·浮萍篇》，胡奎《斗南老人集》置此詩於「古樂府」類，故予收録。

半隨波浪半黏沙，漂泊東西不戀家。莫怪生來無定迹，只緣根本是楊花。《全元詩》，册 48，第 122—123 頁

秋胡行

周巽

按，元人又有《秋胡妻詞》《秋胡子》《擬秋胡》《秋胡詞》，均當出於此，亦予收録。

鴛鴦在芳洲，飲啄長相顧。雌留楚水湄，雄飛秦苑樹。娟娟誰家女，嫁作秋胡婦。合婚纔

五日，夫壻離家去。五見櫻桃花，思君在何處。膏沐難爲容，中閨守貞素。春日載遲遲，采桑陌中路。忽逢馬上郎，持金前致語。正色不可干，攀條衣濕露。采采未盈筐，蠶飢那可住。忽聞夫遠歸，歸見相驚顧。乃是遺金者，升坐向姑訴。妾心皎如日，夫意輕如羽。鳥猶有儔匹，人豈無思慮。中流忽自沈，大節久彌著。《全元詩》，册 48，第 394 頁

秋胡妻詞

王餘慶

桑顛日射黄金枝，桑間美人白玉肌。采桑盈筐郎未歸，東風吹泪濕羅衣。郎未歸，在遠道，妾尚少兮親已老。郎心如蘗妾如丹，富貴應須到家早。采桑待露晞，養蠶圖得絲。生男且富貴，甘旨當及時。千金却爲一笑資，倚閭日暮無窮悲。願嫁反哺烏，不忍見秋胡。《全元詩》，册 35，第 253 頁

賦秋胡子

唐桂芳

依依陌上桑，婉婉桑間婦。嫣然紅羅襦，采桑濕香霧。相逢馬上郎，停鞭偶回顧。重遺買

一笑，脉脉此情露。誰知婦人身，托生膠漆固。本期骨肉親，反被顔色誤。憶當送郎初，徙倚門前樹。篋笥滿征裳，一一裁縉素。綉爲雙鴛鴦，猶懼觀者妬。願郎早歸來，恨不與俱去。塵埃撲床帷，蠨蛸網窗户。惟有白髮姑，未忍衷情訴。可憐不相識，春心挑中路。蒼皇下馬時，忽忽意未悟。洞房掃春靄，一見應媿負。汝妾固可棄，汝親寧弗慕。黄金無虧盈，白璧有點污。嫁夫恩義乖，何如江水赴。貞姿擅古今，朽骨忘朝暮。悠悠懲愴心，於焉發長喟。《全元詩》，册 41，第 248—249 頁

擬秋胡

釋妙聲

來者靡居，逝者其奈何。來者靡居，逝者其奈何？歲短意長，樂少哀多。遺世獨立，豈無其他。哀我人斯，營營則那。歌以言之，逝者其奈何。

瞻彼西山，松柏何蒼蒼。瞻彼西山，松柏何蒼蒼。所謂伊人，在天一方。至道在兹，懷之靡忘。豈不欲往，路阻且長。歌以言之，松柏何蒼蒼。

彼瑶者臺，赫赫何人居。彼瑶者臺，赫赫何人居。朝競紛華，夕已爲墟。鬼神害盈，乃喪厥家。昔爲所羡，今可長吁。歌以言之，赫赫何人居。《全元詩》，册 47，第 27 頁

秋胡詞

胡　奎

陌頭桑葉春陰陰，少婦采桑多苦心。朝來出門日已晏，蠶飢葉稀姑未飯。少年騎馬桑間來，黄金不博笑顔開。但令人似秋胡婦，世上黄金不如土。《全元詩》，册48，第118頁

春雨謡效謝靈運善哉行仍依韻

張　雨

南山殷雷，靈雨辰落。滦滦湍瀨，翳翳林薄。惠我沾足，忘彼離索。牝谷虚受，游氛汛郤。嵌巖篁鼓，隰隴謳謔。脉潤纖荄，溜摶餘蕚。載歌停雲，懷人於鑠。柴桑邈矣，觴至獨酌。亦勞爾耕，飲和袪瘼。勗哉老農，同憂同樂。《全元詩》，册31，第260頁

大難日

楊維楨

按，《樂府詩集・相和歌辭》有《來日大難》，元人《大難日》或出於此。又，此詩見録於

《鐵崖古樂府》，故予收録。

來日大難君不知，焦心弊力欲何爲。早知大難學安期，煉煮丹石服靈芝。大藥誤死世所嗤，不如美酒千日可辟飢。美酒醉飽，一日以爲老。美酒不暢，叶昌。千歲亦爲殤。《全元詩》，册 39，第 14 頁

步出夏門行

胡　奎

宋鄭樵《通志二十略·樂略一》「相和歌瑟調三十八曲」曰：「《步出夏門行》，亦曰《隴西行》。」①

步出夏門，言登泰山。道逢赤松，方瞳玉顔。飛霞爲佩，明月爲環。授我寶訣，惠我大丹。回視東海，黄塵蔽天。驂麟翳鳳，逍遥永年。《全元詩》，册 48，第 136 頁

① 《通志二十略》，第 900 頁。

西門行

梁寅

出西門，安所逢。所逢皆少年，稀見白頭翁。人生如春花，朝競陽豔夕空叢。百年流光能幾何，幼而蚩蚩，老嘆蹉跎。歡日苦少，愁日苦多，勸君美酒聽我歌。寧爲貧賤之娛樂，無羡得意之奔波。《全元詩》，册 44，第 275 頁

同前

戴良

出西門，望崦嵫，莫停乾軸駐坤維。嘆人生，感盛衰，壽命百年焉可期。燕東逝，雁南歸，今日不樂待何時。鑒徂貌，撫頽機，起招親識飲華巵。唱歌曲，揮舞衣，放情舒意解憂悲。《全元詩》，册 58，第 88 頁

東門行

袁桷

神皇揮戈度黑河，四廂捧日肩相摩。金袍珠縈帽七寶，剖符帶礪功難磨。年年舞馬魚麗列，宴罷玉帳經南坡。嚴更傳警夜氣肅，貔貅千列環象馳。華蓋西傾星散雪，殿前蘭膏猶未滅。千金匕首肘腋生，拉脅摧胸慘凝血。平明群凶坐周廬，傳旨東西騎交迭。棄馬之邦身被縶，執簡以朝筆猶舌。煌煌厚恩浹肌髓，悲泪填胸痛天裂。金繒盈車内府竭，虎視眈眈終一咥。《全元詩》，册21，第177頁

同前

張憲

東都門外今古稀，東宫二傅同日歸。百官祖道設供帳，敕賜黄金作酒貲。歸來日日會親友，盡賣賜金買醇酒。白頭剛傅蕭望之也空勞勞，一杯鴆羽不就獄，博得君王祠少牢。《全元詩》，册57，第8頁

鴻雁生塞北行

戴　良

鴻雁何從來，千里度江湘。當春既北飛，涉秋復南翔。南翔違霜雪，北飛逃畏陽。豈不念鄉塞，所至有炎涼。客子别家久，遥遥征路長。朝游齊魯國，暮行吴越鄉。何思拔泰茅，惟憂繫否桑。壯心移歲華，徂貌委年霜。蓬落繞本莖，蓮飄戀舊房。此邦雖樂土，故鄉焉可忘。《全元詩》，册58，第85頁

飲馬長城窟

陳義高

我來長城下，飲馬長城窟。積此古怨基，悲哉築城卒。當時掘土深，望望築城高。縈紆九千里，死者如牛毛。骨浸窟中水，魂作泉下鬼。朝風暮雨天，啾啾哭不已。昔人飲馬時，辛苦事甲兵。今我飲馬來，邊境方清寧。馬飲再三嗅，似疑戰血腥。昔人有哀吟，吟寄潺湲聲。潺湲聲不住，欲向何人訴。青天不得聞，白日又欲莫。此恨應綿綿，平沙結寒霧。《全元詩》，册18，第38頁

同前

周巽

漠漠遼水雲，明明關山月。迢迢萬里城，歷歷飲馬窟。有婦哭聲哀，哭城城爲摧。秦兵五十萬，白骨雪成堆。至今窟中水，猶是當時泪。涓滴積成泉，長留在邊地。前年度遼西，渴馬逩城嘶。八月天已寒，雪飛沙路迷。今歲陰山道，解鞍卧沙草。魂隨秋雁歸，夢見家山好。早晚向臨洮，朔風吹節旄。歸騎大宛馬，玉盌醉蒲萄。《全元詩》，册 48，第 393 頁

飲馬窟

楊維楨

按，《樂府詩集・相和歌辭》有《飲馬長城窟》，解題曰：「一曰《飲馬行》。」①此詩首句云「長城飲馬窟」，或出《飲馬長城窟》，故予收録。

---

①《樂府詩集》卷三八，第 436 頁。

長城飲馬窟，飲馬馬還驚。寧知嗚咽水，猶作寶刀鳴。《全元詩》，册39，第69頁

飲馬長城窟行

張昱

飲馬長城窟，飲多泉脉枯。嘶跑不肯行，思若畏前途。驅之尚不忍，惻然駐征車。朔風當面吹，墮指裂肌膚。豈念衣裳單，顧已猶亡夫。功名登天然，何時執金吾。陰陽無停機，百年諒須臾。常恐遂物化，奄忽委路隅。此懷當告誰，策馬自長吁。《全元詩》，册44，第2頁

同前

戴良

將軍西擊胡，道過長城窟。飲馬馬不前，爲有征人骨。征人之骨朽且寒，沉冤浸恨知幾年。當時亦爲擊胡死，流落孤魂此水邊。秦皇秦皇好征討，誰識窮兵是無道。爲君無道天實亡，不備中朝備北方。一朝禍自蕭墻起，回首長城空萬里。《全元詩》，册58，第86頁

同前

孫蕡

長城去迢迢，征馬鳴蕭蕭。馬飲月窟水，長城長萬里。征人行從軍，離家今幾春。春花復秋草，閨人念遠道。遠道歸無期，漂流不相知。徘徊復展轉，展轉長相思。相思不相見，涕泪鉛華滋。風從西北來，吹我井上桐。寒凉颯將至，惻惻傷我中。乘月搗寒衣，丁丁碪杵悲。衣成欲寄遠，君在天一涯。瘦馬戀破櫪，倦禽思故巢。君行亦已久，孤妾寧自聊。遠使來長城，帶得音信還。書中何所道，但道寄平安。平安不顧返，歲月忽已晚。君心知若何，妾意今無限。《全元詩》，册 63，第 247 頁

卷二一二　元相和歌辭一一

青青河畔草

汪　珍

青青河畔草，矯矯園中李。娟娟樓上婦，微微啓玉齒。仰嘆浮雲馳，俯首理緑綺。自惜韶華姿，誤身游俠子。《全元詩》，册 20，第 323 頁

同前

王士熙

青青河畔草，江上春來早。春來不見人，思君千里道。千里君當還，夙夕奉容顔。青樓獨居妾，含情山上山。白雁歸塞北，一行千萬憶。團團月出雲，却使妾見君。《全元詩》，册 21，第 2 頁

同前

孫　蕡

青陽煦林薄，春氣匝道周。婉孌都人子，采桑南陌頭。脩眉婉清揚，玉顏和且柔。明妝照碧落，五馬爲久留。久留諒奚爲，妾非貴者儔。貧守蓬蘧篨，獻食獨安羞。《全元詩》，册 63，第 263 頁

泛舟横大江

袁　華

之子遠行邁，泛舟横大江。日華動蘭槳，山色上篷牕。遐覽意有在，壯游心未降。手揮如意一，腰佩玉環雙。臨流莫嗟逝，錦衣還故鄉。《全元詩》，册 57，第 275 頁

上留田行

梁　寅

題注曰：「上留之地，有父死而兄不字其子者，鄰人作歌以諷其兄。」

上留田，田畇畇，父憐衆子，其心孔均。一朝父死，兄乃不仁。昔謂同根草，今爲落葉分。桓山有鳥産四雛，羽翼既成惜飛離。飛離不得宿同枝，東去西去鳴聲悲。嗟人之靈，羽族豈同。視天倫爲仇讎，何期慈愛心，乃化冥頑胸。蓮心其苦緑房中，榴子并酸膚外紅。嗟哉斗粟與尺布，慎毋不相容。《全元詩》，册44，第279頁

上留田

胡奎

上留田，上有白日與青天。人言弟死兄不葬，他人野祭孤墳前。一雁入繒繳，群雁鳴聲哀。如何骨肉親，棄之委蒿萊。淮南徒聞歌尺布，田家無復栽荆樹。上留田，良可憐。《全元詩》，册48，第148頁

孤兒行

胡布

按，宋鄭樵《通志二十略・樂略一》「相和歌瑟調三十八曲」曰：「《孤子生行》，亦曰《孤

兒行》，亦曰《放歌行》。」①元人又有《孤兒篇》，當出於此，亦予收録。

兒無父，母尚在。家貧不自保，身寄他鄉罹患害。父母生兒時，貴兒貴是男。屬當休明時，親朋來盍簪。陳禮羅酒漿，衎衎譽言談。長且八九尺，仁厚豐令顔。群下若屏氣，威容不可干。父母樂安逸，家事所擯斥。百萬上留田，買花度年日。强奴事慈父，利我所貨殖。資財竟蕩盡，兒大無家室。父母貧又老，咨嗟何所道。父遠兒不歸，良時委芳草。豈無鄉里思，人情多是非。豈無鄉里人，貌好心不知。兒父天一隅，寒温莫候期。道路日悠遠，行人去且遲。拔劍出門去，耻作兒女啼。四顧多悲風，浮雲掠天飛。熊羆號前虎嘯後，怒髮指天汗流頤。兒命一何辜，蒼蒼當爲誰。兒有寸心，天若爲憐時，羿前驅，奡後乘。烏獲奔車，魯陽駐景。列仙縮地，軒轅出令。保合骨肉，遺民全命。稷契皋陶，允平庶政。大道無爲，民法不競。下逮萬世，休光猗盛。

《全元詩》，册50，第443頁

① 《通志二十略》，第900頁。

孤兒篇

朱思本

孤兒可六歲，赤立古道邊。逢人即下拜，哽哽聲泪連。父母俱疫死，閭里相棄捐。兒生不自保，旦夕歸黄泉。爺娘救兒命，感戴期終天。下馬一撫之，中腸爲憂煎。裹飯既莫及，揮金諒無全。我欲以爾歸，翻恐成禍愆。疫癘有薰染，世俗交相傳。去去復回顧，涕泗俱潺湲。夜宿邵伯驛，展轉不得眠。中宵急雨至，殺氣風雷先。念彼曠野中，孤兒死誰憐。守令美輿服，日事撲與鞭。妻孥自姁婾，撫字心茫然。采詩俟王命，聊著孤兒篇。《全元詩》，册27，第59頁

放歌行

胡布

宿雲流陰度城闕，城頭烏啼城上月。胡笳歇拍羌笛哀，穹廬將軍泪成血。匣劍星文光欲動，羅帷青燈明復滅。空將夢裹見先皇，曾是軍中識英傑。伊昔青冥奮鵰鶚，鶱飛百萬翔寥廓。而今白眼泣麒麟，啁啾鳥雀追風塵。風塵陰陰暗河縣，經過行人問征戰。還將漢北裂帛紅，回向遼東帶書箭。箭飛翎折鏃斷金，馬死沙場春草深。不見征塵掩骸骨，朝朝暮暮隴雲陰。西當

太白環荆楚，北斬樓蘭叱降虜。黄鬚鮮卑應夢來，白面終童棄繻去。可憐功業歸偏將，道傍枕藉成丘壤。九衢呵從何紛紜，列屋珠貂不相讓。别有南陽開甲第，轉日回天擅經濟。意氣由來縛虎雄，縱横烏事屠龍計。屠龍縛虎技難憑，續弦煎膠奇自矜。自謂亞夫知劇孟，過從易水問荆卿。國難欲除耻欲雪，督亢圖窮匕不發。將軍不惜將軍頭，俠客空成汗漫游。《全元詩》，册 50，第 441 頁

放歌行贈宋君仲温

周砥

今日非昨日，今年非去年。天地不同老，日月豈停旋。寸心遥遥顔色改，只似秋蓬與夏蓮。柏梁賦詩不早上，長楸走馬未得前。閶闔九重虎豹守，我欲上訴無因緣。荆山泣玉徒自苦，夷門抱關誰復賢。琉劍芙蓉拂秋月，高歌對酒聲哽咽。當時輕意千古事，幽憤于今向誰雪。蘭臺公子天下奇，心膽豈足他人知。荆卿不答魯勾踐，項羽豈顧齊安期。東吴市上花漠漠，相逢意氣傾山嶽。笑説秦關百二重，舒捲風雲不盈握。一生不識平陽奴，况是霍家馮子都。明珠白璧等糞壤，玉環翠袖皆蟲蛆。甘心廓落事屠釣，矯如游龍不可拘。宋公子，爾彈琴，我放歌，白晝苦短夜何多。黄金高臺幾千尺，翳日浮雲奈若何。《全元詩》，册 54，第 193 頁

野田黄雀行

胡 奎

按，元人又有《黄雀行》《野田雀》，均當出於此，亦予收録。

黄雀啄啄野田間，飢鷹側目下空山。黄雀投虞羅，低摧傷羽翰。少年拔劍捎羅網，黄雀高入青雲上。回首裴徊謝少年，虞羅勿令張野田。《全元詩》，册 48，第 134 頁

同前

周 巽

野田有黄雀，群飛向村落。禾黍秋來啄食肥，蓬蒿暮宿潛身樂。不同飛燕營窠巢，豈逐征鴻罹矰繳。微物猶知棲息地，四維塵網誰能避。君不見鸚鵡在樊籠，幾時脱迹山林中。《全元詩》，册 48，第 399 頁

黄雀行

陳　基

黄雀何飛飛，雄鳴呼雌野草低。暮歸莫向空城棲，空城挾彈多小兒。朝飛莫傍東家屋，東家鷙鳥食爾肉。不信只看梁上燕，昨日養雛今不見。不信更看桑間雉，綺翼離褷爪中死。東家公子非少恩，彼鷙不仁誰敢嗔。吁嗟爾生亦甚微，彼鷙不仁謹避之。《全元詩》，册55，第177—178頁

野田雀

陸　仁

埜雀飛在田，化爲田中鼠。黍稌動連雲，鼠食那知止。《全元詩》，册47，第112頁

同前

胡　奎

按，胡奎《斗南老人集》置此詩於「古樂府」類。

野田雀，鳴啾啾。啄我黍，何時休。我黍半輸官，我黍半養家。爾雀群飛無網羅，我黍日減雀日多。野田雀，奈爾何。《全元詩》，册 48，第 155 頁

艷歌行

胡　布

杏梁初月上，桂障晚香團。并照花羞面，聯芳氣拂蘭。流鶯慚曲度，舞燕比腰寬。買笑千金易，知音一顧難。瑶琴聲乍轉，嬌歌興已闌。含笑俱傾意，托語尚羞顔。藕絲裙帶合，竹葉酒杯殘。的的帷中燭，灼灼腕上環。情如斷金石，恩有重丘山。誠願垂燭光，多幸保環圓。《全元詩》，册 50，第 445 頁

煌煌京洛行

胡　布

獨處傷鰥，盛室妬妍。位道無規，飾過多怨。魯連耻帝，千金何顧。豫讓不死，伏橋有俟。天下雲從，夷齊竟去。加冠于屨，義所弗處。荊卿攘袂，燕得國士。將軍授首，謂死王事。叔孫之起，兩生毅然。且聖且賢，不昧我天。極量恢恢，遺風泰基。市門苟留，梅生長之。皇業宏

仁，暢越八表。我寧一枝，無所感妙。得主隳仇，良足於留。極人臣貴，登神仙游。《全元詩》，册50，第442頁

古樂府煌煌京洛行送施掾史克讓使還京都

殷 奎

白日麗中天，帝京何煌煌。禁門十二樓，複道遥相望。瑶樹帶靈囿，醴泉溢蘭塘。殊封建秦虢，華胄躡金張。冠蓋燿里閈，車馬隘康莊。丈夫四方志，萬里覲清光。朝從丞相騎，暮登丞相堂。獻納資謨謀，致澤躋皇唐。眷言善自勖，令聞如圭璋。《全元詩》，册64，第123—124頁

門有車馬客行

張 翥

坐秋雨思秋風，仰視白日雲中。彼美一人誰容，秉心鬱其忡忡。爲客一鼓云何，慷慨起舞悲歌。巨魚出聽凉波，鳴鳥徘徊庭柯。有客有客在門，崔嵬高蓋華軒。起欲與之語言，已叱僕夫回轅。寧不少忍須臾，謂我巷不容車。北望豪家是趨，堂上有箏有竽。

盛衰相尋無端，媒勞恩絶則然。還坐自樂我閒，勿謂無知絶弦。《全元詩》，册 34，第 121 頁

同前

袁　凱

主人堂上坐，門前車馬來。車馬一何廣，遠近生塵埃。好客不厭多，惡客胡爲乎。寄言主人道，結客何草草。《全元詩》，册 46，第 327 頁

同前

周　巽

題注曰：「解題曰：『皆言問訊其客，或得故舊鄉里，或駕自京師。備叙市朝遷謝，親友凋喪之意也。』」

門有車馬客，清晨過衡門。一見知舊識，傾蓋停高軒。延客中堂坐，殷勤聽嘉言。問訊來何處，答云家平原。離鄉三十載，喪亂今誰存。暫逢同骨肉，相見如夢魂。交歡展華宴，適興奉清樽。冰鱠切鮮鯉，蕙肴雜芳蓀。中情既相洽，密語方細論。冠冕豈不貴，簿書亦已繁。蠅營

與狼顧，昧者競馳奔。蛾以燈自滅，玉同石俱焚。人生若朝露，富貴如浮雲。今我不爲樂，晨興忽已昏。持杯各傾倒，感子意彌敦。驅車出門去，林月照東園。《全元詩》，册 48，第 395 頁

宴芝雲堂古樂府分題得門有車馬客行

袁　華

詩序曰：「至正庚寅秋七月二十九日，予與龍門山人良琦、會稽外史于立、金華王禕、東平趙元，宴於顧瑛氏芝雲堂。酒半，以古樂府分題，以紀一時之雅集。詩不成，罰酒二觥。余汝陽袁華也。」

門有車馬客，綉轂夾朱輪。玉鞍光照路，翠蓋影摇春。高堂翼翼雲承宇，燕蹴飛花落紅雨。升堂酌酒壽翁媪，吴娃歌歈楚女舞。願翁多子仁且武，執戟明光奉明主，明珠白璧何足數。《全元詩》，册 57，第 406 頁

門有車馬客行送倪孝方

謝　肅

門有車馬客，意氣何桓桓。既持倚天劍，復戴切雲冠。自云報恩子，不畏行路難。有能遇

國士，一語披肺肝。而我不解事，抱瑟齊門彈。知己諒難得，盛年嗟易闌。拓落走吴楚，與子聊游盤。懷才既無補，竊禄非所懽。念彼古豪俊，豈必卑小官。逢時展經濟，乃使蒼生安。之子素倜儻，此衜期相敦。明當别我去，贈以琴琅玕。《全元詩》，册 63，第 380 頁

門有車馬客

耶律鑄

按，《全元詩》未收此詩，耶律鑄《雙溪醉隱集》置之於「樂府」類。

烏鵲遶屋鳴，有客停征騑。問客何自來，君家寄家書。攝衣起迎客，開書多苦辭。蕣花不長好，玉顔亦易衰。水行有却流，人行無反期。置書拜謝客，豈不心懷歸。事君有明義，不得顧所私。作書附客返，路遠幸勿遺。上言重自愛，下言長相思。相思勿相怨，自古多别離。［元］耶律鑄《雙溪醉隱集》卷二，景印文淵閣四庫全書，册 1199，第 394 頁

同前二首

王沂

門有車馬客，請賦從軍行。將軍素英武，鐵騎守長城。玉匣魚腸劍，光芒掣飛雷。走馬沙

場中，才堪百餘戰。承恩歘徵起，所願解重圍。寸心逐黄屋，殺氣如雲飛。《全元詩》，册 33，第 12 頁

門有車馬客，請賦從軍行。將軍素英武，鐵騎守長城。玉匣魚腸劍，光芒掣飛靈。走馬沙場中，才堪百餘戰。承恩歘徵起，所願解重圍。寸心逐黄屋，殺氣如雲飛。《全元詩》，册 58，第 172—173 頁

同前

戴　良

門有車馬客，駕言故鄉至。問訊辭未終，相顧輒揮涕。嘆我久不歸，流落江海裔。空懷錦綉腸，何有王霸器。童僕失舊歡，妻子生新喟。昔如鷹脱鞲，今作鵠垂翅。仍聞邦族間，近亦多凋弊。市朝既遷易，衣冠恒殄瘁。松柏匝廣阡，蒿萊蕪故第。天運無終窮，人事有崇替。彼道苟如斯，此生安足恃。已矣勿復言，興衰自古然。《全元詩》，册 58，第 85 頁

同前

劉永之

門有車馬客，駕言發西京。備諳興廢事，具識治亂情。天子既神武，儲君復神明。鐘鳴啓雙闕，王侯古雁行。要途無貴戚，密地有寒英。懷柔建六典，戡强用五兵。西伐踰葱嶺，東征際

滄溟。北盻讋沙漠，南顧定儋瓊。金圖啓天秘，銀甕發地靈。八表既蕩一，九有悉來庭。鄙人值陽九，嗟與兀運并。慷慨携客泣，矯首晞太平。《全元詩》，册60，第7—8頁

同前

劉崧

門有車馬客，光彩一何都。謂從天上來，意氣傾萬夫。銀鞍耀流星，丹轂夾華月。白馬驕且馳，浮雲遞明滅。鳴鞘赴咸陽，執戟趨承明。二十事征戰，三十成功名。出護塞上軍，入典禁中直。五侯與七貴，調笑同出入。相如早還蜀，季子終相秦。如何衡門士，抱膝長苦辛。《全元詩》，册61，第1—2頁

墻上難爲趨行

胡布

東方曈曈星晢晢，鵲飛門前梧樹集。啓我荆扉視，遥見遠人以晨征。客從東西南北來，息疲馬結綏拂長纓。請客上堂出屈卮，自言空村但餔糜。客辭别家年及期，九州豺虎夾道啼。豪賢在路不擇噬，月黑水白汨深泥。曠野無人居，雨雪何霏霏。狐兔在地走，機羅空設施。麏麚成群飲人脂，獸走唉不及遠道，行人往往不能馳。蒿萊蔽目生，黄雀飛去暮未棲。虎大見雀駭，見雀去山樹。雀遺弊虎皮，虎視空睥睨。白日禽獸争馳突，人群呵禦至日没。日没復縱横，人各不保生。路難行，棘與荆，何能遠游逐利名。拂客面上塵，爬搔蟣與蝨。食我餔糜，居我山水窟。飲泉力耕種，山樊寥寥壽安逸。客今憂思父與兄，何不拔劍邀徒旅。斫草驅狐兔，彎弓月張抨豺虎，黄雀麏麚不足數。父母妻子得相見，乃不此身隔異縣。慊慊心意闕，莫以此言泪如霰。《全元詩》，册 50，第 442 頁

日重光行

楊維楨

日重光，今日西没，明日上榑桑。日重光，日復日，上榑桑。人長往，不返故室堂。日重光，身後面目誰短長。日重光，言果果，神倀倀。《全元詩》，册39，第13頁

同前

戴良

日重光，天命良悠悠。日重光，陰回陽薄春復秋。日重光，人生百年苦易滿。日重光，黑髮幾時還白頭。日重光，花謝必再開。日重光，人不再少老即休。日重光，堪嘆富貴利達。日重光，一時變滅如浮漚。日重光，何不學彼神仙。日重光，逍遥物外身長留。《全元詩》，册58，第88—89頁

月重輪行

戴良

天運茫茫，月重輪。盛時難久長，月重輪。窮通榮辱，一來一去無常，月重輪。人生在世，

忽焉遷變如流光，月重輪。善哉古昔人，功立名揚。身没之後，千載何煌煌。愚覩一時，聖視無疆。我觀我生，堪嘆傷，堪嘆傷。《全元詩》，册58，第89頁

蜀道有難易并序

耶律鑄

詩序曰：「李白作《蜀道難》以罪嚴武。後陸暢感韋皋之遇，作《蜀道易》云：『蜀道易，易於踐平地。』戊午秋，余入蜀，漫天嶺阻雨。次秋，回至此嶺，帶雨。因二公之作，爲賦《蜀道有難易》云。」

有言蜀道難，有説蜀道易。難於上青天，易於踐平地。説易有所媚，説難有所激。君曾不見與前修，折衷誰秉江山筆。我來高蹈仙人踪，控御遺風縱游歷。連雲氣象霸圖中世俗總號蜀道爲連雲棧道，險阻形勝限疆域。黑龍衝斷萬層山，駭浪轟雷恣奔擊。攢峰疊嶂冷雲間，綿亘倚天駢翠壁。飛梁架雲棧，勢欲跨南北。虹橋絡河漢，鳥道挂空碧。歷其天險，臨其峻極。望舒按節，陽烏斂一作側翼。擬循雲路趨鵬程，仰天直上青雲梯。躡虚且何異登仙，但覺日月行寢低。終踰絶險得馳驟，驟步媧皇補天石。微茫一逕通烟霄，攀緣更上蒼龍脊。彌旬霖雨秋，行潦迷

原隰。豈不慮蹉跌，路岐多墊溺。一聞漫天名，心寒已如失。況復壅大道，與道爲通塞。無慮千籌將萬計，智推力引方行得。請設漫天前後論，蜀道一言或可畢。未應難於上青天，飛閣遞連通，利走去聲名趨，日夜往來何絡繹。不應易於踐平地，棧蹬缺尋引，天荒地老，蕭條斷絶人聲迹。致令振古豺狼心，曾不祈天賭一擲。自蠶叢且稽代謝，幾人一作家恃險曾終吉。適足笑王公，設險以守國。在德不在險，昭然如白日。上青天，踐平地。始可與之言，其道難與易。行路之難難於上青天，蜀道之難若比行路是平地。出處雖然全在人，世路不能無險易。長途豈可比青天，誓鏟漫天作平地。《全元詩》，册4，第26—27頁

櫂歌行

郭　翼

郭茂倩《樂府詩集・相和歌辭》「大曲十五曲」小序曰：「按王僧虔《技録》：《櫂歌行》在瑟調，《白頭吟》在楚調。」①

---

①《樂府詩集》卷四三，第496頁。

春江花柳月，水色碧草滋。嬋媛競游盤，棹歌樂芳時。寶珥薰麝蘭，羽蓋翔鳧鷖。臨流激遺響，窈窕飄鶯辭。竟欲整輕橈，泝洄往從之。落日大江平，愴然生遠思。《全元詩》，册45，第458頁

棹歌

張　雨

按，「棹歌」亦作「櫂歌」，乃行船所唱之歌。元湯彌昌有《湘干櫂歌》，今不傳。① 元楊翮有《秦淮棹歌序》曰：「今天下承平日久，學士大夫頌詠休明而陶寫情性者，皆足以追襲盛唐之風。由皇慶、延祐迄於天曆，奎章之間，鸞臺鳳閣之耆英碩彦，倡於朝廷而風於四方之詩，蓋駸駸乎！大曆、貞元之盛矣。時則有作者猝所爲詩若干首成帙，目之曰《秦淮棹歌》。元統二年冬，予始得而誦之，乃述其事以爲序引。夫古之達人畸士，必有所托以寓其音，南山白石之意遠矣。至於榜枻，越人之所蘊，亦必於擁檝乎是托。豈音之所寓，固宜有在耶？番余東卿，居秦淮之上，而其詩皆以棹歌目之，是殆所托者棹也。將其凌清風之朝，乘明月之夕，時偃息乎舟中，而扣舷以適其所適，幾所謂擊空明而遡流

① 《全元文》卷一一六五，第171頁。

光者乎？使或聞其節奏而識其懷思，蓋必有心會而神孚者。雖越人之風，曷以尚茲？然東卿之居秦淮也，燕處軒宇，身不接乎帆槳。躭嗜圖史，迹弗由乎漁釣。其詩而謂之棹歌，秖寓言爾。因嘗摘其宏麗之章，鏗鍧之調，諧以律吕之正，發其絲竹之和，則震厲而充越，與夫𤄷稍前導者盍宜，更其號曰承平鼓吹曲自今始。」①知元時尚有《秦淮棹歌》，惜辭亦不存。

暇日拏舟出郭門，觀風聊采野人言。借車踏水半陂麥，打鼓賣魚何處村。光陰轉比中年促，生聚唯餘西淛繁。正使枋榆安尺鷃，又從倦鳥返丘園。《全元詩》，册 31，第 388 頁

同前三首

陶　安

雖是澄江鏡面平，急流如箭去無聲。泝江不遇東風便，十日都無一日程。

萬里風吹上水船，錦帆腹飽去飄翩。不知猶是長江面，只道乘槎直上天。

①《全元文》卷一八四四，第 444—445 頁。

偶得好風行未遥，風微帆慢槳還摇。雲際飛仙在何處，欲憑青鳥寄書招。《全元詩》，册56，第481頁

櫂歌

朱思本

詩序曰：「友人于仲元，詩仙也。居崇文宫，擅雲錦溪之勝，命工繪爲圖，携至京師，翰苑諸公皆爲櫂歌以美之。仲元徵予同賦，爲作十首。」

雲錦溪頭春水渾，桃花泛泛出前村。維舟便欲尋源去，怕有秦人百世孫。
雲錦溪頭烟樹多，隔溪時聽采蓮歌。調冰雪藕正行樂，急雨翻蓬奈若何。
雲錦溪頭秋月明，芙蓉兩岸擁霓旌。一聲白鶴來何處，飄渺群仙下玉京。
雲錦溪頭釣艇收，雪花摇蕩玉光浮。來來去去亦何事，莫是山陰訪戴舟。
雲錦溪頭游冶郎，雙雙馬上折垂楊。鳴鞭忽去不可執，酒旗高處吹笙簧。
雲錦溪頭翠靄空，垂綸裊裊弄秋風。水光山色日夜好，仿佛吴歌在剡中。
雲錦溪頭山色佳，東南摇指是琵琶。灘高水急不易到，上有仙子餐晨霞。

雲錦溪頭水拍津，釣竿隨意摯金鱗。吴江不羡蓴鱸美，得似吾儂有幾人。
雲錦溪頭宫殿開，五雲深處是蓬萊。群仙不限風濤險，一日應來一百回。
雲錦溪頭風露清，看雲亭上月三更。仙翁却在天高處，萬里相思共月明。《全元詩》，册27，第55頁

同前

傅若金

河中日日水悠悠，誰道人心似水流。河水東回有時直，人心屈曲幾時休。
朝朝風雨送船行，白日無晴夜有晴。東岸爇鐙西岸見，中間猶自不分明。
河上風吹楊柳枝，河邊日落閉門時。前船好待後船至，南人莫被北人欺。
行船日日恨船遲，船頭水聲無斷時。昨夜天晴好新月，誰家學得畫蛾眉。
攀柳莫攀當路柳，繫船須繫上風船。當路人行無好樹，上風浪小得安眠。
去年船裏逢端午，今年船裏又端陽。九節菖蒲本仙藥，如何曲曲似愁腸。
生兒寧作漁家子，生女莫嫁征夫兒。征夫年年好遠别，漁家朝暮不相離。
寧向泥中棄蓮子，莫向水上種桃花。蓮子出泥終見藕，桃花隨水不還家。《全元詩》，册45，第153頁

余自閩中北還舟行過常秀間卧聽櫂歌殊有愜余心者每一句發端以聲和之者三扣其辭語敷淺而鄙俚曾不若和聲之驩亮也因變而作十二闋且道其傳送艱苦之狀亦劉連州竹枝之意云

王　惲

露華冷浥蒼山碧，江水平鋪素練光。半夜棹歌相應起，發揮無用詫嗚榔。

今秋湖濼兩相通，差遣雖頻力易攻。度險却防連夜發，泝流還怕打頭風。

兩浙人稠不易安，少罹凶慊即流遷。今年苦惱蘇常地，易子營生不計錢。

睡思朦朧苦未休，棹歌催發五更頭。兩盂悶飯無鹽菜，雨雨風風一葉舟。

朝來回棹喜空船，坐唱吴歌踏兩舷。淘米墩頭風浪起，最防吹入太湖烟。

中産攢來六七家，終年執役在浮槎。今年水潦田苗盡，少米争前乞使華。

水色山光不易吟，却教欸乃發幽深。春陵不作吴兒事，道是雲山韶濩音。

毘江灘石苦經過，音節聽來噪未和。不似吴儂音韻美，遺聲全是竹枝歌。

夢驚蓬底卧秋江，一句纔終和者雙。任使再歌聽未已，不知寒日上船窗。

幹當江南有許多，往還冠蓋似攛梭。因兹力役無朝暮，欸乃翻成懊惱歌。

路長江闊霧烟埋，盡日長征帶夜開。記得往年從宦日，被差冠蓋有時來。
迢迢江上亂峰青，路轉山回遠作程。來使共稱星火急，不容停待晚潮生。《全元詩》，册5，第517—518頁

棹歌五首爲松江漁者李復禮作

黄真仲

麻姑山前江接天，女兒浦口好泊船。船頭鷗鷺不相識，飛上釣魚竿上眠。
柳花吹雨漫天飛，新婦磯頭夜不歸。寄語彭郎莫相妬，春江處處鱖魚肥。
松花壓酒香滿卮，鱸魚作鱠光陸離。船頭打槳弄明月，船尾敲舷歌竹枝。
小魚易釣不直錢，大魚往往潛深淵。漁者日取小魚去，還使大魚長棄捐。
打魚不用網截江，釣魚莫使鈎倒鋩。截江一旦錦鱗盡，倒鋩入腹傷魚腸。《全元詩》，册24，第280—281頁

端午競渡櫂歌十首

黄公紹

望湖天，望湖天，緑楊深處鼓轟轟。好是年年三二月，湖邊日日看劃船。
閂輕橈，閂輕橈，雪中花卷櫂聲摇。天與玻璃三萬頃，儘教看得幾吴舠。
看龍舟，看龍舟，兩堤未閂水悠悠。一片笙歌催鬧晚，忽然鼓櫂起中流。
賀靈鼉，賀靈鼉，幾多翠舞與珠歌。看到日斜猶未足，涌金門外涌金波。
馬如龍，馬如龍，飛過蘇隄健閂風。柳下繫船青作纜，湖邊薦酒碧爲筒。
綉周張，綉周張，樓臺簾幕絮高揚。誰賦珠宫并貝闕，懷王去後去沉湘。
櫂如飛，櫂如飛，水中萬鼓起潛螭。最是玉蓮堂上好，躍來奪錦看吴兒。
建雲斿，建雲斿，土風到處總相猶。朝了霍山朝岳帝，十分打扮是杭州。
蹋青青，蹋青青，西泠橋畔草連汀。撲得龍船兒一對，畫闌倚遍看游人。
月明中，月明中，月明中，滿湖春水望難窮。欲學楚歌歌不得，一場離恨兩眉峰。《全元詩》，册8，第440—441頁

汪水雲復索西湖一曲櫂歌如諸公例十首走筆成此

劉將孫

東橋西橋春水生，南高北高春日明。畫船四望遥指點，何日兩峰高處行。
朝見去棹波鱗鱗，暮見歸舫泊層層。斷橋橋邊初弦月，大佛頭裏一點燈。
第一橋東嫩柳黄，第四橋外烟微茫。舟中何處窈窕女，岸上誰家游冶郎。
柳堤點點照紅妝，畫樓歷歷盼倚牕。净慈寺前僧三五，涌金門外船幾雙。
當年兩度别西湖，湖固依然客自疏。歲歲城中出游賞，雁飛不帶上林書。
捩泪休窺葛嶺邊，停橈莫近裏湖前。當時眼見都如昨，一夢人間三十年。
清明時節下湖天，富貴中官百戲船。就裏最夸水爆杖，如今衹有掌喧闐。
春燕弟子頭船樃，三學諸齋日日争。寶祐坊街無角伎，西湖書院有書生。
連雲偉觀想飛埃，豐樂樓基又劫灰。珍重書生數間屋，慈□元曾架梁來。
迍賤羈臣感舊游，蕭然樂叟出春愁。道人閲世心如鐵，受用西湖到白頭。《全元詩》，册18，第253—254頁

東山棹歌上克齋董先生

陳　孚

東山之水兮其流湯湯，秋風起兮白蘋飄香。有美人兮芙蓉裳，葺荷屋兮疏以杜衡。雲依依兮時在旁，昔與雲出兮霖八荒。今與雲歸兮一竿滄浪，睇乾坤兮淡無光。寧緑蓑兮遺金章，嗚呼安得從之兮徜徉。

東山之水兮飛白漚，白漚飄飄兮天光不流。有美一人兮蓮葉舟，舟之來兮風颸颸，舟之去兮荻花滿洲。藐將驂兮飛虬，紫紅竿兮北斗爲鈎。引六鰲兮歸墟之丘，嗚呼安得從之兮遨游。

《全元詩》，册 18，第 417 頁

雲錦溪棹歌七首

揭傒斯

雲錦溪中雲錦鮮，好在高秋八月天。西蜀錦江那得似，西湖緑水更須憐。

纔過浮石是藍溪，溪上青山高復低。山中泉是溪中水，尋源直到華山西。

藍溪南去到藍洲，水底嶄嶄石不流。回望朱宮雲霧裏，白雲深處更高樓。

宮前梨浦白茫茫，岸上人家不似墻。能到此中還有幾，行人莫厭棹歌長。
揚金橋望玉真臺，臺下橋頭人往來。崇文宮裹看華去，安仁縣裹賣薪回。
挹仙亭下薛公橋，紛紛抵暮更連朝。唯有橋西楊與柳，無情長繫木蘭橈。
溪上層層雲錦山，垂楊盡處是龍灘。不是孤舟來逆上，何人知道世途難。《全元詩》，冊27，第219頁

擬剡亭棹歌六首

馬祖常

棹船雲錦溪頭過，自唱江東新櫂歌。照眼水明霞霽雨，侵衣好風日酣荷。
擬剡亭前山水好，如雲如錦靜嬋娟。主人天上吹笙去，屋角青蘿挂紫烟。
斗北天南春滿地，香爐丹竈過年年。君王不許還山去，莫言騎馬似乘船。
季真瀟灑風塵外，乞得山陰一曲湖。頭戴黄冠披鶴氅，秋田歸去刈蘼蕪。
仙子秋風紫綺裘，舊家雲錦溪水頭。我今愛酒似李白，便擬饒州似越州。
稽山酒船且莫回，賀老辭朝早晚來。瑶草瓊華滿人世，君王方許下蓬萊。《全元詩》，冊29，第395—396頁

題陶士元雙溪櫂歌二首

吴師道

緑蓑青蒻老玄真，流水桃花曲尚新。故里雙溪誰復識，櫂歌今喜見斯人。

漫郎孤唱發清妍，甫里豪吟思傑然。更聽正音韶濩曲，武夷山上有飛仙。《全元詩》，册 32，第 114 頁

江上棹歌五首

宋褧

題注曰：「采石舟中作，以相長年三老，且以慰使云。」

日南使人朝貢來，東觀校書遠送回。長江無波風伯喜，不須銅鉦苦相催。

江邊日出便解舟，輕帆經過烈山頭。我儂一日還到驛，你儂何日到邕州。邕州與安南接境，故南使以到爲大成港之上，采石之下。江心有山，名烈山。

遠人莫愁行路難，故鄉萬里應須還。明朝得風到池口，回首不見蛾眉山。

象奴晚泊賣象梳，金錢賣得相讙呼。大信有肉采石酒，何不多買犒棹夫。大信市，猪頭甚佳。采石出美酒。舟人有「大信猪頭采石酒」之語。

荻花蕭蕭江月明，十舟齊發棹歌聲。但有五兩好風信，莫爲離别動鄉情。《全元詩》，册 37，第 293 頁

雪舟棹歌并序

謝應芳

詩序曰：「湖南潘公珍仲寶，自號雪舟，以耆艾之年監税江陰縣。洪武戊辰冬，赴京考績，語予曰：『今將告老於朝，得旨則扁舟載雪而歸矣。雪舟之興，蓋與山陰王子猷有不同耳。』吁！昔者陸公紀官滿鬱林，歸舟載石。使當苞苴有物，則又焉用是石爲哉？公之雪舟意，蓋如此。若夫鴟夷子皮之舟，裝以重寶，復竊取傾國之尤物，隨之汙衊五湖，遺臭千古，其視夫載雪與石者，不啻霄壤。今雪舟之歸，雖未可必，然其志氣高潔如此，雖在市朝，亦必爲清白吏，是亦不歸之歸也。予嘉之，故爲作《雪舟棹歌》三章，以道其樂云。」

歌曰

載雪兮孤舟，帆江風兮中流。蘭橈歸兮無恙，吾將老兮滄洲。

再歌曰

剖肉兮藏珠，抱玉兮求沽。悵斯人兮非吾徒，尋鷗盟兮結樵蘇。

三歌曰

舟搖搖兮江水長，五老玉立兮遥相望。解吾纓兮濯湖湘，樂吾之樂兮未渠央。《全元詩》，册38，第138頁

淳安棹歌二首

汪廣洋

淳安縣前江水平，越女唱歌蘭葉青。山禽只管唤春雨，不道愁人不願聽。

鏡裏青山畫不如，臨溪日日望郎書。數間茅屋住近水，十個松舟時打魚。《全元詩》，册56，第216頁

東吴棹歌四首

汪廣洋

太湖茫茫水拍天，吴儂只慣夜行船。竹枝敲罷燈將滅，風雨瀟瀟人未眠。

艇子搶風過太湖，水雲行盡是東吴。阿誰坐理青絲網，遮得松江巨口鱸。

玻璃冷浸洞庭山，霜竹攢攢橘柚斑。垂髪吴娃笑相語，官船不似釣船閒。

畫槳經過碧浪湖，水晶臺閣翠雲鋪。藍田空老王摩詰，肯信江南有畫圖。《全元詩》，册 56，第 216 頁

蘭溪棹歌三首

汪廣洋

涼月如眉挂柳灣，越中山色鏡中看。蘭溪三日桃花雨，夜半鯉魚來上灘。

野鳧晴蹋浪梯平，越上人家住近城。箬葉裹魚來换米，松舟一個似梭輕。

棹郎歌到竹枝詞，一寸心腸一寸絲。莫倚官船聽此曲，白沙洲畔月生時。《全元詩》，册 56，第 216 頁

清弓軒棹歌

袁華

東洄瀛海望蓬山，西上昆丘遡九灣。四櫓撇波横雁翅，恍如鶴背載笙還。
三十六陂春水生，一百五日又清明。輕帆低拂桃花雨，醉踏船舷歌濯纓。
水落天門放順流，何須百丈打磯頭。郎歸不化身爲石，重掃蛾眉兩點秋。《全元詩》，册 57，第 393—394 頁

荆溪棹歌四首

吕誠

詩序曰：「是冬鑿脂山，經行於此時。」

荆溪溪上晚山稠，沙棠港口木蘭舟。裹頭女子唱歌去，水色山光總是愁。
大男鑿山衣盡紅，中男操舟慣張篷。獨山門外北風惡，白浪如天怖殺儂。
溪上雪消春水高，鵝黄新柳暗長橋。橋頭人家好春酒，無情長與駐蘭橈。

雙舟來往愁奈何，日日溪中聽棹歌。溪水西流流不斷，海門東去作風波。《全元詩》，冊 60，第 476 頁

武夷九曲櫂歌次朱文公韻十首

王克恭

仙家卜地自玄靈，曲曲溪流徹底清。更識武夷君住處，天風長送洞簫聲。

一曲磯頭上小船，道人指點過前川。丹爐幾處無踪迹，惟有深林鎖翠烟。

二曲溪環玉女峰，綵雲爲佩水爲容。雖然不入陽臺夢，彷彿巫山十二重。

三曲巖中太古船，風波不到自年年。桃花流水杳何處，不見漁郎爲可憐。

四曲金鷄唱曉巖，碧蘿猶似羽毵毵。梯雲欲寫登臨句，拂袖青藍下碧潭。

五曲蒼茫一逕深，當時桃樹已成林。東風未識劉郎面，一片桃花一片心。

六曲維舟望九灣，蒼屏峰下鳥關關。老仙院落迷荒草，誰伴空山日月閑。

七曲盤旋上石灘，靈湫千丈倚篷看。數聲鐵笛來何處，驚起蒼龍作雨寒。

八曲巖頭鼓閣開，山光雲影自昭回。何人爲拂溪邊石，待我携琴去復來。

九曲行窮思悄然，白雲飛盡見晴川。由來此地人間別，爲問仙家第幾天。《全元詩》，冊 36，第 201 頁

同前十首

林錫翁

武夷嶽瀆久鍾靈，水似冰壺徹底清。好是雲屏最深處，夜闌聽得讀書聲。
一曲篙師請上船，汀花岸柳蔽長川。世傳石鼎丹爐事，遥見幔亭生紫烟。
二曲山如玉作峰，瓊英底事帶秋容。朝來嬾把雲鬟整，不覺日高花影重。
三曲懸厓架一船，仙游湖海不知年。而今更有撑篙否，地老天荒孰汝憐。
四曲仙機製錦巖，風吹兩脚落毵毵。夜來織罷王孫去，衹有巖花影碧潭。
五曲精廬歲月深，森森松桂讀書林。紫陽道院傳羲孔，萬古人知起敬心。
六曲撑船傍水灣，詩情幽興兩相關。響聲巖畔逃名者，静對沙鷗戲渚間。
七曲琮琤玉漱灘，石屏如展畫圖看。飛泉宛若銀河瀉，久立令人毛骨寒。
八曲山窮地勢開，黄頭欲唱櫂歌回。釣魚磯畔羊裘叟，爲語何時聘使來。
九曲停橈思慘然，浮雲欲去影留川。游人更盡清微景，疑到蓬萊物外天。《全元詩》，册 68，第 227—228 頁

武夷九曲櫂歌

蔡　哲

跨鶴群仙昔載形，至今猿鳥嘯青冥。草堂亦有逃名客，謾唱漁歌子細聽。
一曲溪頭春意濃，紫烟深鎖幔亭峰。仙源好似桃源路，無數飛花泛水紅。
二曲高峰瀉激湍，娉婷玉女髻螺寒。祇應姑射能相似，未許巫山得并看。
三曲仙機隱碧岑，琅玕芝草正蕭森。山頭夜半聞天樂，只有漁郎是賞音。
四曲風烟日滄凄，縈紆巖谷互高低。丹光照射明於月，驚起金鷄半夜啼。
五曲溪山秀且奇，就中佳趣有誰知。紫陽可是能清賞，夜擁寒爐注楚辭。
六曲雲屏不可攀，緑雲千頃鳥聲閑。層崖亦有仙人掌，何必騎驢入華山。
七曲巖前太姥巖，落花飛雨晝毵毵。天風夜捲浮雲去，贏得明蟾浸碧潭。
八曲平洲即要津，太和宫裏碧桃春。匆匆多少游山者，到得源頭有幾人。
九曲空明眼界寬，仙家鷄犬半林端。千崖萬壑春如許，誰解窮源艤櫂看。《全元詩》，册 52，第 468—469 頁

同前十首

余嘉賓

紅纆白馬武夷君，羽節來時鶴一群。晏罷虛皇環珮響，手扳霜樹寄彤雲。

大王峰影似蓮花，石棧緣雲鐵鎖斜。擬向紫霄分一曲，便携鷄犬住烟霞。

露帶羅衣兩鬢烟，芙蓉冷浸九溪淵。依稀記得相逢處，曾在玉皇金案前。

垂釣臺東架壑船，劫灰飛處起齊烟。閒來袖拂經綸手，擬借靈槎上九天。

丹崖翠壁與雲齊，瑶草琪花路欲迷。三十六峰無馬迹，祇緣巖上叫金鷄。

大隱屏南天柱峰，青天筍立玉芙蓉。憑將宇宙支撑住，賜與白雲清浄封。

懸崖疊嶂隱書堂，澤媚山輝草木香。行到源頭清徹處，一溪風月印天光。

石室巖扉結構牢，仙人掌上彩霞高。玉皇朝燕歸來晚，愁見三山起暮濤。

蒼玉屏風水曲流，滿船絲竹載清秋。步隨明月瑶臺去，無數紅雲夜不收。

綉衣擬换九霞衣，萬疊雲山玉一圍。仙侣同舟移櫂晚，步虛聲裏踏歌歸。《全元詩》，册 58，第 337—338 頁

建南九曲櫂歌十首并叙

鄭潛

詩叙曰：「余卜居建南梨山之陽，川原夷曠，如在故鄉，心寔悦而安之。始至龍池山下，僦田廬以居。亡何，復遷游川詹氏别墅。秋日，與客臨眺，窮山水之勝，雖兵燹之餘而人烟夾岸，參差相望。清流九曲縈帶，前後村墟隱顯如郛郭。白鷺集於猶慕，紫芝産於慶源。氣和土腴，嘉祥斯應，相與濯清泉，憩芳樹，分鷗鳥之晴沙，讓漁樵之行路。因放武夷，沿流而詠，步月而歸。富貴浮雲，何有於我。思昔忠穆鄭公，節義表表，至今里名將相，人懷猶慕，豈偶然哉？予也淹於此，何敢追踪先達，姑以識其景仰之意云爾。」

一曲仙溪匯衆流，石梁鑿斷始通舟。風生倚竹秋聲早，露滴金盤紫氣浮。

二曲人家是後塘，回巒疊嶂互蒼茫。小橋南望秦溪路，先到宜君五馬坊。

三曲迢迢山下村，平林脩竹映丘園。龍池不竭春如海，忠穆餘波及子孫。

四曲横山接鄭墩，平川曠野見前村。漁歌晚渡黄龍圳，樵唱時聞大有源。

五曲縈紆清淺流，仙源流水不容舟。人家門巷成墟市，陽澤桑麻蔭墓丘。

六曲中流注碧潭，集賢斜對寶華岩。秋風詩客歌芝隴，落日歸僧入翠嵐。
七曲清陂障斷流，農家籬落半沙洲。數聲長樂疏鐘晚，棲鳳橋邊景最幽。
八曲雲山好卜鄰，楮衾莛席不憂貧。水邊照日鋪晴雪，竹外含風織翠茵。
古道通津近萬安，石湖雲遶福臺山。游川何處堪招隱，春在滄浪九曲間。
棹歌聲遠幔亭空，千載滄州興味同。今日紫陽山下客，他年人喚采芝翁。《全元詩》，册48，第479—480頁

九曲樵歌

曹文晦

詩序曰：「昔考亭朱夫子作《武夷九曲櫂歌》，予少小愛之，誦甚習。近登桐柏，嶺路盤回，亦有九折，因仿之賦《桐柏九曲樵歌》。固不敢較先賢之萬一，是亦傚顰而忘其醜也。」

璚闕峨峨接太清，五雲洞口問長生。欲知嶺上無窮景，聽取樵歌四五聲。
一曲初過亂石矼，兩山松柏翠重重。下方樓閣天台觀，坐聽殘陽數杵鐘。
二曲巖前發軔初，升高自下着功夫。玄關萬古無扃鐍，不退端能致大無。
三曲天開罨畫屏，松風吹鬢不勝清。山城石甃無蒼蘚，絶愛鏗然放杖聲。

四曲峻嶒上石梯，烏巖千仞與雲齊。巖前風起藤花落，一個畫眉松上啼。
五曲翻身看晚霞，平川歷歷見人家。桐溪水匯清溪水，山似游龍水似蛇。
六曲峰回路稍平，長松落落對孤亭。亭邊涌出涓涓玉，一畝使人衰鬢青。
七曲彎彎翠櫟林，風吹萬葉自清音。行人已在長松杪，回首原田似井深。
八曲松根看弈盤，玄機勘破入重關。千年羽蓋芝軿路，留與常人自往還。
九曲巖腰坐碧苔，吹簫人去有空臺。雲深不見來儀鳳，野鳥自啼花自開。《全元詩》，册 37，第 420—421 頁

古有所思行

張　憲

按，《樂府詩集·相和歌辭》《漢鐃歌十八曲》其十二曰《有所思》。《樂府詩集·鼓吹曲辭》傅玄《晉鼓吹曲·惟庸蜀》解題曰：「古《有所思行》。《古今樂録》曰：『《惟庸蜀》，言文皇帝既平萬乘之蜀，封建萬國，復五等之爵也。』」①則《有所思行》乃鼓吹曲辭。然《樂府詩

① 《樂府詩集》卷一九，第 236 頁。

集・相和歌辭》瑟調曲小序又引《古今樂録》曰：「王僧虔《技録》，瑟調曲有《善哉行》《隴西行》《折楊柳行》《西門行》《東門行》《東西門行》《却東西門行》《順東西門行》《飲門行》《上留田行》《新成安樂宫行》《婦病行》《孤子生行》《放歌行》《大墻上蒿行》《野田黄爵行》《釣竿行》《臨高臺行》《長安城西行》《武舍之中行》《雁門太守行》《豔歌何嘗行》《豔歌福鐘行》《豔歌雙鴻行》《煌煌京洛行》《帝王所居行》《門有車馬客行》《墻上難用趨行》《日重光行》《蜀道難行》《棹歌行》《有所思行》《蒲坂行》《采梨橘行》《白楊行》《胡無人行》《青龍行》《公無渡河行》。』」①則《有所思行》又爲相和歌辭瑟調曲也。觀此詩題旨，不似鼓吹曲辭，姑且收入本卷。張憲《玉笥集》置此詩於「古樂府」類。

我思古之人兮不可從，乃在黄土之底青編之中。青編幾帙載名姓，黄土萬冢埋英雄。重泉黯黯隔白日，宰木颯颯生悲風。我雖有言誰爲通，皇天不肯惜人物，百年轉眼如飄蓬。秦皇漢武氣燄蓋一世，彭殤丘跖俱成空。黄帝升鼎湖，橋山葬遺弓。虞舜死九疑，鑾輿不還宫。明王聖主只如此，紛紛二子直螻蟻。二女泣兮湘竹斑，群臣歸兮弓劍閒。弔古昔兮望遠，見江上之青山。

---

①《樂府詩集》卷三六，第 421 頁。

白玉槨，黃金棺，千年滯魄生辛酸。功名震主亦閒事，不若樽前且破顔。《全元詩》，册 57，第 32 頁

白楊行

吴志淳

詩序曰：「真定劉生客死閩中，同行者爲歸其骨。其妻胡氏自圖夫容以祀，因哭而絶。鄰人憐之，遂合葬鍾陵東門。故又號曰《鍾陵行》。」按，《樂府詩集·相和歌辭》「瑟調曲一」小序引《古今樂録》載三十八曲（見《古有所思行》解題），《白楊行》爲第三十五曲，《樂府詩集》未見《白楊行》歌辭，吴志淳此詩或出於此，故予收録。

鍾陵東門白楊樹，行人指點是雙墓。墓中夫婦俱少年，一雙白璧埋黄泉。黄泉相逢語嗚咽，一一從前向郎説。前年郎去客三山，今年郎歸白骨還。當時自畫蛾眉樣，今日却寫郎容顔。容顔轉似心轉切，叫郎不應心斷絶。生時不得逐郎行，死時却與郎同穴。丹青遺像留人間，年年泪竹寒生斑。當年曾過延平渡，還見雙龍化劍灣。堂前既無父與母，堂下又無兒與女。使妾有子堂有姑，丹心一寸那能枯。一朝盛事付流水，忠義幾人能到底。秋風月冷鳳凰來，與郎同上吹簫臺。《全元詩》，册 51，第 289 頁

卷二一五　元相和歌辭一四

白頭吟二首

楊維楨

清紀昀《閱微草堂筆記》曰：「里人范鴻禧，與一狐友昵。狐善飲，范亦善飲，約爲兄弟，恒相對醉眠。忽久不至，一日遇於秫田中，問：『何忽見棄？』狐掉頭曰：『親兄弟尚相殘，何有於義兄弟耶？』不顧而去。蓋范方與弟訟也。楊鐵崖《白頭吟》曰：『買妾千黄金，許身不許心。使君自有婦，夜夜白頭吟。』與此狐所見正同。」①清劉聲木《萇楚齋續筆》「元楊維楨等詩句」條曰：「元楊鐵崖□□維楨《古意》詩云：『買妾千黄金，許身不許心。使君自有婦，夜夜《白頭吟》。』云云。會稽王笠舫明府衍梅《和孟郊古别離》詩云：『黄金最輕薄，買取别離愁。不若長貧賤，同心到白頭。』云云。聲木謹案：此二詩寓意深厚，造語警

---

①［清］紀昀《閱微草堂筆記》卷一〇，上海古籍出版社，2010 年版，第 168—169 頁。

辟，頗得齊梁遺意。使富貴子弟皆喻此旨，則善矣。」①按，《全元詩》册三九亦收楊維楨此詩其二，題作《買妾言》，「自有婦」，《全元詩》作「聞有婦」，餘皆同。② 本卷從《閱微草堂筆記》，題作《白頭吟》。

同前

郭　翼

長夜白頭吟，新絲理故琴。莫將一日意，誤結百年心。《全元詩》，册39，第78頁

買妾千黃金，許身不許心。使君自有婦，夜夜《白頭吟》。《閱微草堂筆記》卷一〇，第168頁

皚皚山上雪，雪積還復《雅集》作復還滅。皎皎雲間月，月圓有時缺。周公大聖當國時，流言況也讒間之。結交以面心乃爾，白頭不若新相知。漢家宮闕長門道，花發年年怨春草。今朝寵固色未衰，明日怨多恩反少。今人輕薄懷古人，古人轗軻常苦辛。蘭陵廢死不歸楚，嗚呼此意吾

---

① [清] 劉聲木撰，劉篤齡點校《萇楚齋續筆》卷八，中華書局，1998年版，第410頁。
② 《全元詩》，册39，第75頁。

誰陳。《全元詩》,册45,第458頁

同前四首

胡　奎

雙魚生水中,朝暮不相離。鴛鴦在河滸,同出復同歸。茂陵多姝子,新花非故枝。請看膝上琴,是妾手中絲。琴心有時改,妾心終不移。

妾乘油壁車,郎騎青驄馬。願作雙車輪,隨郎馬蹄下。

成都不可住,郎題橋上柱。臨邛道上花,是妾當罏處。

門前溝中水,日夕東西流。上有雙鴛鴦,交頸同白頭。《全元詩》,册48,第138—139頁

同前

黄　肅

長絲弦聲緩,短絲弦聲急。長短苦不齊,抱取向郎泣。明明浩月,三五圓缺。念我所思,中道而別。嗷嗷雲中雁,北風聲烈烈。願寄一行書,與郎相訣絶。太山高嵬嵬,海水不見底。妾心終不移,研山枯海水。《全元詩》,册52,第181頁

同前

陳高

試聽白頭吟，漫飲尊中酒。古來悲白頭，人情苦難久。結髮爲夫妻，百年期白首。容顔衰落相棄捐，何况君臣與朋友。漢高寬大主，蕭何開國功。讒言一以入，幾死夫獄中。陳餘與張耳，刎頸同生死。一朝争相印，讐讐世無比。周文吕望不再見，管鮑結交寧復聞。玄德孔明若魚水，膠漆孰如雷與陳。斯人自此亦以少，今世求之更無有。談笑尋戈矛，那能托身後。聽我歌，歌白頭。勸君飲，君莫愁。日月有時而剥蝕，世態誰能終不易。《全元詩》，册 56，第 265 頁

同前

戴良

莫把白頭吟，來調緑綺琴。蜀客當年聘私室，兩情總向琴中得。誰信黄金買賦時，已是青蛾辭寵日。兔絲春來托女蘿，雪霜未至尚纏柯。若個人心如草木，不到白頭妾遭逐。妾有嫁時緑玉簪，時時插髻悦君心。一朝墮地雙股折，恰似君心中道絶。我簪縱折猶共藏，君心一絶去他鄉。《全元詩》，册 58，第 88 頁

同前

孫 蕡

妾昔深閨裏，風情未嘗識。獨有如花容，嬋娟自憐惜。願言嫁得同心人，共駕雙飛彩鸞翼。君時走馬從東來，揚眉吐氣萬人開。當時鴻雁豈無侶，妾獨憐君英俊才。一夕踰粉垣，從君共君語。君指松柏枝，歲寒永相許。從君衣錦還故鄉，蓬屋蕭然但環堵。相守在貧賤，棲棲還共居。自除翠花靨，起結青羅襦。當壚滌器不知耻，遲君他日乘高車。一朝意氣題橋柱，偶上金門見明主。十年詞賦髮成絲，縱博黄金只如許。才華備供奉，富貴能幾何。文園病消渴，憔悴亦已多。金莖瑞露不得賜，起視雲漢空星河。不謂羈旅餘，而來聘私室。舊好如塵埃，新情若膠漆。清晨起坐白頭吟，哀怨凌天薄雲日。哀怨復哀怨，蛾眉惟自顰。生來見事晚，怨妾不怨君。投珠擲璧不自惜，晚節末路當何云。妾已無復言，於君更奚道。願君與新人，歡愛永相保。莫貪春日兔絲花，亦作秋霜女蘿草。妾有青銅鏡，蛟螭蟠玉臺。自君一爲别，棄置生浮埃。志殊心異不在貌，珠簾綉匣寧勞開。案上龍唇琴，冰弦冷將絶。悲來試一彈，不覺泪成血。因君一曲鳳求凰，誤妾凄凉百年月。浪盪指明月，清光無定時。君心亦如此，中路豈不移。妾心懷冰霜，凛凛君詎知。君心儻有能回日，缺月重圓應可期。《全元詩》，册63，第248—249頁

鳳皇曲

楊維楨

題注曰：「即《白頭吟》。」

鳳殊棲，皇悲啼，比翼不如鳧與鷖。皇悲啼，鳳殊棲，造端不能合，隙終不能暌。捲衣香未歇，薦琴弦未絶。昔日連環心，今朝兩分别。乃知茂陵女未求，溝水已作東西流。《全元詩》，册 39，第 102 頁

變白頭吟

曹之謙

梧桐不獨老，鴛鴦亦雙死。静女懷真心，徇夫正如此。奈何及末流，不知再醮羞。中路多反目，幾人能白頭。君不見會稽愚婦輕負薪，不肯終身事買臣。一朝歸佩太守印，悔望車塵那敢近。人生賦命自不齊，貧賤富貴各有時。隨鷄逐狗聽所適，世事悠悠争得知。《全元詩》，册 2，第 359 頁

擬白頭吟

馬祖常

君家四壁立，妾家萬黄金。憶初未相知，良媒賴鳴琴。遂以身許君，偕老畢所願。如何忍相忘，恩情忽中斷。昨朝雙鴛鴦，今夕守空床。茂陵展嫵婉，還彈鳳求凰。凉月凝玉露，秋聲在庭樹。歌我白頭吟，相子長門賦。紅泪濕夫容，緑苔鬱葱蘢。羞看舊妝鏡，不敢歸臨邛。《全元詩》，册 29，第 392 頁

梁甫吟

郝經

南山有芙蕖，北山有鯉魚。河乾石亦爛，海竭桑亦枯。于嗟乎，將安歸乎？南山有鶵雛，北山有蒲蘆。蒼梧竹不實，朝陽桐亦枯。于嗟乎，將安歸乎？秋蘭兮青青，秋菊兮有英。美人兮不來，芳菲兮滿庭。望美人兮山之阿，褰桂子兮披緑蘿。美人兮不來，臨風兮嘯歌。荒山陂陁，六龍蹉跎。雲雷不從，將奈之何？《全元詩》，册 4，第 251 頁

同前

劉因

功名且就漢庭多，畢竟曹瞞累我何。汶上千年英氣在，有人梁父正高歌。《全元詩》，册15，第163頁

同前二首

楊維楨

其二有詩序曰：「吾讀《蜀志》，嘗怪孔明有不及昭烈之明，重違昭烈所用之人，且又違其臨終之命。魏文長，昭烈親拔之重將也；『馬謖言過其實，不可大用』，昭烈臨終爲之戒者也。祁山之役，關中響震，天水、南安皆叛以應我，王業之成，在兹一舉。奈何文長既制而不行，而專委謖爲前鋒，吾不知其去取何在。街亭一敗，爲謖所誤，至今千載而下，志士爲扼腕，豈天必使蜀安於一隅也？代之賦《梁父吟》者，貶晏褒亮。余以《春秋》責賢之法責亮，以繼《梁父》篇。」

步出齊城門，上陟獨樂峰。梁父昂雉堞，蕩陰夷鬣封。齊國殺三士，杵臼不能雄。所以《梁父吟》，感嘆長笑翁。吁嗟長笑翁，相漢起伏龍。關張比彊冶，將相俱和同。上帝棄炎祚，將星墮營中。抱膝和梁父，梁父生悲風。《全元詩》，册 39，第 35 頁

梁父歌，卧龍起，中山王孫移玉趾。自比管與樂，不比齊晏子。帝中崩，賊未庭。牛馬走餉，龍蛇走兵。魏司馬，十日不到長安城。馬參軍，殺以釁鼓莫謝先帝靈。坐令巾幗婦，寢食問斗升。歌梁父，西日傾，西風爲我生火聲。《全元詩》，册 39，第 174 頁

同前

張憲

題注曰：「武侯成就關、張，勝晏子殺三士多矣。故反其詞。」

伏龍隱南陽，高卧久未起。不肯渡長江，焉能涉漳水。炎炎火絶卯金刀，巍巍土王當塗高。種瓜兒子不力戰，織履郎君無地逃。伏龍一起捍坤軸，雄據西南成鼎足。十年汗血戰元黄，五出王師争九六。萬人之敵兩熊虎，百戰辛勤事行伍。河南河北謾稱雄，不得袁曹一丸土。伏龍纔起帝業新，千古君臣魚水親。遂使真龍全羽翼，風雲成就二將軍。《全元詩》，册 57，第 12 頁

同前

孫　蕡

江水何深深，青楓映雲林。衡門一杯酒，抱膝粱父吟。君不見夷吾奮袂投南冠，故人薦引登君門。揚眉吐論下荆楚，糾合冠裳朝至尊。又不見樂生徒步從西來，燕平一擁帚，調笑黄金臺。轅門一日見旌節，七十齊城生暮埃。古來英俊人，所遇皆有立。袖拂驪龍珠，能令鬼神泣。而我獨何爲，幽泉湅蛟螫。荒蘿繞屋秋雨涼，山鬼吹燈冷光濕。幾欲乘風朝太清，芙蓉縹緲白玉京。天田角井散炯霧，阿香布鼓琅璫鳴。星辰可望不可即，手把琅玕空復情。爲臣自古良獨難，我更懷之摧肺肝。田彊古冶三猛士，昔者虎視青齊間。誤罹相國二桃計，恨血今爲春草斑。白頭勛舊且如此，何况新知而靦顔。粱父吟，聲正苦。日落未落天星黄，西園灌木秋楚楚。青青千里草如霧，兀兀當塗高踞虎。長陵百尺空嵯峨，夜半山精泣風雨。世無女媧五色石，天柱欲倩誰人補。荆州水碧岷峨青，思美王孫渺何許。粱父吟，聲苦傷。歌闌玉壺缺，白髮千丈長。起坐擊長劍，仰天悲流光。西歸白日爲誰晚，東流之水何泱泱。青冥黄鵠儻垂翅，我亦凌風隨爾翔。《全元詩》，册 63，第 253 頁

同前

楊維楨

君歌梁父吟，爲齊悲冶疆。我歌梁父吟，爲君悲關張。雙猛虎，見君亦哮怒。君調護，如臂股，與君一心恢漢宇。嗟兩虎，中道殂。前將軍，輕所愛，購爾千金顱。右將軍，鞭健兒，割首東吴趨。何如食桃二三子，比功校烈君前死。封古墓，蕩陰裏。《全元詩》，册39，第174頁

東武吟

梁寅

戚戚復戚戚，丈夫有行役。行役今安之，萬里適京國。隋珠耀明月，和璧夸懸黎。及時不自獻，明君焉得知。美人倚綉户，牽衣子毋去。長安多風塵，能令素衣污。餔糜共朝昏，冠珮何足云。吾行且復止，感爾意良勤。《全元詩》，册44，第276頁

同前

胡布

弱穉讀古書，十三知大義。訓習粗可觀，傾鄉值戎事。十七從征戰，隨軍謹溝壘。自懼弛負勞，不敢廢文史。楚楚揮翰成，措辭通性理。十九客閫師，顒卬四方使。嘗挾金鏡策，上窺唐虞際。亟欲洗囂煩，廓清掃氛翳。既冠責成效，侃侃牧庶類。宏仁願亦溥，志大竟乖惠。圓方世齟齬，德惡異倫擬。鷹犬血爪牙，鷦鷯則林避。長飢信陶詠，餘富徵黔謚。匪曰恃末才，儒先委時棄。風雲息胸宇，澤濟韜涯涘。聞道一何先，未老心如醉。貞情安晚節，虛冏挹仙氣。向來滯形迹，回顧析非是。何嘆失東隅，桑榆良有遂。《全元詩》，册50，第437頁

怨詩楚調示龐主簿鄧治中

郝經

萬化一大路，去來皆茫然。孰能不由行，踵武億千年。委順出脩阻，煩憂尼崎偏。淵明苦避俗，中歲歸田園。門前柳生肘，更不入市廛。自謂羲皇人，翛然北窗眠。日月自運會，寒暑從代遷。達道久已化，宛在伯玉前。作詩本無怨，高興浮雲烟。樽酒且逍遥，銜杯稱世賢。《全元

詩》，册 4，第 213—214 頁

和怨詩楚調示龐主簿鄧治中

釋梵琦

淵明性嗜酒，燭理本昭然。楚調豈懷怨，宋詩猶紀年。明微性有在，造物初無偏。均彼雨露功，異此肥磽田。龐鄧又相知，往來同故廛。論文終朝樂，枕麴竟夜眠。但使名萬古，何須歲三遷。親朋滿中外，圖史散後前。時復寫我懷，陶泓染松烟。悲歌亦不惡，適意期爲賢。《全元詩》，册 38，第 413 頁

怨歌行二首

梁　寅

雲母屏風零露涼，蒲萄錦衾殘月光。羞看綉帳雙鴛帶，徒費薰衣百和香。

寶釵頭上千黄金，可憐墮井無復尋。情如秋嶺朝朝淡，愁似春江日日深。《全元詩》，册 44，第 275 頁

怨歌行效庾信體

胡　奎

白白機頭素絲，製作吳宫舞衣。纖羅不受塵污，細縠常避風吹。館娃夜深月色，長洲春老花枝。秋風樹頭相待，隨例承恩幾時。《全元詩》，册 48，第 137—138 頁

卷二一六　元相和歌辭一五

團扇歌

楊維楨

按，宋人《團扇歌》，或出《怨詩行》，或出《團扇郎》，前者收入相和歌辭，後者收入清商曲辭。元人又有《團扇歌》《團扇詞（辭）》，凡題旨近《怨詩行》者收入本卷，近《團扇郎》者收入清商曲辭。

團扇復團扇，秋風不相見。隱顯各有時，陽阿舞雙燕。《全元詩》，册39，第77頁

團扇辭

傅若金

團扇昔在時，素手不相離。凉温得君意，動息亦有儀。炎暑良未徂，恩愛豈中衰。何言遽相失，一旦棄如遺。舊物諒非貴，故心不可移。願因新人得，持以置君懷。《全元詩》，册45，第23頁

團扇詞三首

胡　奎

按，胡奎《斗南老人集》置其一於「古樂府」類。

明月有時缺，團扇空自圓。月缺終還滿，扇圓仍棄捐。不如秋水鏡，長挂玉臺前。

團扇團如白玉盤，玉盤比似月團團。早知玉樹秋風近，不把閒愁寫素紈。《全元詩》，册48，第120頁

當暑恩何厚，交秋寵漸衰。涼風太情薄，玉樹不禁吹。《全元詩》，册48，第368頁

紈扇長門月，羅衣別殿秋。西風吹玉樹，先到玉階頭。《全元詩》，册48，第374頁

同前

金　涓

莫恨秋風入女墻，恩情中道易凄涼。人間縱有春風樂，歌罷桃花亦斷腸。《全元詩》，册60，第323頁

同前

孫　蕡

團扇復團扇，秋風淅淅昭陽殿。燕燕飛來尾涎涎，同輦君夫不相見。長信宮深秋夜長，玉階坐對明月光。玉繩低垂夜未央，牽牛織女度河梁。自投長袂數愆殃，夢魂彷彿若有亡。夫顔夢見在我傍，覺來邈若天一方。起援鳴筝發清商，舊怨未平新怨長。新怨復舊怨，怨此銜泥梁上燕。雙飛雙宿令人羡，還來啄人觜如箭。燕燕于飛奈爾何，閑愁不爲傷綺羅。長陵百尺高嵯峨，山精日落悲薜蘿。誰能爲譜螽斯羽，翻作筵前白紵歌。《全元詩》，册 63，第 252 頁

團扇聯句

胡　奎

織波千縷細，剪月一規圓。寵奪芙蓉後，恩深蛺蝶前。《全元詩》，册 48，第 382 頁

長門怨

杜仁傑

天上神仙也别離，人間那得鎮相隨。不須貴買臨邛賦，只想君王未見時。《全元詩》，册 2，第 311 頁

同前十二首

陶應雷

拜月香殘獨掩扉，玉堦風葉斷腸時。羊車知又向何處，空自將鹽灑竹枝。
擬摘梅花貼鬢嬌，未曾掠削早無聊。承恩不似金盤雪，得到龍屏暖處消。
慚問金輿過鳳池，緑雲斜嚲曉妝遲。試陪杏苑尋雙蕊，暗卜東皇屬阿誰。
水殿風生暑氣微，翠娥新寵實忘歸。誰知寂寞朱簾裏，卧聽笙歌半掩扉。
玉街月映水晶宫，何日承恩浥露濃。天上佳期猶有準，一年一度定相逢。
沉香亭畔百花開，知是君王宴賞來。遥聽簫韶聲九奏，何時得奉萬年杯。
垂柳陰陰正日長，波澄太液午風凉。應知避暑披香殿，薄命無由侍玉皇。

寶殿傳呼宴鳳樓，一天明月桂花秋。此時誰舞霓裳曲，寂寞深宫祇自愁。
飛瓊冷入畫檐深，龍麝重熏翡翠衾。手撚梅花腸欲斷，不辭買賦費千金。
脉脉無言傍鏡臺，曉妝應妬小桃腮。自憐不及雙飛燕，幾入昭陽深處回。
風度荷花小殿香，淺沙依舊浴鴛鴦。御書翠扇恩猶在，偏憶金輿夜納凉。
仙桂花開月漸明，惱人心碎是蛩聲。不禁枕畔梧桐落，欲夢君王夢不成。《全元詩》，册 24，第 224—225 頁

同前

楊維楨

阿嬌盼美目，阿嬌貯金屋。金屋瑶華春未老，長門一夜生秋草。蜀才人，金百斤，受金爲我賦長門。長門寫春愁，君王見之爲傷秋。臨邛溝水東西流，不知悲婦悲白頭。《全元詩》，册 39，第 102 頁

同前

釋大圭

娥眉無緑鏡生寒，忍見銅鋪月又圓。一片君王心似昨，曾將金屋貯嬋娟。《全元詩》，册 41，第 378 頁

同前二首

胡奎

燕體徒自輕，蛾眉易生妒。妾有千黄金，不買長門賦。《全元詩》，册48，第138頁

千金空買賦，依舊守長門。寄語文君道，相如亦少恩。《全元詩》，册48，第379頁

同前

周巽

金闥月色暗，玉樹霜華寒。户外珠簾捲，時時望翠鑾。還聞觴王母，池上宴將闌。甘露和玉屑，恩疏那得湌。昔爲上林花，今爲荒原草。草自近來枯，花能幾時好。妾心君未知，君寵妾難期。寧食蓮中菂，休牽藕上絲。不愁娥眉妬，常恐神仙誤。君如天上龍，妾如草頭露。長門夜未央，月闕近清光。新怨長相結，舊恩終未忘。《全元詩》，册48，第395—396頁

同前

王中

昭陽歌吹入，獨自泪雙垂。玉貌無如妾，君恩復在誰。凉風摇綉户，明月墮金閨。愁絶無人見，流螢點翠帷。《全元詩》，册 65，第 341—342 頁

阿嬌怨

孫蕡

妾昔初入昭陽時，横雲學得内家眉。風鬟霧鬢在君側，長得娉婷不自持。侍宴前樓春爛熳，承歡别殿夜逶迤。西凉弦索龍香撥，北苑葡萄金屈卮。一從寵薄恩光歇，長門永巷喧呼絶。斗帳香銷荳蔻垂，舞裙寬褪丁香結。熏籠夕倚瑣窗雨，羅襪秋凌玉堦月。淒迷夢醒心似灰，零亂憂來涕如雪。横塘浦口大堤邊，女伴年年憶采蓮。雙飛翡翠渾如畫，并蔕芙蓉只似仙。傍舍誰吟白華曲，下堂長詠緑衣篇。君恩若許重相借，缺月清光應再圓。《全元詩》，册 63，第 250 頁

班婕妤

楊維楨

題注曰：「前漢成帝宫。」

長門不用買多才，紈扇炎凉善自裁。五鬼一言能寤主，秋風愁殺望思臺。《全元詩》，册 39，第 91 頁

同前

張昱

婕妤辭輦時，風誼動宫闕。後來紈扇詠，詞氣何悽屑。婦人何所恃，所恃惟姿色。過時而色衰，枕席成棄物。不見長信宫，苔生玉階側。《全元詩》，册 44，第 8 頁

同前

秦約

春明辭步輦，獨下昭陽宫。團扇承落花，曲裙曳回風。但恐芳景歇，思君恩豈終。《全元詩》，册57，第235頁

婕好怨

郭翼

按，元人又有《班姬怨》，當出於此，亦予收録。

宫雲細珠户，漢月下金掌。露華生夕氣，陰蟲亂秋響。紈素君不御，獨居秋悦悦。佳人難再得，棄捐徒懷想。《全元詩》，册45，第462頁

班姬怨

孫　蕡

按，孫蕡《西菴集》置此詩於「樂府」類。

燕燕復燕燕，飛來尾涎涎。朝辭烏衣國，暮入昭陽殿。羽毛一何好，似許令儂羡。遂令同輩人，咫尺不相見。新愛易舊歡，物情有遷變。白日尚移光，君恩詎能徧。懷今思獨永，感昔泪如綫。秋草生玉堦，流塵滿紈扇。紈扇知妾心，携持自障面。時來即所遇，勢失貴亦賤。庭樹秋風生，無勞匣中怨。《全元詩》，册63，第251頁

秋扇

顧　逢

按，宋代卷相和歌辭有薛季宣《秋扇詞》，元人《秋扇》，或出於此，故予收録。

明月藏塵篋，曾歸掌幄中。得時思酷暑，袖手怯西風。用舍人相似，炎凉心不同。汗流沾

背處，蔽日豈無功。《全元詩》，册10，第80—81頁

同前

劉敏中

浥浥齊紈湘水紋，生平几杖最情親。三庚酷暑扶持我，一夕新涼間諜人。明月肯收班氏篋，西風要蔽庾公塵。與人與物須終始，世事從渠日日新。《全元詩》，册11，第308—309頁

同前

王旭

暑退乾坤爽氣生，回看紈扇便忘情。人心自是無常定，天地元來有變更。唐室未安尊李郭，楚兵才散戮韓彭。功成幸得安閑地，寂寞西風不用驚。

宇宙涼生幾日間，便將紈扇等閑看。須知物到功成了，自合身歸冷地閑。影落羿妃天上月，香消秦女霧中鸞。棄捐休道長如此，會見炎官駕復還。

纔得人間幾日秋，便將紈扇暗中投。雖無白汗流衣底，尚有青蠅在案頭。提挈猶堪他日用，動摇還得此時休。炎涼用舍非吾事，付與桃笙一處愁。《全元詩》，册13，第57—58頁

同前

李曄

賦性如霜潔，將形似月圓。暑中誰不愛，秋後獨堪憐。才士名難遂，佳人色易捐。清風終有在，藏篋待明年。《全元詩》，册56，第42頁

紈扇辭

楊維楨

按，此詩見録於楊維楨《鐵崖古樂府》，故予收録。元人又有《紈扇行》，當出於此，亦予收録。

團圓合歡扇，比似月嬋娟。嬋娟有時缺，我扇豈長圓。秋風落梧葉，我扇同棄捐。不得如秋葉，吹墮在君前。《全元詩》，册39，第35頁

紈扇行

李道坦

誰家玉貌蒙清霏，手揮紈扇臨東池。瀟湘揺波月弄影，碧波疑見湘江妃。泪痕竹上猶未滅，一尺冰紈萬愁結。風吹翠袖卷寒烟，汗入紅肌凝素雪。深閨無人凉氣早，輕薄恩情易衰老。昔隨胡蝶上春衣，今逐流螢向秋草。不見班姬染翰時，空遺漢宮題扇詩。千年怨墨已流落，一天霜露沾人衣。《全元詩》，册 24，第 176 頁

長信宮秋詞

柯九思

羊車聲遠意徒勞，望斷長門月影高。猶恐九霄風露早，明朝擬送衮龍袍。《全元詩》，册36，第4頁

古長信秋詞

甘立

按，此二首《全宋詩》收入楊皇后《宫詞》百首。① 今暫兩存。

闕月流光入綺疏，金壺傳箭夢回初。秦臺彩鳳無消息，桂影空閒十二除。

輦路青苔雨後深，銅魚雙鑰晝沉沉。詞臣還有相如在，不得當時買賦金。《全元詩》，册36，第254頁

① 《全宋詩》卷二七七九，册53，第32891頁。

玉階怨

梁　寅

獨步玉階静，飛鼠掠紅櫳。月斜萬年樹，露寒金井桐。别殿笙歌合，宴樂猶未終。團扇且棄置，夕氣涼轉添。流螢點魚鑰，隕葉近蝦簾。羅衣舊恩賜，不令珠泪沾。《全元詩》，册 44，第 274 頁

同前

胡　奎

露下瑶階冷，流螢濕不飛。長門今夜月，特地上秋衣。《全元詩》，册 48，第 138 頁

宫怨

耶律鑄

按，元人又有《釋宫怨》《吴宫怨》《漢宫怨》《秋夜宫怨》，均當出於此，亦予收録。

脉脉慵拈鳳翼簫，沈思陳事自無聊。不惟只妬鶯聲巧，且是嘗憎燕語嬌。照牖光芒殊未歇，守宫顔色若爲消。梅花獨自驚時節，肯放春風到柳條。《全元詩》，册4，第79頁

同前二首

尹廷高

緑衣無分惹天香，滴碎春愁玉漏長。日上海棠眠未醒，夢隨蝴蝶出宫墻。

露沐香窠夜不收，紫綃夜映翠蟠虬。雖然盧阜聞名晚，合是花中第一流。《全元詩》，册14，第2頁

同前

馬臻

多愁多怨怕春天，花外時聞警蹕傳。金縷綉衣渾不稱，餘香猶帶御爐烟。《全元詩》，册17，第7頁

同前

王沂

五雲樓館静愔愔，一閉嬋娟日月深。三十六年勞望幸，輕紅淺黛一生心。《全元詩》，册33，第132頁

同前

劉仁本

無復羊車至，空憐鸞鏡悲。君恩新寵妬，妾貌舊時衰。宮樹西風急，御溝流水遲。起來拾紅葉，欲寫恨無詩。《全元詩》，册 49，第 202 頁

同前

張憲

寶索懸珠珮，霜花上玉墀。井桐紅似錦，不寫御溝詩。《全元詩》，册 57，第 145 頁

古宮怨四首

王逢

萬年枝上月團團，一色珠衣立露寒。獨有君王遥認得，扇開雙尾簇紅鸞。

十二瑶階入鳳臺，梧花開盡鳳當來。夜深不敢吹横玉，璧月珠星繞上台。

雨餘螢冷入秋衣，織女星明婺女微。二十五弦香殿裏，一聲聲作雁雙飛。

誤報迎鑾出禁宮，階前草是雁來紅。玉顔豈就秋枯落，萬一和親在選中。《全元詩》，册 59，第 335 頁

釋宫怨

馬　臻

萬頃恩波一寸心，玉堦青草斷車聲。文章近日無人愛，休把黄金乞長卿。《全元詩》，册 17，第 7 頁

吴宫怨

項　炯

綉楣洒黄粉，椒壁漲紅青。倚檐樹如鬼，深草蛇夜鳴。髑髏已無泪，古恨埋石扃。《全元詩》，册 28，第 379 頁

同前

許　恕

碧雲樓高秋月低，夜夜棲烏夜半啼。吴王宫裏無西子，江清露白芙蓉死。《全元詩》，册 62，第 98 頁

吴宫怨一章録似良夫隱人

周　南

闔廬城上春冥冥，館娃宫闕飛雲甍。翠簾籠陰白日盡，雕闌卧雨蒼苔生。鴟夷一去誰能逐，吴娃猶唱吴歌曲。争如事主不盡年，於今夜夜啼燈前。《全元詩》，册 42，第 159 頁

漢宫怨

宋　褧

趙飛燕，漢春如一日。色映豹尾竿，膏香髮鬖漆。掃粉浴蘭雲帳底，三十六宫寒似水。天教癡妬擅浮榮，緑篋緘傳還啄矢。唯餘擁背人，煖夢黄金殿。西風長信深，塵埋舊紈扇。《全元詩》，册 37，第 219 頁

秋夜宫怨二首

姚　璲

雨過雲疏月浸杯，好懷今夕向誰開。君王若記昭陽事，有約惟應夢裏來。

金盤酪粉紫駝峰，帝駕羊車過别宫。傳語銀河牛女會，一年一度莫匆匆。《全元詩》，册42，第297頁

雜怨二首

戴良

并翼猶有義，比肩猶有情。誰知歌扇妾，虚負合歡名。

君泪如朝露，妾泪如春瀾。朝露應時晞，春瀾何日乾。《全元詩》，册58，第86頁

滿歌行

胡布

宋鄭樵《通志二十略·樂略一》「相和歌三十曲」曰：「《滿歌行》大曲，古辭。」①清王士禎《師友詩傳續録》曰：「又有《滿歌行》《艷歌行》《何嘗行》之屬。當時命名之旨，即吴兢《解

① 《通志二十略》，第898頁。

題》，亦不能盡通曉。」①清翟灝《通俗編》曰：「漢樂府《滿歌行》等篇謂之『大曲』，『小曲』當對『大曲』言之，非若今之小曲也。」②

蚤歲逢危，迨長百罹。從軍苦樂，遐路險巇。途窮涉遠海，飢蛟毒鰐聲參差。眇體寄波上，驚憂百折殆不能奮飛。中道混異流，不爲貧賤移。原生拙貨殖，陶子常苦飢。陽山猛虎夾路啼，參辰錯莫夜無期。夜無期，殷憂填胸，誰當我知。入山蹈海，思懷自安。獨善之事，奚益於遺黎。願見海清泰階平，睿哲握機寰宇亨。毁珠與玉，寶善人以致平。成周道如砥，直如矢，萬方熙熙登春臺。塊獨與天爲徒，共安耕鑿誠快哉。《全元詩》，册50，第439頁

① 《師友詩傳續録》，《清詩話》，第156頁。
② ［清］翟灝撰，顔春峰點校《通俗編》卷三一，中華書局，2013年版，第430頁。

卷二一八　元清商曲辭一

本卷以《樂府詩集·清商曲辭》同題爲收録之據，所録多出《全元詩》。

吴歌

胡　奎

第四橋邊楓葉秋，青裙少婦木蘭舟。月明打槳唱歌去，驚起蘆花雙白鷗。《全元詩》，册 48，第 128 頁

賦得吴歌送人歸吴中

揭傒斯

三月酒如澠，高堂絲竹停。綉筵雙鳳影，珠箔亂鶯聲。疊應紅牙拍，辭傳金縷名。綵雲低不度，芳塵暗自驚。花發長洲苑，日照闔閭城。且奉千金壽，寧忘萬里情。《全元詩》，册 27，第 233 頁

吴歌一首送張清夫提舉征東校官先還吴中

揭傒斯

吴中女兒白如華，吴江燕燕拂波斜。吴中魚肥米可束，夫君無事久忘家。夫君自別吴江水，聲名籍籍京華裏。家家屏幛待新詞，日日王侯置醇醴。吴中之居不可踰，京華之樂天下無。高官厚禄不願有，上疏乞官遼海隅。秋風高吹燕山樹，扁舟且向吴中去。吴中兒女白如玉，看着新袍入華屋。《全元詩》，册 27，第 247 頁

昆城吴歌

鄭東

昆城吴水三萬頃，吴兒招我入溟涬。舉頭看月月在頂，手弄荷花落天影。酒酣起就船底眠，青天作衾毛骨冷。龍女欲出聽我歌，扇以凉飆吹夢醒。初歌音簇含清匀，忽然疾走銜枚軍。百怪髮立皆驚奔，龍女舞翻巫峽雲。再歌壯以悲，鳳凰背泣麟洲啼。六月雪壓崑崙低，我歌三發滄海裂。緑水欲變黄塵熱，龍女聞之悲哽咽。旌旗忽動龍女歸，金烏飛上若木枝。暑炎如火炙我肌，嗟我老病力莫支，千金莫致南海犀。沈書問龍女，遺我蒼水璧。與君乞取半湖白，歸向

高堂挂空壁。《全元詩》，册 46，第 208 頁

子夜歌

胡奎

元伊世珍《瑯嬛記》曰：「漢有女子舒襟，爲人聰慧，事事有意。與元群通，嘗寄群以蓮子曰：『吾憐子也。』群曰：『何以不去心？』使婢答曰：『正欲汝知心内苦。』故後世《子夜歌》有『見蓮不分明』等語，皆祖其意。」①

試問銅壺水，今宵幾許深。漏長如妾泪，水淺是郎心。《全元詩》，册 48，第 127 頁

① [元] 伊世珍《瑯嬛記》卷上，四庫全書存目叢書，子部册 120，第 69 頁。

戲效半樹歌體六首與達兼善御史同賦

傅若金

按，文淵閣四庫全書本《傅與礪詩文集》題作《戲效子夜歌體六首與達兼善御史同賦》。①

種荷深水中，日夜期成藕。蓮子逐浮萍，風波漂蕩久。
織錦望成疋，終朝不滿尺。誰知方寸間，千絲萬絲積。
儂是弓上弦，雖絶猶當續。歡如弦上矢，一往遂不復。
思將儂別淚，溢作長江水。處處逢歡船，任歡行千里。
郎心願成鏡，照妾生光彩。鑄鐵作同心，千年亦不解。
歡乘紫騮馬，儂作碧蠶絲。繫在白玉鞭，千里得相隨。《全元詩》，册45，第140頁

① [元] 傅若金《傅與礪詩文集》卷八，景印文淵閣四庫全書，册1213，第280—281頁。

秋夜讀劉昕賓旭子夜歌因效其體賦三章

郭鈺

子夜歌，歌聲苦短情苦多。幾回待月月輪缺，月當圓處仍虛過。銀燭窗深炯殘照，玉釵半脱羅幃悄。琵琶學得奉君歡，秖今彈作思君調。

子夜歌，歌罷其如明月何。牽牛織女永相望，不教精衛填銀河。妾心本如秋月白，妾顔不共春風發。玉兔搗藥三千年，近見嫦娥搔白髮。

子夜歌，承君蛺蝶雙花羅。羅衣秋來不堪着，梧桐樹上凉風多。銀燭作花好消息，又想歸期在明日。并刀不剪相思愁，相思誤畫曾相識。《全元詩》，册57，第55頁

吴宫子夜歌

陳孚

紫貝樓闕鬱金香，暖雲七十紅鴛鴦。玉蟬笑擁霞綃裳，星河不墮宫點長。緑樽灩灩麟髓泣，露重花寒秋不濕。歈歌一聲驚怒濤，海鯨夾陛如人立。誰知淺顰蛾半掃，中有疏螢滿愁沼。越兵曉跨西風來，碧波一夜芙蓉老。《全元詩》，册18，第351頁

子夜四時歌

周　巽

題注曰：「《樂志》曰：子夜歌者，晉曲也。晉有女子名子夜，造此。聲過哀苦，後人更爲四時行樂之辭，謂之《子夜四時歌》。」

鴛鴦合歡夕，風動綉帷開。明月流光入，夢回心自猜。桃花開又落，不見翠鸞來。右春歌。

芙蓉合歡帶，玉佩紫羅囊。綰作同心結，襟抱含清香。妾心蓮菂苦，愁緒藕絲長。右夏歌。

珊瑚合歡枕，無寐過中宵。背壁寒燈暗，花殘恨未消。涼聲鳴落葉，天際雁書遥。右秋歌。

錦綉合歡被，香篝宿火殘。玉樹霜華結，烏啼清夜闌。起看梅破萼，欲折寄來難。右冬歌。

《全元詩》，册 48，第 393 頁

吴子夜四時歌

楊維禎

題注曰：「效劉琨體作。」

麯塵波欲動，紅心草已生。朝來夾城道，流車如水行。
睡起珊瑚枕，微風度屧廊。夫容最高葉，翻水洗鴛鴦。
秋風吹羅帷，玉郎思寄衣。多情雙絡緯，啼近妾寒機。
樺烟嘘席暖，不知寒漏長。朝來玉壺冰，爲君添衣裳。

《全元詩》，册 39，第 76 頁

吴宫子夜四時歌

胡　奎

御柳裊金絲，宫鶯拂柘衣。簾陰隨日轉，漏點出花遲。
雨過太湖上，芙蓉水殿開。綵舟邀月上，玉盌送冰來。
玉宇夜沈沈，天河似海深。下階齊拜月，纖手學穿針。
城上七星低，宫鴉繞樹啼。朔風吹不入，自有辟寒犀。
美人歌竹枝，胡蝶傍花飛。白日東窗静，金刀剪苧衣。
雨過湖波緑，荷花水殿開。隔花人似玉，船上買冰來。
秋風昨夜起，吹月到房櫳。夢入關山去，江楓樹樹紅。
一尺街頭雪，朝來没馬蹄。狐裘不覺煖，更有辟寒犀。

《全元詩》，册 48，第 127 頁

子夜吴聲四時歌四首

張憲

清張岱《夜航船》論《白紵歌》曰：「梁武帝本吴歌《白紵》，始改《子夜吴聲四時歌》。」①

朱雀街頭雨，烏衣巷口風。飛來雙燕子，不入景陽宫。爲問秦淮女，還知玉樹空。
湖上水雲緑，荷花十里香。咿啞木蘭棹，驚起睡鴛鴦。雌雄兩分去，不覺斷人腸。
白苧鵶頭襪，紅綾錦鞫靴。玉堦零露冷，羞折鳳仙花。去去蕩游子，秋深不念家。
瓦上松雪落，燈前夜有聲。起持白玉尺，呵手製吴綾。穩紉征袍縫，邊庭草又青。《全元詩》，册57，第50頁

四時詞二首

黄玠

酒醒簾外日三竿，陌上晴泥苦未乾。人在花深聞笑語，黄金小碾試龍團。右春

---

①《夜航船》卷八，第222頁。

水碧湘筠浪織成，粉藍輕縠小帷屏。侍兒生怪風吹夢，故傍床頭落剪聲。右夏 《全元詩》，册 35，第 214 頁

子夜變歌十首

胡布

劈碎短竹筇，誰能居山峰。峰生山中央，磊磈刺心胸。

打殺雙鴛鴦，催死到白頭。白頭不肯飛，守分合當休。

相思如江水，東流不向西。東流有回轉，相思見歸時。

春蠶挂門口，抱絲到莊前。鏡昏不見面，施朱紅可憐。

儂愛芙蓉花，如何拔花根。花乾綴枝蒂，老死守紅痕。

出門無所道，尋龜卦憂惱。見龜猶自可，無龜當奈何。

蒲是無心蒲，藕是荷根蒂。蒲花見散亂，蓮子結心苦。

汲井不能乾，井深望瓶還。雖是轆轤轉，手繩見泉難。

船自當風信，失怨浪顛傾。牽絲繩大柁，竿長難支撐。

愛歡人共道，遇歡夢暫見。心是九疑山，腸作車輪轉。《全元詩》，册 50，第 501 頁

丁都護

劉詵

宋鄭樵《通志二十略·樂略一》「清商曲七曲」曰：「《丁督護》，亦曰《丁都護》，亦曰《督護歌》。」①按，元人又有《丁都護曲》，當出於此，亦予收録。

丁都護，郎騎白馬今何處？丁都護，郎骨今歸還是否？妾心痛似杞梁妻，夢殺夫讐夢無路。采石江，雲陽渡，斜陽江上山無數。後人不識都護誰，時唱此歌渡江去。《全元詩》，册22，第279頁

同前

陳泰

詩序曰：「城西夜歸，戍婦孀哭甚哀，爲述其情。」

---

①《通志二十略》，第905頁。

丁都護，妾夫已死長辛苦。結髮相從畏別離，身不行軍名在府。去年爲君製袍衣，期君報國封侯歸。紅顔白面葬鄉土，反媿老大征遼西。遼西縱不返，馬革垂千年。君今葬妾手，空受行伍憐。相思墳頭種雙樹，慟哭青山望歸處。妾命如花死即休，兒女呻吟恐無據。當窗玉龍鏡，照影弄春妍。團圓不忍見，結束隨君還。願持鏡入泉下土，照見妾心千萬古。《全元詩》，册 28，第 29 頁

同前

熊夢祥

詩序曰：「樞密三知院答里麻監總戎曹州，進兵陷陣。諸將卒士棄其主將而潰，於是被害甚慘烈。後以十月末旬獲其骨而歸，招魂於順承門外。」

丁都護，郎上馬，將星煌煌，干戈戚揚。貔貅百萬羽林郎，旌旗所指孰敢當。丁都護，郎下馬，穹廬滿野，笑言啞啞。良家女兒擎玉斝，夜來葉落消長夜。丁都護，郎進兵，旗電鼓霆，澤劍流星。指麾衛軍歌楚聲，主將傾危血刃腥。丁都護，魂來歸，少妻嬌兒，涕泗漣洏。去時鞍馬何人騎，肘後玉印今歸誰？嗚呼猗戲，國之棟梁，哲人萎萎。《全元詩》，册 42，第 333 頁

丁督護曲一首五解

張憲

丁督護，北征去。衰草没戰場，郎尸在何處。

丁督護，勿回顧。千里馬蹄塵，遥遥盟津渡。

丁督護，寶刀鞍上據。百戰無前敵，收功洛陽路。

丁督護，冬窮歲云暮。相送落星墟，哀情向誰訴。

丁督護，白楊響墟墓。馬革易成泥，郎尸今暴露。《全元詩》，册57，第51—52頁

團扇詞

朱晞顔

吴紈一尺秋霜寒，冰綃玉麈裁合歡。團團素影落懷袖，何人月下乘青鸞。二八佳人秋水色，提携未忍輕抛擲。閒尋小草戲流螢，兒家庭樹秋風生。秋風蕭騷日夜來，明年何處荷花開。《全元詩》，册18，第328頁

卷二一九　元清商曲辭二

黄鵠曲

楊維楨

詩序曰：「蕭山顧節婦，年二十，居寡。貴要將强婿之。顧賦詩自誓，改道家裝絶之。爲賦魯陶嬰《黄鵠辭》。」按，《樂府詩集》清商曲辭有《黄鵠曲》，雜歌謡辭有《黄鵠歌》，前者以黄鵠早寡七年不雙比陶女守節不嫁，後者歌黄鵠下太液池事。元人有《黄鵠歌》《黄鵠曲》《黄鵠行》《黄鵠謡》多首，凡題作《黄鵠曲》《黄鵠歌》者，循題分歸各卷。凡題作《黄鵠行》《黄鵠謡》者，則據題旨定其歸屬。

黄鵠雙棲兮年命有不齊，雌將雛兮失其雄飛叶。雖失雄飛孤自誓平，豈無他雄兮誓不徙故棲。使君兮逑予與孤，俾予改圖。一女可二夫，使君事主塗亦殊。《全元詩》，册 39，第 138 頁

同前

袁華

題注曰：「送朱某之膠州。乃祖清開海漕。」按，袁華又有《黄鵠詞》并序，其辭已佚，詩序尚存，兹録於下：「余讀史臣王君彝所纂《陳節婦傳》，事核而詳，詞嚴而正。其叙彝倫，厚風俗，豈小補哉？然切有感焉：夫婦人之常守節，蓋不幸也。頃自兵興，婦人女子死節於鋒刃之下而湮滅無聞，抑不幸之中又不幸者焉。今陳節婦莊，既有賢子以表明之，又得史臣之文以紀録之，斯不幸之中有幸者與！其子寶生出此卷求詩，予既高其母之行，又嘉其教子之有成也，迺製《黄鵠詞》遺之，俾歌以壽母云。」①

黄鵠兮黄鵠，金衣兮鞠裳，銜粟渡海致帝鄉。有雛有雛羽翼長，曾隨鳳凰集明堂。曉棲上林樹，暮下建章宫。俯睞燕雀槍榆枋，高飛遠舉天門翔。天門翔，羽肅肅，吁嗟乎黄鵠。《全元詩》，册 57，第 268 頁

① [元] 袁華《可傳集》，景印文淵閣四庫全書，册 1232，第 367 頁。

黄鵠謡題余節婦詩卷

李孝光

黄鵠黄鵠，牝牡相隨。游於四海，不識别離。始妾結髮時，與君年相齊。一朝納伉儷，百歲以爲期。奈何乎中路，而捐子與妻。且君之徂，妾逢百罹。父母將我去，親戚奪我志。言云爲我志，言云爲我計，長久祇令增傷悲。憶君垂訣，托我孤兒。我嗔君言，奈何見疑。晨起作，饔與麋，欲持飴阿誰。嗟我不如黄鵠，將子與婦，至死相隨飛。我寧用生爲，我寧用生爲。衆人何知，維餘天知。《全元詩》，册 32，第 388 頁

黄鵠行

胡　奎

東海有黄鵠，兩雛何翩翩。朝戲滄海上，暮棲瓊樹顛。一朝挾其雛，裴回上青天。一雛歸故巢，一雛委身草莽間。黄鵠哀鳴向他山，側身東望何時還。他山豈無匹，鳳凰五色翰。渴有醴水，飢有琅玕。黄鵠不願同飲啄，得歸東海心即樂。《全元詩》，册 48，第 133—134 頁

同前

胡布

黃鵠早寡，哀思故雄。無何怨尤，義命允終。君家有高樓，雕楹綉柱錦盤龍。綺羅疊裀褥，金錯艷重重。儂居茅蓋屋，長夜卧如弓。志尚不相謀，寸心遂難同。君家椎肥牛，飲醇酒。歌鐘歷亂，彈箏擊缶。儂登北山，采薇茹芝。潔若冰雪，强神注頤。自非口體人，安事相追隨。豈苟富貴慕，豈易貧賤去。所長泉下耻，所短寰中苦。大義不乖違，死生誠何事。儂是一婦人，欲愧天下士。《全元詩》，册 50，第 443 頁

懊儂詞并引

楊維楨

詩引曰：「《樂録》曰：『《懊儂歌》者，石崇妾緑珠所作也。』其辭未盡珠義。今演澀布語，美珠節云。」

四座且勿哄，平聲。聽妾歌懊儂。竹直不可屈，布澀不可縫。縫澀斷針折，屈竹竹破裂。《全

元詩》，册 39，第 228 頁

懊惱曲

胡　奎

按，元人又有《懊恨曲》，當出於此，亦予收録。

懊惱復懊惱，懊惱無人知。阿婆不嫁女，夜夜守空閨。《全元詩》，册 48，第 113 頁

同前

孫　蕡

妾家良人壻，執戟明光裏。四時遷顯官，寵幸無與比。似妾初嫁時，容光照鄰里。芳榮有衰歇，輝赫詎可恃。火熱變灰寒，懊惱何可已。《全元詩》，册 63，第 256 頁

懊恨曲三首

劉崧

懊恨饒家軍，常年掠江北。誰遣渡江來，相呼打興國。
誰知興國險，陣敗不容身。路從南鄉出，却劫南鄉人。
朝爲江南親，暮與江南敵。江水本無情，人心自磯激。江上多舟楫，山中有路岐。那能不往來，終是兩相宜。猛虎初入城，城中盡奔走。近來人狎虎，割肉餧其口。《全元詩》，册61，第482—483頁

華山畿

韓性

蔽藤解雙紅，淺薄玫瑰露。烏臼莫悲啼，東風托幽素。一上華山畿，金軛斜風語。持底感秋魂，紅蝶交闢舞。昨夜水洪花，淡月勞勞渚。《全元詩》，册21，第36頁

同前

楊維楨

詩序曰:「南徐有士子,從華山畿往雲陽,見客舍一女子。悦之無因,遂感心疾。母問故,至華山尋女,得蔽膝,令置席下。舉席見蔽膝,遂吞而死。氣欲絶,謂母曰:『葬從華山度。』母從之。比至女門,牛不前。女歌曰:『華山畿,君既爲儂死,儂活爲誰施。歡若見憐時,棺木爲儂開。』棺應聲開,女透入棺,乃合葬。呼爲『神女冢』云。」

華山折,東海竭。惟有相思情,萬古不可滅。白玉槨,黄金棺。金椎碎,眼亦剜。白骨臭腐神不還。神不還,如何華山畿,爲儂應聲而開棺。儂入棺,化作雙雙雉子斑。《全元詩》,册39,第228—229頁

堂堂

張翥

按,元人又有《堂堂歌》,當出於此,亦予收録。

朝爲堂堂吟，暮爲堂堂謳。堂堂徒爾奇，堂堂徒爾憂。不見膏與蘭，煎熇祇自休。勿以不遇故，棄捐經與史。勿以勢利故，棄捐廉與耻。勿以行役故，棄捐山與水。謂夜未遽央，已復明星明。仰視何煌煌，白露忽沾裳。懷人攪余心，何以勿永傷。江北亦爲客，江南亦爲客。爲客多偪兀，何以安所適。上有君與親，下有妻與息。在山則種榆，在隰則種蒲。馬牛必維婁，舟航必繻袽。富貴富貴友，貧賤貧賤徒。歲月來者多，江湖逝者遠。所得不可逝，所期不可返。幸此世累輕，歸去衡門偃。《全元詩》，册34，第120頁

堂堂歌

黄　玠

君不見車如流水馬如龍，大道長驅耳生風。床頭黄金借顔色，快意正在一日中。又不見車如鷄棲馬如狗，側足旁趨面生垢。投人不遇刺欲漫，失意寧論百年後。鳧脛自短鶴自長，顛倒萬事未可量。西來江水東流去，白日竟是爲誰傷。且當開尊酌美酒，起舞頓足歌堂堂。《全元詩》，册35，第202—203頁

三閣詞四首

楊維楨

江南龍虎氣，樓閣照金銀。望見長安道，不知塵污人。

璧月幾時缺，玉枝幾時枯。閣中連理伴，夜笑素娥孤。

昨夜韓擒虎，將軍奏凱回。井中人不死，重帶美人來。

脂塘乾辱水，璧月破清秋。五佞誅新國，江郎尚黑頭。《全元詩》，冊39，第71頁

同前

釋宗泐

複道麗明霞，阿房未當奢。半空傳笑語，長夜後庭華。

檻車出城去，望閣暫回頭。昔道千年樂，今成萬古愁。《全元詩》，冊58，第379頁

神弦十一曲

張憲

朝行青溪曲，暮宿青岩阿。女蘿施長松，白蘋依緑荷。神來水風生，神去水無波。朝雲不爲雨，夕露將如何。

右宿阿

古皇上帝高無語，十二天門守金虎。道君飛下玉清來，獨與蒼生作宗主。奈何人事多覼縷，閣皂號赤狐，玉泉飛白鼠。武夷失左肩，羅浮虧右股。東明海波高拍天，幽魂滯魄稱神仙。腥風剥面晦白日，老蛟頑蜃垂饞涎。道君道力通上元，天篆印文紅玉鐫。七星劍光上掩斗，五嶽小冠騰紫烟。飛雷走電摇山川，巍巍正位專天權。叱咤百神如轉圜，賢哉道君胡得焉，嗟哉道君胡得焉。

右道君

雙頭牡丹大如斗，簇金小帽銀花鏤。緑門長眉丹潡唇，白馬黄衫灌江口。平頭奴子金絲髮，六尺竹弓開滿月。神獒帖尾卧床前，頑蛟尚染刀鐶血。靈風颶颶石犀吼，吴船楚舵紛搔首。紅雲忽報七聖來，蜀波水色濃於酒。

右聖郎

四十九鞭鞭馬箠，合眼旋風馬頭起。曲項琵琶金帖槽，七寶銀瓶勸金醴。紅斑碎纈石榴裙，弓尖綷䌨飛輕塵。雙鬟鬖鬌好容色，十步回頭九媚人。舌尖若血噴紅雨，偪剥有聲微扣齒。綵衣零亂野花枝，頓地神狐拖九尾。

右嬌女

石郎家住南山裏，夜叱卧羊成隊起。砑光羅帽舞山香，金礦銀坑爛如紙。竹節短鞭鞭赤狐，山精水魅聲嗚嗚。回風蹋水過溪曲，旋折山花聘小姑。

右白石郎

香爐盤盤青霧起，靈帷撒動金錢紙。練帶斜垂八尺冰，纏項白蛇神色死。青溪小姑雙露乳，起著神衫代神語。花裙綉袴蹋旋風，雙袖翻飛小鸞舞。西山日落雲冥冥，金龍畫燭燈光青。土妖木魅作人立，古壁空廊聞履聲。繁弦嘈雜社鼓吼，體挂羊腸磔牛首。扶神上馬送神歸，老狐醉卧檐前柳。

右青溪小姑

洞庭八月明月寒，湖龍捧出玻璃盤。湖風忽來浪如山，銀城雪屋相飛翻。白鼉樹尾月中泣，倒捲君山輕一粒。浪花拍碎回仙樓，萬斛龍驤半天立。雨師騎羊轟晝雷，紅旗照波水路開。青娥鬒髮紅藍腮，紫絲絡頭垂黃能，神弦調急龍姑來。

右湖龍姑

西溪日落星離離，龍姑廟下號狐狸。東家少婦呼小姨，紙錢香奩左右提。紅甘紫嫩栗與梨，畫羅小扇相分携。吹燈照道溪之湄，古祠深深溪岸陡，熒熒鬼火紅窠走。履聲襲人不敢啼，小姨堅持少婦手。心香一瓣謝姑恩，鸞刀自斫烏羊首。

右姑恩

兩兩白玉童，采菱湖渌中。一雙木蘭棹，飛臂破南風。雁頭刺帶緑，菡萏花房紅。折來神女廟，進入湘妃宫。豈欲偶奇遇，願然神惠終。

右采菱童

皇皇明下，福禄是臻。燁燁靈童，按舞殿殿。㸑蕭炳焕，元氣氤氲。幡盤屈以下墜，神昭回而上伸。

右明下童

枝葉同生，根株異歸。萬物倏短，靡不乖違。於惟靈祇，順庇咸宜。穆穆一德，雍雍百禧。雷霆以鼓之，風雨以舞之。俾爾生無阻兮，俾爾歸有所兮。

右同生　　《全元詩》，册57，第44—46頁

湖龍姑曲

楊維楨

題注曰：「神弦十一中之一。」

湖風起，浪如山，銀城雪屋相飛翻。白鼉豎尾月中泣，倒捲君山輕一粒。浪中拍碎岳陽樓，萬斛龍驤半空立。雨工騎羊鞭迅雷，紅旗白蓋蚩尤開，青娥鬟髮紅藍腮。紫絲絡頭雙黃能，神弦歌急龍姑來。《全元詩》，册 39，第 110 頁

神弦曲四首

王　彝

織女廟

紅蓮小朵金塘秋，水上弓鞵新月鈎。碧日無光靈鵲死，文星墜地銀雲起。陰股森寒聞唾壺，神衣綷縩機聲裏。曲曲湖波灩神眼，十八虛鬟神自綰。寶奩掩月梟珠絲，天促神歸神不歸。

紀王廟

黄屋龍顔死灰色，寶鼎嘈嘈人血碧。漢鬼入雲成辟歷，轟破當年霸王魄。漢家日月上天飛，照見廟前神樹枝。萬騎陰兵去如水，酒痕洒殿酣春蟻。風過陰廊聞墮珥，毾㲪舞罷虞姬死。

滬瀆龍王廟

鼕鼕天鼓秋河裏，雪山曜日青山紫。金鎖蛇鱗百尺身，領得江中萬魚起。女巫亂乳飲龍孫，兩蕊芙蓉瀉秋水。神弦棖棖風雨黄，明珠一夜照龍堂。三江水渾龍濯足，明朝化作林中緑。

伏虎神君廟

金錢紙撒掀空舞，群巫啾啾答神語。旋風下山百面鼓，神馬如人駝一虎。豹作兒啼隨鬼母，纈裙嬌女出神帷。拔得虎鬚留畫眉，妖歌自飲髑髏卮。蠻夫拜神求虎血，洗箭入山求虎穴。家家望見觚稜月，一路神燈亂如雪。《全元詩》，册 62，第 462—463 頁

烏夜啼

按，元人又有《烏啼曲》，當出於此，亦予收録。

馬　臻

烏夜啼，朝啼東方白，夜啼林影黑。關河萬里天雨霜，月冷夜長眠不得。烏夜啼，憐爾巢中黄口時。哺腥吞腐羽毛長，母子日日長追隨。一旦離群自成偶，相呼相喚期相守。故雄零落不復知，留得孤雌住衰柳。柳條蕭颯難棲身，夢驚三月楊花春。載飛載止情莫伸，欲去不去愁殺人。不知挾彈誰家子，暴物傷生苦如此。哀音散入江湖間，老屋破窗燈欲死。烏夜啼，君豈知。

《全元詩》册 17，第 24 頁

同前并引

楊維楨

詩引曰：「古樂府《烏夜啼》者，宋王義慶妓妾報赦之詞。予爲補之，而少見規誡之義云。」

蘢葱高樹青門西，夜夜棲烏來上啼。報君凶，報君喜，願君高樹成連理。啼烏夜夜八九子，莫使君家高樹移。烏生八九烏散飛。夜夜，一本作夜生。

《全元詩》，册 39，第 6 頁

同前

張天英

城頭烏夜啼，月白薊門時。朝陽借光彩，翱翔鳳皇池。春風黄金樹，結巢在高枝。中心懷返哺，還向故人飛。《全元詩》，册 47，第 142 頁

同前

胡奎

烏夜啼，城上頭。城中少婦彈箜篌，起聞烏啼生遠愁。烏不能言解烏意，願烏啼時赦書至。《全元詩》，册48，第157頁

同前

文質

烏夜啼江月，皎皎流寒輝。去年養子叢木底，今年九子俱不歸。夜夜啼，聲慘悽，網羅天地難高飛。反哺之恩竟寂寞，風巢冷落秋烟稀。烏夜啼，啼相思。《全元詩》，册50，第48頁

同前

烏斯道

明月照庭樹，淒風入重闈。昨夜啞啞烏亂啼，烏亂啼，烏頭未白君未歸。憶昔持綵線，綉君雙鳳凰。比妾百年心，與君不相忘。手中綵線君奪取，衮衣有闕君欲補。遠道一去今十年，轉

向濠梁作羈旅。黄金用盡寄書來，妾啼更比烏聲哀。妾面曾因女孫笑，君懷得爲何人開。願君清商托瑶琴，夜夜寄我空中音。願君珠玉傾錦箋，時時寄我緑窗前。《全元詩》，册60，第259頁

同前

孫蕡

蘢葱窗閉雲凝影，織錦梭停蜀絲冷。蘭心欲語還自緘，待郎不來秋夜永。秋烏夜夜啼啞啞，鳳書應來郎到家，開門自把枇杷花。《全元詩》，册63，第246—247頁

同前

郭奎

石頭城上烏，遥夜鳴相呼。紫清道士有兩樹，烏啼不離樹高處。千聲啞啞復萬聲，中堂酒闌夢未成。呼童把燭起開户，照樹惟恐鄰人驚。庭前再拜爲爾説，我家舊住長淮北。慈親已老返哺違，零落猶爲異鄉客。嚴霜滿天江月輝，東方未白群星稀。明朝日出當早飛，莫使涕泪沾裳衣。《全元詩》，册64，第425頁

同前

杜仲之

烏夜啼，天未曉，寶帳籠寒綉鸞繞。香銷紫被清夢多，秋冷銀屏燭光小。錦綉不如野花寒，霜風吹謝宜男草。《全元詩》，册 68，第 135—136 頁

烏夜啼寫寄

柯九思

故宫芳草春日低，高林漠漠烏夜啼，烏啼不斷愁深閨。萬里封侯安足道，玉顔如花夢中老。東方欲曙烏飛去，門外落花紅不掃。《全元詩》，册 36，第 20 頁

賦得烏夜啼送蘇彦剛奉母歸汴

陳秀民

城頭月白烏夜啼，上下擇木不肯棲。昔日養雛今已飛，啞啞唤母登好枝。烏啼亦有樹，子行得無歸。車中孃孃髮素垂，綵旌日向東京馳。東京土美桑棗肥，衣食可以無寒飢。烏夜啼，

啼何爲，歲將晏矣歸來兮。《全元詩》，册 44，第 199 頁

分得烏夜啼送朱長元赴膠州同知

于　立

城頭烏夜啼，還過上林棲。上林高樹多好枝，歸飛啞啞東復西。起看江月沉江底，使君遠游中夜起。軟紅陌上踏青陽，快馬猶龍車似水。烏夜啼，啼送君。驅車出門風欲薰，東方日出如車輪。《全元詩》，册 45，第 390 頁

擬烏夜啼悼從母弟曹生没於陵河

盧　昭

烏夜啼，飛來棲我庭樹枝，烏啼不祥母惡之。母生季子年廿六，買船海行輸豆粟。昨日陵河有書至，前月風波葬魚腹。婦姑相持哭向天，路遠不得收骨肉。井羸其瓶水乃覆，人生涉險終自極。魂招浦口悲風來，烏啼遶樹聲更哀。願推四山填海水，他人毋令有如此。烏夜啼，啼嗚嗚，婦朝上堂再拜姑，勸姑莫打枝上烏。烏今反哺有是雛，子胡不還母在家。《全元詩》，册 50，第 59 頁

烏夜啼贈友人别

劉崧

華燈張筵促弦急，隔簾霜落風吹入。琴中彈得烏夜啼，啼聲夜寒高復低。林烏何來飛撥剌，夜半啞啞聲不歇。姑蘇城上拂黄雲，銅雀枝邊繞明月。行漸遠，聲漸稀，揚緑各自東西飛。東邊日中有伴侣，看汝飛鳴日邊去。《全元詩》，册 61，第 6 頁

前烏夜啼

沈夢麟

烏夜啼，錢塘城頭楊柳哀，東飛啞啞青海湄。母兮前呼子後隨，風沙漠漠日色薄。雖欲反哺將安歸，烏夜啼兒寧不悲。《全元詩》，册 55，第 2—3 頁

後烏夜啼

沈夢麟

東鄰有老烏，辛苦生二子。子兮毛羽乾，母也忽已死。衆雛呼其群，啄土聚成墳。烏飛墳

上柏，哀號不堪聞。君不見沈家橋西郭家住，有烏養子青松樹。《全元詩》，册 55，第 3 頁

烏啼曲

胡　奎

按，胡奎《斗南老人集》置此詩於「古樂府」類。

秦烏啞啞啼復啼，夜夜不離庭樹枝。妾聽烏啼識烏意，明日官家赦書至。《全元詩》，册 48，第 114 頁

同前并序

釋宗泐

詩序曰：「天台王文起，以故官例遷汴梁，念其親老，不得朝夕養，思慕彌篤。其寓邸旁有古槐，俄群烏集啼其上，久而弗去。及文起以舍懷還其居，烏亦隨之。其孝感有如此者。予聞而異之，遂作《烏啼曲》一首。」

客舍門前古槐樹，群烏啞啞啼不去。烏啼解知人意苦，遷客思親朝復暮。五年生死無消息，一聞烏啼泪沾臆。汴水東流白日飛，老親在南兒在北。南地靈鵲北地烏，烏啼報有平安書。《全元詩》，册58，第380頁

烏棲曲二首

胡　奎

按，元人又有《烏棲庭柏》《獨棲烏》，或出於此，亦予收録。

今夜烏棲向何處，啞啞飛繞深宫樹。宫中美人醉不醒，空勞爾烏啼到明。城頭月明烏夜棲，棲到天明啼復啼。底事夜棲朝復去，不識朝陽鳳凰樹。《全元詩》，册48，第114—115頁

同前四首

胡　布

宜城春酒鬱金黄，樓上屠蘇百和香。同心寶帶合歡結，烏棲樹頭拜明月。

錦幔遥屏輝五采，烏棲月出薰香藹。此時氣息兩相憐，含嬌弄態不能前。感郎言誓爲郎憶，魚爲比目鳥比翼。烏啼月落東曙開，俱飛魚鳥約重來。疊股釵横金鳳凰，連環佩結玉鴛鴦。啼烏啞啞楚天曙，金玉容華逐郎去。《全元詩》，册 50，第 447—448 頁

烏棲庭柏

杜國英

蒼蒼庭前雙柏樹，靈烏結巢來上棲。欲賀主翁增壽考，風飄雨濕中夜啼。主翁愛烏且不驚，烏愛主翁猶忘情。一日往復千百度，踏枝不著寧忍去。主翁忽日客西東，傍人便欲挾彈弓。靈烏靈烏早知覺，啞啞不住聲騰空。彈不著兮弓不中，問君何故心腸凶。野田啄粒自度日，佳樹安巢依主翁。朝朝飛遶主翁屋，聲聲有識期年豐。爲禽尚且有仁義，爲人豈可無仁心。若論今人行止事，人心往往不如禽。《全元詩》，册 66，第 256—257 頁

獨棲烏

孟惟誠

城上烏，夜夜啼，雄飛不歸雌獨棲。有鶵黄口翼未齊，啞啞待哺母腹飢。城上烏，性慈孝，鶵還哺母母未老。百禽見之不能效，鳳凰聞汝恨不早。《全元詩》，册 52，第 278 頁

估客樂

袁　凱

大船峨峨來，小船蔽江下。借問是何誰，云是襄陽估。䙴輕貨，走四方。衣美錦，食稻糧。可憐江南農，無老與小。終歲力耕，不得一飽。《全元詩》，册 46，第 329 頁

同前

胡　奎

今日采石酒，明日廣陵花。大帆隨處泊，終歲不思家。《全元詩》，册 48，第 106 頁

臨江見大船宏麗異甚賦賈客樂

許有壬

鼓聲震蕩馮夷宮，帆腹吞飽江天風。長年望雲坐長嘯，穩駕萬斛凌虛空。主人揚州賣鹽叟，重樓丹青照窗牖。斗帳香凝畫閣深，紅日滿江猶病酒。錢塘女兒靜且姝，臂金盈尺衣六銖。憑闌飯飽觀戲魚，清波照影紅芙蕖。江城到處時弭楫，徧買甘鮮窮所悦。千里携家任去留，一生爲客無離别。敦農抑商昧遠計，遂使素封輕得意。握籌狡獪俯承命，危坐咄嗟收厚利。田廬彫敝君知否，終歲勤勞莫餬口。夏税未了秋税來，三十六策惟有走。《全元詩》，册 34，第 235 頁

南方賈客詞

馬祖常

按，《樂府詩集·清商曲辭》有《賈客詞》，元人《南方賈客詞》《江南賈客詞》，當出於此，故予收録。

江岸琅玕悲啼婦，雲光漏日波含霧。瀧船春下鷓鴣林，青幘蠻郎占龍户。千尋高杉生翠微，北人去買蕉葛衣。鷄骨卜神銅鑄鼓，却憶冰紈將北歸。《全元詩》，册 29，第 385 頁

江南賈客詞

張翥

江南賈客祈神福，一旦成家起神屋。要令結構城市無，取石太湖山采木。傾財命役不計費，複棟重甍夸壯麗。領工老輿出奇巧，欲以雕華迎主意。可憐辛苦屋未成，主人已逝神無靈。

徒留突兀照人眼，愁絶秋風秋雨聲。《全元詩》，册 34，第 152 頁

野鷹來

胡尊生

按，《樂府詩集》無此題，然蘇軾曾作《襄陽古樂府三首》，一曰《野鷹來》，一曰《上堵吟》，一曰《襄陽樂》。此三首宋代卷均録於清商曲辭，元人所作《野鷹來》，當擬蘇詩而來，故予收録。

野鷹來，霜風高，山寒鳥死狐兔逃。我有鮮肉肥爾膏，軟皮爲韝絲爲絛，山中忍飢良獨勞。野鷹來，高高臺，斂翅猴立何爲哉。當途猛虎闞我室，赤精細骨皆凡才。野鷹來，沔之水，昔年種柳今如此。巢危雛弱將奈何，野鷹歸來吾望爾。《全元詩》，册 65，第 22 頁

同前

蔡正甫

南山有奇鷹，寘穴千仞山。網羅雖欲施，藤石不可攀。鷹朝飛，聳肩下視平蕪低，健狐躍兔

藏何遲。鷹暮來，腹肉一飽精神開，招呼不上劉表臺。錦衣少年莫留意，飢飽不能隨爾輩。《全元詩》，册 65，第 328 頁

大堤曲

李　序

宋魏慶之《詩人玉屑》論「曲」曰：「古有《大堤曲》，梁簡文有《烏棲曲》。」①宋劉辰翁《劉辰翁詩話》曰：「《大堤曲》甚言時景之不留，而有願見之思，有微憾之意。」②元梁益《詩傳旁通》卷四曰：「大堤之曲：夾漈鄭氏《通志略》曰：『樂府清商曲《襄陽樂》《大堤曲》者，宋隨王誕始爲襄陽郡，元嘉末仍爲雍州，夜聞諸女郎歌謡，因爲之辭。古辭云：『朝發襄陽城，暮至大堤宿。大堤諸女兒，花艷驚郎目。』後世如李太白《大堤曲》等作皆古樂府題。』」③明王士性《廣志繹》曰：「襄陽夙稱多耆舊古迹，余曾有《弔襄文》。如大堤，古築之

① 《詩人玉屑》卷二，第 34 頁。
② ［宋］劉辰翁《劉辰翁詩話》，《宋詩話全編》，册 9，第 9894 頁。
③ ［元］梁益《詩傳旁通》卷四，《遼金元詩話全編》，册 4，第 2112 頁。

以捍漢水者也，後遂爲遊樂之地，男女蹋歌，《樂府》有《大堤曲》，曰：『漢水横襄陽，花開大堤暖。』曰：『大堤諸女兒，花艷驚郎目。』」①明王昌曾《詩話類編》曰：「如古《大堤曲》、梁簡文《烏棲曲》，委曲盡情曰『曲』。」②明朱國禎《涌幢小品》「大堤」條曰：「自郥陽以下，盡於黄州，皆爲雲夢，又曰『夢澤』。在在有堤，襄陽大堤曲，所以詠也。余親行其上，回復如岡如陵，真是偉觀。蓋因漢水時時泛溢，爲此障之，亦如我嘉湖之有圩、有抖，而浙東萬山中尤多。想自神禹治水後，帝王則爲地方計，人民則爲室家耕作計，悉其財力，不計時，不計勞苦，即迂公之鑿山，精衛之填海，亦無以過。雖云人力，亦天意，神明所相。黄河之堤，莫壯於開封，余亦親行。考宋初黄河尚在滑州，相去三百里。漸决，遂直抵開封城下。國初幾欲遷王府，堤之所以益固也。近日祖其説治運河，有長堤、遥堤、縷堤等名，其費不貲，而衝决如故。看來襄陽、開封二府之堤，紆曲堅壯，制度絶佳，其妙處全在紆曲。因水勢既猛，堤若徑直，全當其鋒，勢必不支；惟紆曲，則若迎若避，迎以抵之，避以殺之。今之橋堵亦用此法，即宋藝祖剪紙圈築都城之意。乃若運河之堤勢，必不能紆曲，又卑薄太甚，如何

①《廣志繹》卷四，第90頁。
②《詩話類編》卷一，四庫全書存目叢書，集部册419，第12頁。

禦水？即堅壯，亦止禦得散漫之水，如何禦得衝決之水？余行蕭縣一帶，見河水溜處，其身如虹，其頭如龍，霍霍望鬆土鑽入，甚迅且勁，拗若乘墀，俯若奔壑，岸崩頃刻數十丈，霆震電掣，鐵石也靡，堤於何有？惟度其勢之所至，豫設掃以待，可以徐徐斡轉。」①明徐咸《西園雜記》曰：「大堤在府城西，舊疑遊冶之地，故古樂府有《大堤曲》。張東之詞云：『南國多佳人，莫如大堤女。』《詩》：『漢有遊女。』蓋其地也。」②按，元人又有《暮行大堤上》，或出於此，亦予收録。

野塘鵁鶄暖，水荇生桂葉。暮上大堤行，拂人飛蛺蝶。門前弱柳長紛紛，水花漠漠飛暖雲。柔條自有烟露色，不如愁死堤上人。劉郎肉薄愁心重，天上離鸞思别鳳。春風搖蕩本無根，種得桃花繞新夢。《全元詩》，册29，第268頁

①［明］朱國禎《涌幢小品》卷六，續修四庫全書，册1172，第687頁。
②［明］徐咸《西園雜記》卷下，叢書集成初編，册2914，中華書局，1985年版，第207頁。

同前

曹文晦

大堤人家花繞屋，大堤女兒美如玉。早年不肯習桑麻，日唱花間大堤曲。十五豪家作侍姬，歌聲迸雲雙雁飛。春衫遍綉紅石竹，雲鬟斜簪黄薔薇。舞倦歌闌三十五，贖身再嫁海商婦。海商歲歲入南番，空房夜夜相思苦。東鄰女嫁西鄰農，夫耕婦織甘苦同。百年相守無不足，豈識花間大堤曲。《全元詩》，册37，第403頁

同前

雅琥

郎家大堤上，妾住横塘曲。年少結新歡，離别豈所欲。日日望郎歸，門前春草緑。嫁時雙明珠，繫妾紅羅襦。纂製遠游履，愿諧比目魚。路長不可致，搔首空踟躕。《全元詩》，册37，第434—435頁

同前

梁寅

大堤女兒顔如花，穠妝綺服踏江沙。折花門草歸來倦，小樓閒坐彈琵琶。玉釵金蟬雲鬟整，江水照見花枝影。舟中少年久凝望，如飲春醪昏不醒。焉知美人心險若穽并機，令爾黃金一朝揮。魚向深淵藏，鳥逐層雲飛。勸爾慎勿癡且惑，縱有多金不如歸。《全元詩》，册 44，第 277 頁

同前

胡奎

朝看堤上花，暮折堤上柳。相送大堤人，同傾大堤酒。酒酣蹋歌去，留郎堤上住。翻翻白馬蹄，草緑無尋處。《全元詩》，册 48，第 107—108 頁

同前四首

孫　作

日落襄陽城，月照大堤曲。綉頰似花紅，含情江水緑。
君騎白馬來，我騎青驄去。背面不相識，兩馬驕嘶住。
漢水可方舟，大堤容兩輪。春風堤上華，不入漢陽津。
宜城竹葉酒，女子數錢沽。上馬問兒童，醉似山公無。《全元詩》，册62，第19頁

暮行大堤上

李　序

暮行大堤上，明月天上來。但能照歡樂，不解憐悲哀。誰家少年子，大宅高樓臺。涼風管弦發，夜飲携金罍。寧知飯牛客，鬱鬱心如灰。歡娱豈終極，屈辱俱雄才。徘徊望明月，惆悵何由裁。《全元詩》，册29，第265頁

襄陽白銅鞮曲

張憲

明郝敬《郝敬詩話》曰：「樂府諸歌曲，雖無男女相狎之事，亦爲男女相狎之辭。如《襄陽白銅鞮歌》。其實非淫也，亦謂之樂府。」①

襄陽白銅鞮，下踏揚州郭。可憐揚州兒，棄戈甘面縛。大堤女兒何命薄，青年坐失榮華樂。蕩子功成未肯歸，閉門三月楊花落。《全元詩》，册 57，第 42 頁

送李憲使赴燕南分題得烏飛曲

黄溍

按，《樂府詩集·清商曲辭》有《西烏夜飛》，元人《烏飛曲》當出於此，故予收録。

① 《明詩話全編》，册 6，第 5926 頁。

臺中樹，枝上烏無數。當年元只爲公來，今日從公却飛去。趙北際，燕南垂。道旁緑樹多好枝，公之所憩烏所依。公毋亟行烏勿飛，問公此去何時歸。上林春深樹如織，公歸但聽烏消息。《全元詩》，册 28，第 261 頁

江南弄

陳 孚

明彭大翼《彭大翼輯詞話》曰：「一説《江南弄》即《采菱》《采蓮》歌也。」①

江南珠樓美人家，翡翠簾捲紅杏花。燕舞綉屏動龜甲，香埃滿空結紫霞。美人盈盈雙蛾緑，一握龍綃罩紅玉。手取瑶琴弄楚曲，三峽猿抱殘月哭。洞庭秋波落寒木，寒木落兮空斷腸。斷腸知爲誰，良人天一方。何以寄之明月璫，湘水渺渺湘山長。《全元詩》，册 18，第 417 頁

① 《明詞話全編》，册 5，第 3229 頁。

同前　項炯

篁深雨過月色青，濕螢幾點風穿櫺。秋聲滿江龍一吟，江空漠漠懸疏星。鳳凰城頭石花吐，雷擊老樹蛇骨腥。鬼雄騎鼉潮際上，暗藤如山走漆燈。《全元詩》，册 28，第 378 頁

同前　張憲

茭尾蒲芽水新足，沙暖小桃紅夾竹。誰家燕燕倦東風，戢翼畫梁春睡熟。螭頭舫子載醽醁，勿惜千金買詞曲。明朝風雨蔽九川，千里江南芳樹緑。《全元詩》，册 57，第 41 頁

同前　劉崧

江浦晴雲作水流，鴛鴦哺雛花滿頭。沙堤十里寒溘溘，湘娥踏槳摇春愁。菖蒲葉齊寶刀緑，珮魚雙煎琪花玉。酸風吹雨不見人，一夜啼痕綉叢竹。《全元詩》，册 61，第 4 頁

采蓮曲

耶律鑄

按，元人又有《采蓮詞》《采蓮歌》《采蓮女》《采蓮》，均當出於此，亦予收録。

錦雲承露珠盤冷，玉女珮環鳴玉井。凝歌聲入天鏡來，蘭橈攪碎蓬壺影。弄香浮葉一何繁，翠蓋霞幢不齊整。可是芳心空自苦，凌波無夢唯烟景。《全元詩》，册 4，第 31 頁

同前

韓　性

白苧如烟得秋早，水調隔花聲縹緲。緑莖未老金粟愁，墮粉初沉翠罌小。餘霞入水生紅波，歌聲欲斷含情多。棹歌不作張静婉，麒麟公子如愁何。君不見屬玉飛來曉無迹，一夜西風露花白。小姑惆悵錦瑟年，舡頭折藕先尋蓮。《全元詩》，册 21，第 42 頁

同前

貢九萬

朝采蓮，暮采蓮，長歌白苧木蘭船。船頭鴛鴦雙白首，也應笑儂别郎久。别郎久，天一方，南風暖度蓮花香。蓮房有子不空房，我儂豈可背尊嫜。郎不食蓮子，不識儂心苦。采得蓮歸日落山，獨守孤房泪如雨。《全元詩》，册 24，第 295 頁

同前

周權

越溪女郎十五六，翠綰香雲雙鳳蹙。嫣然一笑似花妍，艷試新妝照湖緑。羅衣露裛紅芳秋，少年陌上情綢繆。蘭橈容與隔花語，驚散鴛鴦生晚愁。蓮花莫折莖有刺，藕絲易斷針難度。清歌一曲入湖烟，空載香風滿船去。《全元詩》，册 30，第 67 頁

同前

吴元德

蕩舟渡横塘，驚起雙鴛鴦。如何剥蓮子，只是見空房。
船頭荷葉緑，船尾蓮花紅。及時不采摘，零落同秋風。
學唱采蓮歌，歌中意如何。妾如藕在泥，郎如萍逐波。
采蓮復采蓮，小姑同坐船。日暮早歸去，姑嫜在堂前。
人行堤上路，妾在水中洲。望郎郎不歸，南風打船頭。
堤上日平西，湖中采蓮歸。荷交人不見，只有鴛鴦飛。
采蓮休采蓮，采蓮休采菂。藕絲輕莫牽，菂心苦難食。
采蓮越溪上，三年望君歸。留取葉上露，爲君染羅衣。《全元詩》，册 30，第 376 頁

同前三首

李孝光

其一有題注曰：「送王伯循。」其二、其三有題注曰：「爲魯子翬作。」按，李孝光《五峰

集》置此詩於「古樂府」類。

采蓮江之南，采蓮江之北。采蓮何所有，但采蓮中菂一作薏。蚤聞别離苦當爾，不願一作悔不從前作相識。縱令别離，不復相憶。《全元詩》，册32，第263頁

采蓮復采蓮，蓮生隔江水。不愁無舟楫，但愁波浪起。

采蓮復采蓮，水深不得歸。兒飢須母哺，當令阿誰飴。《全元詩》，册32，第263—264頁

同前三首

李　裕

長歌短櫂滿前溪，溪上鴛鴦對對飛。莫向中流蕩雙槳，水波容易濕人衣。《全元詩》，册37，第192頁

綵服輕舟向若耶，若耶溪上好荷花。隔花女兒相調笑，問君莫是使君家。

使君長向江南住，荷花還似若耶多。贈郎采摘蚤歸去，日暮秋風起緑波。《全元詩》，册37，第195頁

卷二二二　元清商曲辭五

采蓮曲

曹文晦

采蓮入南浦，欲寄遠方書。不知蓮葉下，自有雙鯉魚。
郎如荷上露，蕩摇不成顆。妾如蓮中薏，苦心思結果。
采蓮須采芳，不采羞自獻。年年來水湄，薰風會相見。《全元詩》，册37，第402—403頁

同前二首

楊維楨

東湖采蓮葉，西湖采蓮花。一花與一葉，持寄阿侯家。
同生願同死，死葬清泠洼。下作鎖子藕，上作雙頭華。《全元詩》，册39，第73頁

同前

葉顒

若耶溪頭同采蓮，濃妝艷抹夸少年。緑荷萬柄映碧水，吴姬照影羞嬋娟。一雙鴛鴦在芳渚，見此躊躕空自憐。去年送郎別江滸，郎君上馬妾在船。湖光瀲灔香旖旎，酒味冷洌花鮮妍。今年花謝香應老，漫郎漫郎何當還。

吴江女娘冰玉肌，薄抹膩粉厚抹脂。蘭舟蕩漾翠波裏，花開爛熳香風吹。蓮心苦難食，食之不療飢。藕絲短難織，織之不成衣。采蓮采蓮人未歸，山長水遠歸何時。

江上晚來新雨過，亭亭芙蕖在緑水。芳洲香霧雜紅雲，蘭舟喜殺濃妝女。年來年去世情空，花落花開香十里。今年歡笑復明年，幾向花前共花語。荷花顔色只如舊，妾顔未必長嬌美。只愁八月隕清霜，吴中一夜秋風起。

荷花嬌媚人共夸，九洲三島蒸紅霞。采蓮女郎十數輩，唯有阿姨顔色嬌如花。自從嫁後懶梳洗，十年不見音信賒。管取明年采蓮去，撑船直過阿姨家。《全元詩》，册 42，第 13 頁

同前

梁寅

艷妝二八女，嬌歌采蓮曲。停橈江上郎，隔花蕩心目。采蓮莫采花，采蓮莫采葉。要知心最苦，緑房爲君折。花多照水紅，葉多照水青。願及秋未老，爲花惜芳馨。折花折翠莖，常恐輕斷脆。但使藕常在，年年花相似。《全元詩》，册 44，第 275 頁

同前

郭翼

青溪小姑雙嬋娟，蓬蓬荷葉金槳船，含情戲采并目蓮。并目蓮，爲郎喜。刺滿莖，傷玉指。《全元詩》，册 45，第 445 頁

同前　　華幼武

紅藕花開笑臉勻，采蓮容貌一般新。風來只聽歌聲響，十里清香不見人。《全元詩》，冊 46，第 88 頁

同前　　許廣大

萬頃芙蓉水拍堤，凌波仙子唱歌來。天孫機上錦初捲，太乙舟中翠作堆。冰藕風微香不斷，蜂房露重澀難開。紫騮空有躊躇意，笑整霓裳帶月回。《全元詩》，冊 47，第 447 頁

同前　　胡奎

湖中女兒眉黛秋，采蓮日日唱吳謳。何如生長玉井水，同櫂仙人一葉舟。

昨日采蓮花，今日采蓮子。賤妾比紅衣，寧教抱香死。

溪上采芙蓉，蘭舟蕩晚風。葉如郎意薄，花似妾顔紅。采花莫臨水，水深清見底。水有見底時，郎心隔千里。一去不思家，秋風吹若耶。只愁霜露重，妾貌不如花。《全元詩》，册48，第110—111頁

同前

周巽

泛西湖，西湖五月初，盈盈緑水開紅蕖。纖手雙摇木蘭槳，荷花蕩裏移輕舫。花深葉密不見人，隔花遥聽菱歌唱。菱歌唱，中情自惆悵。櫂遶回堤去復來，摇動露盤珠蕩漾。珠蕩漾，不成圓，日照芙蓉顔色鮮。嬌態臨風欹翠蓋，新妝映水落青鈿。采花休采菂，心苦誰如妾。顔紅羞比花，眉翠還同葉。南風送微凉，吹香襲荷裳。折花挹荷露，驚散雙鴛鴦。夫君在何處，妾心詎能忘。碧莖刺手絲不斷，芳容常恐凋秋霜。誰家游蕩子，調笑弄湖水。妾心自比花更清，獨棹歸船明月裏。滿身香露回中房，月挂高臺鸞鏡光。吴姬越女多愁思，歌遶湖波空斷腸。《全元詩》，册48，第403—404頁

同前

鄧　雅

粉黛妝成宮樣新，汗凝微涴紫羅巾。絶憐來往西湖上，貪看荷花不顧人。緑荷深處水生波，三五蘭舟載綺羅。華月漸明風漸息，吴人愁聽越人歌。《全元詩》，册 54，第 312 頁

同前

張　憲

明月滿大堤，盪舟湖水西。槳牙鳴浪碎，船尾拂花低。緑鬟濕香霧，紅袖漬香泥。采蓮不得藕，空妬鴛鴦棲。《全元詩》，册 57，第 39 頁

同前

吕　誠

采蓮落日下雙舟，白穀風輕易覺秋。淺淺溪流齊鶴膝，青青荷葉過人頭。《全元詩》，册 60，第

453頁

同前

許恕

采雲滿湖蓮葉多，佳人蕩舟湖上歌。盈盈玉腕卷香羅，清聲入雲揚翠蛾。隔花雙槳出復入，風露滿身芳氣濕。手中摘得乾藕子，肯把春心向人擲。妾家住在南湖西，南風送船北風歸。日莫風高浪不息，鴛鴦在梁戢左翼。《全元詩》，册 62，第 95 頁

同前

鄭淵

梧桐轉階月如水，滿地瑤華鋪不起。誰家玉簫吹畫樓，不管洛陽春色愁。吴姬蹈歌楚女舞，羅帶同心結飛組。采蓮不采菂中意，見人俱道蓮心苦。鯉魚吹風紅葉秋，獨持明月上扁舟。《全元詩》，册 63，第 92 頁

同前

孫蕡

江南好采蓮，蓮葉何田田。魚戲蓮葉下，鷗飛蓮葉邊。蓮葉蓮花耀洲渚，桂檝蘭橈下長浦。采蓮采葉忘采花，隔水停船共君語。君語不還顧，妾心將奈何。回船向明月，月照江水波。江水照妾影，明月知妾情。郎心得似此明月，蓮葉應須平地生。《全元詩》，册 63，第 256—257 頁

同前

丁鶴年

采蓮復采蓮，仍唱采蓮曲。若欲知苦心，須食蓮中肉。
采蓮復采蓮，踟躕一何久。不愁花妬容，維恐刺傷手。
采蓮復采蓮，藕亦不可棄。中有不斷絲，似妾纏綿意。
采蓮復采蓮，争如采荷好。花謝葉獨存，團圓以終老。
采蓮復采蓮，湖水清且深。徒能照妾面，不能照妾心。
采蓮復采蓮，下有孤鴛鴦。秋花不結實，夜夜守空房。

蓮開花覆水，蓮謝藕在泥。不學青萍葉，隨波東復西。朝采并蔕蓮，暮綰同心結。不學緑楊枝，含嚬送離别。蓮舟何處來，同聚南湖口。郎憐波上花，妾愛泥中藕。藕有清白節，花有艷冶容。郎心異妾心，三嘆掩歸篷。《全元詩》，册 64，第 345 頁

古采蓮曲

劉　致

長安女兒俶且濃，日日采蓮溪水中。笑插荷花照溪水，韶容欲與花争紅。溪中荷花深幾許，溪上時時聞笑聲。紅酣緑縟不見人，應在荷花更深處。歸時夜凉溪水清，扣舷踏歌蕩槳行。荷葉蓋頭花蓋鬢，溪上月明潮已平。《全元詩》，册 29，第 274 頁

江南采蓮曲

郭　翼

涉烟采芙蓉，湖波秋影蕩。天開明鏡入，鳥下青葭響。佳人弭輕檝，緑水歌兩兩。江南有愁思，落日空蒼莽。《全元詩》，册 45，第 451 頁

采蓮曲送越中吴本中

高　明

明胡應麟《少室山房筆叢》曰：「高則誠在勝國詞人中，似能以詩文見者，徒以傳奇故，并没之。同時盧摯處道，亦東甌人，樂府聲價，政與高埒，而製作弗傳。世遂以盧爲文士而高爲詞人，信有幸有不幸也。元文士以詞名者，趙子昂、貫雲石、楊廉夫，皆浙東西人。元詞手與中原抗衡，惟越而已。高詩律尚散見元人選中，如《題岳墳》《采蓮曲》等篇，雖格不甚超，要非傳奇中語。文則《烏寶》一傳見《輟耕録》，小詞若《琵琶》諸引，亦多近宋，蓋勝國才士涉學者。」①

越江芙蓉開若雲，越中兒女紅襦新。年年采蓮江浦口，扁舟遥唱江南春。凝情倚棹送行客，折得芙蓉贈行色。南風吹作滿袖香，令人别後長相憶。君心如花不污泥，亭亭潔立當清漪。花容不逐秋風老，知君交態無榮衰。人生百年幾回别，莫惜芳菲爲君折。芙蓉落盡秋江空，千

---

①《少室山房筆叢》卷四一，第563頁。

里相思共明月。《全元詩》，册46，第429—430頁

采蓮曲六首送蘇彦章奉母歸汴

盧昭

江南可采蓮，江北日復暮。阿誰修孃殉，拏舟渡江去。
昔日江上蓮，蓮葉小如錢。今見房中子，含笑羨清漣。
濯濯秋水蓮，采采遺慈母。莫嘆華色衰，懸知子心苦。
蓮葉大如蓋，魴魚潛在陰。魚潛尚知處，吁嗟游子心。
食蓮先食菂，踏藕先蹋水。菂苦心自知，水深恨無底。
蕩舟遡洄渚，零露沾我衣。紅芳日以歇，載之與同歸。《全元詩》，册50，第58頁

采蓮曲和鐵崖先生二首

吕誠

刺船水中央，攏船乘晚凉。近番灘上過，葉裹好鴛鴦。
盈盈藕上花，采采墮清汩。願將心中絲，繫君雙玉佩。《全元詩》，册60，第493頁

采蓮詞

張昱

采蓮復采蓮，采花莫采葉。葉上多朝露，花間盛顔色。同舟二姝女，流盼軼明月。鬥溜荷上珠，將逞肌膚白。岸上騎馬郎，調笑五陵客。豈不念所歡，淇水不可越。《全元詩》，册 44，第 10 頁

同前

胡奎

秋風昨夜起，花落翠房深。欲識妾心苦，試嘗蓮子心。《全元詩》，册 48，第 122 頁

同前

孫蕡

誰家游冶郎，日日在横塘。只采蓮葉緑，不采蓮花香。采蓮采葉猶自可，憐新棄舊愁殺我。《全元詩》，册 63，第 262 頁

采蓮歌二首

葉顒

畫舫緑楊邊，吴娃競采蓮。紅妝映緑水，窈窕夸少年。只愁蓮心苦，食之味不甜。只愁藕絲短，織之難成縑。相與唱歌去，撑破蒼波烟。《全元詩》，册 42，第 36 頁

越女浙江頭，烟波萬頃愁。往來荷葉浦，蕩漾木蘭舟。島闊香雲冷，江空明月秋。清謳三四曲，聲斷白蘋洲。《全元詩》，册 42，第 54 頁

采蓮女二首

黄玠

川日出已高，江霏散如霧。但聞采蓮曲，不知采蓮處。雙雙相思鳥，飛上相思樹。幽人空爾懷，欲往畏多露。《全元詩》，册 35，第 128 頁

妾本鴛鴦湖上女，家在鴛鴦湖上住。去年湖上采蓮時，將身嫁作商人婦。商人今年行不歸，荷花欲語嬌爲誰。閒看鴛鴦拋翠菂，顔色如花命如薏。蓮有藕兮藕有絲，郎君白面誰家兒。水烟霏霏日催夕，解后相逢莫相憶。《全元詩》，册 35，第 206 頁

同前

劉　鶚

采蓮本貧女，出身甚寒薇。爲因妙歌舞，遍體蒙珠璣。覩茲忽有感，中夜常三思。士當患無實，不患無人知。《全元詩》，册 36，第 94 頁

同前

胡　奎

小小蘭舟櫂晚凉，雙雙新浴錦鴛鴦。舞回葉底春無力，笑入花間水亦香。妾恨恰如蓮菂苦，郎情應似藕絲長。娉婷却笑東家女，换得明珠論斗量。《全元詩》，册 48，第 183 頁

采蓮

張　宇

題注曰："分得底字。"

溪風摇摇波瀰瀰，十里芳華照清沚。蘭舟女郎紅玉春，日射新妝明水底。芙蓉雙檢百媚生，吴宫西施漢良娣。藕腸折斷雪絲牽，入手花枝香菀菀。隔岸誰家貴公子，調笑新詞歌艷體。吴儂變風有如此，誰念采蘋供祭禮。《全元詩》，册2，第254頁

同前

郭居敬

小小蘭舟載艷妝，琵琶聲裏水風凉。玉纖折斷紅雲朵，日暮皈來滿袖香。《全元詩》，册24，第64頁

同前

趙叔英

十里清漪翠錦連，棹歌齊唱木蘭船。蠒絲正爾婦人職，不事蠶桑事采蓮。《全元詩》，册24，第103頁

古采蓮

吾衍

濕風吹花生冷香，馮夷爲舞冰絲裳，霏霏粉金飄晚塘。浮蘭舟，鼓桂楫，歌采蓮，爲君發。遲遲歸來弄明月。《全元詩》，册22，第202頁

卷二二三　元清商曲辭六

鳳笙曲

梁　寅

題注曰："梁有《江南弄》七曲，《鳳笙曲》其一也。"宋鄭樵《通志二十略·樂略一》"絲竹十一曲"之九曰《鳳笙》。① 按，元人又有《鳳笙篇》，當出於此，亦予收録。

《全元詩》，册44，第275頁

碧玉爲琯金爲簧，婆娑綵翼欲回翔，雕龍合殿春日長。春日長，鳳和鳴。六氣順，三階平。

---

①《通志二十略》，第918頁。

同前

劉崧

洪水蕩八極，丹霞標五城。仙人從東來，邀我吹鳳笙。鳳凰雙飛錦翼明，三十六管排峥嶸。長風捲入碧雲裹，仙仗忽擁千霓旌。六龍騁駕若木晴，仙樂沓奏天中京。雙成起舞韓衆聽，此曲似是升天行。天門窈窕九陛平，聞有雲霧雷鼓相砰訇。手招仙人馭奇氣，乃是山中龍虎精。張公鍊丹金液成，洞門石室餘秋聲。雲中仙駕如可待，願逐盧敖游太清。《全元詩》，册61，第3頁

鳳笙篇贈紫霞道人

周砥

鳳笙十三簧，音響應天時。自從軒轅調律後，誰將弦管置之虞舜祠。神人以和，鳳凰來儀，後來作者不復知。頗聞仙人王子晉，好作鳳鳴花下吹。鳳鳴幾千載，仙人吹笙至今在。崑崙池頭看碧桃，玉振金聲過東海。過東海，游蓬瀛，金霄冥冥鬱紫清。空中嘹喨回天聲，三十六帝下雲軿。中有綵女數百輩，玉顔如花珠珮明。手弄雲璈摇瑶瑟，來相迎。相迎向何許，鳳笙鳴，朝玉京。《全元詩》，册54，第192頁

游女曲

郭　翼

麝衣寶珞花氤氳，芙蓉小衩《雅集》作釵金鵝裙，流目艷艷思若雲。思若雲，可憐嬌。玉條脱，金步摇。《全元詩》，册 45，第 444 頁

采菱歌

吴　荃

按，《樂府詩集·清商曲辭》有《采菱歌》《采菱曲》《采菱行》，元人《采菱詞》《采菱篇》《采菱女》《采菱舟》，當出於此，故予收録。

采菱溪水濱，風吹藕絲裙。桂槳不敢棹，恐把鴛鴦分。《全元詩》，册 66，第 34 頁

采菱曲

朱德潤

采菱澄江曲，棹轉歌聲逐。□□□□□，□□蹇風緑。帶寛郎不知，菱美新人怡。記得荷花浦，郎初見妾時。《全元詩》，册 37，第 177 頁

同前

楊維楨

若下清塘好，清塘勝若耶。鴛鴦飛鏡浦，鸂鶒睡銀沙。兩槳夾螳臂，雙櫓交犬牙。照波還自惜，艷色似荷花。袖惹紅萍濕，裙牽翠蔓斜。大堤東過客，背面在蒹葭。日落江風起，清歌雜笑哇。《全元詩》，册 39，第 31 頁

同前

錢宰

緑柳横塘曲，滄灣是妾家。菱歌不解唱，秋水照荷花。

落日浣紗渚，菱歌唱晚風。解衣濯秋水，乘月采芙蓉。溪上采蓮女，秋波照晚妝。心如蓮子苦，情似藕絲長。荷葉紉爲佩，芙蓉緝作裳。妾心花下藕，節節是秋霜。《全元詩》，册41，第201頁

同前

郭翼

湖灣小婦歌采菱，盪舟曲曲去《雅集》作花相迎，花開鏡裏摇明星。摇明星，妬華月。郎不歸，怨花發。《全元詩》，册45，第445頁

同前

袁華

蘭舟蕩湖陰，采菱湖水深。願持花作鑒，爲照阿儂心。《全元詩》，册57，第267頁

同前

孫蕡

朝游大堤口，暮泛横塘邊。紅粉照緑水，自羡還自憐。紅妝照水人見好，涉江采菱何可道。

《全元詩》，册 63，第 262 頁

采菱曲送瞿慧夫

秦約

凉飆度天漢，炎氛蕩河洲。銀船湛芳醴，綵艦趁安流。吹笛驚飛鷺，彈筝起浴鷗。牽條出素手，弄蕊送輕謳。遺響仙音暢，遐觀逸思留。分違乘曉發，江雨浣清秋。《全元詩》，册 57，第 237 頁

采蔆詞

胡奎

江水明於鏡，江波皺如縠。采蔆溪上頭，愛此溪水緑。昨日采蔆去，蔆多滿載歸。今日采蔆去，葉多蔆角稀。采蔆不采葉，空回木蘭檝。蔆刺牽人衣，江空正愁妾。《全元詩》，册 48，第 122 頁

采蔆篇爲林森賦

劉崧

朝采湖上蔆，蔆實何離離。浮葉當雨亂，低華映日欹。清流苦難肥，濁水乃易滋。水面方羃䍥，泥間已委垂。中含白雪質，外襲頳玉皮。游魚畏芒刺，不敢揚其鬐。采采盈傾筐，皎皎吴中兒。密愁垂釣澀，深怯蕩舟遲。忽聞歌采蔆，借問歌者誰。褰裳往從之，烟水浩兩涯。懷德貴自充，中心諒無疵。永言托嘉好，及此秋風時。《全元詩》，册 61，第 308 頁

采菱女

貢師泰

落日照淮甸，中流蕩回光。窈窕誰家女，采菱在横塘。風吹荷葉低，忽見紅粉妝。紅妝背人去，驚起雙鴛鴦。鴛鴦去復來，烟水空茫茫。《全元詩》，册 40，第 240 頁

采菱舟

張師魯

舟人弭蘭棹，采采供菱黄。我意豈在物，以助心清凉。《全元詩》，册 41，第 423 頁

陽春歌戲贈吴興趙王孫

吴壽昌

天孫年年織花錦，萬紫千紅春管領。春風裁剪春鳥引，芊眠芳草金杯飲。金杯飲，花正濃，晴空飛燕游絲中。美人玉貌花一同，自憐容易繁華空。良辰不肯枉抛擲，日日高樓校女紅。《全元詩》，册 24，第 390 頁

陽春曲

王沂

楊花濛濛海波白，十里香風飄紫陌。流蘇寶幰金陸離，漢家帝子朝天歸。蒲萄重錦新敕賜，蓬萊宫中緑衣使。道傍縮首觀且避，蹀躞玉鞭光照地。大隄緑樹啼嬌鴉，知是平陽公主家。

回首畫橋芳草暮，蝴蝶不隨春色去。《全元詩》，册 33，第 28 頁

同前

郭　翼

柳色青堪把，櫻花雪《乾坤清氣》作桃未乾。宫中裁白紵，猶怯剪刀寒。《全元詩》，册 45，第 445 頁

同前

周　巽

東風噓谷飛香霞，淑氣融融催百花。黄鳥間關語庭樹，清簫宛轉隔窗紗。雨過御溝流水急，夭桃夾路紅雲濕。蓬萊宫裏翠華來，華蕚樓前仙樂集。殿閣千門御氣通，金窗珠户光玲瓏。臨軒若問司農政，無逸先陳今古同。萬物光輝沾德澤，小臣愚獻治安策。鸞聲噦噦早趍朝，桑樹鷄鳴曙光白。《全元詩》，册 48，第 397 頁

上雲樂

耶律鑄

按，耶律鑄《雙溪醉隱集》置此詩於「樂府」類。

金天老文康，平居隘神州。金丹清真仙，相將汗漫游。同流六合，棲遲七邱。涉歷八表，盤桓十洲。鵬其化，龍其變。地軸爲之回其運，天輪爲之平其轉。日域爲其上陽宫，月窟爲其清凉殿。鸞鷟是家鷄，狻猊是家犬。真樂萬春爲局促，待把三光更舒展。非聖不足知，天長將地遠。扶桑有時枯，濛汜有時竭。南山有時摧，鈞天有時闋。殊度仙曲，擬進帝闕。九成玄雲，六變絳雪。五色成文而不亂，庶可播振芳聲騰浩劫。上天下地微康老，畢竟孰能知歲月。玄都仙伯，太山老叟。延致異鳥，名曰希有。一翼左覆東王公，一翼右覆西王母。得人備羽駕，故能出入游造化，逍遥巡宇宙。感麟鳳，在郊藪。至道之國，常爲稱首。驟來輒敢戀明時，表其老耄知去就。擁仙仗，携仙友。褒拜聖君奉神貺，鳳簫在前，鼉鼓在後。玉笙在左，錦瑟在右。作天樂，獻天授。天授樂。若鸞自歌鳳自舞，焚返魂香頂玉斗。健舞起自補天手，浩歌發自談天口。仍倚鳳臺曲，鳳凰和九奏。南極老人稱觴北斗挹酌天酒，願與九州四海同上千萬歲壽。《古今樂録》：《上雲樂》，有《鳳凰曲》，又有《鳳凰臺曲》，和云：「真樂萬春。」太山老叟，見《容齋五筆》載《五方老人祝聖壽》文。《全元詩》，册4，第16—17頁

同前

韓性

崑崙月窟邈，彼遐方炅炅。此老胡自名爲文康。以紅爲拂青氈裳，高鼻垂口黄金璫。鸞鳳與獅子，兩兩自成行。鴻臚大館臨康莊，丞卿携之覲明堂。約略再拜跪，矯首瞻天光。瞻天光，稱聖明，一從真人登太清，玉關萬里無甲兵。白日所照曜，沙磧猶春耕。文康瞻風識風候，相從九譯朝神京。屈雙對，被長纓，捧玉斝，拈金鯨。但願文康壽與元化并，年年玉殿歌太平。《全元詩》，册21，第61頁

鳳臺曲

郭翼

明王圻《王圻著輯詞話》引《洞微志》曰：「莊皇入洛，亦徵此曲，謂左右曰：『此亦古曲，葛氏但更六七聲耳。』」又云：「李珣《瓊瑶集》有《鳳臺曲》，注云：『俗謂之《喝馱子》。』

不載何宫。」①按，元人又有《鳳臺吟》，當出於此，亦予收録。

聞道嬴家女，吹簫入紫雲。如何鳳臺上，不棲沮龍君。《全元詩》，册45，第445頁

鳳臺吟贈王道士

唐肅

我昔慕仙侶，東游求蓬萊。朝辭黄鶴樓，暮憩丹鳳臺。鳳臺高高入窅冥，恍若玄圃開神京。陽烏顧兔耀光彩，銀臺金闕同峥嶸。其陽生梧桐，其陰醴泉。榮光休氣集九仞，鳳凰一鳴三千年。客有王子晉，聞之棄緱山。時來鳳臺上，吹笙月明間。我將從之弄明月，了然便覺心神閒。且爲《鳳臺吟》，復和《鳳臺曲》。願隨鳳臺人，飄飄跨雙鹿。昨日麻姑海上來，爲言海宇無氛埃。蟠桃再結金丹熟，相與翱翔凌九垓。《全元詩》，册64，第60—61頁

① 《明詞話全編》，册3，第1769頁。

君道曲

張 憲

大君若天道，廣運無不周。明視并日月，生殺成春秋。疆埸盡兩極，聲教被九州。丞相任股肱，尚書總襟喉。雷霆出號令，前宿分諸侯。沈潛出陽剛，高明破陰柔。乾健不少息，兢業毋自偷。以此守神器，堅固如金甌。《全元詩》，册 57，第 49 頁

君道篇二首

胡 奎

按，胡奎《斗南老人集》置此詩於「古樂府」類。

夸娥莫移山，精衛莫填海。天作高山與海深，黄河一清聖人在。聖人有道津梁通，千門萬户皆春風。豈不聞越裳重譯貢白雉，萬國歸之若流水。《全元詩》，册 48，第 132 頁

君道天廣大，王言出如綸。雨露及草木，萬物皆陽春。九重坐南面，四海奉一人。禹稷猶已溺，唐虞視同仁。華蓋當中天，列星環北辰。《全元詩》，册 48，第 133 頁

卷二三四　元舞曲歌辭一

本卷所録，或《樂府詩集·舞曲歌辭》之同題擬作，或元之文獻所載可確認乃舞曲者，或《唐音癸籤》唐樂府「舞曲」之同題擬作，歌辭多出《全元詩》。

公莫舞

張九思

按，元人又有《君莫舞》，或出於此，亦予收録。

鴻門壯士髮植蒲，玉帳酒熱聲喑嗚。六合殺氣鬱結甚，長鎗大幟懸於菟。張筵賓戲稱大夫，泗上亭長不敢醉。黄金鑠鑠劍交飛，裂眦填人齒生虪。公莫舞，收莫邪，不聞夜澤縱長蛇。神龍變化不可豢，徒勞殺戮人如麻。起來三吁碎玉斗，一軍西望長咨嗟。《全元詩》，册 8，第 388 頁

同前

項炯

龍蟠錦帳金奕奕，虎旗無際人馬立。肉林垂盂陵阜赤，萬甕行酒晴虹濕。大蛇中斷狂魄滅，重瞳無光射珸玦。雷憤風愁三尺鐵，河山未必如瓜裂。老荒辟珥語公莫，頭上青天懸日月。

《全元詩》，册 28，第 378 頁

同前

梁寅

題注曰：「即《鴻門舞劍曲》。」

東兵西來入秦關，薄天雄氣摧南山。秦民夾道觀隆準，降王俛首戈塵間。戈如林，士如虎，黄河倒流沃焦土。秦宫白晝千門開，關兵夜嚴勢連堵。月落千騎驚，蕭蕭聞楚兵。鳴鏑交馳天狗墜，重瞳怒叱天柱傾。平明駐關中，旌旗耀日舒長虹。置酒交驩，誰其雌雄。胡爲拔劍以決起，使一夫睥睨以相攻。劍光燦兮秋霜横，袖展翩兮陰風生。狐狆咋虎不自量，徒以意氣相凴

陵。相憑陵，一何愚。空中奇氣成五采，但見雲龍矯矯行天衢。《全元詩》，册 44，第 276 頁

君莫舞

王士熙

獸環魚鑰開九門，長刀閃月如雲屯。軍中置酒毛髮立，楚漢瞋目争乾坤。楯上切肉衫血涴，白璧入手玉斗破。悲風烈日吹秦聲，赤龍將飛沐猴卧。項莊項莊君莫舞，以力取人天不與。明珠美女棄若遺，誰遣驪山作焦土。戰旗高高日向曛，天空雲散猶待君。漢王夜走灞上路，紀信成灰范增去。《全元詩》，册 21，第 4 頁

拂舞詞五章

張　憲

翩翩白鳧，集我堂下。悠悠江湖，邈焉得所。白鳧之白，皎如雪霜。金堂高明，君惠無疆。葑湖下開，白鳧飛來。青蓋黄旗，入洛何時。鵰鶚食人，剥面殘肌。白鳧飛來，吾與女兮忘機。

右白鳧

躋躋蹌蹌，舞鳳飛凰。童子不孤，寡婦不孀。聖人在上，萬物斯覩。五日一風，十日一雨。

成湯祝綱，大禹下車。載道賡歌，盈庭都俞。猛虎不食，仁厚如騶虞。凶嚚各斂衽，干羽束籧篨。懷哉堯舜世，千古共嗟吁。

右濟濟

獨漉獨漉，水高没屋。没屋尚得，水高何即。野鷹西來，摩天高飛。我欲射之，氣衰力疲。桃床泛泛，東流西陷。嗟我伶俜，與之同憾。床深幃低，對影獨棲。如有遠志，勿念綉閨。吴刀夜嗥，長弓在弢。父死不報，何用勞勞。申胥復楚，魯連却秦。一言定事，彼獨何人。

右獨漉

碣石没海水，淪湮無已時。望之小如拳，鰲冠露玉笄。海波揚黄塵，碣石乃還故。雖復高際天，半已成灰土。靈龜固云壽，豈與天地久。螣蛇縱有神，頑鱗終亦朽。朱顔能幾何，轉眼成老醜。胡不廣作懽，日夜飲醇酒。

右碣石靈龜

秋風下桐葉，轆轤動金井。美人汲寒漿，銀瓶垂素綆。緑莖掃晴空，洗静青天影。淮王尊有酒，箕踞事酩酊。撫手作悲歌，徘徊顧光景。八公門首待，滄洲路非永。丹成劈空去，血劍全首領。文成八卦背，秀聚三花頂。逍遥太清中，龍虎遞馳騁。全勝茂陵郎，銅盤花露冷。終然三泉下，玉匣蔽幽境。

右淮南王　《全元詩》，册57，第46—48頁

獨漉篇有所贈

李　序

按，元人又有《獨漉歌》，當出《獨漉篇》，亦予收録。

獨漉復獨漉，隔簾月影望微月。樓頭夜語不分明，碧穗開香似雲葉。蜻蜓天上來，春愁立死錦綉堆。豈知身是秋風客，爲君容顔瘦如石。芳菲相望采不及，千里黄雲覆沙磧。背人去，幾日還。曾飲江南水，莫向燕支山。汀洲三月柳風起，願得秋來渡江水。《全元詩》，册 29，第 268 頁

獨禄篇并引

楊維楨

詩引曰：「古樂府《獨禄篇》，爲父報仇之作也。太白擬之，轉爲雪國耻之詞。予在吴中，見有父仇不報而與之共室處者，人理之滅甚矣。爲賦此詞，以激立孝子之節云。」

獨禄獨禄惡水濁叶逐。仇家當族，孝子免污辱。孝子軀幹小，勇氣滿九州，拔刀削中睨父

仇。父仇未報，何面上父丘。漆仇頭爲飲器，臠仇肉爲食啜，頭上之天纔可戴。《全元詩》，册 39，第 5 頁

獨漉篇

梁 寅

詩序曰：「鐵崖子曰：古樂有以此爲報父仇之辭，太白擬之，則爲雪國耻，今仍用前意。」

獨漉水中泥，水濁何由清。子知有父無愧人，孝心上貫日月明。金戈爲枕，苫草爲席。仇生齒碎，仇死目擊。爨仇骨，伐我薪。啖仇肉，供我食。吾履厚地，地知此情。吾戴皇天，天閔吾誠。有仇不報奚爲生，石當中斷山當平。《全元詩》，册 44，第 279 頁

獨漉篇

郭 翼

求禄求禄，清白不濁。清白尚可，貪污殺我。明明日月，麗乎太清。明君當宁，明臣在廷。賞不虚功，刑必當罰。孰將溷溷，我寧察察。濯乎洿泥《雅集》云濯乎不洿，皭乎不緇。暮夜之金，弗

替於懷。幸甚至哉，歌以言志。《全元詩》，册 45，第 445—446 頁

同前

袁凱

仰天天無窮，俯地地無垠。天地自無盡，誰爲百年人。百年之中，人復能幾。汝不成人，憂我父母。《全元詩》，册 46，第 329 頁

同前

胡布

獨漉獨漉，水濁見月。水濁可澄，心濁傷明。泥深道苦，挽行無侶。非不獨行，獨行多虎。蒼蒼長松，獵獵大風。客有所懷，如青天虹。明明旭日，横天東出。鵬羽鎩秋，陽光若失。錦綉入火，文章膏煤。火滅成塵，不異藁灰。驥發遲遲，志在千里。刀不斬仇，孰以施利。嵩嶽何高，海水何深。穹壤其極，不如寸心。《全元詩》，册 50，第 434 頁

同前

釋宗泐

獨漉復獨漉，水深泥更濁。水深終見底，泥濁不見石。翩翩者梟鳥，引子游水湄。我豈無矰繳，悵然爲爾悲。南山有喬木，北山有梓樹。此物本無情，俯仰如有度。羅幃空堂上，塵暗蛛絲繞。倚門久踟躕，慷慨不可道。床頭龍鱗劍，中夜躍鞘頻。父讎不及報，空愧七尺身。斑斑深山虎，白日下林麓。豈敢避生獰，人能食其肉。《全元詩》，册 58，第 379 頁

獨漉歌

胡奎

宋鄭樵《通志二十略·樂略一》「拂舞歌五曲」曰：「《獨禄篇》，李白作《獨鹿》。」①

---

①《通志二十略》，第 893 頁。

獨漉獨漉，水深没足。水中有泥不見玉，世上人心易翻覆。《全元詩》，册 48，第 129 頁

淮南王曲

郭翼

漢武好神仙，淮南去不還。徒令風雨客，感慨《雅集》作汨茂陵阡。《全元詩》，册 45，第 445 頁

白苧詞送謝叔久

鄭基

征鴻至，征旆舉，花發芙蓉滿江渚。吴姬約雲歌白苧，凝爲朝雲向君舞。牽絲鳴玉張宴遲，稱觴聽曲心自怡。君之别，會有期。《全元詩》，册 51，第 178 頁

白苧舞詞

張憲

吴宫美人青犢刀，自裁白苧製舞袍。輕雲冉冉白勝雪，激楚一曲回風高。九雛鳳釵簪紫玉，長裾窄腰蓮步促。翩翻素袖啓朱櫻，金籠鸚鵡飛來熟。館娃樓閣摇春暉，臺城少年醉忘歸。

璚窗綺户鎖風色，桃樹日長蝴蝶飛。傾城獨立世希有，罷吟緑水停楊柳。急管繁弦莫苦催，真珠賸買烏程酒。《全元詩》，册 57，第 35—36 頁

白紵曲

釋宗衍

芙蓉之姿蘭蕙心，佩垂木難參紫琳。停錦瑟，罷瑶琴。含商咀徵揚哀音，爲君重歌白紵吟。綉户文窗春寂寂，翡帷翠帳夜沉沉。寧君王之不御，誠不願學朝雲暮雨兮進荒淫。《全元詩》，册 47，第 327 頁

白紵曲送朱元長之膠州同知

陸　仁

白紵皎皎净凝華，皎如明河流素霞。想當浣濯踏江沙，江水青青蘭紫芽。金窗無人思綽約，裁作春衣使君着。使君有行隔千里，流飆莫遣車塵起。車塵起，涴白紵。願君服之保明潔，載歌白紵與君别。《全元詩》，册 47，第 114 頁

白紵歌

戴　良

闔廬宮中夜撾鼓，宮樹烏啼月未午。玉缸提來酒如乳，白紵衣成向君舞。美人醉起行步難，腰間珂珮聲珊珊。肯緣嬌愛減君歡，寶釵墮地不敢言。宮中門户多無數，君恩反覆日幾度。明朝重着舞時衣，心中已道不相宜。《全元詩》，册 58，第 51 頁

白苧詞

王　瓚

天風吹雲雲亂飛，海波漾日揚晴輝。雲飛度嶺日當户，知是人間春早歸。青樓朱箔深幾許，樓中美人愁不語。情懷易感時易遷，羞見溪頭柳如縷。金刀剪就白苧衣，錦書裁成白苧詞。碧天無際雁聲遠，此恨綿綿春得知。《全元詩》，册 35，第 361 頁

同前四首

胡奎

剪冰綃，縫雪縷。館娃宫人越溪女，回風吹雪長袖舉。玉階繽紛落花舞，白月墮地星河高。流雲卷空翻翠濤，宫門魚鑰夜迢迢。

綠窗櫻桃花亂飛，美人當窗縫舞衣。纖歌窈窕揚蛾眉，鸞停鵠立佩陸離。館娃宫深更漏稀，北斗斜挂宫門西，觚稜漸明烏人啼。

浣紗女兒顔如花，一朝進入吴王家。吴王宫中歌白苧，水殿芙蓉不知暑。翔鸞舞鵠雪滿堂，回風吹花響屧廊。宫門烏啼更漏長，曈曈旭日生榑桑。《全元詩》，册48，第120頁

館娃宫中春日長，新裁白苧白如霜。纖塵不動響屧廊，美人起舞雙鸞翔。芙蓉水殿夜生涼，飄飖回雪紛滿堂。鷄人唱籌宫漏淺，烏啼金井桐陰轉。《全元詩》，册48，第142頁

同前二首

劉永之

象林玉瑱鴛鴦裀，銅盤畫燭燒紅雲。芳尊蘭勺沾朱唇，白紵高歌動梁塵。請君試聽曲意

新，揮金縱歡及良辰。落葉辭條無再春，遺令高臺作歌舞，鬱鬱西陵那得聞。

連枝蜀錦鋪金堂，中山旨酒寔瓊觴。豹胎猩脣出中房，博山火紅夜未央。催弦促柱歌吹揚，輕身向君回玉璫。妖姿艷態世無雙，君心胡爲樂遠行。《全元詩》，册 60，第 41 頁

同前

汪　莊

薰風驚春春夜去，閨人燈下織白苧。微波凝素堅不流，機頭疑挂銀河水。剪刀入室借秋聲，玉手生凉斷雲起。縫成舞衣着來清，百草動色千花明。當筵舞處輕且潔，翩如流風縈度雪。君情莫短妾意長，此心能伴同心結。《全元詩》，册 65，第 399 頁

卷二二五　元舞曲歌辭二

白苧詞送孟季成崇明同知

張　端

歌吳歌，舞吳舞，吳兒蹋浪鳴雙櫓。春風衮衮送行舟，新除使君衣白苧。君衣一何素，娟娟照青年。飄摇舉長袖，亦足相回旋。白衣之白白於鷺，看時莫使緇塵污。《全元詩》，册 52，第 106 頁

和陸放翁白苧詞

陳　泰

美人獨宿青樓空，素烟不斷楊柳風。含情脉脉剪刀裏，一片湘江明月中。去年秋機織雙杵，裁寄征夫送寒暑。望斷遼陽信不歸，長夜停梭聽鸜鵒。《全元詩》，册 28，第 39 頁

白紵詞

傅若金

白紵白，白如霜。美人玉手親自浣，製作春衣宜短長。春衣成有時，遠行歸無期。願君著衣重愛惜，風塵變白能爲黑。《全元詩》，册 45，第 34 頁

同前

陳　高

美人裁白紵，製爲身上衣。塵垢那能污，霜雪映冰肌。綺羅非不貴，隨時變顔色。何如白紵衣，著破絲猶白。《全元詩》，册 56，第 245 頁

同前

周子諒

井梧墜葉聲如雨，轆轤夜静莎鷄語。西里佳人怨薄寒，惆悵燈前歌白紵。白紵新時白若霜，象床開合秋水光。製成只恐香塵污，衣着偏宜九夏凉。西風乍入羅幃裏，數點清塵不禁洗。

競開篋筒試新紈，舊服拋損那復理。嗟爾白紵怨勿深，憐新棄舊他人心。願將貞白永相保，今年捲却明年討。《全元詩》，册62，第11頁

白紵辭一首答鮑仲安

唐元

白紵亭，渺何許。白紵歌，歌者苦。君王微時擲百萬，風流尚覺傳千古。生長佳人舊有山，歲歲春風芳草路。何人纖指撚銀條，寒機自語隨驚飆。織成邊幅凝秋濤，殷勤熨帖鮫人綃。君家贈我心亦勞，剪裁稱體驅炎囂，何以報之雙瓊瑤。《全元詩》，册23，第246頁

賦白紵詞贈曠伯逵歸豫章

劉崧

吴姬十五鬟初結，白紵新裁光照雪。手折芙蓉上彩舲，自唱吴歌送行客。玉盤饌列魚與梟，美酒絲絡黄金壺。江寒月出懽未極，城上霜飛啼曉烏。唱吴歌，歌白紵，拂袖當筵爲君舞。井闌絡緯方悲啼，還念寒機織成苦。京城錦綉段，名都金縷衣。一時服飾豈不華，歲晏漂落當何歸。朔風吹塵撲人面，斂袂褰裳泪如霰。君行莫忘當別時，妾心皎皎難自持。《全元詩》，册61，第55頁

白紵篇送顧仲明

高明

吴中二八深閨女，生來不學唱金縷。纖纖素手青燈前，織得寒機成白紵。裁縫熨貼爲君衣，春天衣著生光輝。明珠爲璫璧爲佩，同此素色無相違。一朝送君江上别，歲晚關河積風雪。生知白紵不勝寒，但喜君身常皎潔。君不見東鄰少婦織錦工，織作步障圍春風。春風一去花草歇，金谷寒蛩怨秋月。何如潔白長相守，尊中有酒爲君壽。人生温飽不足多，莫羡東家著綺羅。

《全元詩》，册46，第429頁

白苧

王士熙

按，元人李仲南《歌白苧》云：「飛香走紅三月心，一聲白苧千黄金。」①則《白苧》元時可歌。

---

①《全元詩》，册65，第255頁。

窄衫裁苧清如水，踏茵起舞雲層層。纖手宛轉拂輕燕，畫鼓逐拍涼州遍。長衢蹀躞去馬歸，五更殘月聞鶯啼。誰能不思更不憶，獨倚朱門望雲立。庭前碧樹垂晚花，來禽熟時郎到家。

《全元詩》，册 21，第 3 頁

夏白紵

洪希文

水精宫，白銀闕。鬢如青雲眼如月，白紵爲袍巾勝雪。思君起舞清歌發，秋風落木雁南飛，太息游子何當歸。桐絲指下音調稀，雙雙玉淚彈珠璣。《全元詩》，册 31，第 143—144 頁

效放翁體止作夏白紵

王鍊師

日午風動青琅玕，凉生陰洞鳴鶯湍。水晶簾垂清晝永，高麗盆浸菖蒲寒。香羅細葛金衣縷，冰肌玉骨渾無暑。蘭湯浴罷羽扇閑，虚空清籟長松語。《全元詩》，册 24，第 77—78 頁

白紵四時詞

孫蕢

姑蘇臺上春風和，江花亂落江水波。交疏楊柳緑參差，華筵夜列開綺羅。當筵西施問群娥，朱顔爲君起微酡。自拈紅牙節清歌，飛花著人思繁多。華月耿耿度斜河，疏星出河夜欲過，烏啼啞啞奈爾何。

閶門輦路薰風時，江光瀲灩芙蓉披。翠羽霓旌照洲渚，鑾輿出游初避暑。西施含顰嬌不語，群娥鬥起歌白紵。回風舞袖爲君舉，歌聲窈窕一何長。白紵之白白如霜，木瓜花紅荔子香。東江月出西江光，銀壺酒多樂未央。

館娃宫畔風蕭蕭，芙蓉隕香楊柳凋。銀河影淡烏鵲橋，熒熒雙星麗碧霄。美人微醉臉紅潮，筵前舉袖催玉簫。舉歌白紵鬥妖嬈，越羅楚練風雨飄。此時奉君情欲絶，銅龍夜深宫水咽，銀床低轉梧桐月。

北風吹江日宛宛，江天飛雪簾櫳滿。美人臺上鬥腰肢，羽觴流霞照華琯。筵前西施含醉眼，歌停緑水聲欲緩。群娥玉環低款款，别宿臺前水仙館。芙蓉帳高錦雲暖，儂覺寒宵作那短。

《全元詩》，册 63，第 251—252 頁

皎皎機上素

吴克恭

題注曰：「一作《白苧》。」

皎皎機上素，脉脉閨中情。砧杵何曾識，玄黄遺染名。裁縫爲君衣，妾意自分明。不受青蠅污，還飄積雪輕。舊歡團扇合，新歡蘭蕙清。非惟抱美質，亦復含素誠。如何梁武帝，子夜换歌聲。《全元詩》，册 43，第 228 頁

公子舞歌

任士林

按，《樂府詩集》無此題，然據詩題及詩意，當屬舞曲歌辭，故予收録。

明河在天不可舠，我欲汲之成酒醪。維北有斗不可量，我欲把之爲酒觴。人生豪誕有如此，况有開筵柳公子。公子平生白苧袍，酒酣起舞天爲高。大鵬長風九萬里，老鮫鱗甲秋江水。

坐中忽唱河西曲，琵琶聲高裂寒玉。態濃海樹出鵩鴣，意足霜枝下鸜鵒。爲君一洗兒女目，衆賓自愛白辛酒。情歡不用夫起壽，長空更喚明月來，人影檀欒風滿袖。《全元詩》，册16，第170頁

宫中舞隊歌詞

張翥

按，《樂府詩集》無此題，然《宋史》載宋宫廷有隊舞，分小兒隊舞、女弟子隊舞。《元史》亦載元宫廷樂隊，如樂音王隊、壽星隊、禮樂隊、説法隊，其間亦間雜隊舞。此詩當爲宫廷隊舞歌辭，故予收録。

十六天魔女，分行錦綉圍。千花織步障，百寶帖仙衣。回雪紛難定，行雲不肯歸。舞心挑轉急，一一欲空飛。

鑿海行龍舸，馮山起鵲臺。天池神馬出，月殿舞鸞來。六合妖氛静，群生壽域開。吾皇樂民樂，願上萬年杯。

白玉璫釵燕，黄金鑿步蓮。簫吹鳳臺女，花獻蕊宫仙。香霧團銀燭，歌雲撲錦筵。請將供奉曲，同賀太平年。《全元詩》，册34，第18頁

賦得來蘇舞送朶雅齋監憲浙東

陳秀民

按，《樂府詩集》無此題，據詩題詩旨，來蘇舞當爲元時舞曲，故予收録。

妾本良家子，玉顔照明都。十三學楚舞，十八未嫁夫。齊眉纏錦段，全臂絡真珠。春風轉羅袖，明月墜瓊琚。一舞舞渾脱，再舞舞來蘇。爲君千萬舞，托君以賤軀。《全元詩》，册44，第198—199頁

百獸舞

胡奎

按，百獸舞隋代已有，隋薛道衡《和許給事善心戲場轉韻詩》曰：「抑揚百獸舞，盤跚五禽戲。」①唐代爲立部伎表演曲目。白居易《立部伎》云：「欲望鳳來百獸舞，何異北轅將適

① 《先秦漢魏晉南北朝詩》隋詩卷四，第2684頁。

楚。」①故胡奎同題詩作，予以收録。

飛動關元氣，音聲感至和。石當夔擊拊，琴協舜賡歌。海內文麟出，朝端振鷺多。蹌蹌隨列仗，肅肅動鳴珂。玄圃生朱草，丹山産玉禾。萬方無一事，多士集鑾坡。《全元詩》，册 48，第 174 頁

打毬

張洪範

按，《樂府詩集》無此題，明胡震亨《唐音癸籤・樂通三》「舞曲」有《打毬樂》，其題下小注曰：「舞衣四色，窄綉羅襦，銀帶簇花，折上巾，順風脚，執毬杖。貞觀初，魏鄭公奉詔造，其調存焉。」②元人《打毬》，當出於此，故予收録。

錦綉衣分上下朋，畫門雙柱聳亭亭。半空綵仗翻殘月，一點緋毬迸落星。翠柳小廳喧鼓

---

①《全唐詩》卷四二六，第 4691 頁。
②《唐音癸籤》卷一四，第 149 頁。

吹，玉鞭驕馬蹙雷霆。少年得意風流事，可勝書生對夜螢。《全元詩》，册9，第183頁

凌波辭賦水仙花

彭九萬

按，《樂府詩集》無此題，明胡震亨《唐音癸籤・樂通三》「舞曲」有《凌波曲》，其題下小注曰：「天寶中，女伶謝阿蠻善舞此曲，常入宫中，楊貴妃遇之甚厚。」①元人《凌波辭》，當出於此，故予收録。

歲芳兮婉冉悲，江空兮蘭枻歸。人嬋媛兮何來遲，憺風魂兮佩誰思。素衣兮儼黄裏，玉襦兮明翠被。明波渟渟兮渺愁予，含香懷春兮中心苦。昔遺褋兮今契闊，佇佳期兮窅修絶。幻塵緣兮蹇中憂，時既晏兮不可留。泛雲軿兮水裔，糺余瑟兮難理。人奚歸兮路蒼茫，湘有皋兮春緑起。《全元詩》，册18，第78頁

①《唐音癸籤》卷一四，第149頁。

卷二二六　元琴曲歌辭一

元人亦有撫琴之事，其時琴書，今可知者有吴澄《琴言十則》一卷附《指法譜》一卷、陶宗儀《琴箋圖式》一卷、①陳敏子《琴律發微》、②徐夢吉《琴餘雜言》、③畏吾人鐵柱《琴譜》八卷、鄭瀛《琴譜》二卷、④金汝礪《霞外譜》十五卷、趙孟頫《琴原》、俞琰《琴譜》四十篇、⑤朱右《廣琴操》。⑥ 本卷以《樂府詩集·琴曲歌辭》同題爲收録之據，元時新出琴曲，凡可考者，

---

① 王耀華、方寶川主編《中國古代音樂文獻集成》，第 2 輯，册 12，國家圖書館出版社，2012 年版，第 457、575 頁。

② 《琴曲集成》，册 3，第 1 頁。

③ 王承略《二十五史藝文經籍志考補萃編》第二十二卷，《補遼金元藝文志》，清華大學出版社，2011 年版，第 65 頁。

④ 《二十五史藝文經籍志考補萃編》第二十卷，《元史藝文志》，第 141 頁。

⑤ 《二十五史藝文經籍志考補萃編》第二十二卷，《四朝經籍志補》，第 272—273 頁。

⑥ 林晨《觸摸琴史：近現代琴史叙事》附録 2《琴書存目》，文化藝術出版社，2011 年版，第 258 頁。

亦予收録，所録多出《全元詩》，亦有出《全元文》及元人别集者。

白雪辭

楊維楨

按，《樂府詩集・琴曲歌辭》有《白雪歌》《白雪曲》，元人《白雪辭》《白雪謡》《白雪吟》，均或出於此，故予收録。

癡雲駕日日爲黄，白光半夜漏東方。廣寒兔老玉髮蜕，一箭剛風落人世。錦宫肉屏香汗溶，酒如春江飲如虹。彩鸞簾額不受捲，酒面洗作梨花風。堦前獅子積不壞，十日璚田换塵界。金鉦取挂扶桑曉，照見璚田出寒莩。《全元詩》，册 39，第 40 頁

白雪謡

耶律鑄

天花瑞葉將騰六，明與天公示心曲。一時三白表何事，表白孤忠一作有臣三獻玉。《全元詩》，册 4，第 117 頁

白雪吟

張　憲

按，張憲《玉笥集》置此詩於「古樂府」類。

白雪復白雪，寡儔將奈何。不如下里唱，能使和者多。繁囂亂俗耳，寧復知謬訛。五弦斷南風，咸韶隨逝波。正聲久絶學，舉世皆淫哇。吾將復大雅，盡掃蚊與蛙。后夔今不在，曲成誰爲歌。《全元詩》，册57，第34頁

長清操

胡　翰

按，《樂府詩集》無此題，宋鄭樵《通志二十略・樂略一》「琴操五十七曲」於《白雪》後有《長清》，《長清操》當出於此，故予收録，仍置《白雪》後。

河之水清兮，清且漣漪。我泳其流兮，而源之不知。我飲而監兮，我何求思？勗兮勗兮，毋

揚其波兮，毋淈其泥。《全元詩》，册46，第2頁

思親操

胡　奎

按，元人又有《思親辭》，出於此，亦予收録。

兒陶于河，有烏傞傞。兒漁于澤，有烏翼翼。彼烏返哺，歷山之下。歸哉歸哉，慰我父母。《全元詩》，册48，第131頁

思親辭有序

釋大訢

詩序曰：「王君寶御史以游宦無常處，圖先塋於軸，歲時隨所寓展祭之，爲作《思親辭》以致其思云。」

耳有聞兮如語，目熒熒兮如睹。來翩翩兮而欲舉，倏而去兮疇與莫。蘭蒸兮桂酒，我祭而

享兮慰我荼苦。念舊居之衡宇，今歸而乘兮驄馬。泉深兮長溜。木翳翳兮陰茂。篤孝思兮無斁，自我躬兮我後。［元］釋大訢《蒲室集》卷一，景印文淵閣四庫全書，册1204，第527—528頁

南風歌

胡布

至德交孚，生物暢茂。以洽萬民，慍解財阜。賡歌責難，卿雲象德。虁軒鼓舞，俊乂在側。授受休光，仁被八表。前王聖哲，後世夢杳。《全元詩》，册50，第514頁

湘妃

胡奎

竹上斑斑泪，重華去不還。鳴條何處是，腸斷九嶷山。《全元詩》，册48，第363頁

湘妃怨

舒頔

湘江清，湘月明。月明不照湘妃心，水清翻污湘妃裙。九嶷雲深蒼梧死，萬古千秋只如此。

含雙泪，竹上彈，至今湘竹留斑斑，空令後世人長嘆。《全元詩》，册43，第273頁

湘妃曲

孫　蕡

按，孫蕡《西菴集》置此詩於「樂府」類。

沅江木葉下，洞庭秋水多。湘靈美清夜，隱約倚層阿。冰雪耀玉容，遠山斂翠娥。風鬟散香霧，美盼溢回波。明璫結珠珮，鮫綃夾素羅。金支色璀璨，翠蕤光盪摩。小環奏玉簫，雙成鼓雲和。瑶管雜哀怨，清彈間嘯歌。妙曲隨風揚，餘音泛流霞。林端舞鸞鵠，水際起蛟鼉。問汝何所思，慨嘆慕重華。軒居去杳邈，黄陵起嵯峨。汀洲生蘼蕪，松柏挂女蘿。清涕下洒竹，斕斑隱成花。日暮天氣寒，星移歲蹉跎。靈筌不可見，婉孌悲如何。九原儻可作，千載復來過。《全元詩》，册63，第250頁

襄陵操

胡奎

登彼會稽兮，洪水滔滔。嗟我黔首兮，百萬嗷嗷。胼胝兮乘檋，過門不入兮，使我心勞。《全元詩》，册 48，第 130 頁

霹靂引

吴萊

題注曰：「楚商粱子作。」

步出郭門兮一何蕭蕭，念彼古澤兮興言來游。山長水闊兮曠無儔侣，天地晦冥兮霹靂儆予。玄雲兮沍凝，急雨兮滂沱。冰雹兮交加，蛟螭兮涌波。捷捷業業兮天何我駴，軯軨𩣡虢兮道不可以咫。危顛疾麗兮物無不靡，側身慎行兮庶無罪悔。神龍之歸兮肅然川坻，雷公上天兮挾輈以馳。昔何噫嘘兮今何怒爲？巫咸去我兮誰其得知。［元］吴萊撰，張文澍校點《吴萊集》卷九，吉林出版集團、吉林文史出版社，2010 年版，第 144 頁

拘幽操

朱　右

題注曰："文王羑里作。"

羑之陰兮罘罘，羑之室兮幽幽。嗟室之人兮，爲死爲囚。匪維伊愆兮，實我之郵。日月有明兮，容光弗留。《全元文》卷一五四五，第500頁

傷殷操

胡　奎

麥漸漸，黍油油，昔日殷墟今日周。吞聲不語泪交流，玉杯象箸兮何以解憂。《全元詩》，册48，第131頁

越裳操

胡　奎

有雉有雉，來于越裳。文王之德，孚于萬方。遠人其歸，家國永昌。《全元詩》，册48，第130頁

同前

朱　右

題注曰：「周公作。」

天之聰兮，聵聵其音。天之明兮，窅窅其深。天之仁兮，實臨下民。文王在上兮，於穆不已。浩浩其天兮，時暘時雨。越裳來臣兮，萬物斯覩。《全元文》卷一五四五，第500頁

岐山操

朱　右

題注曰：「周公爲大王作。」

自郃有家，于夏之先。克承弗怠，瓜瓞綿綿。開我邠宇，衍我宗禋。嗟狄之人，敢乘以奸。彼岨矣岐，將遂于遷。既有我土，毋戕我民。《全元文》卷一五四五，第500頁

采薇操

胡布

按，元人又有《采薇吟》《采薇行》《采薇歌》，均當出於此，故予收録。

彼腥腐爲氤氳兮，紛舉世而飴之。曰趨風而委順兮，悼冉冉而危之。冀可免於萬一兮，顧衷私而違之。匪獨善於斯須兮，慨大義而歸之。山之薇兮，潔而肥之。既得以療吾飢兮，我則宜之。《全元詩》，册50，第426頁

采薇吟

仇遠

采薇采薇，西山之西。薇死復生，不生夷齊。陟彼西山，我心悲兮。《全元詩》，册13，第256頁

采薇行

黄鎮成

陟彼西山，言采其薇。清晨荷鉏去，日晚束擔歸。登山不厭高，山下薇苗稀。斸土不厭深，土淺根不肥。不辭登高斸深土，但念妻兒常苦飢。赤日行天燥土熱，流汗被體沾裳衣。家家擣根，相杵相聞。經旬不粒食，杵重筋力微。汲泉澄粉作餌薄，菜色已覺顔容非。嗟哉田家百苦無休時，野人見之心益悲。達官貴客不到此，日醉華筵知不知。《全元詩》，册 35，第 118—119 頁

采薇歌

胡 奎

按，胡奎《斗南老人集》置此詩於「古樂府」類。

西山有薇，薄言采之。周人有粟，弗療我飢。寧薇而甘兮，毋粟而慙兮，維首陽之巖巖兮。《全元詩》，册 48，第 132 頁

前采薇歌

劉詵

詩序曰：「庚午大饑，民多采蕨而食。因借伯夷采薇餓死意，作《采薇歌》。蓋薇亦蕨屬而差大，山間人食之，謂之迷蕨。見朱氏詩注。」

我不是西山民，采薇不粟哀亡殷。又不是周戍卒，采薇禦敵踏霏雪。年荒良田三尺塵，甑懸銼冷兒號嗔。長鑱短鎚采薇去，東家西家相爲群。霜嚴磴滑山路峭，月落鼯啼山鬼嘯。曉翻石罅得叢根，共憾土枯根亦瘦。寸根入手如寸金，春烹作餅碎勞薪。鹽空菽盡味慘惡，空憶飯甑曾炊銀。人言食薇無穀氣，五日十日終亦斃。今宵妻孥暫充腹，誰料後來死何地。我死願隨行雨仙，偏傾天瓢作豐年。薇根滿山人不食，天下斗米皆三錢。《全元詩》，册 22，第 271—272 頁

後采薇歌

劉詵

春采薇，嬰兒拳。賣與豪門破肥鮮，年年得米不費錢。冬采薇，潛虬根。白石犖确斸掘難，

俯身蓁莽如獸蹲。山寒雪高衣裂破，塹藤束縛筠籃荷。瘦妻羸子暮候門，地碓夜舂松節火。沸漿浮浮翻小杓，濕霧騰騰升土銼。熬烹成餌甘如飴，一飽聊償終日餓。冬采薇，猶可爲。春采薇，今年根盡春苗稀。豪門有米無可賣，隴麥短短難接饑。采薇采薇，我聞夷齊嘗食之，餓死首陽天下悲。嗚呼吁！天高蕩蕩萬物微，我死安得蒼天知？《全元詩》，册 22，第 272 頁

卷二二七　元琴曲歌辭二

履霜操并引

楊維楨

詩引曰：「琴操有《履霜》，謂尹吉甫子伯奇爲後母譖而見逐，自傷而作也。其詞曰：『朝履霜兮采晨寒，考不明其心兮信讒言。何辜皇天兮遭斯愆，痛殁不同兮恩有偏。誰説碩兮知此冤。』使是詞果出伯奇，則伯奇不得希於舜矣。余爲之補云。」元王逢《哀尹伯奇一首寄楊鐵崖又序》論及鐵崖琴操十首，詩序及詩曰：「鐵崖楊先生，嘗録寄《擬古操》十，且徵同賦。逢豈敢當，姑《哀尹伯奇》一首答之。今附其四操。其《箕山操》，擬巢父作。曰：『箕之山兮可耕而樵叶囚，箕之水兮可飲而游。牽牛何來兮飲吾上流，彼以天下讓兮我以之逃叶投。世豈無堯兮應堯之求，吾與堯友兮不與堯憂。』其《前旌操》，擬衛壽伋作。曰：『爾乘舟兮河水濁且深，我同舟兮誓與爾同沈。母有命兮諫不我聽，示旌以盜兮我先以旌。衛有國兮國在兄，殺兄及我兮我不如無生。』其《履霜操》，擬尹伯奇作。曰：『霜鮮鮮兮草戔戔，兒有罪兮兒宿野田。衣荷之葉兮葉易穿，采楟花以食兮食不下咽。天吾父兮天胡有偏，我不父順兮父寧不兒憐。履晨霜兮泣吾天。』其《殘形操》，擬曾子作。曰：『我夢有獸兮其獸曰貍，貍有怪兮身首異。而告我以凶兮戒而戒而，我丘有首兮誓死完以歸。』逢辭曰：『比屋可封兮孝微稱，重華大孝兮後莫有承。孝後母兮伯奇權輿，彼梈荷兮天將用符，晨霜涉兮尚俾寧遺軀。』」①

霜鮮鮮兮草戔戔，兒獨履兮兒宿野田。衣荷之葉兮葉易穿，采梈花以爲食兮食不下咽。嗟兒天父兮天胡有偏，我不父順兮寧不兒憐，履晨霜兮泣吾天。《全元詩》冊39，第2—3頁

同前

胡奎

晨履霜兮河之上，考不顧兮兒見放。兒飢而寒兮，蓐食而荷衣。讒口鑠金兮，考胡不知。吁嗟命之窮兮，于河之湄。《全元詩》冊48，第131—132頁

---

①《全元詩》，冊59，第272—273頁。

同前

朱右

題注曰："尹伯奇無罪，爲後母譖而見逐，自傷作。"

驅車驅車，車行無遲。兒在中野，父寧不悲。驅車驅車，車行無違。兒當有母，孰使兒飢。天生衆民，罔不同仁。風雨霜露，實活我人。民生有知，以順天賦。《全元文》卷一五四五，第500頁

雉朝飛并引

楊維楨

詩引曰："琴操有《雉朝飛》，多指牧犢子之作。據揚雄所記，則曰：『《雉朝飛》者，衛女傅母之所作也。衛女嫁齊太子，中道太子死，問傅母。傅母曰：且往，當喪。喪畢，女不肯歸，終之以死。傅母悔之，取女所自操琴，於冢上鼓之。忽有雉出墓中，傅母撫雉曰：『女果爲雉也。』言未畢，雉飛而起。故其操曰《雉朝飛》。』予以牧犢之嘆，不如衛女之善死有關世教也，故賦以補舊樂府之缺云。"

雉朝飛，一雄挾一雌，雄死雌誓黃泥歸。衛女嫁齊子，未及夫與妻。青縭綰素結，一死與之齊。人言衛女蕩且離，烏得冢中有雉飛，琴聲鼓之聞者悲。《全元詩》，册 39，第 3 頁

同前

李瓚

仲春風日生淑氣，畦麥青青與天際。一飲一啄性所同，時哉時哉雙飛雉。雄唱于前神不驚，彼雌後隨相和鳴。雄雌顧盼各得意，牧犢對此能無情。人倫久廢禮義缺，夫婦恩情易懸絶。千年惟有杞梁妻，生則異室死同穴。《全元詩》，册 46，第 224 頁

同前

胡奎

雉朝飛，鳴復止。飢食野田粟，渴飲野田水。綉頸斑斑相逐飛，何人感之犢牧子。聖人在位歌關雎，吁嗟雉兮今何如。《全元詩》，册 48，第 157 頁

雉朝飛一曲題雙雉圖

劉崧

雉朝飛，雄飛雌隨聲喔咿。山晴草暖風日遲，綉襦錦翼何褵褷。或登木而號，或據石而棲。一步一飲啄，步步不相離。所以賈氏女，御射有獲方笑嘻。物生自有性，配匹亦有時。嗟爾牧犢子，七十而娶將奚爲。《全元詩》册61，第356頁

雉朝飛操

朱右

題注曰：「牧犢子七十無妻，見雉雙飛，感之而作。」

雉于飛，山之陲，孤雄啄，群雌隨。雉于飛，音下上，陰陽和，鳴聲暢。胡我人，朝出薪，入無家，徂歲年。《全元文》卷一五四五，第501頁

鳳凰操

胡　奎

按，《樂府詩集》無此題，然胡奎《斗南老人集》置此詩於「古樂府」類，且爲「操」題，故予收録。

鳳凰兮銜圖，殷道衰兮周德之符。岐山兮蒼蒼，五色爛兮朝陽。殷日短兮周日長，千秋萬歲兮于彼翱翔。《全元詩》，册 48，第 129 頁

思歸引

吴　萊

題注曰：「齊衛女作。」

麥秀漸兮禾黍油油，越有鳴雉兮粥粥道周。朝陽烜然兮雲霧塞天，中道徘徊兮喪我好逑。紅顔摧頽兮欲飛復止，縞衣入弔兮既悲且毁。禮有未合兮不敢徇死，先王之懷兮敢辱王子。父

母鞠我兮胡然棄之？宫庭嚴肅兮廼閟於斯。身微節大兮涅不可緇，創巨痛深兮隕命爲期。我思古人兮我敢失正？天命早寡兮匪汝兮聘。我歸之思兮渺哉河梁，誰謂衛遠兮歸我其航。《吴萊集》卷九，第144頁

同前

胡奎

寄聲托明月，爲我照家鄉。十年不得歸，今夕在路傍。路傍楊柳樹，猶記來時路。越鳥戀南巢，燕鴻懷北度。去來南北無了期，人生莫作楊花飛。《全元詩》册48，第105頁

同前

胡布

春行倦長路，赫日逼隆暑。肅殺每傷神，嚴威雪交雨。佛鬱念鄉邑，剛風起郊墅。衣錦夜行游，將何辨文縷。非無逐日足，豺狼正旁午。欲假圖南翼，鴟梟列行伍。儼儼五雲表，玉闕開金户。天黑不見人，妖狐友虓虎。饞扠與惡嚼，遥目無逆覩。延頸望所思，龜山蔽東魯。樊籠傷局促，鍎箭嗟幽聚。皎如萬璣珵，信美在異土。焚籠斬世網，駕雲返吾宇。《全元詩》册50，第446頁

思歸引題王居敬總管寧軒

張以寧

家在永寧中，宦游淮海上。使君作居軒，坐必永寧向。永寧漢時蠢吾國，日出城頭太行色。宅中三槐百尺强，曾是晉公親手植。淮海水，遥遥馳，使君紫馬黄金羈。群仙相追佩陸離，瓊花璀璨東風枝。江南雖樂非吾土，故國河山勞夢思。思心日夜如春水，流入滹沱無盡時。寧軒之名重桑梓，傳子傳孫孫復子。獨不見班超長望玉門關，千古英雄亦如此。《全元詩》，册 42，第 185 頁

衛女琴操一首思歸作有序

王　逢

詩序曰：「《琴操》曰：『衛有賢女，邵王聞其賢，請聘之。未至而王薨。太子曰：「吾聞齊桓公得衛姬而霸。今衛女賢，欲留之。」大夫曰：「不可。若賢女，必不我聽；若聽，必不賢。不可取也。」太子遂留之，果不聽。拘於深宫，思歸不得，援琴作歌，曲終，縊而死。古有弦無歌，今弦亦絶矣。』因補一章。」按，王逢《梧溪集》置此詩於「琴曲」類。

恭承母命兮奉先王，晐姓後宫兮備酒漿。中路王薨兮，妾或未亡。遂太子之過兮，何有三綱。淇水沄沄兮，菀乎女桑。目冷弦絶兮，義也難忘。《全元詩》，册 59，第 25 頁

猗蘭操

周巽

按，元人又有《猗蘭辭》，當出於此，亦予收録。

朝露凝兮奕葉光，紫莖出兮芬芳。托根兮楚畹，芳菲菲兮滿堂。念中情兮不能忘，擊玉珮兮紉幽香。操鳴琴兮動清商，嘆遺音兮心徊徨。懷美人兮天一方，感露霜兮沾裳。《全元詩》，册 48，第 399—400 頁

同前

朱右

題注曰：「孔子傷不逢時作。」

習習谷風，以陰以雨。巆穴幽阻，誰其晤語。猗蘭之芳，煒煒其光。不我佩服，旲夫孔明。子如好脩，維我之求。子如不好，於我何郵。《全元文》卷一五四五，第499頁

猗蘭辭

釋大訢

野漫漫兮蒹葹，霜貿貿兮露滋。匪陽不晞，彼美不見兮以渴以飢。湘之涉兮阻且隮，挂長蛇兮吼玄羆。景翳翳兮歷崦嵫，念徂歲兮愆芳期。羌不畏乎色衰，謂招魂兮若有知。遡長風兮覽予懷，寄音塵于竹帛兮。猶不媚厥姿，玉之蒨兮參差，風之佩兮陸離。芳霏霏兮襲吾帷，絙朱弦兮待之娭，子之獨兮憺忘歸。《蒲室集》卷一，景印文淵閣四庫全書，册1204，第527頁

幽蘭

朱思本

按，元人又有《幽蘭詩》《幽蘭篇》《幽蘭詠》《幽蘭嘆》，當出於此，亦予收録。

劍光千萬葉，玉色兩三花。珍重幽人操，同心越歲華。《全元詩》，册27，第68頁

同前六首

釋善住

日長深谷静，蕭艾漫同居。莫道閒花草，仲尼曾下車。

猿嘯楚山晚，月明湘水寒。濕香吹不起，風葉露漙漙。《全元詩》，册 29，第 219 頁

冰雪凍不死，深林還自芳。獨醒人尚遠，回首楚天長。《全元詩》，册 29，第 221 頁

夢魂長遶楚江濱，却向幽崖見似人。春意未深花未落，莫教輕污馬蹄塵。

九畹荒凉迹已陳，眼中蕭艾自紛紛。國香不解傳芳事，浮世何人憶楚魂。

積雪堅冰凍不摧，春風才至即花開。纖纖緑葉無人佩，空散幽香滿草萊。《全元詩》，册 29，第 237—238 頁

同前

洪希文

芳草推蘭作長雄，長身大葉聳叢叢。崑崙瓊樹風摇碧，句漏丹砂露滴紅。屈子手紉曾作佩，淵材鼻塞曷由通。雖非桃李春風面，名在《離騷》九畹中。《全元詩》，册 31，第 180—181 頁

幽蘭題姚節婦金氏傳後

張　簡

幽蘭生深谷，靡靡多容光。衆草雖共長，安得比其芳。修叢泛光風，紫莛明朝陽。豈徒媚春色，特以持貞良。幽閒意自得，婉淑情不傷。忽然商飆發，肅肅飛嚴霜。卉木競凋謝，山林亦荒涼。惟兹一寸芳，枯槁猶馨香。豈同桃李花，零落隨風揚。小草有堅操，雖死而不亡。佳人在空谷，遭時不平康。能以禮自持，與世扶綱常。我歌幽蘭詩，楚調悲中腸。掩抑發鳴琴，聲盡餘慨慷。《全元詩》，册 46，第 296 頁

和柯敬仲博士幽蘭詩

朱德潤

陽和遍岩谷，猗蘭發初芳。幽姿不自媚，隨風忽飄香。寧辭雨露恩，感此歲月長。願隨郎官握，得上中書堂。不慚山澤姿，高貴比金張。靈芝在宣室，豈獨懷沅湘。孤根托山阿，奕葉留清芳。春花競紅紫，未敢并幽香。攀緣上喬木，不及絲蔓長。願結君子心，永焉貯高堂。締彼金石交，辭君羅綺張。雅道出巖谷，良時非楚湘。《全元詩》，册 37，第 133 頁

幽蘭篇

張昱

幽蘭不自媚，叢雜生溪磵。寂寞空林色，過者誰復玩。及時或見收，不與衆芳亂。夢協天使與，握勤郎官盼。顧茲馨香德，庶以同歲安。《全元詩》，册44，第6—7頁

幽蘭詠

王冕

光風吹香洗游塵，蘭花隱芳猶笑人。翠霧沉沉玉環冷，忘言坐視空山春。幾回清夢度荆楚，欲問三閭杳無所。空將幽意寄離騷，暮雲凄墮湘皋雨。古懷蕭灑千餘年，忠義漫作虛語傳。人間蜂蝶何翩翩，撫卷對花空自憐。《全元詩》，册49，第362頁

幽蘭嘆

釋懷渭

幽花如幽人，不生宫道傍。誤被春風吹，巖谷傳芬芳。君子謬見采，移植在中堂。葳蕤登几席，華管送清觴。馨香誰不愛，摧折來相將。棄之不復顧，蕭艾得其常。出處有至理，何用心獨傷。《全元詩》，册 58，第 154 頁

卷二二八　元琴曲歌辭三

將歸操

朱　右

題注曰：「孔子之趙，聞殺鳴犢作。」按，元朱右有《廣琴操十首》，詩序曰：「操者，操也。君子操守有常，雖窮阨猶不失其操也。其音節固古詩騷辭之體，然詩以興，騷以怨，操以操。作《廣琴操》，廣云者，題義因韓子之舊也。」①十曲曰：《將歸操》《猗蘭操》《龜山操》《越裳操》《拘幽操》《岐山操》《履霜操》《雉朝飛操》《别鵠操》《殘形操》。本卷以《樂府詩集・琴曲歌辭》爲序分録各題之下。元人又有《將歸曲》，當出於此，亦予收録。

河之深兮，誰將厲之？河之淺兮，誰將揭之？河洋洋兮，不我濟之。竭澤以漁兮，蛟龍辟之。覆巢殀胎兮，鳳凰去之。夫人有知兮，予實類之。九州博大兮，將予遂之。《全元文》卷一五四

①《全元文》卷一五四五，第499頁。

五，第 499 頁

將歸曲送王君寶

劉敏中

雨晴水落沙在堤，曉景射天紅雲西，凉風颸颸吹客衣。健僕顧盼肥馬嘶，短歌濁酒送將歸。送將歸，歸莫挽，西北長安眼中見。自古功名屬壯年，望君佇立獨三嘆。《全元詩》，册 11，第 412 頁

龜山操

朱右

題注曰：「孔子以季桓子受女樂，諫不從，望龜山而作。」

維龜有山，造初鴻濛。自龜之東，淮夷來從。膏澤既施，草木實多。周公上天，奈龜山何。

《全元文》卷一五四五，第 499 頁

殘形操

楊維楨

詩序曰：「退之作《殘形操》，末語曰：『臣咸上天，識者其誰。』余以其詞尚欠歸宿，不如《拘幽》《將歸》二操語可詠也。遂爲補之曰……」

我夢有獸兮其獸曰狸，狸有怪兮身首異。而告我以凶兮戒而戒而，我丘有首兮誓死完以歸。《全元詩》，册39，第88頁

同前

朱右

題注曰：「曾子夢見一狸，不見其首作。」

狸維獸，不見其首。我夢之形，吉凶曷究？式協于占，載覿其繇。曰脩爾躬，自天之佑。《全元文》卷一五四五，第501頁

處女吟

李　曄

深閨有處女，盈盈好顔色。施朱太赤粉太白，畫工如山貌不得。年逾三十不嫁人，蹇修塞門守愈真。清晨去采山上檗，願以苦節終其身。東風吹緑階前草，蝴蝶雙飛一何早。長門白日落花多，人生只似花開好。東家小姑嫁大官，錦韉笑坐黄金鞍。一朝失寵如敝屣，鏡中孤影愁離鸞。西鄰小妹嫁豪賈，聘以黄金賤如土。失身乃在江湖間，夢魂長怨風波苦。何似深閨處女吟，許身真比雙南金。寄聲小妹小姑道，嫁人容易紅顔老。《全元詩》，册 56，第 23 頁

貞女引記予所聞於蘭溪錢彦明者

吴　萊

元龍輔《女紅餘志》曰：「《貞女引》《雙思引》，一曲二名。即今《梅花》琴曲也。」①

---

①《女紅餘志》卷上，四庫全書存目叢書，子部册 120，第 21 頁。

北方有達者，官守托闒壖。一笑侍盥櫛，千金得嬋娟。晨歌雲母幌，夜舞荔枝筵。春桃獨不艷，秋柳遽無年。於焉榛笄毁，遂以櫝櫬遷。音容詎可睹，涕泣空餘漣。墓埏但未殉，床笫更誰妍。越鸞悲掩鏡，齊雉痛鳴弦。人子當盡道，妾生敢移天。手澤尚不忍，家風豈其愆。吾何惜吾軀，汝懼辱爾先。郡庭給過所，江驛遞歸船。郵兵即前防，纜卒復後牽。時時數釵珥，處處閲橐氈。心堅務玉白，鼻截愧瓦全。指波著重誓，抗節脱飢涎。世故日已下，民彝孰能然。狹邪情比絮，桑濮步安蓮。闞氏弄琵琶，青冢俗曷鐫。昭儀出感業，椒壁孽多擅。况兹大丈夫，自許古聖賢。百行偶一敗，反經欲稱權。疇知生死間，便見粲與淵。吁嗟此貞女，儻或繼史編。

《全元詩》，册 40，第 31 頁

貞女引

吴　萊

題注曰：「魯漆室女作。」

春木兮含英，野花兮幽香。我何所嘆兮我何所憶，主少國愯兮使我悲惻。嗟彼女子兮婉婉令姿，盛年不出兮老將逮之。嗟彼女子兮無非無儀，肉食者謀兮汝何憂爲？我蓺我葵兮我藩我圃，過客馬逸兮莫之或禦。藩拔葵踐兮飢哺無所，廟堂失策兮婦女爲虜。悠悠蒼天兮天道惡盈，知我謂我兮秉心獨貞。陽和幾時兮霰雪其零，懷貞見疑兮曷其可懲。《吴萊集》卷九，第144頁

貞女吟

張天英

按，宋鄭樵《通志二十略·樂略一》「佳麗四十七曲」有《貞女》，①《貞女吟》或出於此，故予收録。

嘗聞漢宮人，恩深妬還重。自憐冰雪姿，肯戀金屏寵。春風吹倒山，妾心終不動。羞死王昭君，玉顔没青冢。《全元詩》册47，第142頁

① 《通志二十略》，第916頁。

別鶴操

胡　奎

別鶴翩翩，結褵五年，吁嗟乎欲移我所天。中夜倚户心悁悁，妾心直如琴上弦，爲君一彈別鶴篇。《全元詩》，册 48，第 130 頁

同前

周　巽

孤鶴度遼海，辭家已千年。棲息向華表，飲啄下青田。雪爲衣兮朱爲頂，清聲唳兮聞九天。有客結廬兮傍林泉，聽遺音兮彈鳴弦。竹風動兮戛戛，松月落兮娟娟。恍臨軒兮無影，飄縞袂兮蹁躚。長鳴兮拂羽，挾雲巢兮飛仙。忽神游兮蓬島，響天籟兮泠然。《全元詩》，册 48，第 400 頁

同前

戴　良

仙禽胎化初，振迅東海間。異質清以曠，明心迥而閑。徘徊騁天步，逼仄隘人寰。夕飲慕

瑶池，朝翔想芝田。顧逐華亭侶，來乘衛國軒。丹羅既掩翳，青繳亦羈纏。俛首時獨思，對影恒自憐。飛群徒在望，驚孤那得還。王鳩知候晦，旅雁識天寒。人不處睽離，何能喻吾言。《全元詩》，册58，第56頁

别鶴曲

胡奎

按，胡奎《斗南老人集》置此詩於「古樂府」類。

縞素作衣丹作頂，夜夜月明看舞影。今朝童子起開籠，不聞戛戛回天風。緱山仙人吹鳳琯，八極無塵綵雲斷。何由振羽當我前，借騎一隻蓬萊天。《全元詩》，册48，第114—115頁

别鵠操并引

楊維楨

詩引曰：「琴操有《别鵠操》，謂商陵穆子娶妻，五年無子，父母欲其改娶。其妻聞之，中夜悲嘯。穆子感之，而作是操也。」按，楊維楨詩序所述乃《樂府詩集·别鶴操》本事，《别

鶴操》或亦曰《别鵠操》。

雄鵠于于，雌鵠舒舒。兩鵠比翼，其巢同株。三見樹葉榮而枯，嗟爾比翼而不生雛。比翼將乖，雌雄覊孤。中夜雌嘯，雄將曷如。寧爲不雛，死作兩孤，不願八九子爲秦烏。《全元詩》，册39，第3頁

同前

梁　寅

詩序曰：「商陵穆子娶五年無兒，親欲其改娶，妻聞之，夜中悲嘯，穆子感之而作是。」

鮮鮮雙白鵠，雲中同翺翔，樹間并棲宿。寒暑五易，雌不生雛。在彼常情，能不改圖。雌夜悲，雄感吁。枯楊尚生稊，况乃楊未衰。春風年年解相待，比翼處處長相隨。《全元詩》，册44，第279頁

同前

朱右

題注曰：「商陵穆子娶妻五年無子，父母欲其改娶，其妻聞之，中夜悲嘯，穆子感之而作。」

黄鵠雙飛，朝隨莫歸。山川悠邈，不女乖離。今當乖違，且復徘徊。女啄女飲，毋使女悲。

《全元文》卷一五四五，第501頁

走馬引

胡奎

按，元人又有《走馬歌》，當出於此，亦予收録。

千金買駿骨，五花散春雲。章臺楊柳陌，醉蹋落花春。烽烟四邊静，寶玦腰間冷。寄謝少年人，男兒當惜身。《全元詩》，册48，第106頁

同前

吴萊

題注曰：「秦樗里牧子作。」

白楊刀兮宛魯矛，枕戈待旦兮思報父仇。父仇既報兮義不共戴，亡命不出兮遁我於隘。山高無人兮上無日星，夜聞有馬兮繞屋嘶聲。天不祐我兮愳追我兵，横尸都市兮國有常刑。我徊以徨兮莫履我發，沂澤瀰漫兮道路超忽。我啼斯漆兮我軀斯厲，所處何危兮命幾一髮。追兵既遠兮孰知其然，馬迹在地兮莫辨東西。父不可見兮我志獲伸，我死得所兮嗚呼終天。《吴萊集》卷九，第144頁

走馬歌

張憲

春風壓城紫燕飛，綉鞍寶勒生光輝。輭沙青草平似鏡，花雨滿巾風滿衣。潛蛟雙綰玉抱肚，朱鬣生光散紅霧。金龍五爪蟠彩袍，滿背真珠撒秋露。生猨俊健雙臂長，左脚踏鐙右蹴繮。

銅鐃四扇遶十指，玉聲珠碎金琅璫。黄蛇下飲電掣地，錦鷹打兔起復墜。袖雲突兀鞍面空，銀甕駝囊兩邊縋。西宫彩樓高插天，鳳凰繚繞排神仙。玉皇拍闌誤一笑，不覺四蹄如迸烟。神駒長鳴背凝血，郎君轉面醉眼纈。天恩翦下五色雲，打鼓歸來汗如雪。嘔出錦心，可與桃花争奇。決非驢上詩人語也。《全元詩》，册 57，第 65 頁

易水歌并引

楊維楨

詩引曰：「儒門五尺童羞談荆卿，以其刺客之靡也。然予觀魏王沈事，未嘗不廢卷三太息。沈之忍亡其主也，然後知卿之矢死報知己，較然爲古義俠，不可少也。故君子追論燕俗之長，急人之義，本於卿之遺風。古今詞人多拙卿，而予猶以是取卿云。」《全元詩》按語曰：「《文淵閣四庫全書》本《鐵崖古樂府補》卷一《荆卿失匕歌》與此大同小異，全詩如下：『風瀟瀟，水濔濔，馬嘶燕都夜生角。壯士悲，刀拔削。叶朔。徐孃匕，尺八銛，函中目光射匕尖，樊於期首。先王地下汗如雨，匕機一失中銅柱。後客不來可奈何，十三小兒面如土。擊筑復擊筑，壯士澌離重矐目。倉君倉君亦何爲，博浪沙走千金椎。君不見鎬池君，璧在水，龍腥忽逐魚風起。於乎刺客死，君王不用買俠才，留取千金買方士。』」按，《樂府詩

集》無此題，然《樂府詩集・琴曲歌辭》有《渡易水》，其解題曰：「一曰《荊軻歌》。《史記》曰：『燕太子丹使荊軻刺秦王，丹送之至於易水之上，軻使高漸離擊筑，荊軻和而歌，爲變徵之聲。又前而爲此歌，復爲羽聲慷慨，於是就車而去。』《樂府廣題》曰：『後人以爲琴中麯。』按《琴操》商調有《易水曲》，荊軻所作，亦曰《渡易水》是也。」①據此，則此《易水歌》或出於《易水曲》，故予收録。

風瀟瀟，易水波，高冠送客白峨峨。馬嘶燕都夜生角，壯士悲歌力拔削叶。百金買匕尺八銛，函中目光射匕尖。樊於期首。先生老悖不足與，灰面小兒年十三。事大謬，無必取，先機一發中銅柱。後客不來知奈何，狗屠之交誰比數。太傅言議謀中奇，奇謀拙速寧工遲。可憐矐目舊時客，擊筑又死高漸離。鎬池君，璧在水，龍腥忽逐魚風起。滄海君猶祖遺筴，孰與千金買方士。烏乎荊卿荊卿雖俠才，俠節之死心無猜。君不見文籍先生賣君者，桐宮一泄曹作馬。《全元詩》，册 39，第 9 頁

---

①《樂府詩集》卷五八，第 652 頁。

荆軻詞

郭鈺

按，《樂府詩集·琴曲歌辭》有《荆軻歌》，元人《荆軻詞》當出於此，故予收録。

燕山雪飛青宫閉，氍毹夜暖沉沉醉。北斗黄金何足多，一筯深恩美人臂。寒風蕭蕭度易水，匕首光芒泣神鬼。畢竟明年祖龍死，恨不報君爲君喜。《全元詩》，册 57，第 543 頁

垓下歌

張憲

按，《樂府詩集》無此題，然其與《力拔山操》題旨同，元人無作《力拔山操》者，故置此題於《力拔山操》處。

力拔山兮，舉世稱雄。頤指諸侯兮，孰與君王。一戰不遂兮，胡爲自傷。江東雖小兮，勝負何常。努力君王兮，亟渡江。賤妾請死兮，先就劍芒。《全元詩》，册 57，第 4 頁

卷二二九　元琴曲歌辭四

虞美人歌并序

謝　肅

詩序曰：「余嘗讀史至西楚霸王項羽所作垓下帳中歌，知其深愛虞美人及騅馬，故騅馬尚不忍棄，況美人乎！而世言羽敗垓下，美人恐爲漢軍得，以劍自刎死。然此事馬、班皆弗載，豈偶遺之？亦難明矣。曩余從戎定遠，過美人墓，父老爲余言：『美人從羽自垓下潰圍渡淮，漢軍且追及，美人乃自刎死，此其處也。』是則美人詎乏古烈婦風哉。及過宿遷，美人鄉也，以其有殉主之節而祠焉已久，徵父老之言，益信。蓋事固常有不幸者，如美人，徒以羽殘暴失國，人惡道之，亦使美人之節不白於天下。余甚悲之，故作是詩，于以咏歌美人之遺事云。」按，《樂府詩集·琴曲歌辭》《力拔山操》解題曰：「近世又有《虞美人曲》，亦出於此。」①則《虞美人曲》早已有之。元人又有《虞美人行》，當出於此，亦予收録。

① 《樂府詩集》卷五八，第653頁。

美人已爲英雄死，鄉里猶綿歲時祀。娟然珠翠照羅帷，兩兩女巫歌舞起。短簫咽鼓相喧啾，回風吹入楚雲愁。楚雲爲雨幾千里，似洗重瞳垓下羞。山河百戰雄圖喪，顧妾何勞悲玉帳。寶劍臨危妾自裁，素心不貳君應諒。願從躍馬出重圍，艱難又渡淮西涯。終將血染原上土，空餘碧草春離離。我憶從軍經此地，南公慷慨言遺事。香魂一斷招不來，今日荒祠堪重哀。《全元詩》，册 63，第 404 頁

擬虞美人歌

陳　泰

詩序曰：「項羽堅壁垓下，夜燕悲歌，美人虞氏和之，予因廣之云：王倍漢力，王輸漢時。漢購王首，王出安之。莫愛匪妾，莫馭匪騅。騅不能言，妾哀致辭。辭曰：……」

星熒熒兮隕空，泪洒洒兮營中。妾生誤王兮死無終，楚猶競兮天回風。王乘騅兮去爲龍，妾歸骨兮江東。《全元詩》，册 28，第 26 頁

虞美人行

楊維楨

拔山將軍氣如虎，神騅如龍蹋天下叶户。將軍戰敗歌楚歌，美人一死能自許。蒼皇伏劍答危主，不爲㙦雉隨仇虜。江邊碧血吹青雨，化作春芳悲漢土。《全元詩》，册39，第12頁

虞美人行贈邵倅

王　逢

大王氣蓋世力拔山，七十餘戰龍蛇閒。得人爲霸失人虜，有妾如花無死所。夜寒蒼蒼星月高，不惜傾身帳中舞。大王恩深淺東海，青血熒熒春草在。當時早化劍雙飛，四面楚歌那慷慨。芒碭天開五色雲，雌雉竟與雄鸞群。嗚呼後世亂紛紛，非君擇臣臣亦當擇君。《全元詩》，册59，第26頁

項王

馬　臻

叱咤猶傳數里驚，陰陵失道已沾巾。江東父老羞相見，忍可捐軀遺故人。《全元詩》，册17，第11頁

大風起

陶　安

宋陳善《捫虱新話》曰：「詩之雅頌即今之琴操。詩三百篇，孔子皆被之弦歌，古人賦詩見志，蓋不獨誦其章句，必有聲韻之文，但今不傳爾。琴中有《鵲巢操》《騶虞操》《伐檀》《白駒》等操，皆今詩文，則知當時作詩皆以歌也。又，琴古人有謂之『雅琴』、『頌琴』者，蓋古之爲琴，皆以歌乎詩，古之雅、頌即今之琴操爾。雅、頌之聲固自不同，鄭康成乃曰《豳風》兼雅、頌。夫歌風焉得與雅、頌兼乎？舜《南風歌》、楚《白雪辭》，本合歌舞；漢帝《大風歌》、項羽《垓下歌》，亦入琴曲。今琴家遂有《大風起》《力拔山》之操，蓋以始語名之爾。」①

---

① [宋] 陳善《捫虱新話》，《宋詩話全編》，册6，第5554頁。

按，漢帝《大風歌》，《樂府詩集・琴曲歌辭》題作《大風起》。元人又有《大風謠》《大風詩》，當出於此，亦予收録。

大風起，大風起，掃蕩烟塵浄如洗。火龍吹燄成赤雲，鼓鑄乾坤又一新。鑾旗豹車過沛里，父老子弟争迎喜。向年離家纔庶民，今日還鄉是天子。酒酣情濃思故舊，慷慨悲嗟舞長袖。復除户户動歡聲，千秋萬歲君王壽。壯哉親唱大風歌，金石鏗轟奈樂何。君不見拔山蓋世骨先朽，何在威加詫雄糾。又不見深室懸鍾烹走狗，何用猛士爲之守。大風起兮雲飛揚，不如膏雨流滂滂。威加海内歸故鄉，不如帝德天下光。安得猛士守四方，不如王佐之才登廟堂。所以漢道不克承三王。《全元詩》，册56，第496頁

大風謡

楊維楨

按，此詩見録於楊維楨《鐵崖古樂府》。

大風起，不終朝。如何三日夜，日日夜夜旋扶摇。捲水覆我舟，捲土覆我窑。烏乎太平玉

琯將誰調，五日一風不鳴條。《全元詩》，册 39，第 40 頁

大風詩次韻

鄧雅

陰壑霜飛應早冬，又拈騷筆賦雄風。山河只在寒聲裏，草莽同歸殺氣中。黯黯塵沙飛白晝，飄飄鷹隼上晴空。曾聞漢主歌豐邑，猛士能成萬里功。《全元詩》，册 54，第 275 頁

采芝操

胡布

按，元人又有《采芝曲》《采芝辭》，當出於此，亦予收録。

嗟嗟皓天，甘彼巖穴。肆志游盤，以茹芳潔。深谷高陵，光被日月。非我羽翼，豈我喉舌。飄飄還山，天下勇決。邈矣唐虞，保身明哲。《全元詩》，册 50，第 427 頁

采芝曲贈永嘉林道士

黄溍

碧峰矗起三十六，老芝千年琢紅玉。帝遣仙人下采芝，迷花失石憺忘歸。忘歸幾載無消息，蟠桃積核高數尺。何日青牛駕爾還，肯念金華牧羊客。《全元詩》，册28，第202—203頁

采芝辭有後序

王逢

詩後序曰：「予自幼至壯，詩夢頗多。『地荒存菊本，人老發梅花』，『紅芳飛血盡，黄蝶上衣來』，『犬眠牛斗地，鯤躍鳳皇池』，『乾坤人鲊甕，歲月鬼門關』，『雪落蘋花盡，青浮山影來』，『簾捲東風燕子還，天清月浸淡梨花』，最後得『草霜鷹始擊』之句。今年丁卯，垂七十矣。八月二日己酉，園北小山濯風，所見芝叢茁草間，因發笑曰：静觀世間，何者非夢耶？遂作是辭，漫紀如此。」

維北土岡兮，維時金商。芝叢生兮色中央，莖玉紫兮霓白裳。躬露采兮，奉先聖王。噫，鷹

擊兮草霜，尚父邈兮斯文祥。《全元詩》，册 59，第 392—393 頁

八公操

胡奎

淮南王，好神仙。朝餐金盤之玉屑，夕鍊寶鼎之神丹，騎龍下上超天關。超天關，馭天風，山前桂樹青叢叢。人間白日西復東，安得從之招八公。淮山蒼蒼淮水黃，桂樹叢生山之陽。丹砂成金壽命長，身騎飛龍恣翱翔。千秋萬古樂未央。《全元詩》，册 48，第 131 頁

同前

胡布

猗歟青紫，被體而微兮。味以珍鮭，充腸而肥兮。吞啖腥羶，馨香則遺兮。玩彼長物，清明遂疲兮。天錫公其來下兮，吸光彩而騰雲。螭披閶闔而過北斗兮，俯塵世如淤泥。示要道之不煩兮，澹虚中而無爲。願相携於玉京兮，惟太清之是歸。《全元詩》，册 50，第 427 頁

昭君怨

周巽

漢宮佳人列仙姝，顔如舜華雪作膚。玉鳳搔頭金纏臂，琇瑩充耳雙明珠。美目清揚含百媚，同心綰結青珊瑚。三千宫女誰第一，當時王嬙絶代無。天子按圖初未識，承恩遠嫁南單于。朝辭皇都去，日逐胡馬驅。邊塞幾千里，行行但長吁。心中萬恨向誰訴，馬上琵琶聊自娱。鴻雁南飛漢月遠，驊騮北去燕草枯。朔風吹沙砭人骨，寒雲雨雪斷胡鬚。銀甕蒲萄初出酒，寳車駞駝新取酥。帳中强飲解愁思，情至酒酣愁未紓。明月流光照氍毹，關路迢迢不可踰。幾回夢想乘黄鵠，飛入長門侍玉輿。胡情不似漢恩重，妾意終憐君寵疏。君不見紅顔命薄何足惜，長恨和戎計策迂。四弦不盡昭君怨，千古空留青冢孤。《全元詩》册48，第396頁

同前

張憲

四弦嘈嘈彈，北風胡馬嘶。回頭望漢月，遥落長安西。白草没行路，萬里春凄迷。誰謂秭歸女，去作單于妻。抆泪入穹廬，顰眉向羊酪。敢恨君恩輕，惟憐妾命薄。嫁女媚夷狄，良爲中

國羞。謀臣自無策，畫史不須尤。《全元詩》，册 57，第 43—44 頁

酬昭君怨

楊奂

玉貌辭金闕，貂裘擁綉鞍。將軍休出戰，塞上雪偏寒。《全元詩》，册 1，第 97 頁

游春詞

胡奎

杏雨不沾泥，流鶯恰恰啼。彎弓馳紫陌，躍馬過金堤。《全元詩》，册 48，第 121 頁

緑水曲

陳植

按，元人又有《緑水謡》，當出於此，亦予收録。

緑水西閶道，送君江上行。彭城應不住，五老笑相迎。《全元詩》，册 37，第 95 頁

同前

宋褧

妾家若耶溪，門扉緑水西。桂月破烟暝，波明楓影低。潮痕暗沙觜，浦影空雲飛。蘋洲風未起，待妾采蓮歸。《全元詩》，册 37，第 223 頁

同前

胡奎

緑水何盈盈，方舟出蘭渚。美人臨清流，相期拾翠羽。翠羽不可拾，春波蕩人心。人心如緑水，誰能知淺深。《全元詩》，册 48，第 106 頁

緑水謡

張憲

按，張憲《玉笥集》置此詩於「古樂府」類。

今宵何處月，南浦木蘭船。半夜涼風起，荷花如錦鮮。莫翦莖上葉，水珠有時圓。且留泥下藕，要使根株連。鴛鴦不并翅，好事琉璃脆。解佩擲真珠，少酬交甫意。《全元詩》，册 57，第 49 頁